黃易

尋秦記

修訂版

〈五〉

尋秦記〈修訂版〉卷五　目錄

第一章　始皇立威

咸陽宮西殿議政廳中，小盤高踞三級臺階最上一層的龍席，負責文書紀錄的李斯的席位設於他後側。

次一層坐著太后朱姬，其他大臣分列兩旁，席地而坐。

一邊是呂不韋、蔡澤、王綰和蒙驁，另一邊是徐先、鹿公、王齕三人。

當討論到鄭國渠一事時，昌平君神色凝重地進來稟告，說項少龍有急事求見，眾人大感愕然。

小盤自然心中有數，立即命昌平君傳項少龍進來。

項少龍昂然進廳，行過君臣之禮後，把整件事陳說始末，然後道：「此事本屬臣下職權範圍內的事，可是呂雄口口聲聲說要由呂相評理，由於事關呂相清譽，臣下不敢私自處理，故報上來望由儲君、太后和呂相定奪。」

呂不韋氣得臉色發青，大怒道：「這混帳傢伙現在哪裡？」

只聽這麼一句話，可知呂不韋的專橫。

在眼前情況下，只有在身為儲君的小盤表示意見後，方輪得到其他人說話，呂不韋如此霸氣逼人地發言，已犯了不分尊卑先後之罪。而他雖然表示出對呂雄的不滿，卻仍是以家長責怪下輩的口氣，非秉公處理的態度。

小盤早有準備，從容道：「右相國請勿動氣，首先讓我們把事情弄個一清二楚。」轉向朱姬道：「太后！王兒這麼做對嗎？」

朱姬望著階下傲然挺立的項少龍，鳳目射出無比複雜的神情，又瞥了正瞪著她打眼色的呂不韋，幽幽歎道：「照王兒的意思辦吧！」

在這種情況下，她只有支持自己的愛兒。

鹿公、徐先等露出訝異之色，想不到這年輕的儲君，竟有應付複雜危機的大將之風。任何明眼人都可看出，此事牽涉到呂不韋和項少龍的鬥爭，事情可大可小。

小盤壓下心中興奮，不理呂不韋，向項少龍平靜地道：「呂邦所以尚未犯下淫行，是因及時被人揭發，故不能得手，此乃嚴重罪行，不知項卿家是否有人證？」

項少龍道：「那對受害的夫婦正在廳外候命，可立即召來讓儲君問話。」

蔡澤插言道：「儲君明鑒，此等小事，盡可發往都律所處理，不用勞神。微臣認為當前急務，應是弄清楚呂副統領是否出於誤會，一時意氣下與項統領發生衝撞，致冒犯項統領。都騎、都衛兩軍乃城防兩大支柱，最重要是以和為貴，化干戈為玉帛，請儲君明察。」

這番話自是明幫呂雄。蔡澤乃前任宰相，地位尊崇，換過在一般情況，小盤會給他一點情面，但現在當然不會就此了事。

本要發言的徐先和鹿公，一時間只好把到咽喉的話吞回肚裡去。

呂不韋容色轉緩，當其他人除李斯和項少龍外，均以為小盤會接受蔡澤的提議時，這未來的秦始皇一拍龍几，昂然長身而起，負手步下龍階，直抵朱姬席前，冷然道：「蔡卿家此言差矣！我大秦自商鞅變法，最重將遵軍法，秉守尊卑之序，故能上令下行，士卒用命，使我軍縱橫無敵，稱雄天下。」

再移前步下最低一級的臺階，銳目環視眾臣，從容自若道：「若有人違反軍法，公然以下犯上，而我等卻視若罔見，此事傳了開去，對軍心影響之大，誰能估計？故對此事寡人絕不會得過且過，如證實呂副統領確有犯下此等重罪，定須依軍法處置，不可輕饒。」

廳內人人聽得目瞪口呆，想不到仍是個大孩子的儲君，能如此侃侃而論，言之成理，充滿一代霸主的氣概。

呂不韋和朱姬像首次認識小盤般，愕然聽著。

只有俯頭作卑微狀的李斯眉飛色舞，因為這兩番話的撰稿人正是他。

鹿公振臂喝道：「好！不愧我大秦儲君，軍令如山，賞罰分明，此正為我大秦軍屢戰不敗的憑依。」

小盤微微一笑，見人人目光全投在自己身上，不由一陣心怯，忙回到龍席坐下，稍有點洩氣地道：「眾卿有何意見？」

蔡澤被他間接臭罵一頓，怎還敢作聲？噤若寒蟬地垂下頭。

呂不韋雖心中大怒，對這「兒子」又愛又恨，終還是不敢當著眾人公然頂撞他，而事實上他亦心知肚明這小儲君言之有理，惟有往朱姬望去，希望由她解圍。

朱姬明知呂不韋在求她相助，若換過不是項少龍，她會毫不猶豫地這麼做，現在只好詐作視如不見。

蒙驁乾咳一聲，發言道：「少龍和呂副統領，均是微臣深悉的人，本不應有此事發生。照微臣猜估，其中可能牽涉到都騎、都衛兩軍一向的嫌隙，而由於兩位均上任未久，一時不察，致生誤會，望儲君明鑒。」

朱姬終於點頭道：「蒙大將軍之言有理，王兒不可魯莽行事，致傷軍中和氣。」

呂不韋見朱姬終肯為他說話，鬆一口氣道：「這事可交由本相處理，保證不會輕饒有違軍法的人，儲君可以放心。」

小盤、項少龍和李斯三人聽得心叫不妙時，一直沒有作聲的徐先長身而起，走到項少龍身旁，淡然道：「微臣想和少龍到外面走一轉，回來後始說出心中的想法，請儲君賜准！」

除項少龍等三人外，其他人都大為錯愕，不知他葫蘆裡賣的是甚麼藥。

項少龍欣然隨徐先去後，王綰待要趁機說話，給小盤揮手阻止道：「待左相國回來再說。」

王綰想不到小盤如此威霸，只好把說話吞回肚內去。

議政廳在奇異的靜默裡，眾人不由把眼光投到這未來的秦始皇小盤身上，像首次認識他般打量著。

他仍帶童稚的方臉露出冷靜自信的神色，坐得穩如泰山，龍目生輝，教人摸不透他心內的想法。

朱姬首先想到的是自己的兒子長大了，這些天來，她正如項少龍那久旱逢甘露的形容般，與嫪毒如膠似漆，旦旦而伐，極盡男歡女愛，好藉情慾麻醉自己，避開冷酷的現實。

在她傳奇性的生命裡，最重要的四個男人是莊襄王、呂不韋、項少龍和眼前的愛兒，但命運卻使她與他們形成複雜難言的關係。

尤其是呂不韋下毒手害死莊襄王，使她不知如何自處，令她愧對小盤和項少龍。最要命的是切身的利益逼得她不得不與呂不韋連成一氣，力保自己母子的地位。

只有嫪毒能令她忘掉一切。

在這刹那，她直覺感到與兒子間多了一道往日並不存在的鴻溝，使她再難以明白自己的儲君兒子。

呂不韋則更是矛盾，一直以來，他都和小盤這「兒子」保持非常親密的關係，對他戮力栽培，望他成材，好由父子兩人統治大秦，至乎一統天下，建立萬世不朽的霸業。

這亦是他要不擇手段置項少龍於死地的原因，他絕不容任何人分薄了小盤對他的敬愛。

可是他卻從未想過小盤會因王權而與自己發生衝突，在這一刻，他卻清楚地感覺到了。

呂不韋此時仍未看破整件事是個精心設計的佈局，只以為小盤在秉公處理突發的事件。

呂雄的無能和愚蠢，他早心中有數，否則就不會以管中邪為主，呂雄為副了。

諸萌命喪於項少龍之手，對他的實力造成嚴重的打擊，使他在人手的安排上陣腳大亂，現在終給呂雄弄出個難以收拾的局面來。

他此際心中想到唯一的事，是殺死項少龍，那他的霸業之夢，再不受干擾。

至於蔡澤和王綰兩個傾向呂不韋的趨炎附勢之徒，則有如給當頭棒喝，首次認識到小盤手上操縱的王權，始終凌駕於呂不韋之上，不是任由太后和權相操縱。隨著小盤的成長，終有一天他會成為主事的君王。

蒙驁的想法卻較為單純，他之所以有今天，全拜呂不韋所賜，對呂不韋可說是死心塌地，現時他手中兵權之大，比之王齕有過之而無不及，成為呂不韋手上最大的籌碼。無論發生甚麼事，他只會向呂不韋效忠。

王齕的想法則複雜多了，此位秦國的大將軍是個擴張主義者和好戰的軍人，只有南征北討，方可使他感到生命的意義。這令他逐漸靠向呂不韋，因為在呂不韋膽大包天的冒險精神下，使他可以盡展所長，東侵六國。

但忽然間，他體會到尚未成年的儲君，已隱然表現出胸懷壯志、豪情蓋天的魄力和氣概，使他不得不重新考慮自己的立場。

鹿公乃軍方最德高望重的人，是個擁護正統的大秦主義者，打一開始便不喜歡呂不韋這外人。且由於項少龍的關係，使他釋去疑慮，深信小盤乃莊襄王的骨肉，現在見到小盤表現出色，更是打定主意，決定全力扶助未來的明主。

殿內眾人各想各的，一時間鴉雀無聲，形成怪異的氣氛和山雨欲來前的張力。

頃刻後，徐先和項少龍回來，項少龍到了王齕旁止立不前，剩下徐先一人直抵龍階之下。

徐、項兩人施禮後，徐先朗朗發言道：「稟告儲君、太后，微臣可以保證，此事非關乎都騎、都衛兩軍的派系鬥爭，致生誤會衝突。」

呂不韋不悅道：「左相國憑何說得這麼有把握？」

徐先以他一向不亢不卑、瀟灑從容、令人易生好感的神態道：「呂邦在咸陽街頭曾當眾調戲人家妻子，為微臣路過阻止，還把呂邦訓斥一頓，當時已覺呂邦心中不服。剛才微臣往外走上一轉，是要看看那對小夫妻是否乃微臣見過的人，現經證實無誤，可知此事有其前因後果，不是都騎裡有人誣害呂邦，製造事端。至於呂雄硬闖都騎官署，強索兒子，先拔刀劍，以下犯上一事，更是人證俱在，不容抵賴。」

眾人至此方明白他往外走一轉的原因，連蒙鶩也啞口無言。

呂不韋則恨不得親手捏死呂邦，經徐先的警告後，這小子仍是色膽包天，幹出蠢事。

小盤冷哼一聲，道：「呂邦是要在事後殺人滅口，才敢如此不把左相國的話放在心上。」

眾人心中一寒，知道這年輕儲君動了殺機。

此正是整個佈局最微妙的地方，由於有徐先的指證，誰都不會懷疑是荊俊蓄意對付呂雄父子。

朱姬蹙起黛眉，沉聲道：「呂邦是蓄意行事，應無疑問，可是左相國憑甚麼肯定呂雄確是首先拔劍，以下犯上？」

徐先淡淡道：「因為當時嬴盈和鹿丹兒均在場，可做見證。」

鹿公一呆道：「小丹兒怎會到那裡去？」

呂不韋冷笑一聲，道：「這事確是奇怪之極，不知少龍有何解釋？」

眾人的眼光全集中到立於左列之末的項少龍身上。

徐先道：「這事微臣早問過少龍，不若把昌文君召來，由他解說最是恰當。」

小盤下令道：「召昌文君！」

守門的禁衛立時將上諭傳達。候命廳外的昌文君走進殿來，下跪稟告，把嬴盈和鹿丹兒守在宮門，苦纏項少龍比鬥一事說了出來。

呂不韋的臉色變得難看之極，撲將出來，下跪道：「儲君明鑒，呂雄如此不分尊卑上下，違抗上級命令，微臣難辭罪責，請儲君一併處份。」

今次連項少龍都呆了起來，不知如何應付，呂不韋這樣把事情攬到身上，朱姬是不會容許小盤令呂不韋難以下臺的。

朱姬果然道：「相國請起，先讓哀家與王兒說幾句話，才決定如何處理此事。」

呂不韋心知肚明朱姬不會讓小盤降罪於他，仍跪在地上，「痛心疾首」地道：「太后請頒佈處份，微臣甘心受罰！」

朱姬見他恃寵生驕，心中暗罵，又拿他沒法，低聲對小盤道：「右相國於我大秦勞苦功高，更由於日理萬機，有時難免管不到下面的人，王兒務要看在相國面上，從寬處理此事。」

小盤面無表情的默然不語，好一會兒後在眾人期待下道：「既有右相國出面求情，呂雄父子死罪可免。但今趟之事關係到我大秦軍心，凡有關人等，包括呂雄在內，全部革職，永不准再加入軍伍。呂邦則須當眾受杖五十，以儆效尤。管中邪身為呂雄上級，治下無方，降官一級，至於統領一位，則由項卿家兼任，右相國請起。」

朱姬固是聽得目瞪口呆，呂不韋亦失了方寸，茫然站起來，連謝恩的話也一時忘掉。

項少龍趨前跪倒受命，暗忖這招連消帶打，使自己直接管治都衛的妙計，定是出自李斯的腦袋。

小盤猛地立起，冷喝道：「這事就如此決定，退朝！」

眾人忙跪倒地上。

小盤把朱姬請起來，在禁衛和李斯簇擁下高視闊步的離開。

項少龍心中湧起怪異無倫的感覺，同時知道廳內一眾秦國的重臣大將，如他般終於體會到「秦始皇」睥睨天下的氣魄和手段，而他卻只還是個未成年的大孩子。

項少龍為了怕給鹿丹兒和嬴盈再次糾纏，故意與鹿公、徐先、王齕等一道離開。踏出殿門，呂不韋和蒙驁在門外候著，見到項少龍出來，迎過來道：「今趟的事，全因呂雄而起，儲君雖赦他的死罪，本相卻不會對他輕饒，少龍切勿把此事放在心上。」

鹿公等大為訝異，想不到呂不韋如此有量度。

只有項少龍心知肚明，因呂不韋決意在由後天開始的三天田獵期內，務要殺死自己，才故意在眾人前向他示好，好讓別人不會懷疑他的陰謀。當然，那個由莫傲和管中邪兩人想出來的殺局，必定是天衣無縫，毫無破綻痕跡可尋。

項少龍裝出不好意思的樣兒，歉然道：「這事小將是別無他法，呂相萬勿見怪。」

呂不韋哈哈一笑，與鹿公等閒聊兩句，親熱地扯著項少龍一道離宮，氣得守在門外的鹿丹兒和嬴盈只有乾瞪眼的份兒。

看著呂不韋談笑自若，像沒有發生過甚麼事的神態表情，項少龍不由心中佩服。

笑裡藏刀才最是厲害！

第二章　絕處逢生

呂不韋堅持要送項少龍一程，後者欲拒無從下，惟有坐上他的豪華座駕。

車子經過已大致完成、只欠些修飾的新相國府時，呂不韋躊躇滿志地指點著道：「田獵大典後，我會遷到這風水福地來，這是咸陽地運的穴眼，不過鄒老師卻說由於天星轉移，九年後地氣將會移進咸陽宮去，哈！正是儲君加冕的時刻，多麼巧！」

項少龍對風水一竅不通，對歷史卻有「未卜先知」的能耐，聞言呆了起來，對鄒衍的學究天人，更是驚歎。

呂不韋伸個懶腰，笑道：「有九年當頭的鴻運，可給我完成很多事。」

項少龍不由心中佩服，呂不韋剛打了一場敗仗，眼下卻像個沒事人般，一副生意人的本色，不怕賠本的生意，只要能從別處賺回來就行。

呂不韋忽然探手親切地摟項少龍的肩頭，微笑道：「新相府萬事俱備，只欠位好女婿，少龍明白我的意思吧！現在你見過娘蓉，還不錯吧！我呂不韋最疼惜就是這寶貝女兒了。」

項少龍心中暗歎，這可說是最後一次與呂不韋修好的機會。

以大商家出身的秦室權相，最初是因利益與他拉上關係，亦因利益而要以辣手對付他，現在再次把他拉攏，仍是「利益」這兩個字。

他可說是個徹頭徹尾的功利主義者，只論利害關係，其他的可以擱在一旁。換過別人，遭到剛才那種挫折，多少會有點意氣用事，他卻毫不計較，反立即對項少龍示好。

以此類推，即使成為他的女婿，又或像小盤的「親生骨肉」，在利害關係下，他亦可斷然犧牲，呂雄正是個好例子。

項少龍直覺感到，呂不韋不但要通過小盤把秦國變成他呂家的天下，說不定還會由自己來過過做君主的癮兒。

呂不韋見他沒有斷然拒絕，只是沉吟不語，還以為他已心動，拍了拍他肩頭道：「少龍考慮一下吧，下趟定要給我一個肯定的答案。無論如何，呂雄這蠢材的事不用放在心上。」

馬車停下來，原來已抵達官署正門。

項少龍道謝後走下馬車，心裡明白，呂不韋將會於田獵時再問他一次，若答案是「否」的話，便按照原定計劃在田獵時對付自己。

回到官署，人人對他肅然起敬，項少龍想到今趟不但小盤立威，自己亦在都騎軍內立威，以後指揮起這些出身高貴的都騎，試問誰敢不服？

滕翼和荊俊早回到署內，三人相見，禁不住大笑一番，暢快至極。呂雄的政治前途就此完蛋，實比殺他更令這滿懷野心的人難過。

滕翼笑罷，正容道：「今次連帶將管中邪都給害了，管小兒必定心中大恨。」

項少龍苦笑道：「有一事將會使我和他更是勢成水火，因為呂不韋剛向我重提婚事，限我在下趟見他時答覆。」

荊俊眨眼道：「這呂娘蓉可算美人胚子，不若把她娶過來玩玩，先報點仇也好。」

滕翼怒喝道：「你當你三哥是甚麼人？」

荊俊立時閉口。

項少龍歎道：「這事確令人頭痛，坦言拒絕的話，呂不韋可能受不了，不過亦顧不得那麼多了。」

滕翼待要說話，近衛來報，嬴盈和鹿丹兒又找上門來。

項少龍與兩女放騎馳出城門，沿著官道奔下山坡，來到一望無際的平原，際此仲春時節，漫野翠綠，又有兩位刁蠻的美女作伴，不由煩憂盡去，心懷大放。

嬴盈興奮地來到他旁，指著地平處一座小山巒，道：「那是著名的『歇馬坡』，山上有株參天古柏，旁有清泉，我們就以那裡為目標，誰先抵達就算誰贏，以後見面，都要執下屬之禮，為期三個月。」

另一邊的鹿丹兒嬌笑道：「當然不止是比賽馬力那麼簡單，比賽者可以用任何方法阻止對手得勝，但可不准傷害對手或馬兒，明白嗎？」

項少龍愕然道：「馬兒跑得那麼快，哪來餘暇對付別人？」

嬴盈橫他媚態橫生的一眼，長腿一夾馬腹馳了開去，嬌笑像春風般吹回來道：「那我們便不知道哩！」

鹿丹兒同時馳出。

項少龍慣了她們的「不擇手段」，更沒有時間計較兩女「偷步」，策著疾風，箭般追去。

說到騎術，項少龍屬半途出家，比起王翦般可在馬背上吃飯、睡覺的人，當然萬萬不及。但若只比速度，憑著疾風，應該不會輸於任何人，問題是念在兩女在倒呂雄一事上幫了個大忙，今趟好應讓她們贏回一仗，哄哄兩位小姐開心。在美女前認認輸，可視為一種樂趣。

有這想法後，再無爭雄鬥勝之心，做個樣子，遠遠跟著兩女的馬尾，朝目的地輕鬆馳去，草原山野在蹄起蹄落間往後方退去。

項少龍不由想起趙雅，假若成功殺了田單為善柔報仇，回來時她應抵達咸陽。經過這麼多波折，他定要好好待她，使她下半生能過點舒適幸福的日子。

前方兩女沒進一片疏林裡，項少龍的思索又來到琴清身上。

感情是一種很奇怪的東西，往往愈是克制，誘惑力愈強大，他和琴清間的情況正是這樣。根本不用男歡女愛，只要兩人相對時那種微妙的感覺，已有偷吃禁果的動人滋味。假設永遠不逾越那道無形的界限，這種形而上的精神偷情，實在更是美麗。

問題是若有某一剎那忽然一發不可收拾，就糟糕透頂。

假若仍在二十一世紀，有人告訴他自己會在美色當前時苦苦克制，他絕不會相信，但現在終於發生了，可知他的轉變是多麼厲害。

神思飛越中，林木掩映間，人馬闖進疏林。

兩女的背影在疏林深處時隱時現，這時代的女子出奇地早熟，或者是由於十四歲已可嫁人的關係，風氣如此，像嬴盈和鹿丹兒不過十五、六歲，已是盛放的鮮花，更因自小學習騎射劍術，體態健美，比之別國美女多添一分矯捷輕盈的味兒，要說她們不誘人，只是昧著良心說謊話。

但項少龍卻絕不想招惹她們，一來是因既無暇亦無心於搞新的男女關係，尤其是鹿丹兒，更是儲妃人選之一，若他沾手，便是與小盤爭風，這是他絕不肯做的事。

現下並非二十一世紀，一夕之緣後大可各散東西。特別是這些有身份地位的貴女，弄上手必須負上責任，而他項少龍現在最怕的是對美女負責任，只是個琴清，已使他手足無措，不知如何善處。

正思索間，忽感不妥。

眼角黑影一閃，項少龍警覺望去，一張網子似的東西迎頭罩來，撒網的人卻躲在一叢矮樹後。

項少龍本能地拔出血浪寶劍，一劍劈去。豈知網子倏地收緊，把血浪寶劍纏個結實，還往外猛扯。

項少龍心中暗笑，儘管兩女加起上來，恐仍難敵自己的神力。想也不想，用力抽劍，還使了下巧勁，欲順勢把特製的怪網割斷。

豈知一股無可抗拒的大力狂扯而來，項少龍大惑不解時，連人帶劍給拉下馬去，跌了個四腳朝天。

疾風空馬馳出十多步後停下來，回頭奇怪地瞪著他。

對方扯力不斷，項少龍無奈下惟有放手，任由從未脫手的佩劍被人奪走。兩女的嬌笑聲立時由草叢後傳來。

項少龍心中明白，對方必是藉馬兒之力，以巧計奪劍，為之氣結，索性躺在草地上，看著樹頂上的藍天白雲。

不旋踵，兩女的如花玉容出現在上方，俯頭往他這敗將看下來，笑得花枝亂顫，得意洋洋。

嬴盈雀躍道：「原來你這般不中用，以後我們再沒有興趣理會你。」

項少龍感受著疲倦的脊骨平躺地上那舒服入心的滋味，微笑道：「不再理我嗎？那真是求之不得。」

鹿丹兒把奪得的血浪寶劍插在他臉旁，不屑道：「臭美的男人，人家稀罕你嗎？真不明白紀嫣然為何要嫁你，連佩劍都保不住。」

嬴盈跺足嗔道：「丹兒！你還要和他說話嗎？你是否耳朵聾了，聽不到他說恨不得我們不理睬他。走吧！以後我都不要再見到他了。」

鹿丹兒略作猶豫，早給氣苦的嬴盈硬扯著去了。

待蹄聲遠去，疾風馳了回來，低頭察看主人。項少龍苦笑著坐起來，暗忖這樣也好，怕只怕這兩個刁蠻女仍不肯放過他。

嬴盈這麼受不得他的說笑，其實正因是稀罕和看重他，故份外下不了氣。

就在此時，疾風露出警覺的神色，豎起兩隻耳朵。

完全基於戰士的直覺，項少龍一掌拍在疾風的馬股上，大喝道：「走！」

疾風與他心意相通，放開四蹄，往前奔去。

同一時間，項少龍取劍撲地滾入剛才兩女藏身的矮樹叢中。

機栝聲響，十多枝弩箭勁射入樹叢裡。

項少龍已由另一邊滾出來，橫移到一棵大樹後，順手由腰內拔出兩枚飛針。對方應是一直跟在他們身後，俟兩女離開，才現身施襲。

他沒有防範之心，皆因呂不韋理該不會在這種微妙的時刻使人襲擊自己。因為若他遇襲身亡，最大的兇嫌非他莫屬。

風聲響起，一枝弩箭由左側樹後電射而來。

項少龍猛一閃身，弩箭貼臉而過，插在身後樹上，其險至極。他一個翻騰，就地向箭發處滾過去。

樹後的蒙面敵人正要裝上第二枝弩箭時，項少龍的血浪已透腹而入。

眼角人影閃掠，項少龍連轉頭看一眼的時間也欠奉，揮手擲出飛針，兩聲慘叫，先後響起。

項少龍知道不可停下來，就勢滾往一個草叢裡，剛才立身處掠過四枝弩箭，可見敵人的凶狠和要置他於死地的決心。

足音由後方響起，來犯者不會少於二十人。

項少龍收起長劍，左、右手各握兩枚飛針，憑聲往後連珠擲出，又橫滾開去。

一聲淒厲的慘叫由後方傳來，四枚飛針，只一枚建功。

敵人紛紛找尋隱起身形的戰略地點。直到此刻，敵人仍只是以弩箭對付他，幸好敵人對他的飛針非常顧忌，不敢強攻，否則他早已送命。

不過這並非辦法，敵眾我寡下，如讓敵人完成包圍網，他必死無疑。他唯一的優勢，是可召來疾風，只要翻上馬背，便有希望逃生。

項少龍再往前滾去，快要來到另一株大樹，大腿火辣般劇痛，一枝弩箭擦腿而過，連褲子帶走大片皮肉，鮮血立時涔涔淌下。

他悶哼一聲，移到樹後。步聲驟響，項少龍探頭後望，只見一個蒙面大漢正持弩弓往他撲來，忙擲出飛針。

那人面門中針，仰後翻倒，弩箭射上半空。

三枝弩箭由樹後疾射而至，幸好他及時縮回來。鮮血不受控制地狂流而出，劇痛攻心。

項少龍知道此是關鍵性的時刻，振起求生的意志，勉力往前滾去，躲到一堆亂石之後，頭腦一陣暈眩，知是失血過多的現象，忙拔出匕首，割下一截衣袖，紮緊腿傷處。

敵人處傳來移動時帶動草葉的響聲。

項少龍心中大愁，現在他的行動因腿傷而大打折扣，更無力在偷襲者完成包圍網前，逃出去與疾風會合。

就在此時，他看到了前方兩樹間連接著一條絆馬索。

項少龍心念電轉，明白是嬴盈和鹿丹兒兩女佈下對付他的第二重機關。再環目一掃，竟發現另外還有兩條絆馬索，把前方去路攔著。

足音再次逼來，項少龍又氣又喜，暗忖幸好疾風沒有經過此處，更知道這是目下唯一的逃生機會，精神大振，跳了起來，往前狂奔而去，同時撮唇發出尖銳呼喚疾風的哨聲。

風聲勁起，項少龍飛身撲過絆馬索，翻滾而去。勁箭在頭頂呼嘯而過。他再彈起來時，疾風的蹄聲由遠而近。

後方一聲呼嘯，敵人再顧不得隱起身形，扇形般狂追而來。

項少龍在樹叢間左穿右插，把速度提至極限，引誘敵人發放弩箭。

要知為弩弓裝上弩箭，既費力又耗時，很多時還要借助腳力，所以發放一箭後，敵人若不想讓他溜走，必須暫時放棄裝上弩箭，好全力追趕他。

少去弩箭的威脅，比的就是腳力。疾風此時出現在左前方百丈許外，全速奔來。

項少龍由於腿傷的關係，走得一拐一拐的，愈來愈慢，幸好不出所料，弩箭攻勢停下來，只餘下敵人急驟的奔跑聲。

接著是驚呼倒地的叫聲，當然是給絆馬索摔倒。

項少龍趁機大叫道：「敵人中伏！快動手！」

後方一陣混亂，疾風奔至身前，項少龍撲上馬背，打橫衝出。

順勢回頭瞥一眼，只見蒙面敵人翻倒七、八個在地上，未倒下的仍有六、七人，其中一人的身形非常眼熟，正擲出手中長劍，往疾風插來，手勁與準繩均無懈可擊。

項少龍揮劍橫格，同時大笑道：「旦楚將軍不愧田相手下第一猛將！」

一夾疾風，一片雲般飛離險境。

第三章　糾纏不清

烏府內，滕翼親自為他包紮傷口，駭然道：「箭只要歪上一寸，三弟莫想能逃回來。」

荊俊此時回來道：「查過了！旦楚仍沒有回來，兩位刁蠻小姐安全歸家了。」

項少龍皺眉苦思道：「我敢肯定今日有份與會的大臣裡，必有人與田單暗通消息，否則他怎能把握到這麼好的時機。」

一旁的陶方點頭道：「假若少龍遇害，人人均會以為是呂不韋下的手，那時秦國就有難。」

荊俊插言道：「會否真是呂不韋通過田單向三哥下毒手？事後大可推說是別人陷害他。」

滕翼道：「應該不會，對方擺明連嬴盈和鹿丹兒都不放過，只因她們走早一步，才沒遇上旦楚和他的人吧！」

項少龍暗吁出一口涼氣，剛才情況的凶險，乃平生僅遇，若非因兩女佈下的絆馬索，再詐得敵人陣腳大亂，現在休想安坐在此。

陶方道：「幸好箭上沒有淬毒，可見由於事起倉卒，旦楚等亦是準備不足，否則結果就完全兩樣。」

頓了頓又道：「只要我們查出有哪位大臣，離開議政廳後立即找田單，當知是誰與田單暗中勾結。一天找不出這人來，始終是心腹之患。」

項少龍道：「我看不會那麼容易查出來，為掩人耳目，他們會有一套秘密的聯絡手法，不愁被人看破。」

滕翼接著道：「只憑他猜到嬴盈和鹿丹兒會纏你到城外較量，就知此人不但深悉咸陽城的事，還須是與嬴盈等相當接近的人。若這立論正確，呂不韋和蒙驁均該與此事無關。」

荊俊正想發表高見時，烏舒奔進來道：「牧場有信來了！」

項少龍大喜，取過竹筒，拔開蓋子，把一封帛書掏出來，果然是那封冒充春申君寫給李園的偽信。眾人看過都歎為觀止。

陶方道：「少龍準備怎樣把偽信交到李園手上？」

項少龍微笑道：「備車，今趟要由你們扶我去見鹿公了。」

步下馬車，項少龍這才領教到滋味，當受傷的左腿踏到地上去時，傷口像裂開來般痛入心脾。烏言著和另一鐵衛荊別離，忙左右攙扶，朝鹿公將軍府的主宅走去。

門衛都訝然看著他，項少龍報以苦笑，登上門階，到廳內坐下，才令兩人到門外等候。

俏婢奉上香茗，瞪著好奇的大眼偷瞥他，有點欲言又止的樣兒。

項少龍心中奇怪，想問她時，一團黃影旋風般由內進處衝出來，到他几前坐下，得意洋洋地看著他，原來是聞風而至的鹿丹兒。

只見她小嘴一翹，神氣地道：「想不到堂堂都騎大統領，只不過摔一跤，就那麼跌斷狗腿子，真是笑死天下人，羞人極了。」

項少龍看她嬌俏的模樣，苦笑道：「你們不是打定主意不理睬我這沒用的手下敗將嗎？為何丹兒小姐還這麼有興致？」

鹿丹兒微一愕然，接著大發嬌嗔道：「誰理睬你，只是你摸上門來吧！還要說這種話？」

項少龍微笑道：「算我不對好了，丹兒小姐請勿動氣。」

鹿丹兒氣鼓鼓地瞪他，向身旁掩嘴偷笑的美婢道：「看甚麼！給我滾進去！」

嚇得那小俏婢慌忙溜掉。

此時氣氛頗為微妙，兩人不知說些甚麼話好，這刁蠻美麗的少女更是進退兩難，項少龍心中一軟，為她解圍道：「後天是田獵大典，丹兒小姐做好準備了嗎？」

鹿丹兒愛理不理地道：「誰要你來管我的事。哼！你這人最不識抬舉，累得盈姊哭了，我絕不會放過你的。」

項少龍失聲道：「甚麼？」

鹿丹兒愈想愈氣，怒道：「甚麼甚麼的？你當自己是甚麼東西？我們要來求你嗎？我恨不得一劍把你殺了。」

項少龍暗自心驚，眼前的鹿丹兒，乃咸陽琴清外絕對碰不得的美女，因為她是儲妃人選之一。愛的反面是恨，像嬴盈和鹿丹兒這種心高氣傲的貴女，份外受不起別人的冷淡，尤其這人是她們看得上眼的人。

正不知說甚麼好，鹿公來了。

鹿丹兒低聲道：「項少龍！我們走著瞧。」一陣風般溜掉。

鹿公在上首坐下時，搖頭歎道：「小娃子很難伺候，我也拿她沒法兒。」

項少龍惟有以苦笑回報。

鹿公正容道：「你的腿是怎麼回事？不是給丹兒弄傷吧！」

項少龍低聲把遇襲的事說出來。

鹿公勃然大怒道：「田單真是好膽，到這裡仍敢行凶，欺我秦國無人耶？」

項少龍道：「此事很難追究，呂不韋亦會護著他。」由懷裡掏出偽造的書信，交給鹿公過目。

鹿公看後，點頭道：「這事包在我身上，我今晚把信送到李園手上，最近有位原本在春申君府做食客的人來投靠我，就由他做信使，保證李園不會起疑心。」

項少龍大喜道：「這就最好哩！」

鹿公沉吟片晌後，有點難以啟齒地道：「小丹兒真令我心煩！」

項少龍訝道：「孫小姐有甚麼問題呢？」

鹿公道：「你不知道了，這幾天小丹兒除你外，還找上管中邪，對他的劍法和人品、氣度讚不絕口，這小子又懂討女兒家的歡心，你說我應否心煩？」

項少龍聽得心中一沉，皺眉道：「婚嫁之事，不是由你老人家作主嗎？」

鹿公搖頭道：「我大秦族自古以來，一直聚族而居，逐水草以為生計。男女自幼習武，更有挑婿的風俗，任由女子選取配得上自己的情郎，有了孩子才論婚嫁。自商鞅變法後，情況雖有改變，但很多風俗仍保留下來，所以若丹兒真的看上管中邪，老夫也很難阻止。」

今次輪到項少龍大感頭痛。這可說是管中邪打進秦人圈子的最佳方法，若給他把鹿丹兒弄上手，成為鹿公的孫女婿，不但使鹿丹兒當不成儲妃，亦使他的身份地位大是不同，對付起來困難多了。

這種男女間的事，外人無權過問。管中邪無疑是很有魅力的人，就算自己亦沒有把握在這方面勝得過他。

苦笑道：「鹿公不是有意把孫小姐嫁入王宮嗎？」

鹿公歎道：「是徐先和騰勝的主意罷了！丹兒往時也有入宮陪儲君讀書，這兩天纏上管中邪後，便失去了這興致。呂不韋此招真辣，使我再不敢向太后提出丹兒的婚事。」

鹿公雙目閃過殺機，沉聲道：「我派人警告管中邪，若他真的敢碰丹兒，就算有呂不韋做他靠山，我也要找人把他生劏，問題是幾乎每趟都是丹兒自己送上門去，教我無計可施。」

頓了頓忽道：「少龍和他交過手嗎？」

項少龍搖頭表示尚未交手。

鹿公道：「此人劍術非常厲害，昨晚在送別龍陽君的宴會上大展神威，連敗各國著名劍手，連田單的貼身護衛劉中夏都敗在他手上，大大的露了一手。現在咸陽已有傳言，說他的劍法在你和王翦之上，嘿！好小子！」

項少龍動容道：「鹿公看過他出手，覺得怎樣？」

鹿公沉聲道：「他的劍法非常怪異，以緩制快，以拙剋巧，比起你的劍法，可說各擅勝場，但我卻怕你在膂力上遜他一籌。」

項少龍開始感到管中邪對他的威脅，而這種形勢極可能是莫傲一手營造出來的，此人不除，確是大患。

假若嬴盈和鹿丹兒兩位咸陽城的天之驕女給他弄上手，那他將融入秦人的權力圈子裡，對他項少龍更是不利。

只要呂不韋派他再打兩場勝仗，立下軍功，就更加不得了。想深一層，如果自己拒絕呂娘蓉的婚事，肯定呂不韋會把愛女嫁給管中邪，而此君將會成為呂不韋手下的第二號人物。

是否該把他幹掉呢？那會是非常困難和危險的事，或者要和他來一趟公平的決戰，不過只是想起他比得上囂魏牟的神力，勝過連晉的劍法，項少龍便心裡打鼓，難以堅持此「解決」的方法。

離開上將軍府後，他強烈地思念妻兒和愛婢，不過礙於拐行的左腳，怕她們擔心，不得不放棄這衝動。而他深心處，隱隱知道自己其實很想再見到琴清，縱使沒有肉體的接觸，只要看到她的音容笑貌，雅緻的風姿，已是最大的享受。

回到烏府後，項少龍告知滕、荊兩人鹿公府之行的情況，提到鹿丹兒和管中邪的事，歎道：「呂不韋這一招實令人難以招架，男女間的事誰都插手不得，最糟的是秦女風氣開放，又可自選嬌婿，連父母都管她不著。」

荊俊聽得心癢癢地道：「鹿丹兒和嬴盈均為不可多得的美女，若全被管中邪弄上手，令人想起來心中甚不服氣，唉！我說起來總是個堂堂副統領，為何她們不來尋我開心？」

滕翼沉聲道：「不要說這些無聊話，以現時來說，我們根本沒有餘暇去理會這方面的事，亦不到我們去管，還有一天便是田獵大典，我們要擬好計劃，對付莫傲，同時要應付呂不韋的陰謀。」

項少龍道：「小俊摸清楚田獵場的環境了嗎？」

荊俊興奮起來，取出一卷帛圖，攤在几上，陶方這時剛好返來，加入他們的密議。

荊俊解釋道：「田獵場佔地近百里，介於咸陽和梁山之間，一半是草原和縱橫交錯的河流，其他是山巒丘谷，營地設在田獵場最接近咸陽城東端一處高地上，涇水由東而來，橫過北方，檢閱臺位於營地下方的大草原，分早獵和晚獵兩部分，如要動手，當然是在有夜色掩護時最佳。」

陶方擔心道：「少龍的腿傷，多少會有些影響。」

項少龍道：「我們是鬥智而非鬥力，而且坐在馬背上，腿傷應沒有太大影響。」

滕翼道：「田獵有田獵的規矩，首先是禁止使用弩弓，亦不准因爭逐獵物而進行私鬥，人數方面也有限制。最受人注目是第三天的晚獵，由狩獵最豐的多個單位派出人選，到西狩山行獵較量，該處盛產虎、豹等猛獸，誰能取回最多的獸耳，就是勝利者。」

所謂單位，指的是軍中的單位，例如禁衛軍、都騎軍、都衛軍是三個獨立的單位，其他如上將軍府、左、右丞相府，皆是不同的單位，用意在提拔人才，像一場比拚騎射的考試。為展示實力和激勵鬥志，像田單這些外人亦會被邀參加，好比拚高低。

荊俊道：「佈置陷阱並不困難，問題是如何把莫傲引到那裡去，這傢伙的壞心術最多，恐怕很難令他上當。」

項少龍道：「有些甚麼陷阱，可否說來聽聽？」

荊俊精神大振道：「其中一著，是把一種取自蜂后的藥液沾點在莫傲身上，只要他經過蜂巢附近，保證可要了他的命。」

陶方皺眉道：「若他穿上甲冑，恐怕只手、臉有被螫的可能，未必能致他於死。」

滕翼道：「陶公有所不知，在西狩山一處斜坡旁的叢林裡，有十多巢劇毒的地蜂，只要叮上十來口，人就要昏迷，多幾口的話，神仙難救，問題是怎樣誆他到那裡去，因為他只是文官，不會直接參與狩獵，此計對付管中邪反容易一點。」

陶方色變道：「這麼說，呂不韋對付少龍亦應不是太困難。」

項少龍苦笑道：「只要想想毒計是由莫傲的腦袋裡鑽出來，便知非是易與，看來我應暫且拖著呂娘蓉的婚事，待殺掉莫傲，才與他計較，始是聰明的做法。」

滕翼歎道：「三弟肯這樣做嗎？」

項少龍雙目神光一閃，道：「兵不厭詐，否則就要吃大虧，或者佯作答應後我們再利用管中邪，破壞呂不韋的如意算盤，此事隨機應變好了。」

陶方省起一件事，道：「我差點忘了，圖先著你明天黃昏時分去會他，應有新的消息。」

滕翼長身而起，道：「夜了！少龍早點休息！若仍走得一拐一拐的，怎樣去與圖先會面。」

項少龍在兩人攙扶下，朝寢室走去，心中一片茫然。

由與呂不韋鬥爭到現在，雖然不斷落在下風，但從沒有像這刻般的心亂如麻，無論是呂娘蓉、鹿丹兒，又或嬴盈，每個都令他大感頭痛，有力難施。

他清楚地感覺到，即使成功除去莫傲，管中邪仍有可能使他一敗塗地。這刻他只希望能摟著紀嫣然她們好好睡一覺，自己未來的命運實太難以逆料了。

第四章　拒婚之恨

翌日起床，腿傷疼痛大減，傷口處還消了腫。

項少龍大讚滕翼的山草藥了得，滕翼警告道：「這兩天你絕不可做激烈的動作，否則傷口爆裂，恢復期就要拖得很長了。」

項少龍心中一動，道：「我想到最佳應付莫傲和管中邪陰謀的方法，是因傷退出狩獵，橫豎說起打獵，我比你們差遠了。」

滕翼笑道：「那會使很多人失望。」

又道：「牧場有消息傳來，清叔已依你的方法製成你提議的摺疊弩弓，可收藏於衣服內不被覺察，目下仍須改良，要十多天時間始可大功告成。」

項少龍大喜，摺疊弩弓威力不遜於一般弩弓，卻易於收藏，是由他這個二十一世紀的靈活腦袋想出來的其中一個厲害玩意，憑仗越國工匠的手藝，乃改良精兵團裝備一個努力的方向，現在終告初步有成。

吃早點時，呂不韋忽然派人召他往見。

項少龍想起呂娘蓉的事，大感頭痛，無奈下只好匆匆趕往相府。

在府門處遇上前往南門都衛官署的管中邪，後者全無異樣神態地向他執下屬之禮，笑道：「這幾天很想找項大人喝酒聊天，只恨公私兩忙，抽不出時間，今天出門遇貴人，相請不若偶遇，不如今晚由我請客，加上昌文君兄弟，大家歡敘一夜。」

由於兩人間微妙的關係，反使項少龍難以拒絕，無奈答應後，裝出抱歉的神態道：「因呂雄的事，累得管大人降官一級，我……」

管中邪哈哈一笑，拉著他走到一旁低聲道：「項大人勿將此等小事放在心上，呂雄是自取其咎，怨不得任何人，小弟降職是難卸罪責。」

項少龍聽得心中生寒，此人城府之深，確教人心中懍然。

定下今晚見面的時間和地點後，項少龍往書齋拜見呂不韋。

呂不韋正在吃早點，著項少龍坐下與他共進早膳，肅容道：「聽城衛的報告，少龍昨天黃昏在城外遇襲，受了箭傷，究竟是甚麼一回事，知否是誰做的？」

項少龍道：「他們蒙著頭臉，不過假若我沒有猜錯，其中一人應是田單手下的猛將旦楚。」

呂不韋臉色微變，藉吃糕點掩飾心中的震盪。

項少龍明白他動容的原因，因為假設田單成功了，最大的嫌疑者將是他呂不韋本人，那等若田單在陷害他。

項少龍索性坦然道：「田單已識破我董馬癡的身份，由於我有位好朋友落到他手上，他竟以此威脅我，幸好當時給我看穿那位朋友早給他害死，所以一時氣憤下，當著他的面說要殺他報仇，他自然要先發制人。」

呂不韋沉吟不語，好一會兒才道：「他怎能把時間拿捏得如此天衣無縫，就像我為呂雄這蠢材的事心懷不忿，派人去找你算帳的模樣。幸好當時我是和你一道離開，在時間上趕不及遣人吊著你和那兩個刁蠻女，否則我也脫不掉嫌疑。」

項少龍心中佩服，呂不韋無論氣魄風度，均有使人為之懾服、甘心向他賣命的魅力，像眼前這番話，便充滿推心置腹的坦誠味道。

項少龍道：「當日在邯鄲時，田單曾暗示在咸陽有與他勾結的人，還表示滿有對付我的把握，那人當然不應是指呂相，該是昨天與會的其他六位大臣之一。」

呂不韋點頭道：「鹿公、徐先、王齕和蒙驁四人應該沒有問題，餘下的只有蔡澤和王綰兩人，其中以蔡澤嫌疑最大，說到底他仍是因我而掉了宰相之職，哼！竟然擺出一副依附於我的模樣，看我如何收拾他。」

項少龍吃了一驚，道：「還是查清楚一點再作決定吧！」

呂不韋冷笑道：「這事我自有分寸，是了！娘蓉的事你決定了嗎？」

項少龍想起「無毒不丈夫」這句話，把心一橫，道：「呂相如此看得起我項少龍，我怎敢不識抬舉，此事……」

就在此時，窗外傳來一聲嬌叱，道：「且慢！」

兩人同時嚇了一跳，愛穿紅衣的呂娘蓉像一團烈焰般推門而入，先對呂不韋道：「爹不要怪守衛有疏職守，是我不准他們出聲的。」

項少龍忙站起來行禮。

呂不韋皺眉道：「爹和項統領有密事商量，蓉兒怎可在外面偷聽？」

呂娘蓉在兩人之前亭亭玉立，嬌憨地道：「只要是有關娘蓉的終身，娘蓉就有權來聽。入鄉隨俗，秦人既有挑婿的風俗，娘蓉身為堂堂右相國之女，自應享有這權利，娘蓉有逾禮嗎？」

呂不韋和項少龍面面相覷，都不知應如何應付這另一個刁蠻女。

呂娘蓉眼神移到項少龍臉上，露出不屑的神情，傲然道：「若想娶我呂娘蓉為妻，首先要在各方面勝得過我，才可成為我呂娘蓉的選婿對象之一。」

呂不韋不悅道：「蓉兒！」

呂娘蓉跺足嗔道：「爹！你究竟是否疼惜女兒？」

呂不韋向項少龍攤攤手，表示無奈之意，柔聲道：「少龍人品、劍術均無可挑剔，還說爹不疼愛你嗎？」

項少龍卻是心中暗笑，剛才他並非要答應婚事，只是希望以誑語把事情拖到田獵後再說，亦好使呂不韋不疑心是他殺死莫傲，豈知曾被他拒婚的三小姐竟躲在窗外偷聽，現在到來一鬧，反正中他下懷。

呂娘蓉蓮步輕搖，婀娜多姿地來到項少龍身前，仰起美麗的俏臉打量他，道：「我並沒有說一點也不喜歡他呀！只是有人更合女兒心意，除非他能證明給我看他才是更好的，否則休想女兒挑他為婿。」

她對著項少龍，卻是只與她爹說話，剩是這態度，就知她在有冤報冤，向項少龍討回曾被拒婚的屈辱。

她雖是明媚動人，但由於與呂不韋的深仇，項少龍對她並沒有愛的感覺，微微一笑道：「三小姐心中的理想人選是誰？」

呂娘蓉小嘴微翹，惱恨地白他一眼，道：「我的事哪到你來管，先讓我看看你在田獵的表現吧！」

項少龍向呂不韋苦笑道：「那恐怕要教小姐失望了。」

呂不韋皺眉道：「蓉兒不要胡鬧，少龍受人暗算，傷了大腿，明天……」

呂娘蓉不屑地道：「連自己都保護不了，有甚麼資格做女兒的丈夫，爹！以後不可再提這頭婚事了，女兒寧死也不會答應。」

嬌哼一聲，旋風般去了。

項少龍心中大喜，表面當然裝出失望的神態。

呂不韋著他坐下後歎道：「這女兒是寵壞了，少龍不須放在心上，過幾天我再和她說說看。」

項少龍忙道：「一切聽呂相吩咐！」心中卻在想要設法使管中邪知道此事，他會有方法使呂娘蓉不對他「變心」，例如米已成炊那類手段，那自己就可化解呂不韋這一招了。

呂不韋沉吟片晌後，低聲道：「少龍是否真要殺死田單？」

項少龍苦笑道：「想得要命，只是相當困難，當時是氣憤衝口而出，事後才知太莽撞。」

呂不韋點了點頭，苦思頃刻，待要說話，下人來報，李園有急事求見。

呂不韋大感愕然，長身而起，道：「此事容我再想想，然後找你商議，我要先去看看李園有甚麼事。」

項少龍忍住心中喜意，站了起來。

李園終於中計。

離開相府，項少龍立即入宮謁見小盤，這大秦的小儲君在寢宮的大廳接見他。伺候他的宮女年輕貌美，有兩三個年紀比小盤還要小，但眉目如畫，已見美人兒的胚子。

小盤和他分君臣坐好，見他對她們留神，低笑道：「這都是各國精挑來送給我的美人兒，全是未經人道的上等貨色，統領若有興趣，可挑幾個回去伺候你。」

項少龍想起當日自己制止他非禮妮夫人的侍女，不禁感觸叢生，搖頭道：「儲君誤會，我只是怕你沉迷女色，有傷身體。」

小盤肯定地道：「統領放心好了。」

揚手揮退眾宮娥，淒然道：「自娘受辱慘死後，我立誓把心神全放在復仇之上，再不會把精神荒廢在女人身上。」

項少龍暗忖這或許是小盤能成為一統天下的霸主的其中主因之一，環顧其他六國君主、王太子，誰不耽於酒色逸樂，只有小盤因母親妮夫人之死，立下復仇壯志，視身旁美女如無物。

點頭道：「女人有時可調劑身心，最緊要有節制。」

小盤道：「受教了，琴太傅常提醒我這方面的事。」

頓了頓道：「聽昌文君說你受了箭傷，去探你時師父卻早睡了覺，害得我擔心一晚，究竟是甚麼一回事？」

項少龍把事情說出來後，小盤亦想到呂不韋指出的問題，動容道：「這事必有內奸，否則不會曉得兩個女娃子會纏你出城比鬥。」

項少龍道：「此事交由呂不韋去煩惱吧。是了！昨天你擺明不聽你母后的話，事後她有沒有責怪你？」

小盤冷笑道：「她自搭上嫪毒後，就有點怕我，教訓是教訓了幾句，還著我藉田獵的機會把管中邪陞復原職，我已答應了，犯不著在這種小事上和她爭拗。」

提起管中邪，項少龍記起鹿丹兒的事，說了出來。

小盤眼中閃過森寒的殺機，冷然道：「呂不韋真膽大包天，竟敢派人來和我爭女人，看他日後有甚麼好下場。」

項少龍暗忖當然是給你逼死。順口問道：「你歡喜鹿丹兒嗎？」

小盤笑道：「她是個相當難服侍的丫頭，若論美麗，我身邊的女人比得上她的大有人在，只不過非是鹿公的孫女吧！哼！我不歡喜任人安排我的婚姻，話事的人該是我這儲君才對。」

項少龍皺眉道：「我看太后是不會由你自己拿主意的。」

小盤得意地道：「我早有應付之策。」

項少龍待要追問，李斯捧著大疊卷宗公文來奉駕。

行禮後，李斯將文件恭敬地放到几上，道：「儲君在上，微臣幸不辱命，趕了兩晚夜，終弄好外史的職權，請儲君過目。」

項少龍想起這外史是自己根據包拯想出來給內史騰勝的新職位，想不到牽涉到這麼繁重複雜的文書工作。

小盤欣賞地望著李斯道：「那個燕國美女是否仍是完璧？」

李斯偷看項少龍一眼，尷尬地道：「微臣這兩天連看她一眼的時間都找不到。」

項少龍聽得一頭霧水，小盤欣然道：「大前天，呂不韋送了個燕女來給寡人，寡人遂轉贈李卿家，哪知李卿家為了公事，竟可視美色如無物，寡人非常欣賞。」

李斯忙下跪謝小盤的讚語，感動之情，溢於言表。

至此項少龍方明白有明君才有明臣的道理，換過別人，怎會從這些地方看出李斯的好處。

坐定後，小盤伸手按著几上的卷宗，道：「這就是寡人和太后的交易，我送她的姦夫一個大官，且附贈大屋，她自然要在寡人的婚事上做出讓步。那個楚國小公主，寡人可收之為妃嬪，至於誰做儲妃，則要待寡人正式加冕後再作決定。」

項少龍心叫厲害，秦始皇加上李斯所產生的化學作用，確是當者披靡，至少歷史已證明這是「天下無敵」的組合。

李斯關心地道：「聽說項大人受了箭傷哩！現在見到你才安心點。」

小盤插言道：「項卿不若由御醫檢視傷口好嗎？」

項少龍婉言拒絕，正要說話時，昌平君來報，呂不韋偕李園求見。

三人心知肚明是甚麼一回事，項少龍遂與昌平君一道離開，李斯則留下陪小盤見客。

溜出後殿門，來到御園，昌平君把項少龍拉到一角，不安道：「是我妹子不好，扯你到城外，累少龍遭人暗算。」

項少龍笑道：「怎可錯怪令妹，這種事誰都想不到呀！」

昌平君道：「我本想找你去逛青樓，才知你受傷後提早就寢。今晚由我請客，管大人說你已答應。哼！若讓我找出是誰做的，保證他人頭落地。」

項少龍道：「話不要說得這麼盡，敢對付我的人不會是善男信女，嘿！你的好妹子怎樣了？」

昌平君歎道：「昨天由城外回來後，關上門大發脾氣，又不肯吃飯，你也知我們兄弟倆公務繁忙，爹娘又早死，我們哪來這麼多時間去哄她。」

接著有點難以啟齒道：「究竟發生甚麼事？」

項少龍苦笑道：「我只是承認被打敗，請她們高抬貴手再不要理會我，令妹便大發嬌嗔，扯著鹿丹兒走了。」

昌平君喜上眉梢道：「看來她真的喜歡上你，嘿！你對她有意思嗎？」

項少龍歎道：「自倩公主慘遭不幸後，我已心如止水，只希望專心為儲君辦事，再不願有感情上的風波。」

昌平君同情地道：「三年前我的一名小妾因病過世，我也有你這種心情，不過男人就是男人，很快會復元過來，或者少龍需要多點的時間，只要你不是對她全無意思就成。不過我最明白嬴盈的性格，報復心重，她定會弄些事出來使你難過，唉！我也不知該怎麼說了。」

今趟輪到項少龍來安慰他，昌平君把項少龍送至宮門，兩人才分手。

項少龍返回官署，滕、荊兩人均到西郊去，聯同昌文君佈置明天田獵大典的事宜。

他處理一些文書工作後，有人來報，周良夫婦求見。

項少龍還以為他們今早被送離咸陽，至此才知道他們仍留在官署裡，忙著人把他們請進來。

坐定後，項少龍訝道：「賢夫婦為何仍留此不去呢？」

周良不好意思地道：「小人和內人商量過，希望追隨項爺辦事，我家三代都是以造船為業，不知項爺有沒有用得上小人的地方？」

項少龍凝神打量兩人，見他們氣質高雅，不似普通百姓，禁不住問道：「賢夫婦因何來到咸陽？」

周良道：「實不相瞞，我們原是宋國的王族，國亡後流離失所，她……」看了乃妻一眼後，赧然道：「她並非小人妻子，而是小人的親妹，為了旅途方便，才報稱夫婦。今次到咸陽來是要碰碰運氣，希望可以弄個戶籍，幹點事情，安居下來。」

項少龍為之愕然。

周良的妹子垂首道：「小女子周薇，願隨項爺為奴為婢，只希望大哥有出頭的日子。」

項少龍細審她的如花玉容，雖是不施脂粉、荊釵布裙，仍不掩她清秀雅逸的氣質，難怪呂邦不肯放過她，心中憐意大起，點頭道：「賢兄妹既有此意思，項某人自會一力成全，噢！快起來！折煞我也。」

兩人早拜跪地上，叩頭謝恩。

項少龍這二十一世紀的人最不慣這一套，忙把他們扶起來。

深談一會兒後，手下來報，太子丹來了，項少龍命人把周良兄妹送返烏府，由陶方安置他們後，到大堂見太子丹。

與太子丹同來的還有大夫冷亭、大將徐夷則和風度翩翩的軍師尤之。

親衛退下後，項少龍微笑道：「太子是否接到消息？」

太子丹佩服地道：「項統領果有驚人本領，李園真箇要立即趕返楚國，不知統領施展甚麼奇謀妙計？」

項少龍避而不答道：「些微小事，何足掛齒，只不知太子是否決定與項某共進退？」

太子丹識趣地沒有尋根究柢，把手遞至他身前。

項少龍伸手和他緊握了好一會兒，兩人才齊聲暢笑，兩對眼神緊鎖在一起，一切盡在不言之中。

對太子丹來說，眼前最大的威脅並非秦國，而是田單這充滿亡燕野心的強鄰。

放開手後，太子丹道：「此事我不宜出面，若我把徐夷亂的五千軍馬交與統領全權調度，未知統領是否覺得足夠？」

尤之接言道：「鄙人會追隨統領，以免出現調度不靈的情況。」

項少龍喜出望外，想不到太子丹這麼乾脆和信任自己，欣然道：「若是如此，田單休想保著項上人頭。」

又商量行事的細節後，太子丹等告辭離去。

項少龍心情大佳，忽然強烈地思念嬌妻、愛兒和田氏姊妹，遂離開官署，往琴府去也。

第五章 東郡民變

趕到琴府，寡婦清在大廳接待他，道：「嫣然妹她們到城外試馬，準備明天田獵時大顯身手，我有點不舒服，沒有陪她們去。」

項少龍關心地道：「琴太傅身體無恙吧？」表面看來，她只是有點倦容。

琴清垂首輕搖道：「沒有甚麼！只是昨夜睡不好吧！」

抬起頭來，清澈如水的美目深深注視著項少龍，道：「我有點擔心，昨天黃昏時我由王宮返來，遇上到咸陽來參加田獵的高陵君，打了個招呼，他表現得很神氣，真怕他會弄出事來。」

高陵君就是那位因華陽夫人看上莊襄王，致王位被奪的子傒。項少龍暗吃一驚，知道由於自己忙於對付田單，忽略此人。龍陽君曾說高陵君與趙國使臣龐煖有密謀，當時並不大放在心上，究其原因，皆因沒有把龐煖當是個人物，現在給琴清提醒，不由擔心起來。

琴清道：「或者是琴清多疑，有你保護儲君，我還有甚麼不放心哩！」

項少龍暗忖高陵君若要公然起兵叛變，怎也過不了自己這一關，最怕是陰謀詭計，防不勝防。唔！此事應該通知呂不韋，分分他的心神，對自己亦是有利無害。他應比自己更緊張小盤的安危。

琴清見他沉吟不語，幽幽一歎道：「昨天陪太后共膳，那討厭的嫪毒整天在身旁團團轉，惡形惡相，真不明白太后為何視他如珠如寶。」

項少龍苦笑道：「他是名副其實的『金玉其外，敗絮其中』，可惜沒有多少人像琴太傅般，可看穿其中的敗絮。」

琴清嬌軀微顫，秀眸亮起來，訝然道：「難怪嫣然妹說和你交談，永遠有新鮮和發人深省的話題兒，永遠都不會聽得厭倦哩！」

項少龍心中一熱，忍不住道：「琴太傅是否有同感？」

琴清俏臉一紅，赧然白他一眼，垂下螓首，微微點頭。那成熟美女的情態，動人至極。

項少龍的心神被她完全吸引，又有點後悔，一時間無以為繼，不知說甚麼話好。

頃刻的靜默，卻像世紀般的漫長。

琴清低聲道：「項統領吃過午膳嗎？」

項少龍衝口而出道：「吃過了！」

琴清「噗哧」嬌笑，橫他風情萬種的一眼，道：「終給我抓著統領說的謊話，現在才巳時，哪有這麼早開午膳的？不想陪琴清共膳，找個甚麼公務繁忙的藉口，便不用給琴清當場揭破。」

項少龍大感尷尬，期期艾艾，一張老臉火燒般紅了起來。

琴清出奇地沒有絲毫不悅，盈盈而起，道：「我沒時間理會你，現在琴清要把膳食送往城外給你的眾嬌妻們，項統領當然沒有空一道去吧！」

項少龍愈來愈領教到她厲害起來時咄咄逼人的滋味，囁嚅道：「確是有些事……嘿！琴太傅請見諒。」

琴清綻出個含蓄但大有深意的笑容，看得大開眼界的項少龍失魂落魄時，旋又回復一貫清冷的神情，淡淡道：「項統領請！」竟是對他下逐客令。

項少龍隨著她手勢的指示，往大門走去，琴清亦步亦趨地跟在他身後，默不作聲。

項少龍湧起惡作劇的念頭，倏地停下來，琴清哪想到一向謹守禮數的人有此一著，嬌呼一聲，整個嬌軀撞在他背上，那感覺要怎樣動人就怎樣動人。

項少龍在這剎那間回復初到古代世界時的情懷，瀟灑地回身探手挽著她不盈一握的小蠻腰，湊到她耳旁低聲道：「琴太傅！小心走路。」

琴清不知多久沒有給男人的手探到身上來，渾體發軟，玉頰霞燒，像受驚的小鳥般抖顫著，兩手伸過來推他。

項少龍不敢太過份，乘機放開她，深深一揖到地道：「請恕項少龍無禮，琴太傅不用送客了。」

在琴清一臉嬌嗔、又惱又恨的表情相送下，項少龍心懷大暢的離開。

在這一刻，他恢復浪子的心情。由於縛手縛腳的關係，這些日子來他給琴清、嬴盈、鹿丹兒等諸女弄得左支右絀，暈頭轉向、反擊無力，到現在才有出一口氣的感覺。

想起剛才摟著她纖柔腰肢的享受，一顆心登時躍動起來。這或者就是情不自禁。

忽然湧起的衝動，最是難以控制啊！

項少龍來到相府，接見他的是圖先，後者道：「太原郡發生民變，相國接到消息，立即趕入王宮見太后和儲君。」

項少龍心中一懍，太原郡是由趙國搶回來的土地，在這時候發生事情，極可能是龐煖一手策劃的，其中有甚麼陰謀？

呂不韋的反應，當然是立即派出大軍，趕往維護自己一手建立的郡縣，否則說不定比鄰的上黨和三川兩郡，會有樣學樣，同時叛變，若再有韓、趙等國介入，事情可能一發不可收拾，那東方三個戰略重鎮，將要化為烏有，白費心血了。

為應付這種情況，呂不韋必須把可以調動的軍隊全部派往太原郡鎮壓民變，那時咸陽將只剩下禁衛、都騎、都衛三軍。

在一般的情況下，只是三軍已有足夠力量把守咸陽城，但若在田獵之時，朱姬和小盤均移駕至無城可恃的西郊，勢是另一回事。

假若高陵君能佈下一支萬人以上的伏兵，又清楚兵力的分佈和小盤的位置，進行突襲，並非沒有成功的機會。

項少龍愈想愈心寒，又不便與圖先說話，遂起身告辭。

圖先把他送出府門，低聲提醒他到那間民房見面後，項少龍忙朝王宮趕去。

快到王宮，一隊人馬迎面而至，其中最觸目的是嬴盈和鹿丹兒兩女，左右伴著管中邪。

項少龍雖對兩女沒有野心，仍禁不住有點酸溜溜的感覺。

兩女若論美色，可說各有千秋，但嬴盈的長腿、纖細的腰肢和豐挺的酥胸，卻使她更為出眾，誘人之極。

兩女見到項少龍，均裝出與管中邪親熱的神態，言笑甚歡，對項少龍當然是視若無睹。

管中邪自不能學她們的態度，隔遠領十多名手下向他行禮致敬。

項少龍回禮後，管中邪勒馬停定，道：「太原郡出事，儲君、太后正和呂相等舉行緊急會議。」

兩女隨管中邪停下來，擺出愛理不理的惱人少女神態，不屑地瞪著項少龍。

項少龍心中好笑，先向她們問好，才說：「管大人要到哪裡去？」

管中邪從容瀟灑地道：「兩位小姐要到西郊視察場地，下屬陪她們去打個轉，順道探訪昌文君他們。天氣這麼暖，出城走走亦是樂事。」

項少龍哈哈笑道：「有美相伴，自然是樂事。」不待兩女的反應，策騎去了。

唉！若非與呂不韋如此關係，管中邪應是個值得結交的朋友，那時他只會為朋友有美垂青而高興。但現在卻感到棋差一著，給管中邪佔盡上風，而他則是束手無策。

抵達王宮時，會議仍在議政廳內進行。

昌平君把項少龍拉到一角，道：「你見到嬴盈嗎？」

項少龍點點頭。

昌平君道：「是否和管大人在一起？」

項少龍再點頭，道：「聽說是要到西郊視察田獵場的地勢。」

昌平君歎道：「今早我給左相國徐大將軍找去訓話，要我管教妹子，不要和呂不韋的人這麼親近，今趟我是左右做人難，項大人能否救救我？」

項少龍當然明白這小子的意思，苦笑道：「你該知管中邪是個對女人很有辦法的人，本身條件又好，無論體魄、外貌、劍術、談吐均無可挑剔，明刀明槍我亦未必勝得過他，何況現在貴妹子視我如大仇人，這事還是聽天由命吧！」

昌平君愕然道：「怎能聽天由命？我們這一輩的年輕將領，最佩服是徐先的眼光，他看的事絕錯不了，若嬴盈嫁了給管中邪，將來受到株連怎辦才好？呂不韋現在的地位還及不上以前的商鞅君，他不是也要在鬧市中受車裂之刑嗎？外人在我大秦沒多少個有好收場的，官愈大，死得愈慘。」

項少龍倒沒從這個角度去想問題，一時間啞口無言。

兩兄弟之中，以昌平君較為穩重多智；昌文君則胸無城府，比較愛鬧事。

昌平君歎道：「現在你該明白我擔心甚麼，問題是與管中邪總算是談得來的朋友，難道去揪著他胸口，警告他不可碰嬴盈，又交代不出理由嗎？」

項少龍為之啞然失笑，昌平君說得不錯，難道告訴管中邪，說因怕他將來和呂不韋死在一塊兒，所以不想妹子和他好？

昌平君怨道：「枉你還可以笑出來，都不知我多麼煩惱。」

項少龍歉然道：「只是聽你說得有趣吧！說到婚嫁，總要你們兩位兄長點頭才能成事，管中邪膽子還沒有那麼大吧。」

昌平君忿然道：「像你說得那麼簡單就好，假若呂不韋為管中邪來說親，甚或出動太后，我們兩個小卒兒可以說不嗎？」

項少龍一想也是道理，無奈道：「你說這麼多話，都是想我去追求令妹罷了！何不試試先行巧妙及婉轉地警告管中邪，鹿公已這麼做了。」

昌平君苦笑道：「鹿公可倚老賣老，不講道理，四十年後我或者可學他那一套，現在卻是十萬個行不通。嘿！難道你對我妹子沒有半點意思嗎？在咸陽，寡婦清外就輪到她了，當然，還有我們尚未得一見的紀才女。」

項少龍失笑道：「你倒懂得算帳。」

昌平君伸手拉著他手臂道：「不要顧左右而言他，怎麼樣？」又看著他手臂道：「少龍你長得非常粗壯。」

項少龍心中實在喜歡昌平君這個朋友，無奈道：「我試試看！卻不敢包保會成功。」

昌平君大喜，此時會議結束，呂不韋和蒙驁、王齕神色凝重地步下殿門，邊行邊說話。

呂不韋見到項少龍，揚手召他過去。

項少龍走到一半時，呂不韋與蒙、王兩人分手，迎過來扯他往御園走去，低聲道：「少龍該知發生甚麼事，現經商議後，決定由蒙驁率兵到太原郡平定民變。王齕則另領大軍，陳兵東疆，一方面向三川、上黨兩郡的人示威，亦可警告三晉的人不可妄動。」

頓了頓再道：「這事來得真巧，倉卒間駐在咸陽的大軍都給抽空，又碰上田獵大典，少龍你有甚麼想法？」

項少龍淡淡道：「高陵君想謀反！」

呂不韋劇震道：「甚麼？」

項少龍重複一次。

呂不韋回過神來，沉吟頃刻後，來到御園內一條小橋的石欄坐下來，示意他坐在對面，皺眉道：「高陵君憑甚麼策反太原郡的亂民呢？」

項少龍坐在另一邊的石欄處，別過頭去看下面人工小河涓涓流過的水，隱見游魚，平靜地道：「高陵君當然沒有這本領，但若勾結趙將龐煖，便可做到他能力以外的事。」

呂不韋一拍大腿，道：「難怪龐煖在大王葬禮後匆匆溜掉，原來有此一著。」接著雙目閃過森寒的殺機，一字一字緩緩道：「高陵君！我看你是活得不耐煩。」再轉向項少龍道：「他若要動手，必趁田獵的大好良機，這事就交給少龍去處置，若我猜得不錯，高陵君的人將會趁今、明兩天四周兵馬調動的混亂形勢，潛到咸陽附近來，高陵君身邊的人亦不可不防，那可交給中邪去應付。」

項少龍心中暗笑，想不到高陵君竟無意中幫了自己一個大忙，呂不韋怎麼蠢也不會在這微妙的形勢下對付自己，這當然亦因他似是答應呂娘蓉的親事有關係。

呂不韋站起來，道：「我要見太后和儲君，少龍要不時向我報告，使我清楚局勢的發展。」

項少龍扮出恭敬的樣子，直至他離開，才策馬出城，往西郊趕去。

第六章　識破陰謀

項少龍偕十八鐵衛抵達西門處時，剛好遇上紀嫣然等回城的車隊。馬車在寬敞的西門大道一旁停下，項少龍跳下馬來，先到烏廷芳、趙致、田氏姊妹和項寶兒所乘坐的馬車前問好。

烏廷芳等俏臉紅撲撲的，使項少龍感覺到她們因大量運動帶來的活力。項寶兒見到項少龍，揮著小手喚爹。

趙致怨道：「你這幾天很忙嗎？」

項少龍陪笑道：「田獵後我找幾天來陪你們吧！」

烏廷芳嬌憨道：「致姊莫要管他，我們和清姊遊山玩水，都不知多麼寫意。」

項少龍伸手入車窗擰她和項寶兒兩張同樣嫩滑的臉蛋，又關心地與田氏姊妹說幾句話，然後往另一輛馬車走去。

簾子掀起來，露出紀嫣然和琴清的絕世容姿，後者俏臉微紅，狠狠的盯著他，似嗔還喜，項少龍看得心跳加速。

紀嫣然露出一個千嬌百媚的甜蜜笑容，柔聲道：「項郎到西郊去嗎？」

項少龍點頭應是，順口向琴清道：「太原郡發生民變，平亂大軍將於明天出發，此事極可能與高陵君有關，現在呂不韋已知此事，著我全權處理，琴太傅可以放心了。」

琴清抵敵不住他的目光，垂下俏臉，情況非常微妙，充滿男女間的吸引張力。

紀嫣然嬌軀微顫，低聲道：「呂不韋這幾天是否不斷對你示好？」

項少龍想起他重提婚事，點了點頭。

紀嫣然湊到他耳旁以僅可耳聞的聲音道：「他真的要殺你哩！所以做出種種姿態，使人不會懷疑到他身上，你若不信，可向太后和政儲君試探，當會發覺呂不韋清楚地給他們這種錯覺，唉！夫君你太易相信別人了。」

項少龍心中一懍，但仍有點不大相信，茫然點了點頭。

紀嫣然伸手重重在他手臂捏一把，嗔道：「想想吧！以呂不韋的精明，怎會不密切監視高陵君，何須你去提醒他？高陵君如果造反，最高興的人是他哩！」

這幾句話琴清亦聽到，露出注意關懷的神色。

項少龍虎軀一震，終於醒覺過來，施禮道：「多謝賢妻指點，少龍受教了。」

紀嫣然望往琴清，後者正怔怔地望著項少龍，被紀嫣然似能透視人心的清澈眼神射過來，作賊心虛的再次粉臉低垂。

紀嫣然嗔怪地白了項少龍一眼，深情地道：「小心了！」

待車隊遠去後，項少龍收拾情懷，往西郊趕去，心情與剛才已是完全不同的兩回事。

出城後，項少龍策騎疾風，領了十八鐵衛，沿官道往田獵場馳去。

運送物資到獵場的車隊絡繹不絕，非常熱鬧。

道旁是原始林區，數百年樹齡的老松、樺樹聳立遠近。

離城三里許處，地勢開始起伏不平，每登上丘巒，可見到涇水在東南方流過，隱見伐下的木材順水漂往下游的田獵場，以供搭建臨時營地之用。

際此春夏之交，長風陣陣，拂過草原山野，令項少龍頓覺神清氣爽，耳聽樹葉對風聲的應和，心頭一片澄明。

涇水兩岸沃野千里，小河清溪，縱橫交錯，森森莽莽，草原遼闊，珍禽異獸，出沒其中。

穿過一個兩邊斜坡滿佈雲杉的谷地後，眼前豁然開朗，涇水在前方奔流而過，林木鬱鬱葱葱，杉樹的尖頂像無數直指天空的劍刃。在如茵的綠草坪上，搭起大大小小的營帳，井然有序，以千計的都騎和禁衛軍，正在河旁忙碌，兩道木橋，橫跨涇水。

項少龍在一座小丘上停下來，縱目四顧。

草浪隨風起伏，疏密有致的樹林東一片、西一塊，不時冒起丘巒，一群群鹿、馬、羚羊等野生動物聚在岸旁處蹓躂，不時發出鳴叫，一點不知道明天將會成為被追逐的獵物。

太陽移向西方，山巒層疊高起，那就是盛產猛獸的西狩山。

項少龍暗忖若要在這種地方隱藏一支軍隊，由於有丘谷樹林的掩護，該是輕而易舉的事。他以專家的眼光，默默審視地勢，到心中有點把握時，馳下山坡，往近河高地的主營方向奔去。

犬吠、馬嘶之聲，在空中蕩漾。繡有「秦」字的大纛，正隨風飄揚，與天上的浮雲爭妍鬥勝。

工作中的人員見到他這位統領大人，均肅然致敬。項少龍與眾鐵衛旋風般馳過一座座旗幟分明、屬各有身份地位重將大臣的營房，來到高起於正中處的主營。

昌文君正監督手下在四周斜坡頂設立高達兩丈的木柵，加強對主營的保護。在這平頂的小丘上，設置十多個營帳，除小盤和朱姬外，其他均是供王族之用。

項少龍跳下馬來，道：「為何現在忽然加上高木柵？時間不是緊迫了點嗎？」

昌文君道：「是呂相的意思，今早接到太原郡民變的消息後，他便下令我督建木柵，限我明早前完成。」

項少龍暗叫好險，紀嫣然說得不錯，呂不韋對高陵君的陰謀早智珠在握，還裝模作樣來騙他，好教他失去防備之心，以為呂不韋仍倚重他。

昌文君指著近河處的一群人道：「兩位副統領正在那裡與獵犬戲耍為樂，我的刁蠻妹子也在該處，穿白色滾綠邊武士衣的就是她，黃紫相間的是鹿丹兒。」接著低聲道：「大哥和少龍說了嗎？」

項少龍微一點頭，道：「咸陽多青年俊彥，令妹沒一個看得上眼嗎？安谷傒是個比我更理想的人選。」

昌文君歎道：「谷傒確是個人才，與少龍各有千秋，問題是他們自幼一起玩耍，像兄妹多過像情侶，所以從沒涉及男女之事。」

頓了一頓續道：「我們大秦和東方諸國很不相同，婚娶前男女歡好是很平常的事，嬴盈亦和不少年輕小子好過，但沒有一段關係是長久的，到遇上你後才認真起來。」

項少龍哂道：「她對管中邪認真才對，你兩兄弟硬把我架上場，做這種吃力不討好的事。」

昌文君陪笑道：「那只因我兩兄弟欣賞你罷了！嘿！我們都不知多麼寶貝這妹子。其實老管也不錯，看他的身手多麼矯捷，只是錯跟了呂不韋。」

遠處傳來喝采聲，管中邪戴起裝甲的護臂，閃動如神地與其中一頭獵犬戲耍。

項少龍召來駿馬疾風，道：「我去了！」

昌文君忙教人牽馬來，陪他往眾人圍聚處馳去，在大隊親衛追隨下，兩人來到人群外圍處下馬。滕翼正聚精會神觀察管中邪縱躍的步法，見到項少龍，神色凝重地走過來，與昌文君打個招呼後，示意項少龍隨他遠遠走開去，來到河邊一堆亂石旁，道：「這傢伙城府極深，在這種情況下仍可把真正的實力收藏起來，這才是最可怕的地方。」

項少龍回頭望去，點頭同意，道：「他是我們所遇的劍手中最危險的人物，使人莫測高深，我從未見過他動氣或有任何震驚的表情，只是沉著的修養，我已自問不及。」

滕翼微笑道：「但你的長處卻是不會輕敵，換了是荊俊，怎都不信有人可勝過他。」

項少龍笑道：「是了！這小子到哪裡去？」

滕翼道：「踩場地去了，愈能把握田獵場的形勢，愈有對付莫傲的把握，你的腿傷如何？」

項少龍道：「好多哩！但仍是不宜奔走，否則傷口會爆裂流血。」

滕翼道：「今早我給你換藥時，見已消腫，以你的體質，過兩天該好的。」

項少龍欣然道：「現在我倒要多謝齊人這一箭，呂不韋要殺我，怕沒那麼輕易了。」

滕翼愕然道：「三弟不是說呂不韋想與你修好嗎？」

項少龍歎了一口氣，把紀嫣然的話說出來，順帶告訴他東郡民變和高陵君的事。

滕翼沉吟片晌，道：「高陵君的事交由我去辦，必要時可動用我們的精兵團，這個功勞絕不能讓管中邪搶去。」

說時兩人眼角瞥見管中邪、昌文君、鹿丹兒和嬴盈等朝他們走過來，滕翼向他打了個眼色，低聲道：「我去找小俊！」先一步脫身去了。

昌文君隔遠向他擠眉弄眼大聲道：「項大人，我們到箭場去試靶，管大人有把鐵弓，聽說少點力氣都拉不開來。」

項少龍心中叫苦，昌文君當然是想製造機會，好讓他在兩女前一殺管中邪的威風，只是他卻有自知之明，他的箭術雖可列入高手之林，但實遜於王翦或滕翼，甚至及不上死鬼連晉。管中邪只要差不過連晉，出醜的定會是自己。

管中邪瀟灑地舉手以示清白道：「我絕無爭勝之心，只是兩位小姐和嬴大人興致勃勃，亦想項兄給小將一開眼界罷了！」

項少龍心中暗罵，裝出抱歉的表情，道：「怕要教管大人失望了，我腿上的傷口仍未復元，不宜用力，還是由管大人表演好了。」

管中邪愕然道：「請恕小將魯莽，小將見大人行走如常，還以為沒有甚麼大礙。」

嬴盈俏臉一寒，道：「項大人不是砌詞推搪吧！」

鹿丹兒則低聲吐出「膽小鬼」三個字，拉著嬴盈，不屑地掉頭而去，並向管中邪嬌聲道：「管大人！我們自己去玩耍吧！」

管中邪謙然施禮，隨兩女去了，剩下項少龍和昌文君兩人對視苦笑。

項少龍想起圖先的約會，乘機告辭，返咸陽城去。

在路上想起兩女不留情面的冷嘲熱諷，並不覺得難受，只奇怪自己變了很多。以前在二十一世紀混日子時，甚麼都爭強鬥勝，酒要喝最多，打架從不肯認第二。

現在好勝心已大大減弱，事事均從大局著想，不會計較一時的成敗得失。所以兩女雖對他態度惡劣，仍不覺得是甚麼一回事。

或者這就是成熟吧！

回到咸陽，趁尚有點時間，先返烏府，向陶方問得周良兄妹住處後，遂往看視兩人。

他們給陶方安置在東園供鐵衛住宿的一列房舍的其中一間內，環境相當不錯。

項少龍舉步進入小廳時，秀美的周薇正在一角踏著紡布機在織布，周良則坐在一張小几旁把弄一個似是手鐲的奇怪鐵器，見他進來，兄妹忙起立施禮。

不知是否出於同情心，項少龍特別關懷他們，先向周薇笑道：「周小姐是否為令兄織新衣哩？」

周薇俏臉倏地紅起來，垂頭「嗯」的一聲。

項少龍大感奇怪，卻不好意思追問她害羞的原因，坐到几子的另一邊，著兩人坐下，向周良問道：「周兄把弄的是甚麼寶貝？」

周良把那鐵器遞給他，道：「是供獵鷹抓立的護腕，你看！」

捋起衣袖，把左腕送至他眼下，上面縱橫交錯十多道疤痕。

項少龍大感有趣道：「原來周兄除造船外，還是馴鷹的專家。只是既有護腕，為何仍會給鷹兒抓傷了呢？」

周良道：「護腕是訓練新鷹時用的，到最後練得鷹兒懂得用力輕重，才算高手，這些疤痕是十五歲前給抓下來的，此後就再沒有失手。」

項少龍道：「這麼說，周兄是箇中高手了。」

周良頹然道：「是以前的事了，現在我有點愧對鷹兒，在牠們逼人的目光下，我再不敢做牠們的主人。」

項少龍思忖一會兒後，道：「由今天起，周兄再不用為餬口奔波，更不怕被人欺負，應繼續在這方面加以發展，說不定會對我有很大幫助。」

周良興奮起來，雙目發光道：「項爺吩咐，小人無不遵從。嘿！以後喚我作小良便成，小人不敢擔當給項爺喚作周兄哩！」

項少龍正容道：「我從沒有把周兄視作外人，你不該叫我作項爺才對。敢問養鷹有甚麼秘訣，要多久才可培養出一隻獵鷹來，牠們可幹些甚麼事？」

周良整個人立時神氣起來，傲然道：「首要之事是相鷹，只有挑得鷹中王者，能通人性，才不致事倍功半。接著是耐性和苦心，養鷹必須由雛鷹養起，至少一年的時間方成。嘿！使牠打獵只是一般的小道，養鷹的最高境界，是培育出通靈的戰鷹，不但可在高空追蹤敵人、偵察虛實，還可攻擊偷襲，成為厲害的武器。」

今趟輪到項少龍興奮起來，道：「事不宜遲，周兄明天立即去尋找鷹王，我派幾個人陪你，使你行事上方便一點。」

周良欣然領命。

項少龍見時間差不多，道別離去，剛步出門口，周薇追上來道：「項大人！」

項少龍轉身微笑道：「周小姐有何指教？」

周薇垂著俏臉來至他身前，赧然道：「大哥有著落，周薇做些甚麼事才好哩？」

項少龍柔聲道：「令兄是馴鷹高手，小姐是第一流的織女，不是各司其職嗎？」

周薇的粉臉更紅，幽幽道：「妾身希望伺候大人，請大人恩准。」

只看她神態，就知不是伺候那麼簡單，而是以身侍君，這也難怪她，自己確是她理想的對象，加上她又有感恩圖報的心意。

項少龍微微一笑，道：「這太委屈你了，讓我想想吧！明天再和你說。」

周薇倔強地搖頭，道：「除非項大人真的嫌棄我，怕妾身粗手粗腳，否則妾身決意終身為大人做牛做馬，伺候大人。」

給這樣秀色可餐的女孩子不顧一切地表示以身相許，要說不心動，實在是騙人的事，項少龍大感頭痛，暗忖暫時答應她吧！以後再看著辦。輕歎一聲道：「真的折煞我項少龍了，暫時照你的話辦！不過……」

話尚未說完，周薇喜孜孜地截斷他道：「謝大人恩准！」

盈盈一福，轉身跑回屋內。

項少龍惟有苦笑著出門去。

第七章　飛龍神槍

到達會面的民居時，圖先早在恭候，兩人見面，自是歡喜，經過了這大段共歷憂患的日子，他們間建立起真正的信任和過命的交情。若非有圖先不時揭破呂不韋的底牌，項少龍恐怕已死於非命。

圖先笑道：「少龍你對付呂雄的一手確是漂亮，使呂不韋全無還手餘地，又大失面子。回府後，老賊大發雷霆，把莫傲召去商量整個時辰，不用說是要重新部署對付你的方法。」

項少龍道：「呂雄父子怎樣了？」

圖先道：「呂雄雖沒像兒子般皮開肉裂，卻被呂不韋當眾掌摑，臭罵一番，顏面無存。現在給呂不韋派去負責建造大渠的工作，助他搜刮民脂民膏。最高興的人是管中邪，呂雄一向不服從他的調度，與他不和，呂雄去了，他的重要性相應提高，只要再有點表現，呂娘蓉該屬他的了。」

項少龍心中一動道：「管中邪不過是求權求利，圖兄認為有沒有可能把他爭取過來？」

圖先正容道：「千萬不要有這種想法，此人城府之深、野心之大，絕對比得上呂不韋，而且他清楚自己始終不是秦人，只有依附呂不韋才可出人頭地。又由於連晉的事，他與你之間仇怨甚深，該沒有化解的可能，少龍還是不要在這方面白費心思。」

項少龍點頭答應，圖先乃老江湖，他的看法當然不會錯。

圖先道：「近日我密切注視莫傲的動靜，發現他使人造了一批水靠和能伸出水面換氣的銅管子，我看是要來對付你的工具。」

項少龍心中懍然，這一著確是他沒有想及的，在田獵場中，河湖密佈，除涇水跨設木橋外，其他河道要靠木筏或涉水而行，若有人由水底施以暗算，以莫傲製造的特別毒器，如毒針一類的東西，確是防不勝防。深吸一口氣道：「幸好我的腿受箭傷，甚麼地方都不去便成了。」

圖先失笑道：「這確是沒有辦法中的辦法，不過卻要小心，他要對付的人裡，包括滕兄和小俊在內，若他兩人遇上不測，對你的打擊將會非常巨大。」

頓了頓續道：「我雖然不知他們如何行事，但以莫傲的才智，應可製造出某種形勢，使他們有下手的機會，此事不可不防。」

項少龍暗抹一把冷汗，他倒沒有想過滕、荊兩人會成為對方刺殺的目標，現在得圖先提醒，才知自己多麼粗心大意。

圖先沉聲道：「莫傲這人最可怕的地方，是躲在背後無聲無息的暗箭傷人，又懂得保護自己，不貪虛名小利，真乃做大事的人。」

項少龍道：「他難道沒有缺點嗎？」

圖先答道：「唯一的缺點是好色吧！聽說他見到寡婦清後，就有點神魂顛倒，不過在此事上呂不韋也無計可施，否則呂不韋自己早把寡婦清收入私房。我尚未告訴你，呂不韋對少龍得到紀才女非常妒忌，不止一次說你配不上她。」

又道：「比起上來，管中邪的自制力強多了，從不碰呂府的歌姬美婢，每天大部分時間用來練習騎射劍術，又廣閱兵書，日日如是，此人意志之堅定，教人吃驚。最厲害是從沒有人知道他渴望甚麼，心中有何想法。他或者是比莫傲更難應付的勁敵，若有機會把他也幹掉，如此你我睡可安寢。」

項少龍聽得心驚肉跳，比起上來，自己是好色和懶惰多了。

像管中邪這種天生冷酷無情的人，才是最可怕的對手。

莫傲至少還有個弱點，就是寡婦清，這或者足以使他喪命。

圖先歎道：「呂不韋的勢力膨脹得又快又厲害，每日上門拍他馬屁的官員絡繹不絕，兼之通過嫪毒間接控制太后，如此下去，秦國終有一天會成為他呂家的天下。若非他防範甚嚴，我真想以其人之道，還治其人之身，一杯毒酒把他殺掉。」

項少龍笑道：「嫪毒這一著，未必是好事哩！」遂把捧嫪毒以抗呂不韋的妙計說出來。

圖先聽得目瞪口呆，好一會兒才歎道：「少龍你可能比莫傲更懂耍手段，嫪毒確是這種只顧自己、無情無義的人。」

項少龍心叫慚愧，問起呂娘蓉。

圖先道：「在呂府內，我唯一還有點好感的是這妮子，呂不韋另外的三個兒子沒有甚麼用，只懂花天酒地，其他兩個女兒又貌醜失寵，只有呂娘蓉最得呂不韋歡心，誰能娶得她，等若成為呂不韋的繼承人，若你能令她喜歡上你，將會教呂不韋非常頭痛。」

項少龍苦笑道：「縱是仇人之女，我亦不能玩弄她的感情，何況我根本爭不過管中邪，連我都覺得他很有吸引人的魅力。」

圖先道：「管中邪若想謀取一樣東西，無論是人是物，都有他一套的手段，最難得是他謙恭有禮，從不擺架子，不像莫傲般使人難以接近，故甚得人心，呂娘蓉身邊的人均給他收買，呂娘蓉更不用說，給他迷得神魂顛倒，你確是沒有機會。」

圖先道：「管中邪絕不會幹這種會令呂不韋不快的蠢事。」

項少龍歎道：「那可能比由他手上奪得呂娘蓉更困難，你知否他們間有親密的關係？」

旋又皺眉苦思道：「但實情又似不全是這樣，自你拒婚後，三小姐反而對你因不服氣而生出興趣，她最愛劍術高明的人物，若你在這方面壓倒管中邪，說不定她會移情別戀。」

看看窗外漸暗的天色，道：「少龍這三天田獵之期，最緊要打醒精神做人，首要自保，莫要教呂不韋陰謀得逞，現在呂不韋前程最大的障礙是你，千萬別對他有任何僥倖之心。」

項少龍點頭受教，兩人分別離開。

項少龍走到街上，剛是華燈初上的時刻，咸陽城的夜生活及不上邯鄲、大梁的熱鬧，但街上仍是行人熙攘，尤其是城中青樓、酒館林立的幾條大街，行人比白天還要多。

約會的地點為咸陽城最大的醉風樓，是間私營的高級妓院，項少龍雖不清楚老闆是何許人，但想必是非常吃得開的人物。

項少龍以前雖常到酒吧和娛樂場所混日子，但在這時代還是首次逛民營的青樓，不由泛起新鮮的感覺。

穿著普通的武士服，徜徉於古代的繁華大道，既是自由寫意，又有種醉生夢死的不真實。

四年哩！小盤這秦始皇由一個只知玩樂的無知小孩，變成胸懷一統天下壯志的十七歲年輕儲君。現時東方六國沒有人把他放在眼內，注意的只是呂不韋又或他項少龍，但再過十年，他們將發現是錯得多麼厲害。

思索間，來到醉風樓的高牆外，內裡隱見馬車人影。守門的大漢立時把他這大紅人認出來，打躬作揖地迎他進內。

尚未登上堂階，有把熟悉的聲音在後方叫嚷道：「項大人請留步！」

項少龍認得是韓闖的聲音，訝然轉身，只見韓闖剛下馬車，朝他大步走來，到他身旁後，一把扯著他衣袖往門內走去，低聲道：「好個董馬癡，把我騙苦了。」

項少龍連否認的氣力都沒有，暗忖自己假扮董馬癡的事，現在可能天下皆知，苦笑道：「是誰告訴你的？」

韓闖待要說話，一名衣著華麗的中年漢子，在兩位風韻極佳、打扮冶豔的年輕美女陪伴下，迎上來施禮道：「項大人首次大駕光臨，還有韓侯賞光，小人伍孚榮幸之至。」

右邊的豔女笑語如珠，道：「賤妾歸燕，我們樓內的姑娘聽到項大人要來的消息，人人特別裝扮，好得大人青睞。」

韓闖失聲道：「那我來竟沒有人理會嗎？」

另一位豔姝顯然和韓闖混得相當稔熟，「哎唷」一聲，先飛兩人一個媚眼，呢聲道：「韓侯真懂吃醋，讓妾身來陪你好嗎？」又橫項少龍一眼，道：「賤妾白蕾，項大人多多指教。」

韓闖乃花叢老手，怎肯放過口舌便宜，一拍項少龍道：「蕾娘在向項大人畫下道兒哩！否則何須大人指教？」

兩女連忙恰到好處的大發嬌嗔。

伍孚大笑聲中，引兩人穿過大廳，到內進坐下，美婢忙奉上香茗，兩女則分別坐到兩人身旁。

項少龍有點摸不著頭腦為何要坐在這裡，伍孚一拍手掌，笑道：「項大人初臨敝樓，小人特別預備一點有趣的東西，小小禮物，不成敬意。」

項少龍心中好笑，暗忖貪污賄賂之事，古今如一，自己身為都騎大統領，等若咸陽城的治安防務首長，這些風月場所的老闆，自然要孝敬自己，好能在有事時得到特別照顧。

韓闖笑道：「伍老闆知情識趣，項大人怎可錯失你這麼一個朋友。」

白蕾半邊身壓到韓闖背上，撒嬌地嗲聲道：「韓侯才是真的知情識趣，我們老闆望塵莫及哩！」

另一邊的歸燕挨小半邊身到項少龍懷裡，道：「項大人要多來坐坐，否則奴家和樓內的姑娘不會放過你呢！」

溫柔鄉是英雄塚，項少龍深切地體會到其中滋味。

他這兩年來對妻妾以外的美女退避三舍，一方面固是心感滿足，更主要是怕負上感情的承擔和責任。野花最吸引人的地方，就是速食的方式。大家擺明車馬，事後拍拍屁股即可走人，沒有任何負擔，確可作為生活的調劑。

只是項少龍初抵邯鄲，給人扯了去官妓院，第一趟就遇上素女的慘劇，在他心裡留下深刻的陰影，使他對青樓有種敬而遠之的下意識抗拒，更怕知道樓內姑娘們悽慘的身世。

不過這刻看來，私營的妓院與官妓院大不相同，充滿你情我願、明買明賣的交易氣氛。記起當年落魄的苦況，若非得陶方收留，無論是殺手或男妓，可能都要被迫去做。

歸燕湊到他耳邊道：「項大人為何總像心不在焉的樣子，讓我找美美陪你，男人見到她，連魂魄都溜了。」

項少龍暗忖為何「美美」的名字如此耳熟，腦筋一轉，記起是嫪毒的老相好單美美，就是她把烏廷威迷住，害得他出賣家族，慘被處死，心中一陣討厭，哂道：「有隻美燕子陪我便夠，何須甚麼美美醜醜呢？」

白蕾嬌笑道：「原來項大人也是風流人物，哄我們女兒家的手段，比得上韓侯哩！」

韓闖笑道：「項大人真正的厲害手段，你兩個美人兒嘗到時才真知了得哩！不用像現在般生硬的吹捧。」

接著當然是一陣笑罵。

伍孚奇道：「原來韓侯和項大人這麼熟絡的。」

項少龍和韓闖交換個會心的微笑。

這時四個美婢，兩人一組，分別捧著一枝長達丈半的長槍和一個高及五尺、上平下尖的鐵盾，走進內廳。

項少龍大感意外，本以為他送的必是價值連城的珍玩，誰知卻是這副兵器。

伍孚站起來，右手接過長槍，左手拿起護盾，吐氣揚聲，演幾個功架，倒也似模似樣，虎虎生威，神氣之極。

歸燕湊在項少龍耳旁道：「這是我們醉風樓鎮邪辟魔的寶物，三年前一個客人送贈給我們的，老闆知項大人要來，苦思良久，最後才想起這禮物。」

項少龍暗忖哪有客人會送這種東西給青樓的，定是千金散盡，只好以兵器作抵押。在這時代裡，寶刀一類的東西可像黃金般使用，有錢亦未必可買到。

韓闖起身由伍孚手中接過槍、盾，秤秤斤兩，動容道：「這對傢伙最少可值十金，想不到伍老闆竟私藏寶物。」

項少龍暗讚伍孚，以兵器送贈自己，既不落於行賄的痕跡，又使自己難以拒絕，欣然站起來，接過長槍一看，只見槍身筆挺，光澤照人，隱見螺旋紋樣，槍尖處鋒利之極，品質特佳，這麼好的槍，還是首次得睹。

伍孚湊過來，指著槍身道：「項大人請看這裡，刻的是槍的名字。」

項少龍這才注意到近槍柄盡端處鑄著兩個古字，他當然看不懂。

幸好韓闖湊頭過來讀道：「飛龍！哈！好意頭！項大人得此槍後，定可飛黃騰達。」

伍孚恭敬地道：「小小意思，不成敬意。」

歸燕倚著項少龍道：「項大人啊！讓奴家親手為你縫製一個槍袋好嗎？」

項少龍取起鐵盾，舉了兩記，試出盾質極薄，偏又堅硬非常，拿久亦不會累，心中歡喜，向伍孚道謝。

歸燕撒嬌道：「項大人仍未答奴家哩！」

伍孚笑道：「項大人又沒有拒絕，限你三天內製出槍囊，那時載著飛龍槍一併送到項大人府上去好了。」

歸燕緊挨項少龍一下，神情歡喜。

伍孚歉然道：「耽誤兩位大人不少時間，兩位君上和管大人正在後園雅座等候項大人，韓侯是否和項大人一道的？」

韓闖道：「我約太子丹來喝酒的，伍老闆若不介意，我想和項大人說兩句私話。」

又湊到白蕾耳旁道：「待會才輪到你。」伸手到她臀部重重拍一記。

白蕾誇張地「哎唷」一聲。

歸燕則偎入項少龍懷裡，昵聲道：「待會記緊要奴家陪你哪！」橫他一記媚眼，這才和伍孚、白蕾去了，還為兩人關上門。

項少龍重新坐下時，仍有點暈浪的感覺，就算對方是虛情假意，但一個這麼懂討男人歡心的美女曲意逢迎，沒有男人能不動心的。

韓闖低笑道：「伍孚這傢伙真有手段，弄了兩個醉風樓最有騷勁的娘兒來向你灌迷湯，就算明知他在討好你，我們也要全盤受落。」

項少龍心有同感，想做清官確非易事，點頭道：「韓兄還未說為何知我是董馬癡哩！」

韓闖道：「有人見到你去見田單，若還猜不到你是誰，我也不用出來混了。聽說你見完他後臉色很難看，田單則匆匆往相府找呂不韋，是否出事呢？」

項少龍對韓闖自不會像對龍陽君般信任，淡淡道：「只是言語上有點衝突吧！沒有甚麼的。」

韓闖誠懇地道：「若項兄要對付田單或李園，切勿漏了我的一份。」

項少龍道：「若有需要，定找侯爺幫忙。」

韓闖忽地狠聲道：「項兄認識嫪毒嗎？」

項少龍記起嫪毒因偷了韓闖的小妾，被逼著逃亡到咸陽來，點頭表示認識。

韓闖咬牙切齒道：「這狗雜種忘恩負義、禽獸不如，我以上賓之禮待之，哪知他不但和我最心愛的小妾夾帶私逃，還把我的小妾在途中勒死，免她成為累贅，如此狼心狗肺的人，我恨不得將他碎屍萬段，只是他終日躲在相府，使我無從下手。」

項少龍知他仍未得悉嫪毒搭上朱姬的事，看來他在醉風樓出入，亦是醉翁之意不在酒，而是志在嫪毒。歎道：「侯爺怕要死去這條心，現在嫪毒到了宮內辦事，甚得太后寵愛，你若動他半根毫毛，休想安返韓國。」

韓闖劇震一下，雙目紅起來，射出悲憤神色，好一會兒後頹然道：「兄弟明白，明天我便返回韓國，項兄異日若有甚麼用得上兄弟的地方，只要能力所及，定不會教你失望。」又低聲道：「在邯鄲時項兄已有大恩於我，到現在兄弟仍是心中感激。」

項少龍想不到他會有真情流露的時候，忍不住道：「韓兄放心，我敢以項上人頭擔保，不出八年，嫪毒必死無葬身之地，韓兄的仇可包在我身上。」

韓闖不敢相信地看他一會兒後，點頭道：「若這話由別人口中說出來，我必會嗤之以鼻，但出自董馬癡之口，我卻是深信不疑。」

兩人站起來，韓闖道：「晶姊現在雖搭上龐煖，但她真正愛上的人，卻是死去的董馬癡，此事我亦不打算向她揭破。」

項少龍心中一顫，腦海裡冒出趙國當今太后韓晶的豔容。

第八章　蛇蠍美人

在兩名美婢引路下，項少龍經過一條長廊，踏入一座院落，前院的樂聲、人聲，漸不可聞。雖在燈火之下，仍可看到院落裡種著很多花卉，佈置各式各樣的盆景，幽雅寧靜，頗具心思。院落中心有魚池和假石山，綠草如茵，蟲聲唧唧，使人想不到竟是妓院的處所，就像回到家裡。

兩個領路的美婢，不時交頭接耳，低聲說話和嬌笑，更頻頻回頭媚笑，極盡挑逗的能事。

項少龍自知頗有吸引女人的魅力，加上堂堂都騎統領的身份，這些出來賣笑的女子，自然均以能與他攀上關係為榮。

自當上人人豔羡的職位，項少龍公私兩忙，接觸平民百姓的工作都讓手下去做，今天總算親身體會「民情」，感受到都騎統領的社會地位和榮耀。

難怪這麼多人想當官。像蒲布、劉巢這類依附自己的人，平時必然非常風光。

轉過假石山，一座兩層的獨立院落出現眼前，進口處守著十多名都衛和禁衛，均是昌文君和管中邪等人的親隨，平時見慣見熟。他們雖只許站在門外，卻毫不寂寞，正和一群俏婢在打情罵俏，好不熱鬧。

見項少龍單人匹馬到，肅立致敬時，忍不住泛起驚訝神色。

項少龍在女婢報上他的來臨聲中，含笑步進燈火通明的大廳。

寬敞的大廳內，置了左右各兩個席位，放滿酒菜。管中邪、昌平君、昌文君三人各佔一席，見他到來，欣然起立致禮，氣氛融洽。

侍酒的美妓均跪地叩禮，充滿謙卑的態度。

管中邪笑道：「項大人遲來，雖是情有可原，卻仍須先罰三杯酒，好使酒意上能大家看齊，否則喝下去定門項大人不過。」

項少龍愈來愈發覺管中邪口才了得，言之有物，微笑道：「管大人的話像你的劍般令項某人感到難以抵擋，哪敢不從命。」

坐好後，自有美人兒由管中邪那席走過來為他斟酒。

項少龍看著美酒注進酒杯裡，晶瑩的液體使他聯想到白蘭地酒，一時豪興大發，探手撫上側跪一旁為他斟酒的美妓香肩，柔聲道：「姑娘怎麼稱呼？」

對面的昌平君哈哈笑道：「這真是咸陽城的奇聞，原來少龍竟是花叢裡的高手。」

昌文君插言道：「少龍自是高手，否則怎把紀才女收歸私有，大兄說的應是青樓的老手才對。」

美妓向項少龍拋個媚眼，含羞答答地道：「奴家叫楊豫，項大人莫要忘記。」

項少龍感到整個人輕鬆起來，這幾天實在太緊張，壓得他差點透不過氣來。

現在他需要的是好好享受一下咸陽聲色俱備的夜生活，忘記善柔，把自己麻醉在青樓醉生夢死、不知人間何世的氣氛裡。

舉杯一飲而盡。一眾男女齊聲喝采，為他打氣。

坐在他下首的管中邪別過頭來道：「且慢，在喝第二杯酒前，請項大人先點菜。」

項少龍愕然看著几上的酒菜，奇道：「不是點好了嗎？」

眾人登時哄堂大笑。

昌文君捧著肚子苦忍笑道：「點的是陪酒唱歌的美人兒，只限兩個，免致明天爬不下榻到田獵場去。」

管中邪接言道：「樓主已把最紅的幾位姑娘留下來暫不侍客，就是等項大人不致無美食可點。」

這話又惹起另一陣笑聲。

昌平君道：「我們身邊的人兒們少龍也可點來陪酒，見你是初來甫到，就讓你一回吧！」

他身旁的兩女立時笑罵不依，廳內一片吵鬧。

項少龍雙手正捧著楊豫斟給他的第二杯酒，啞然失笑道：「我沒有逼你讓給我呀！勉強的事就勿做，今晚我只點歸燕姑娘陪酒，因為頭更鐘響時，小弟便要回家交差。」

旁邊的楊豫和三人旁邊的美妓，以及跪在後方的俏婢，一起嬌聲不依。

管中邪歎道：「項大人除非忍心仗劍殺人，否則今晚休想本樓的姑娘肯眼睜睜放你回家睡覺。」

楊豫為他斟第三杯酒，放輕聲音道：「讓奴家今晚為項大人侍寢好嗎？」

項少龍把酒一飲而盡，苦笑道：「非不願也，是不能也，小弟腿傷未癒，實在有心無力，請各位仁兄仁姊體諒。」

管中邪歉然道：「是我們腦筋不靈光，應全體受罰酒。」

項少龍心中暗罵，你這小子分明想藉此測探我腿傷的輕重，表面當然不露痕跡，敬酒聲中，舉杯喝了。

楊豫低聲道：「大人莫忘還要再來找奴家。」這才跪行著，垂頭倒退回管中邪的一席去，動作誘人之極。

昌文君道：「有一個菜式少龍不能不點，否則我兩兄弟和管大人都會失望，就是咸陽城無人未聞芳號的單美美姑娘。」

項少龍知管中邪正注視他對名字的反應，好用來判斷他是否知道單美美媚惑烏廷威一事，故意不露出任何破綻，啞然失笑道：「我是身在咸陽耳在別處，為何我從未聽過有這麼一位美人兒？」

妒忌單美美的眾女登時為他喝采鼓掌，情況混亂熱鬧。

管中邪咋舌道：「幸好單美美的耳朵不在這裡，否則休想她肯來，可能以後聽到項大人的大名，她都要掩著香耳報復。人來！給項大人請歸燕和單美美兩位美人來。今晚我是主人，自然該以最好的東西奉客。」

這幾句話雖霸道點兒，卻使人聽得舒服，無從拒絕。

俏婢領命去了。

管中邪大力拍三下手掌，廳內立時靜下來。

坐在門旁的幾位女樂師雖上了點年紀，但人人風韻猶存，頗具姿色，難怪醉風樓被稱為咸陽青樓之冠。若非他們在此地有頭有面，恐怕沒有資格坐在這裡。

女樂師應命奏起悠揚的樂韻，大廳左右兩邊側門敞開，一群歌舞姬載歌載舞地奔出來，輕紗掩映著內裡無限的春色，像一群蝴蝶般滿場飄飛，悅目誘人，極盡聲色之娛。

項少龍細察她們，年紀在十八、九歲間，容貌姣好，質素極佳。

在這戰爭的年代裡，重男輕女，窮苦人家每有賣女之舉，項少龍初遇陶方時，後者正四處搜羅美女，眼前的年輕歌舞姬，可能是這麼來的。

想到這裡，不禁想起病逝的婷芳氏，心中一陣淒苦，恨不得立即離去。

神思恍惚中，樂聲悠悠而止，眾歌舞姬施禮後返回側堂。美婢上來為各人添酒。

門官唱道：「歸燕姑娘到！」

項少龍收拾情懷，朝盈盈步入廳內的歸燕看去，暗忖這個名字應有點含義，說不定歸燕是別處人，思鄉情切下取此名字。

歸燕逐一向各人拜禮後，喜孜孜走到項少龍一席坐下來，眾女均露出豔羨神色。

項少龍尚未有機會說話，歸燕已膝行而至，半邊身緊挨著項少龍，為他斟酒，笑臉如花道：「大人恩寵，奴家先敬大人一杯！」

管中邪三人立時大笑起來。

昌文君道：「這叫迷湯、酒湯雙管齊下，少龍小心今晚出不了醉風樓，腿傷發作哩！」

歸燕吃驚道：「大人的腿受傷嗎？」

項少龍嗅著由她嬌軀傳來的衣香、髮香，暗忖女人的誘惑力不可小覷，尤其當她蓄意討好和引誘你的時候，當日趙穆便強迫趙雅用春藥來對付自己，美人計是古今管用。

想到這裡，記起當說起單美美時管中邪看望自己的眼神，登時暗裡冒出冷汗。自己真的疏忽大意，若剛才的酒下了毒，自己豈非已一命嗚呼。

莫傲乃下毒高手，說不定有方法使毒性延遲幾天才發作，那時誰都不會懷疑是管中邪使人弄的手腳。

歸燕見他臉色微變，還以為他的腿傷發作，先湊唇淺喝一口酒，送至他嘴邊道：「酒能鎮痛，大人請喝酒。」

項少龍見她真的喝一口，放下心來，湊在她手上淺喝一口。同時心念電轉，要收買青樓的姑娘來對付自己這都騎統領，絕非易事，因為那是株連整個青樓的嚴重罪行，而且必會掀起大風波。管中邪更不會隨便把陰謀透露給別人知道。所以若要找人下手，只有單美美這個可能性，因為她早給嫪毒迷倒，自是聽教聽話，想到這裡，已有計較。

昌文君笑道：「歸燕這麼乖，少龍理應賞她一個嘴兒。」

歸燕嬌羞不勝地「嚶嚀」一聲，倒入項少龍懷裡，左手緊纏他沒有半分多餘脂肪的熊腰，右手摟上他粗壯的脖子，仰起俏臉，星眸半閉，緊張地呼吸著。

給她高聳豐滿的胸脯緊貼著，看到她春情洋溢的動人表情，項少龍也不由心動，低頭在她唇上輕吻一口。

眾人鼓掌喝采。

歸燕依依不捨地放開他，微嗔道：「大人真吝嗇。」又垂首低聲道：「大人比獅虎還要粗壯哩！」

門官這時唱喏道：「單美美姑娘到！」

大廳倏地靜下來，所有目光集中往正門。

環珮聲中，一位身長玉立的美女，裊娜多姿舉步走進來。項少龍一看下，亦不由動容。

單美美年齡在二十歲左右，秋波流盼、櫻唇含貝、笑意盈面。最動人處是她有種純真若不懂世事的仙子般的氣質，使男人生出要保護疼惜她的心情。相比之下，廳內眾美妓登時成了只配拱奉單美美這明月的小星點。

管樂聲適時奏起來，單美美盈盈轉身，舞動起來。在燈火映照裡，身上以金縷刺繡花鳥紋的襦衣裳袂飄飛，熠熠生輝，使她更像不應屬於塵世的下凡仙女。

這咸陽最紅的名妓在廳心攬衣自顧，做出吟哦躑躅的思春表情，檀口輕吐，隨著樂音唱起歌來。她的聲音清純甜美得不含半絲雜質，非常性感。

項少龍只能大約聽懂歌詞，說的是一位正沐浴愛河的年輕女子，思念情人時，忽然收到愛郎託人由遠方送來的一疋綢緞，上面織著一對對鴛鴦戲水的繡飾，使她既是心花怒放，又是情思難遣。配合她舞姿造手、顧目表情，單美美把箇中情懷演繹得淋漓盡致，項少龍亦為之傾倒。

她的氣質容色，比之紀嫣然和琴清，也只是稍遜一籌，想不到妓院之內，竟有如此絕品。

項少龍心中奇怪，像她這種色藝雙絕的美女，理應早被權貴納作私寵，為何仍要在這裡拋頭露面、出賣色相？

歌聲樂聲，悠悠而止，眾人魂魄歸位，轟然叫好。

單美美分向兩邊施禮，然後輕舉玉步，往項少龍走過去。

項少龍提醒自己，眼前美女，實是披著仙女畫皮的蛇蠍，這才鼓著掌站起來，笑道：「歡迎單姑娘芳駕。」

單美美嫣然一笑，美眸飄到項少龍臉上，倏地亮起來，閃過糅集驚異、欣賞、矛盾和若有所思的複雜神色。

項少龍更無疑問，知道單美美確是管中邪和莫傲用來暗害自己的工具，否則她的眼神不會這麼奇怪。

她的眼睛太懂說話了，落在項少龍這有心人的眼中，卻暴露心內的情緒。

見到項少龍，自然使她聯想起情人嫪毒，而她吃驚的原因，是項少龍整體予人感覺比嫪毒更勝一籌，有一種嫪毒無法企及的英雄氣魄。

單美美下意識地避開項少龍的眼光，垂下螓首，來到項少龍另一旁，跪拜下去。

項少龍偷空瞥管中邪一眼，見他緊盯單美美，一對利如鷹隼的眼睛首次透射出緊張的神色，顯是發覺單美美給項少龍打動芳心的異樣神情。

項少龍俯身探手，抓著她有若刀削的香肩，把她扶起來。

單美美仰起俏臉，櫻唇輕吐，呵氣如蘭道：「單美美拜見項大人！」旋又垂下頭去，神態溫婉，我見猶憐。

項少龍卻知她是心中有鬼，所以害怕自己清澈的目光。

昌平君笑道：「我們的單美人是否見項大人而心動，變得這麼含羞答答、欲語還休的引人樣兒。」

昌文君接言道：「項大人的腿傷是否立即好了？」

這句話又引來哄堂大笑。

項少龍扶她一起坐下，管中邪道：「英雄配美人，單美人還不先敬項大人一杯，以作見面禮。」

項少龍留心著單美美，見到她聞言嬌軀微顫，美眸一轉，不禁心中好笑，知道管中邪怕夜長夢多，逼她立即下手。

莫傲此招確是高明，若非項少龍知道單美美乃嫪毐的姘頭，給害死仍不知是甚麼一回事。

單美美猶豫片刻，才由廣袖裡探出賽雪欺霜的一對玉手，為項少龍把盞斟酒。看著她頭上綴著玉釵的墜馬髻，秀髮烏閃黑亮，香氣四溢，項少龍不由恨起管中邪來，竟忍心要這麼一位美麗的女孩子去幹傷天害理的勾當。

單美美一對玉手微微抖顫。

另一邊的歸燕湊到項少龍耳邊低聲道：「大人忘記奴家哩！」

項少龍正心有所思，聞言伸手過去，摟著歸燕的蠻腰，在她玉頰吻了一口。

單美美捧起滿斟的酒杯，嬌聲道：「美美先喝一半，餘下的代表美美對大人的敬意，大人請賞臉。」

一手舉杯，另一手以廣袖掩著，以一個優美無比的姿態，提杯而飲，沒有發出任何聲息。

項少龍留神注意，見她沒有拿杯的手在袖內微有動作，還不心頭雪亮，知她是趁機把毒藥放入酒裡。

廣袖垂下，改以兩手捧杯，送至項少龍唇邊，眼光卻垂下去。

昌平君等鼓掌叫好。

項少龍看著眼前剩下半盞的美酒，心中閃過無數念頭。

他是否該當場揭破毒酒的玄虛？這或者是對付管中邪的最佳良機。

第九章　風雨咸陽

項少龍細察單美美送至唇邊的半杯美酒，卻看不出任何異樣情況。他不信藥末可以不經攪拌而遇酒溶解，只是在古時代油燈掩映的暗光下，根本難以看清楚酒內的玄虛。

他旋即放棄藉揭發毒酒來對付管中邪，非此事不可行，因為只要抓住單美美，不怕她不供出在後面主使的是管中邪。問題是那等若和呂不韋公然撕破臉皮，失去一直以來爾虞我詐的微妙形勢。只要想想呂不韋仍有八、九年的風光日子，便知這做法是如何不智。

假設此事牽連到嫪毒身上，那就更複雜。同時想到假若自己詐作喝下這杯毒酒，那管中邪和莫傲將再不會另定奸計陷害自己，事後還會疑神疑鬼，以為自己不畏毒酒，又或單美美沒有依命行事，瞎自猜疑，豈非更妙。

這些想法以電光石火的高速掠過項少龍腦際，心中已有定計。

項少龍一手取過毒酒，另一手摟上單美美動人的小蠻腰，哈哈笑道：「美美姑娘須再喝一口，才算是喝了半杯。」

身子背著歸燕和下席的管中邪諸人，硬要強灌單美美一口酒。

單美美立時花容失色，用力仰身避開去，驚呼道：「項大人怎可如此野蠻哩！」

項少龍趁機鬆開摟她腰肢的手，單美美用力過度，立時倒在蓆上。趁對席的昌平君等人注意力全集中到單美美身上時，項少龍手往下移，把酒潑在几下，又藉把這蛇蠍美女扶起來的動作，掩飾得天衣無縫。

單美美坐直嬌軀，驚魂甫定，說不出話來。

項少龍大笑道：「累姑娘跌倒，是我不好，該罰！」舉杯詐作一飲而盡。

對面的昌平君歎道：「原來項大人這麼有手段，我還是第一次見到美美姑娘肯當眾在蓆上乖乖的躺下來。」

場內自是又爆起一陣笑聲。

項少龍放下酒杯，見單美美詐作嬌羞不勝地垂下頭去，免得給人看破她內心的驚惶，神情微妙之極。

左邊的歸燕為他斟酒。

管中邪笑道：「項大人若能忍一時之痛，今晚說不定可得到美美姑娘另一次躺下來的回報哩！」

昌平君兄弟一陣哄笑，諸女則扮出嬌羞樣兒，笑罵不休。

項少龍探手再摟緊單美美柔軟的腰肢，把酒送至她唇邊，柔聲道：「這一杯當是陪罪好了。」

單美美仰起香唇，神色複雜地望他一眼，默默的把整杯酒喝掉，眾人轟然叫好。

另一邊的歸燕不依道：「項大人厚此薄彼呢！」

項少龍見管中邪沒有生疑，心中大喜，道：「我這人最是公平，來！讓我伺候歸燕姑娘喝酒。」

昌文君怪叫道：「喝酒有啥意思，要嘴對嘴餵酒才成。」

歸燕一聲「嚶嚀」，竟躺到他腿上去，一副請君開懷大嚼的誘人模樣，幸好沒有壓著腿後側的傷口。項少龍眼前腿上雖是玉體橫陳，心中卻沒有任何波動，一來心神仍在單美美和管中邪身上，暗察他們的反應；另一方面總認為歸燕只是奉命來討好自己這京城軍警首長，曲意逢迎，盡是虛情假意。

歸燕的姿色雖比不上單美美，但眾女中只有伺候管中邪的楊豫可與她比拚姿色，佔佔她便宜亦是一樂。於是啣了一口酒，低頭吻在歸燕的香唇上，度了過去。

歸燕嬌喘細細，熟練合作地喝下去，如此仰身喝酒並不容易，可真虧了她呢！

在眾人怪笑喝采下，項少龍正要退兵，給歸燕雙手纏個瓜葛緊連，香信暗吐，反哺半口酒過來。

項少龍不由湧起銷魂的滋味，放開懷抱，放肆一番，才與玉頰火燒的歸燕分開來。

昌平君等鼓掌叫好。

歸燕嬌柔無力地靠近他，媚態橫生道：「項大人今晚不要走好嗎？奴家包保你腿傷不會加劇。」

由於她是耳邊呢喃，只有另一邊的單美美聽到，後者神情一黯，垂下螓首，顯是因項少龍「命不久矣」，自己則是殺他的兇手而不能釋懷。

項少龍輕吻歸燕的粉頸，笑道：「這種事若不能盡興，徒成苦差。」又探手過去摟單美美的纖腰，故作驚奇道：「美美姑娘是否有甚麼心事呢？」

單美美吃了一驚，言不由衷地道：「項大人只疼惜燕姊，人家當然心中不樂。」

管中邪忙為單美美掩飾道：「項大人能使我們眼高於頂、孤芳自賞的美美姑娘生出妒意，足見你的本事，今回輪到我等兄弟們妒忌你了。」

項少龍暗罵誰是你的兄弟時，昌文君笑道：「這另一口酒項大人絕省不了。」

項少龍暗忖一不做、二不休，逗逗兇手美人也好。遂啣了另一口酒，俯頭找上單美美的櫻唇，度了過去，事後仍不放過她，痛吻起來，陳倉暗渡中，以二十一世紀五花八門的接吻方式，對她極盡挑逗的能事。

單美美原本冷硬的身體軟化了，生出熱烈的反應。

項少龍心中暗歎，知道在這種異乎尋常，又以為自己命不久矣的刺激下，單美美心中歉疚，反動了真情。

唇分，單美美眼角隱見淚光，顯見她以毒酒害他，亦是逼不得已。

項少龍反不想急著離去，怕人發覺几下未乾的酒漬。

歸燕又來纏他，項少龍靈機一觸，詐作手肘不慎下把仍有大半杯的酒碰倒蓆上，蓋過原來的酒漬。

一番擾攘後，單美美出乎眾人意外的託詞身體不適，先行引退。

少了這最紅的姑娘，昌平君兩兄弟興致大減，項少龍乘機告辭。

歸燕不知是真情還是假意，把他直送到大門停放馬車的廣場處，千叮萬囑他定要回來找她，又逼他許下諾言，方肯放他到昌平君的馬車上。

忽然間，項少龍亦有點愛上這古代的「黑豹酒吧」。

回到官署，見到值夜的滕翼，說起剛才發生的事，後者也為他抹把冷汗。

滕翼歎道：「我們的腦筋實在不夠靈活，總在想莫傲的奸謀是在田獵時進行，豈知竟在今晚暗施美人計，若能知道藥性，少龍可扮得逼真一點。」

項少龍肯定道：「毒藥該在田獵後才發作的。」

滕翼訝道：「三弟怎麼這般有把握？」

項少龍道：「圖先告訴我莫傲造了一批可在水底進行刺殺的工具，該是用來對付你和荊俊的，事後若我再毒發身亡，烏家就算想報復也無人可用。」

滕翼大怒道：「我若教莫傲活過三天田獵之期，便改跟他的姓。」

項少龍忽然臉色大變，道：「我們一直想的都是己方的人，說不定莫傲的行刺目標包括鹿公和徐先在內，那就糟糕。」

滕翼吁出一口涼氣，道：「呂不韋沒那麼大膽吧？」

項少龍道：「平時該不敢如此膽大包天，可是現在形勢混亂，當中又牽涉到高陵君的謀反，事後呂不韋大可把一切罪責全推到高陵君身上，有心算無心下，呂不韋得逞的機會非常高。」想到這裡，再按捺不下去，站起來道：「我要去見鹿公，及早向他發出警告。」

滕翼道：「我看你還是先去見徐先，論精明，鹿公拍馬都比不上他，他若相信我們，自會做出妥善安排。」

項少龍一想確是道理，在十八鐵衛和百多名都騎軍護翼下，裝作巡視城內的防務，朝王宮旁徐先的左丞相府去了。

由於現在他身兼都衛統領，除了王宮，城內、城外都在他職權之內。

因剛才的宴會提早結束，現在只是初更時分，但除了幾條花街外，其他地方行人絕少，只是偶有路過的車馬。

到了左相府，徐先聞報在內廳見他，這西秦三大名將之一的超卓人物微笑道：「我早知少龍會在田獵前來見我的。」

項少龍大感愕然道：「徐相為何有這個想法？」

徐先歎道：「我們大秦自穆公以來，躍為天下霸主之一。可惜東向的出路，一直被晉人全力扼住，故只能掉過頭來向西戎用兵，結果兼國十二，開地千里。穆公駕崩之時，渭水流域的大部分土地均落入我們手上。可是由那時始，直至現在建立東三郡，二百多年來我們毫無寸進。究其原因，與其說出路受阻，不若說是內部出了問題。我若強大，誰可阻攔？故仍是個誰強誰弱的問題。」

項少龍對那時的歷史不大了解，只有點頭受教的份兒。

徐先談興大起，喟然道：「三家分晉後，我們理該乘時而起，可惜偏在那四十多年間，朝政錯出常軌，大權旁落亂臣手上，粗略一算，一個君主被迫自殺，一個太子被拒不得繼位，另一君主和母后一同被弒，沉屍深淵。魏人乘我國內亂，屢相侵伐，使我們盡失河西之地。」

項少龍開始有點明白徐先的意思，現在的呂不韋正在這條舊路上走著。無論呂不韋是否奪權成功，甚或廢了小盤，最後的結果是秦國始終不能稱霸天下，這正是徐先最關心的事。

徐先長身而起，沉聲道：「少龍！陪我到後園走走！」

項少龍心內起個疙瘩，知他必是有秘密要事須作商量。

明月高照下，兩人步入後園，沿小徑漫步。

徐先歎一口氣道：「我們秦人與戎狄只是一線之隔，不脫蠻風，周室京畿雖建於此地，只是好比覆蓋襤褸的錦衣，周室一去，襤褸依然，至今仍是民風獷悍。幸好孝公之時用商鞅變法，以嚴刑峻法給我們養成守規矩的習慣，又重軍功，只有從對外戰爭才可得爵賞，遂使我大秦無敵於天下。可是給呂不韋這麼一搞，恣意任用私人，又把六國萎靡之風引入我大秦，使小人當道，群趨奉迎、互競吹拍之道，於我大秦大大不利。他那本《呂氏春秋》我看過了，哼！若商鞅死而復生，必將它一把火燒掉。」

項少龍終於聽到在鹿公的大秦主義者排外動機外另一種意見，那是思想上基本的衝突。呂不韋太驕橫主觀，一點不懂體恤秦人的心態。

他接觸的秦人，大多坦誠純樸，不愛作偽，徐先、鹿公、王齕、昌平君兄弟、安谷傒等莫不如是。比起上來，呂不韋、莫傲、管中邪、嫪毐等全是異類。

秦人之所以能無敵於天下，正因他們是最強悍的民族，配以商鞅的紀律約束，真是誰與爭鋒。呂不韋起用全無建樹的管中邪和呂雄，於後者犯事時又想得過且過，正是秦人最深惡痛絕的。

小盤以嚴厲果敢的手段處置呂雄，這一著完全押對。

徐先停了下來，灼灼的眼光落到項少龍臉上，沉聲道：「我並非因呂不韋非我族類而排斥他，商君是衛人，卻最得我的敬重。」

項少龍點頭道：「我明白徐相的意思。」

徐先搖頭歎道：「呂不韋作繭自縛，以為害了大王，秦室天下就是他的。豈知老天爺尚未肯捨棄我大秦，出了政儲君這明主，所以我徐先縱使粉身碎骨，亦要保儲君直至他正式登上王座。」

項少龍暗吃一驚，道：「聽徐相口氣，形勢似乎相當危急。」

徐先拉著他到一道小橋旁的石凳坐下來，低聲道：「本來我並不擔心，問題是東郡民變，呂不韋遣派蒙驁和王齕兩人前往鎮壓，一下子把京師附近的軍隊抽空，現在京師只有禁衛、都騎、都衛三軍在支撐大局，形勢之險，實百年來首次見到。」

項少龍皺眉道：「據我所知，東郡民變乃高陵君和趙將龐煖兩人的陰謀，呂不韋沒有說清楚這事嗎？」

徐先臉上陰霾密佈，悶哼道：「話雖然這麼說，可是高陵君有多少斤兩，誰都心中有數，十個高陵君都鬥不過半個呂不韋，怎會到事發時，呂不韋才猛然驚覺，倉卒應付？」

項少龍心中冒起一股寒意，囁嚅道：「徐相的意思是……」

徐先斷然道：「此事必與呂不韋有關，只要呂不韋把奸細安插到高陵君的謀臣內邊，可像牽線傀儡般把高陵君控制在手上，製造出種種形勢。」

再肅容道：「如呂不韋在這段期間內，把你和兩位副統領除掉，都騎、都衛兩軍，都要落進呂不韋手內，那時你說會出現甚麼情況？我之所以猜到你今晚會來見我，原因非常簡單，就是假若你確非呂不韋的人，以你的才智，必會發覺不妥當的地方，少龍明白嗎？」

項少龍暗叫好險，要取得徐先的信任確不容易，直至剛才，徐先仍在懷疑自己是呂不韋一著巧妙的棋子，或可說是多重身份的反間諜。

有點尷尬地道：「多謝徐相信任。」

又不解道：「縱使呂不韋手上有都騎、都衛兩軍，但若他的目標是政儲君，恐怕沒有人肯聽他命令。」

徐先歎道：「少龍仍是經驗尚淺，除非呂不韋得到全部兵權，否則絕不會動儲君半根毛髮，此乃愚不可及之舉，可是只要他把我和鹿公害死，再把事情推到高陵君身上，那時秦室還不是他的天下嗎？蒙驁不用說，王齕這糊塗鬼在那種情況下孤掌難鳴，加上又有太后護著呂不韋，誰還敢去惹他呢？」

接著雙目厲芒一閃，道：「先發者制人，後發者受制於人。呂不韋一天不死，我們休想有好日子過，大秦則是重蹈覆轍，受權臣所陷。」

項少龍差點呻吟起來，站在徐先的立場角度，策略上完全正確。問題是項少龍知道在小盤登基前，沒有人可要呂不韋的命。若要不了他的命，自然是自己要丟命，此事怎賭得過？

只恨他不能以這理由勸徐先打消此念，難道告訴他史書寫著呂不韋不會這麼快完蛋嗎？

正頭痛時，徐先又道：「只要政儲君肯略一點頭，我可保證呂不韋活不過這三天田獵期。」

項少龍歎道：「徐相有否想過後果？」

徐先冷哼一聲，道：「最大問題的三個人，是姬太后、蒙驁和杜壁。最難對付的還是杜壁，呂不韋一去，他必趁機擁立成蟜，若非有此顧慮，先王過身時，我和鹿公早動手了。當然！還有一個原因是王齕從中反對。所以我希望由你說服儲君，現在他最信任的人是少龍你。」

項少龍道：「我卻有另一個想法，首先要通過滴血認親，正式確認儲君和呂不韋沒有半絲瓜葛；其次是殺死呂不韋手下的第一謀士，此人一去，呂不韋將變成一隻沒有爪牙的老虎，惡不出甚麼樣兒來；第三……」

徐先揮手打斷他道：「你說的是否莫傲？」

項少龍訝道：「徐相竟聽過此人？」

徐先輕描淡寫道：「這點能耐都沒有，如何敢和呂不韋作對。最好把管中邪一起幹掉，那就更是妥當。只是現在的情況是你在防我，我也在防你，若非公然動手，誰奈何得了對方？」

項少龍知道單憑此點仍未足以打動這位智者，低聲道：「第三是把嫪毒捧出來與呂不韋打對臺，只要拖到儲君加冕之日，呂不韋這盤棋就算輸了。」

徐先雄軀一震，不解道：「嫪毒不是呂不韋的人嗎？」

項少龍把計劃和盤托出，道：「我還提議儲君給呂不韋封上一個『仲父』的虛銜，以安他的狼子野心。」

徐先深吸一口氣，像首次認識他般打量了好一會兒，雙目精光閃閃道：「說到玩手段、弄詭謀，恐怕莫傲也要讓你一點，難怪到今天你仍活得健康活潑。」

項少龍暗叫慚愧，道：「幸好今晚少喝了一點酒，否則真不敢當徐相這句話。」

徐先追問下，他說出今晚發生的事。

徐先聽罷點頭同意道：「你說得對，一天不殺莫傲，早晚給他害死。照我估計，這杯毒酒該在七天後發作，孝文王當日就是喝下呂不韋送來的藥湯，七天後忽然呼吸困難窒息致死，由於從來沒有一種毒藥可在七天後才突然發作的，所以我們雖覺得內有蹺蹊，仍很難指是呂不韋下的毒手，當然也找不出任何證據。唉！現在沒有人敢吃呂不韋送來的東西。真是奇怪，當日害死孝文王的藥湯，照例曾經內侍試飲，內侍卻沒有中毒的情況。」

項少龍暗忖莫傲用毒的功夫，怕比死鬼趙穆尚要高明數倍，要知即使是慢性毒藥，總還是有跡可尋，吃下肚後會出現中毒的徵狀，哪有毒藥可在吞入腹內七天後使人毒發呢？儘管在二十一世紀，恐怕亦難辦到，除非毒藥被特製的藥囊包裹，落到肚內黏貼胃壁，經一段時間後表層被胃酸腐蝕，毒藥才瀉逸出來，致人死命。

想到這裡，心中一動，恨不得立即折返醉風樓，查看一下自己把毒酒潑下處，會否有這麼一粒包了某種保護物的毒藥。

徐先見他臉色忽晴忽暗，問道：「你想到甚麼？」

項少龍道：「我在想如何可請求徐相暫緩對付呂不韋？」

徐先笑道：「我徐先豈是徒逞勇力的莽撞之徒，少龍既有此妙計，我和鹿公暫且靜觀其變。不過假若你殺不死莫傲，便輪到我們動手對付呂不韋，總好過給他以毒計害死。」

項少龍拍胸口保證道：「給我十天時間！說不定我可以其人之道，還治其人之身，教他死得不明不白！」

徐先愕然瞪著他，一時說不出話來。

第十章　夜探青樓

項少龍靈巧地翻過高牆，落到醉風樓的花園裡。

這時剛過二更天，醉風樓主樓後面的七、八座院落，仍是燈火通明，笙歌處處。

項少龍好一會兒才辨認出管中邪剛才招呼他的那座雅院，只見仍是燈光燦然，不禁叫起苦來，同時亦心中奇怪，難道他們走後，又用來招呼另一批貴客嗎？

好奇心大起下，他藉著夜色和花草樹木的掩護，無聲無息地竄過去，到了近處，駭然伏下，心兒忐忑狂跳。

原來正門處有一批大漢在守護著，其中幾個赫然是呂不韋的親隨。

難道是呂不韋駕到？

留心細看，只見院落四周有人在巡邏守衛，嚴密之極。

當然難不倒他這懂得飛簷走壁的特種戰士，察看形勢後，他選了院落旁的一棵大樹，迅速攀上去，再射出索鉤，橫度往院落人字形的一邊瓦面上，小心翼翼，沿索滑到簷邊，探頭由近簷頂的通風口朝內望去。

一瞥下立時魂飛魄散，手足冰冷，差點由屋頂掉下來。

只見燈火通明的大廳裡，站了管中邪、莫傲、醉風樓的樓主伍孚、歸燕和單美美五個人，正在研究被移開的長几下地蓆上的酒漬。

伍孚歎道：「莫先生確是奇謀妙算，先教我贈項少龍以寶物，好教他不起提防之心，又使他以為下手的是我們的好美美，誰知要他命的卻是我們的歸燕姑娘。」

管中邪道：「對莫兄的高明，我管中邪是沒話說的。最妙是這小子還以為自己逃過大難，再不起防範之心，確是精采絕倫。」

這時大門洞開，呂不韋春風滿面、神采飛揚的走進來。

在項少龍瞠目結舌、全身血液差點冰凝之下，單美美乳燕投懷的撲入呂不韋懷內去，嬌聲道：「美美為呂相立下大功，呂相該怎麼賞人家哩！」

呂不韋的手由她的纖腰落到她的隆臀上，大力拍兩記，邪笑道：「那就讓我今晚好好酬勞你吧！」

莫傲伸手摟著歸燕道：「呂相莫忘我們的好歸燕，若非靠她那條香舌，項少龍怎會中計。」

上面的項少龍全身發麻，差點要撲下去給呂不韋白刀子進，紅刀子出。

天啊！自己的肚內竟有了隨時可取自己一命的毒囊，這時代又沒有開刀的外科手術，他項少龍豈非必死無疑。

呂不韋摟著單美美，到了那片酒漬旁，俯頭細看一回後，哈哈大笑道：「任你項少龍智比天高，也要著我呂不韋的道兒，卻還以為反算我們一著，到喉嚨被藥液蝕開個洞兒時，還不知是甚麼一回事呢！」

項少龍聽得心中一動，燃起希望。若藥囊只是黏在喉嚨處，便有取出來的機會。

管中邪道：「美美姑娘的表演才精采哩！連我亦差點給她騙過。」

呂不韋俯頭吻在單美美的香唇上，弄得她「咿唔」作聲，春意撩人。

管中邪伸手按在伍孚的肩頭上，笑道：「此事成功後，伍樓主當的這個官，必定非同小可哩！」

伍孚欣然道謝後，又有點擔心地道：「那東西會否無意間給他吐出來？」

倚著莫傲的歸燕嬌笑道：「樓主放心好了，那東西不知黏得多麼緊，若非給他的舌頭捲過去，奴家還不知該怎辦才好。」

莫傲接著道：「這東西最不好是會黏在杯底，否則我的小燕子就不用犧牲她的香舌，給這傢伙大佔便宜。」

管中邪笑道：「只是佔了點小便宜吧！大便宜當然還是留給莫兄。」

一時男的淫笑，女的不依嬌嗔。

項少龍心急如焚，恨不得立時離開，想方法把那毒囊弄掉。

這一著妙計確是厲害，當時舌頭交纏，意亂情迷，哪想得到竟是死亡之吻。自己確是大意，以為對方不知道自己識穿單美美是他們的人，還一番造作，真要教人笑穿肚皮。

呂不韋笑道：「春宵苦短，莫先生該到小燕的香閨，好好答謝美人。」

轉向伍孚道：「伍樓主今趟做得很好，我呂不韋必不會薄待你。」

哈哈一笑，擁著單美美去了。

項少龍知道再不會聽到甚麼秘密，悄悄離開。

項少龍慘哼一聲。滕翼由他張開的大口裡，把拗曲的細銅枝抽出來，尾端的小圓片上黏著一粒烏黑色的藥丸，只有蒼蠅般大小。

旁邊的陶方、荊俊、蒲布、劉巢等人齊鬆一口氣，抹掉額上的冷汗。

項少龍哽著被刮損的咽喉，說不出話來。

滕翼把毒丸移到眼前，眾人均俯近研看。

荊俊狠狠道：「有甚麼方法把毒丸送進莫傲的喉嚨裡去呢？」

項少龍清清喉嚨，沙啞聲音道：「這毒丸若是混在酒裡，便會黏在杯底，可是在毒死孝文那碗藥湯裡，卻沒有這種情況。」

陶方大喜道：「那即是說，只要我們得到那條藥方，當可找到其中某種藥物，中和它的黏性，到進入喉內才會黏著，如此一來，要毒殺莫傲再非難事，這藥方必然會留有紀錄的。」

滕翼一震下望往項少龍，兩人同時想起圖先，旋又搖頭。

若圖先可輕易向莫傲下毒，早把他毒死。

蒲布頹然道：「就算找到可中和毒丸黏性的方法也沒有用，難道捧碗藥湯哄他喝下去嗎？」

項少龍道：「我們大可隨機應變，毒丸由我隨身攜帶，再相機行事。夜了！我們盡量睡一覺好的，否則明天恐沒有精神去應付莫傲另一些陰謀詭計，二哥和小俊更要打醒十二分精神。」

眾人無不同意，各自回房休息。

項少龍回到後堂，不由想起紀嫣然等眾嬌妻，神思恍惚間，嬌聲嚦嚦在耳旁響起道：「大爺回來了！」

項少龍愕然望去，只見周薇和衣躺在一角地蓆處待他回來，看樣子是剛給他吵醒過來，看她釵橫鬢亂、海棠春睡後的神態，心中大叫不妙。

自趙倩和春盈等諸女去世後，他飽受折磨，整整一年有如活在噩夢裡，英雄氣短，偏又步步落在下風，使他再不願有男女間新的責任和感情上的承擔。

對琴清如是，對嬴盈亦如是。

他雖答應昌平君兄弟對嬴盈勉力而為，卻是敷衍的成份居多，絕不熱心，亦自知未必鬥得過管中邪。不過都及不上眼前的周薇使他頭痛。

看她行事作風，顯是自尊心極重和死心眼的人，敢愛敢恨。幸好現在和她關係尚淺，還有轉圜的餘地，乾咳一聲，道：「這麼晚，還不回去睡嗎？」

周薇起身施禮後，溫柔地為他脫下外袍，欣然道：「早睡過了，現在不知多麼精神，陶公安排最末端那間房子給我，現在讓小婢伺候大爺沐浴好嗎？」話完雙頰早紅透。

項少龍心中叫糟，自己已多晚沒有妻婢相陪，今晚又曾偎紅倚翠，挑起情慾，若說不想女人，只是在欺騙自己，給她這麼以身相陪，後果實不敢想像。但若斷然拒絕，她受得了嗎？

幸好周薇要為他寬衣時，腳步聲響。

項少龍回頭望去，見來的是荊俊，大訝道：「小俊！有甚麼事？」

荊俊仍以為周薇是周良的妻子，奇怪地瞪著她。

項少龍低聲吩咐周薇退避入房後，才道：「甚麼事呢？」

荊俊看著周薇消失處，奇道：「她怎會在這裡的？」

項少龍解釋她和周良的兄妹關係後，荊俊雙目立時亮起來，嘿然道：「三哥真好豔福，周薇若非荊釵布裙，不施脂粉，豔色絕不會遜於田鳳和田貞。」

項少龍心中一動，著他在一旁坐下後，笑道：「小俊對她似乎有點意思哩！」

荊俊赧然道：「三哥說笑了，小俊怎敢來和三哥爭女人。」

項少龍欣然道：「她並非我的女人，假設你有意思的話，不如多用點功夫，三哥我絕不介意，還非常感激你哩！」

荊俊大喜道：「嘿！讓我試試看！說到哄女孩，我比以前進步多了。」

項少龍道：「此事就這麼決定，你不去休息卻來找我，究竟所為何事？」

荊俊道：「三哥的腿還可以再出動嗎？」

項少龍道：「只要不是動手過招便沒有問題。你有甚麼好主意？」

荊俊道：「現在離天明尚有兩個多時辰，要殺死莫傲，這是唯一的機會。」

項少龍皺眉道：「莫傲身旁能人眾多，呂不韋又在那裡，怎麼下手？」

荊俊道：「硬來當然不成，不過我對醉風樓的環境非常清楚，更知道單美美和歸燕的閨房在哪裡，只要我們摸到那裡去，或有辦法把那顆毒丸餵入莫傲的喉嚨裡，然後再輕輕鬆鬆等待他毒發身亡，豈非大快人心？」

項少龍喜道：「計將安出？」

荊俊攤開手掌，現出一截三寸許黑色樹枝狀的東西，得意洋洋地道：「這是由迷魂樹採來的香枝，燃點後的煙只要吸入少許，立即昏昏欲睡，若在熟睡時吸入，保證掌摑也醒不過來，三哥明白了吧！」

項少龍沉吟片晌後，斷然道：「你最好通知二哥，若這麼令人快慰的事少了他，我們兩個都要挨罵的。」

憑著鉤索，三兄弟悄無聲息地潛入醉風樓東，躲在花叢暗處。樹木掩映中，隱見燈光。

荊俊這識途老馬道：「竹林內有四座小樓，分別住著醉風樓的四位大阿姊，就是單美美、楊豫、歸燕和白蕾，合稱『醉風四花』，歸燕的小樓位於左方後座，只要過得竹林這一關，就有機會摸入樓內，若我沒有記錯，每座樓旁都種有香桂樹，躲躲藏藏應是易如反掌。」

滕翼皺眉道：「既有呂不韋在內，防守必然非常嚴密，竹樹更是難以攀緣，若是有人守著竹林間的出入口，我們怎進得去？」

項少龍道：「另一邊是甚麼形勢？」

荊俊苦笑道：「仍是竹林，所以這地方有個名字，叫『竹林藏幽』，如能過得這關，莫傲就死定了。」

腳步聲響，兩名武士提著燈籠走過來，邊走邊談笑著。

三人屏息靜氣，傾耳細聽。

其中一人道：「這四個妞兒確是花容月貌，又夠騷勁，連我們的管大爺也動了心，留宿在楊豫的小樓裡。」

另一人道：「聽說還有個白蕾，不知她今晚是否要陪人？若沒有的話，由我兩兄弟招呼她好了。」

先前的大歎道：「你付得起度夜資嗎？何況聽說縱有錢財，她都未必肯理睬你哩！」

直至他們去遠，項少龍心中一動，道：「白蕾陪的該是韓闖，說不定會有機會。」

話猶未已，人聲由前院方向傳來，其中一個隱隱認得是老朋友韓闖，還有女子的嬌笑聲，不用說該是白蕾。

滕翼大急道：「怎樣瞞過白蕾呢？」

此時一群人轉入這條花間小徑，領路的是兩個提著燈籠的美婢，接著是四名韓闖的近衛，然後是摟摟抱抱的韓闖和白蕾，最後是另八名親兵。

看到這種陣勢，項少龍亦是一籌莫展。

荊俊忽地湊近滕翼道：「白蕾並不認得二哥的！」

項少龍靈機一觸，道：「二哥可冒充太子丹的人，韓闖剛和他喝完酒。」

這時韓闖等剛路過他們藏身處，轉上直路，朝竹林方向走去。

滕翼先解下佩劍，硬著頭皮竄出去，低嚷道：「侯爺留步，丹太子命小人來有要事相告。」

韓闖等整隊人停下來，近衛無不露出戒備神色。

滕翼大步走去，眾人雖見到他沒有佩劍，仍是虎視眈眈，手握劍柄。

韓闖放開白蕾，冷冷道：「丹太子有甚麼說話？」

滕翼心知韓闖的手下絕不會任自己靠近他們主子的，遠遠立定，施禮道：「小人龍善，乃丹太子駕前右鋒將，韓侯這麼快忘了小人嗎？」

龍善是當日滕翼在邯鄲時用的假名字。

韓闖呆了一呆，醒覺過來，哈哈笑道：「記起了，記起了！右鋒將請恕本侯黑夜視力不佳。」

轉身向白蕾道：「小蕾兒先回房去，本侯立即來。」白蕾哪會疑心，叮嚀韓闖莫要教她苦候，偕兩個丫鬟先去了。

在韓闖的掩護下，三人換上他手下的外裳，無驚無險地進入守衛森嚴的竹林，到了與歸燕閨樓只隔一棵香桂樹的白蕾居所。

韓闖向三人打了個眼色，逕自登樓。

白蕾的四名貼身美婢，分兩人來招呼他們。

項少龍、荊俊和滕翼怕給小婢認出來，早向韓闖的手下關照，其中兩人匆匆把兩婢拖到房內，不片晌已是嬌吟陣陣，滿樓春聲。

在韓闖佈在樓外的親衛放哨把風下，三人先後攀上桂樹，到達歸燕的小樓瓦頂處。

房內傳來鼾聲。

若論飛簷走壁的身手，項、滕兩人都及不上荊俊，由他覷準機會穿窗進房，頃刻後莫傲的鼾聲變成沉重的呼吸。

項少龍示意滕翼留在屋頂，自己翻身進去。

荊俊正蹲在榻旁，向他打出一切順利的手勢。

項少龍心中大喜，竄了過去。

在几頭的油燈映照下，荊俊已捏開莫傲的大口，項少龍忙取出毒丸，以銅枝送入他的喉嚨裡，肯定黏個結實後，正要離去，足音在門外響起。

項少龍和荊俊大吃一驚，同時跨過榻上兩人，躲在榻子另一端暗黑的牆角裡。

敲門聲響，有人在外面道：「莫爺！呂相有急事找你。」

莫傲和歸燕當然全無反應。

項少龍人急智生，伸手重重在莫傲腳板處捏了一記。

幸好荊俊的迷魂香只夠讓莫傲昏上一陣子，莫傲吃痛下，呻吟一聲，醒過來。

那人又喚道：「莫爺！」

莫傲剛醒過來，頭腦昏沉地道：「甚麼事？」

叫門的手下道：「呂相剛接到緊急消息，刻下正在樓下等候莫爺。噢！呂相和管爺來了。」

項少龍和荊俊暗叫不妙，卻苦在莫傲已坐起來，想冒險逃走都辦不到。

幸好呂不韋的聲音在門外道：「我們在外廳等你。」

莫傲推了推歸燕，見她毫無反應，在她雪白的胸脯捏了一把，才起身穿衣，腳步不穩地推門外出。

今次輪到項少龍和荊俊兩人喜出望外，忙蛇行鼠步直抵房門處，貼耳偷聽。

呂不韋首先道：「剛接到消息，短命鬼項少龍竟去找徐先，商量整個時辰，然後返回烏府去。哼！莫先生認為他們會弄些甚麼陰謀詭計出來呢？」

莫傲顯然因曾受迷魂香的影響，腦筋遠及不上平時靈活，呻吟道：「不知是否因太高興下多喝點酒，我的頭有些痛。」

管中邪道：「莫兄先喝杯解酒茶，定定神便沒事的了。」

接著是斟茶遞水的聲音，聽聲息，外面應只有呂不韋、莫傲和管中邪三人。

好一會兒後，呂不韋道：「莫先生是否肯定那狗雜種會在最後一天晚獵時才毒發？沒有高陵君襲營的掩飾，則誰都會猜到是我們動的手腳。」

莫傲吁了一口氣，道：「呂相放心，我曾找了十多個人來做實驗，保證時間上不會出差錯。」

管中邪笑道：「沒有了項少龍，他們必然陣腳大亂，而我們則是準備充足，到時我們先護著儲君和太后渡河，等輪到鹿公和徐先，就弄翻木橋，再在水底把他們刺殺，乾手淨腳，誰會懷疑我們呢？」

呂不韋道：「最怕是徐先和項少龍等先發制人，提前在這兩天內動手，我們就要吃大虧。」

莫傲胸有成竹地道：「放心好了！一天沒有弄清楚高陵君的虛實，他們哪敢動手，以免徒便宜了高陵君，諒他們的膽子仍沒有這麼大。」

呂不韋道：「現在最頭痛的是政兒，他似是一點不知道自己乃是我呂不韋的親生骨肉。唉！是朱姬那賤人不好，我多次催她去和政兒說個清楚，她竟一口拒絕。又不肯接受封我為攝政大臣的提議，哼！嫪毐倀地沒用，些許小事都辦不到。」

管中邪道：「我看關鍵處仍是項少龍，有了他，太后就不用完全倚賴呂相了。」

莫傲啞然失笑道：「我忽然想出一計，既可討太后歡心，使她接受封呂相為攝政大臣，又可掩人耳目。」

正在門內偷聽的荊、項兩人好奇心大起，暗忖莫傲果是詭計多端。

呂不韋大喜追問。

莫傲笑道：「只要讓太后知道呂相和項少龍再無嫌隙，就可消除她心中疑慮。所以化解她這個心結後，她對呂相自會言聽計從。」

管中邪微帶不悅道：「莫兄不是又要娘蓉佯作嫁給項少龍吧！」

莫傲失笑道：「管兄不是要和一個只有三天命的人爭風吃醋吧！」

接著壓低聲音道：「呂相明天可請太后親自宣佈三小姐和項少龍的婚事，同時將呂相封為攝政大臣，把這兩事合而為一，等若明示太后只要肯讓呂相坐上此位，就拿最疼愛的女兒出來作為保證項少龍的安全，在這種情況下，太后為了項少龍，自然會讓步的，當然還要著嫪毒下點功夫。」

室內的項少龍到此刻仍未弄得清楚攝政大臣和宰相有何分別，照想該是進一步削去小盤的自主權。

管中邪再沒有出言反對。

呂不韋欣然道：「這確是妙計，中邪！由你對娘蓉做點功夫吧！這妮子最聽你的話，上趟你教她來大鬧一場，她的表演確是精采絕倫。」

室內的項少龍這才知道呂娘蓉進來大吵大鬧破壞婚議，竟是有預謀的行動，不由心中大恨。呂娘蓉原來是這樣的一個人，自己不用再對她有憐惜之心了。

正如荊俊所說，玩玩她也好，等若向呂不韋和管中邪各插一刀。

呂不韋道：「事情就這麼決定，快天亮了……」

項少龍兩人哪敢再聽下去，慌忙離去。

想不到神推鬼使下，竟得到這麼關鍵性的情報。

整個局勢立時不同。

第十一章　田獵大典

天尚未亮，韓闖被迫拖著疲乏的身軀，好掩護項少龍等離開醉風樓。

到了街上，兩批人分道揚鑣。

回到烏府，天已微明，項少龍三人哪敢怠慢，匆匆更衣，滕、荊兩人先返官署，準備田獵大典的諸般事宜，項少龍則趕赴王宮。

途中遇上徐先的車隊，被徐先邀上車去，原來鹿公亦在車內，當然是在商討應付呂不韋的方法。兩人雖全副獵裝，卻無盛事當前的興奮。

鹿公見他兩眼通紅，顯是一夜沒睡，點頭道：「少龍辛苦了。」

項少龍欣然道：「身體雖累，心情卻是愉快的。」

徐先訝道：「少龍一副成竹在胸的樣子，不知又有甚麼新的進展？」

項少龍壓低聲音，把昨晚夜探青樓，聽到呂不韋等三人陰謀與密議的事說出來。兩人大歎精采難得。

鹿公拍腿叫絕道：「黏到喉嚨的毒丸都教少龍弄出來，可見老天爺對我大秦確是另眼相看。」

徐先道：「既是如此，我們就依少龍之議，以嫪毒制呂不韋，實行以毒攻毒。說真的，呂不韋治國的本領確是不錯，讓他得意多幾年，到將來儲君登位，再把他收拾好了。」

鹿公道：「但在這期間我們須牢抓軍權，用心培養人才，對付起這傢伙來，就更得心應手。」

項少龍道：「小將有一建議，就是王翦……」

徐先笑著打斷他道：「這個不用少龍提醒，我們早留心此子，讓他再歷練多點時間。唉！王齕老得有點糊塗，好應由後生小子取代。」

鹿公顯然心情大佳，笑語道：「少龍是否準備接收呂娘蓉這個妞兒，好氣死呂不韋和管中邪呢？」

項少龍失笑道：「為這事頭痛的該是他們。」

徐先道：「但攝政大臣的權勢非同小可，那時他等若儲君，沒有他點頭，甚麼政令都批不下來。」

項少龍道：「徐相還記得我提過『仲父』的虛銜嗎？就拿這來騙騙呂不韋，三天後莫傲歸天，那時輪到他陣腳大亂，加上嫪毒又當上內史，呂不韋到時才知是甚麼一回事呢！」

此時車隊進入王宮，三人心懷大暢，恨不得立即過了未來的三天，好看看惡人有惡報那大快人心的一幕。

項少龍原本沉重緊張的心情，已被輕鬆歡暢的情緒替代。

好！就讓老子拿這些人開心一下，連鹿丹兒和嬴盈這兩個靠向管中邪的丫頭也不放過，如此生命才更多采多姿。

王宮校場上旌旗飄揚，人馬匯聚。

有份參加田獵者，若非王侯貴族，就是公卿大臣的親屬家將，又或各郡選拔出來的人才，人人穿上輕袍帶革的獵裝，策騎聚在所屬的旗幟下，壯男美女，一片蓬勃朝氣，人數約在五千左右。

一萬禁衛，分列兩旁，準備護衛王駕，前赴獵場。

昌平君、昌文君和管中邪三人忙個不了，維持場中秩序。

項少龍離開馬車，騎上疾風，領著十八鐵衛，以閒逸的心境，感受大秦國如日初昇的氣勢。

其中一枝高舉的大旗繡上個「齊」字，使項少龍記起「老朋友」田單，不由心中好笑。若呂不韋告訴田單已經收拾了他的話，田單不但白歡喜一場，還會疏於防範，教自己更有可乘之機。

徐先、鹿公、呂不韋等宿將大臣均聚集在檢閱臺的兩側，貴客如田單、太子丹等亦在該處，卻見不到韓闖，想來他該已起程回國。

最觸目的是嬴盈等的女兒軍團，數百個花枝招展的武裝少女，別樹一幟地雜在眾男之中，不時和旁邊的好事青年對罵調笑，帶來滿場春意。

但最惹人注意的卻非她們，而是他自己的嬌妻美婢和琴清，她們沒有旗幟，在數十名家將擁衛下站在一側，使得遠近的人，不論男女都探頭引頸地去看她們過人的風采。

紀嫣然和琴清當然不在話下，烏廷芳和趙致亦是千中挑一的美女，而田貞、田鳳這對連他也難以分辨的姊妹花，也是教人歎為罕見，議論紛紛。

項少龍哪按捺得住心中的情火，策馬來到眾女旁，笑道：「你們這隊算作甚麼軍哩？」

紀嫣然等紛紛奉上甜蜜的歡笑。

琴清反神色冷淡道：「太后特別吩咐，要我們這三天陪她行獵，項大人說該算甚麼軍呢？」

項少龍見她神態冷淡，猜她是因自己上次惡作劇討她便宜，惹怒了她，又或對自己這登徒浪子生出鄙視之心。暗歎一口氣，淡淡一笑，沒有答話，來到烏廷芳和趙致間問道：「寶兒呢？」

烏廷芳興奮得俏臉通紅，嬌笑道：「真想抱他同去打獵，卻怕他受不起風寒，只好留在清姊處由奶娘照顧。」

趙致道：「項郎啊！讓我給你介紹兩位新奶娘好嗎？」

後面的田氏姊妹立時玉頰霞燒，不勝嬌羞，看得項少龍心頭火熱、想入非非時，烏廷芳在馬上湊過來道：「項郎啊！今晚到我們帳內來好嗎？人家想得你很苦哩！」

項少龍食指大動，忙點頭答應。

此時鼓聲急響，只見小盤和朱姬在禁衛簇擁下，登上檢閱臺。

全場登時肅然致禮，齊呼「我王萬歲」。

田獵在萬眾期待下，終於開始。

田獵的隊伍，連綿十多里，聲勢浩蕩。沿途均有都騎兵守護道旁高地，防範嚴密。

為顯示勇武的國風，小盤、朱姬一律乘馬，在禁衛前呼後擁下，領頭朝田獵場開去。呂不韋、徐先、鹿公、王綰、蔡澤等公卿大臣，則伴在小盤和朱姬左右。

項少龍陪烏廷芳等走了一會兒後，李斯特意墮後來找他。

兩人離開官道，沿路側並騎走著。

李斯低聲道：「每趟當我見到琴太傅時，都覺得她比紀才女更動人；但當見到紀才女，又感到琴清及不上她。現在終能同時看到兩人，才明白甚麼是春蘭秋菊，各擅勝場。」

項少龍道：「李兄今天的心情很好哩！」

李斯搖頭道：「只是苦中作樂吧！這三天田獵外弛內張，危機重重，小弟的心情可以好得到哪裡去。」

仔細打量項少龍一會兒後，續道：「項兄昨晚定是睡得不好，兩眼紅筋滿佈，又聲音嘶啞，教人擔心。」

項少龍苦笑道：「我根本沒有睡過，何來睡得好不好呢？至於聲音嘶啞，則是因喉嚨給刮傷，但若沒此一傷，就要小命不保。」

接著簡要的說出昨晚驚險刺激、峰迴路轉的經過。

李斯聽得合不攏嘴來，興奮地道：「待會定要告訴儲君，唉！我愈來愈佩服項兄。」又道：「難怪剛才呂不韋來向太后和儲君稟告，說要把女兒嫁與項兄，請太后和儲君作主，太后當然高興，儲君和我卻是大惑不解，原來箇中竟有如此微妙曲折。嘿！項兄當不會拒絕吧！」

項少龍失笑道：「你說我會嗎？」

兩人對望一眼，齊聲暢笑。

李斯道：「我大秦一向慣例，是在田獵時頒佈人事上的安排和調動，或提拔新人。項兄向儲君提議封呂不韋為仲父之計，確是精采，既可堵住他的口，又可使他更招人猜疑。儲君準備當太后再逼他任命呂不韋為攝政大臣時，便以此法應付。」

項少龍眼角處瞥見管中邪策馬趕上來，連忙把話題岔往些無關緊要的事情去。

管中邪雖是一晚沒睡，卻比項少龍精神許多，神采飛揚地來到項少龍另一邊，先向李斯打個招呼，隨口道：「李大人自入宮侍奉儲君，我們便少有聚首機會，趁這三天大家該好好相聚。」

項少龍心中一動，暗忖呂不韋若要完全控制小盤，必須以例如莫傲這樣的人去代替李斯，所以李斯或會是今次呂不韋要剷除的目標之一，自己為何以前卻沒有想及此點？

說到底，皆因己方缺乏一個像莫傲般頭腦清明的謀士。李斯本是最佳人選，但由於要助小盤日理萬機，分身不得。想到這裡，不由想起紀嫣然，禁不住暗罵自己空有智比諸葛亮的賢妻，竟不懂事事求教，讓她發揮。

管中邪的聲音在耳旁響起道：「項大人為何心神恍惚？」

項少龍生出頑皮作弄之心，向李斯打了個眼色，道：「管大人請借一步說話。」

李斯有點明白，一聲告罪，歸隊去了。

管中邪訝道：「項大人有甚麼話要和卑職說？」

項少龍歎道：「剛才李長史來告訴我，呂相有意把三小姐下嫁於我，說不定今天會由太后正式頒佈。但我卻知三小姐傾心的是管兄，坦白說！無論我將來和管兄各自立場如何，但對管兄的胸襟、氣魄和劍術均是衷心佩服的，亦不會計較管兄異日因立場不同與我對立；要嘛！就明刀明槍拚個高下。所以只要管兄一句話，我項少龍立即去向太后和儲君表明立場，不敢誤了三小姐的終身。」

管中邪本來雙目厲芒閃閃，聽畢後沉吟不語，臉上透出複雜的神色。

項少龍亦心中佩服，因他大可一口否認，自己也拿他沒法，但那樣就顯出他是睜眼說謊的卑鄙小人。

現在形勢之微妙，除了局內的幾個人外，誰都弄不清楚。

其實大家心知肚明務要置對方於死地，那已成暗著來做的公開事。

在管中邪看來，項少龍已有半隻腳踏進鬼門關內，誰都救不了他，只是項少龍自己以為已避過大難罷了！故此項少龍這麼表白心跡，擺明不欲以此來佔呂娘蓉的大便宜，亦可見項少龍乃真正的英雄，不會因自己以毒計害他而利用呂娘蓉來打擊自己，他管中邪豈能無愧於心。

項少龍卻是心中暗笑，等待這最強對手的反應。

管中邪忽地苦笑起來，道：「虛飾的話我管中邪不想說，不過三小姐下嫁項兄一事，卻非我可以作主的，更不可因我而破壞。有所求，必有所失，人生就是如此。三小姐年紀尚輕，好使性子，但憑項大人的本領，定可使她甘心相從，項大人莫要再為此心煩。」

一聲告罪，拍馬去了。

項少龍心中暗歎，圖先說得不錯，管中邪始終不是正人君子，縱對著自己這個在他認為必死的人，仍不肯說一句半句真誠的話，可見他是如何無情。

不過這正是他所預期的，當三天後他項少龍尚未死，而呂娘蓉則成為自己的未過門妻子，偏又是管中邪勸呂娘蓉接受這安排的，那時他的悔恨，將對他造成心理上嚴重的打擊。

當年他在管中邪師弟連晉手上把烏廷芳和趙雅橫刀奪過來，就使連晉失去理智，進退失據下，為他所乘。想不到同一樣的情況，會在管中邪身上重演。

那時他會採取甚麼激烈的行動呢？

想到這裡，忙趕上紀嫣然，好向她詳述一切。

琴清、紀嫣然等諸女，正與太后朱姬走在一塊兒，談笑甚歡，再前點是小盤和呂不韋等人的行列。

項少龍怕見朱姬，惟有隨在後側，找尋機會。

有人叫道：「項大人！」

項少龍別頭望去，見到嫪毒離開內侍的隊伍，到他身旁恭敬施禮。

項少龍回禮後欣然道：「嫪毒大人神采飛揚，必是官運亨通。」

嫪毒壓低聲音道：「全賴項大人厚愛提攜，儲君更明言是項大人全力舉薦小人的。」接著興奮起來，道：「儲君這兩天會正式任命小人做內史，以後與項大人合作的機會可多著哩！」

項少龍知他的感激出自真心。對嫪毒來說，要的只是權力、財富，哪管服侍的對象是何人。以前須聽呂不韋的話，是為了得到晉升的機會。對他這種寡情薄義、心狠如禽獸的人來說，哪會念呂不韋的舊情。

項少龍低聲問道：「呂相知悉此事嗎？」

嫪毒忿然道：「他昨天才知道，還在太后跟前大發脾氣，幸好給太后頂了回去。」

項少龍故作愕然道：「嫪兄陞官發財，他理該高興才對，有甚麼反對的理由？」

嫪毒狠狠道：「他當然不會說反對我當內史，只說我因犯事入宮，如今連陞數級，必會惹人閒言。嘿！說到底，還不是想我一生當奴僕。」

項少龍心中暗喜，知道他和呂不韋的矛盾終於表面化，正容道：「嫪兄放心，我已在徐相和上將軍前為你打點過，保證他們會支持嫪兄。」

嫪毒目瞪口呆道：「嘿……這……這……」竟說不出話來。

項少龍忍住肚內的笑聲，沉聲道：「呂不韋就是這樣的人，你的官愈大，太后和儲君愈看重你，他愈妒忌你。但嫪兄暫可放心，一天他除不去我項少龍，便無暇理會你。」

嫪毒渾身一震，露出深思的表情。

這時田貞看到項少龍，墮後來會。

項少龍拍拍嫪毒的肩頭，才迎上田貞。

嫪毒這顆對付呂不韋的奇異種子，終於發芽。

第十二章　才女施威

涇水西岸營帳連綿，旌旗似海。

項少龍和紀嫣然、烏廷芳、趙致、田氏姊妹置身在王營所在的平頂小丘上，俯覽遠近形勢。

今趟雖非征戰，但行軍立營，無不依據軍規兵法。

在六國中，以秦人最重武力，男女自幼習武不在話下，對於行軍佈陣，更是人人熟習。

由於這裡地勢平坦，平原廣澤，無險可恃，所以設的是方營。

小盤所據的木寨為中軍，等於指揮總部，寨內有近二十個營帳，小盤和朱姬兩帳居中，其他營帳住著王族內侍，又或像琴清這類身份特別、又與王室親近的人。

以木寨為中心，平頂丘左、右兩旁的營帳名為左、右虞侯，分由昌平君和昌文君率禁衛駐紮，屬由小盤直接掌握的機動兵力，負責中軍的安全。

至於其他人等，分東、西、南、北四軍，佈成方陣，眾星拱月般團團圍著中軍，作其屏衛。至於項少龍的都騎軍，則在遠方設營，遙遙保護整個方營，有點似戍邊放哨的味兒。

除中軍外，營帳十個一組，每組間留下可供八馬並馳的走道。每軍的中心處，又留下大片空地設有馬欄和練習騎射的廣場，讓田獵者舒展筋骨，又或比拚騎術、射箭、練劍，非常熱鬧，有點像個遊藝大會。

此時離黃昏田獵的時刻仍有兩個多時辰，人人興高采烈，聚集在六個大廣場處戲耍。

王營下方的主廣場，變成嬴盈等女兒軍的天下，有意追求這批刁蠻秦女的年輕貴胄，都擁到這裡來找尋機會，其盛況自非其他騎射場可比。

一時馬嘶人聲，響徹三千多個營帳的上方。長風拂來，旗幟獵獵作響，倍添軍旅的氣氛。

紀嫣然已盡悉近日發生的所有事故，微笑道：「高陵君來襲時，必會先使人燒王營的木寨和離河最遠的營帳，由於近日吹的是東南風，火勢濃煙逼來，我們惟有渡河往涇水北岸去躲避。」

項少龍和諸女看著橫跨涇水的兩道木橋，均生出寒意，若兩道橋樑給破壞，後果不堪想像。縱使橋樑仍在，一時間亦不容那麼多人渡過，所以登不上橋的人只好各自游往對岸去，在那種混亂的情況下，呂不韋要刺殺幾個人，確非難事。

可以預想到時管中邪會「大發神威，鎮定從容」地護著朱姬和小盤由橋上撤走，而項少龍則「毒發身亡」，事後管中邪還「立下大功」，莫傲這條毒計確是無懈可擊。

際此春雨綿綿的時節，放火不是易事，但高陵君乃內奸，其營帳正是在王營下東南方的一處營帳內，弄點手腳乃輕而易舉的事，所以此法確是可行。尤其那時正值田獵的重頭戲登場，大部分人均到西狩山進行晚獵，防備之心最薄弱，為偷營的最佳時刻。

若昌平君兄弟都給幹掉，可能禁衛軍的指揮權亦會被呂不韋搶過去。

項少龍吁出一口涼氣，道：「嫣然真高明，一眼看穿高陵君的策略，所以只要密切監視，看看高陵君或呂不韋的人何時為營帳塗上火油一類的東西，當知道他們發動的時刻。」

紀嫣然得夫婿讚賞，喜孜孜地以甜笑回贈。

蹄聲響起，昌文君策馬而至，嚷道：「我們到下面騎射場去湊熱鬧啊！」

諸女回頭往他望去，這傢伙正狠狠地瞪著紀嫣然和諸女，露出傾慕迷醉的神色，欣然道：「諸位嫂子福安，唉！我對少龍真是妒忌得差點要了我的小命。」

烏廷芳聽得「噗哧」嬌笑，露出比鮮花更豔麗的笑容，道：「昌文君忙完了嗎？」

昌文君裝出個忙得透不過氣來的表情，道：「太后和儲君剛安頓好，琴太傅被太后召去說話，囑小將來通知各位嫂子。」

項少龍打個呵欠，道：「你去湊熱鬧吧！我想回營好好睡上一覺。」

昌文君哈哈一笑，策馬由項少龍和紀嫣然間穿進去，探手牽著項少龍的馬韁，硬扯他奔下坡去，招呼諸女道：「我們玩耍去了！」

諸女看到項少龍被扯下去的無奈表情，嬌笑連連中，策馬追去。

「嗖」的一聲，三枝勁箭連珠迸發，正中三百步外箭靶紅心，圍觀的近千男女，爆起一陣喝采聲。射箭的嬴盈得意洋洋地環視全場，嬌叱道：「下一個輪到誰啊？」

眾男雖躍躍欲試，但珠玉在前，假若不慎失手，立即當場出醜，一時間沒有人敢應她。管中邪哈哈笑道：「我們女兒軍的首席射手神箭一出，誰還敢來獻醜？」

嬴盈得他讚賞，忙飛他一個媚眼，看得諸公子心生妒意，卻更是沒有人敢行險一試。

項少龍剛下馬，看到嬴盈箭法如此厲害，倒吸一口涼氣。要射中紅心，他自問可以辦到，但三箭連珠發射，就沒有把握了，難怪嬴盈如此自負。

眾女兒軍看到項少龍，均露出不屑表情，可是看到紀嫣然，卻無不露出既羨且妒的神色。

鹿丹兒排眾而出，嚷道：「項統領的腿傷好了嗎？聽說你擋箭的劍術天下無雙，不知射箭的功夫如何？」

近千道目光，立時落在項少龍身上，然後移到他身旁的紀嫣然身上。

紀嫣然當然知道項少龍的箭法非其所長，更明白秦人重武，假若項少龍託傷不出，對他的形象大有損害。

一聲嬌笑，解下外袍，露出內裡素白的緊身勁裝，輕舉玉步，來到場心處，以她比仙籟還好聽的聲音道：「先讓嫣然試試好嗎？」她那種慵慵懶懶，像不把任何事物放在心上，偏又是綽約動人的風姿，不論男女都給她勾出魂魄來。

語畢，呆看著她玲瓏浮凸、優美曼妙至無可挑剔的體態的諸男，才懂得歡呼喝采。

嬴盈狠狠地瞪紀嫣然兩眼，有點不甘願地把強弓遞與她。

紀嫣然見她腳下擺出馬步，心知肚明是甚麼一回事，悠然但又迅捷的探手抓著強弓一端，使了下巧勁，嬴盈尚未有機會發力時，強弓落到這美麗得令她自愧不如的才女手上。

今趟連管中邪也露出驚異之色。

項少龍旁邊的昌文君低聲道：「殺殺我妹子的傲氣也好！」

嬴盈想不到紀嫣然看破自己的陰謀，失措地退到鹿丹兒旁。

在場的都騎軍內奔出兩人，榮幸地向紀嫣然奉上長箭。

紀嫣然仍是那副若無其事、漫不經心的俏美模樣兒，嘴角掛著一絲可迷倒天下眾生的笑意，背著三百步外的箭靶，接過三枝長箭，夾在指隙處。

全場肅靜無聲。

倏地紀嫣然旋風般轉過嬌軀，在眾人瞠目結舌下，三枝勁箭連珠迸發，一枝接一枝向箭靶流星逐月般電射而去。

發第一箭時，她仍是背著箭靶，只是反手勁射，到第三箭時，變成正面對靶。「篤」的一聲，第一枝箭命中紅心，接著兩枝箭都分別命中前一箭的尾端，神乎其技處，令人不敢相信自己的眼睛，登時把嬴盈的箭技比下去。

全場立時采聲雷動，久久不歇。紀嫣然心恨嬴盈和鹿丹兒等「欺負」夫君，眼尾也不看她們，向眾觀者施禮後，凱旋而歸。

項少龍卻知道這個「仇」愈結愈深。

此時有近衛來報，儲君要召見項少龍。

項少龍進入木寨的大閘時，一隊女將策馬由後方馳來，帶頭的赫然是呂娘蓉，其他均是她的貼身女衛。

呂娘蓉看到他時，神情複雜，小嘴驕傲地翹起來，故意加鞭，旋風般由項少龍旁經過。

項少龍不由對她生出鄙夷之心，此女明知自己「吞了毒丸」，仍對自己沒有絲毫同情之心，可知虎父無犬女，她也好不到哪裡去。

哼！遲些她就知道滋味了。

主營前的空地處傳來開氣揚聲的叱喝聲，原來小盤在射箭，呂不韋、徐先、鹿公、昌平君等一眾大臣將領在旁助威喝采。

李斯見項少龍到來，移到他旁道：「是時候了！」

項少龍當然知道李斯指的是取血以「不認親」一事，看李斯神色緊張，明白他正在擔心小盤說不定真會是呂不韋的兒子，那就糟透了。

項少龍擠到站在後方的鹿公和徐先身旁，摸出取血的針，向兩人打了個眼色，兩人的呼吸立時深重起來。

小盤這時射了十多箭，有四枝正中紅心，其他落在紅心附近，已超出他平日的水準，難怪群臣喝采。其實只要他射中箭靶，各人已非常高興。

王賁向他奉上另一枝箭時，小盤見到項少龍，轉身舉著大弓興奮地走過來，欣然道：「太傅！寡人的成績還不錯吧！」

項少龍知他在給自己製造取血的機會，致禮道：「若儲君多用點手，少用點眼，成績當會更好。」

小盤訝道：「射箭最講究眼力，多用點手是甚麼意思？」

不但小盤不解，其他人都不明白項少龍在說甚麼，注意力集中到他身上去。

呂不韋旁的呂娘蓉和莫傲，狠狠盯著他。

項少龍恭敬地請小盤轉過身去，藉著糾正他的姿勢，把針尖輕輕地在他頸側的血管刺下去，小盤因運動後血氣運行，一股鮮血立時湧出，流進針尾的小囊去。

由於他身後是徐先、鹿公和昌平君，這三人固是看得一清二楚，其他人卻看不到。

小盤「唉」的一聲，往後頸摸去，故意道：「有蚊子！」

項少龍反手把針塞入徐先手裡，道：「儲君莫要分心，射箭之道，手、眼固須配合，但以手瞄卻勝過以眼瞄，這是由於眼看到目標，還要通知自己的心，再由心去指揮手，隔了多重。但若以手去瞄準的話，便少去重重阻隔，看！」

隨手拔出五根飛針，閃電般往二百步外的箭靶擲去。

眾人哪想得到他是擲針而非射箭，齊感愕然時，五枝飛針一排的釘在箭靶上，中間的一根正中紅心，針與針間相隔均是一寸，分毫無誤，這結果連項少龍也沒有夢想過。

他的飛針絕技雖然著名，但各人仍是首次目睹。只看他能在二百步的距離達到如此神乎其技的準繩，可知他不但手勁驚人，且有獨特的手法，否則休想辦到。

呂不韋父女和莫傲同時露出駭然之色。

這時眾人才懂得喝采叫好。

呂不韋和莫傲對視一笑，顯是想起項少龍命不久矣，無論如何厲害也不用擔心。

小王賁興高采烈地想去拔回飛針，好送回給項少龍，小盤見狀喝止道：「讓飛針留在靶上，寡人要帶回宮內作個紀念，這三天就讓它們像現在那樣子好了。」

小盤露出崇慕之色，道：「難怪太傅的飛針如此既快且準，原來是用手的感覺去擲。」

項少龍雖成了都騎統領，可是仍是職兼太傅，故可教導小盤這儲君。

項少龍暗察呂不韋和莫傲時，亦有留心呂娘蓉，只見她眼內驚異之色久久不褪，顯然被自己一時忘我下露的漂亮一手所震懾，坦白說，若要蓄意而為下再擲一次，他反全無把握。

說真的，他平時練針，也是以眼去瞄準，只有剛才方是用手去瞄。

鹿公讚歎道：「少龍這一手飛針，可說是空前絕後。」

呂不韋呵呵笑道：「蓉兒！現在你該知項大人的本領了。」

呂娘蓉垂下俏臉，以免讓人看到她矛盾複雜的神色。

小盤乘機道：「太傅請到寡人帳內一談！」

領著李斯，返回主營去。

項少龍待要跟去，鹿公扯著他道：「見儲君後即到我營帳來。」又向他打了個眼色。

項少龍一時間不明他究竟是已取得呂不韋那滴血，還是另有事商討，帶著疑問去了。

王帳內，小盤歎道：「太傅這手飛針絕技，定要傳我。」

李斯亦道：「難怪項大人能屢脫險境，實非僥倖，這些飛針比弩箭更難閃躲，更不用說拿劍去擋格了。」

項少龍在厚軟的地氈坐下來，苦笑道：「儲君和李大人不用誇獎我，昨晚我剛從鬼門關打個轉回來，卻全靠僥倖。」

小盤訝然追問下，項少龍把昨晚的事說出來。

小盤聽到高陵君謀反的事和呂不韋的陰謀，勃然大怒道：「這兩人的膽子一個比一個大，究竟視寡人為何物？」

李斯忙道：「儲君息怒，項大人對此事必有妥善應付之法。」

小盤望向項少龍，後者點頭道：「既知高陵君叛黨襲營的時間，我自可調動兵馬，將他們一網打盡，教他們全無用武之地。而營地這邊，微臣希望儲君能親自掛帥，調軍遣將，一方面把高陵君的人全體成擒，另一方面則把呂不韋制個貼伏，露上一手，那以後還有人敢不把儲君放在眼內嗎？」

這番話可說對正小盤這未來秦始皇的胃口，他最愛由自己一顯手段顏色，點頭道：「項大人果是胸有成竹，不知計將安出？」

項少龍道：「這事須憑精確情報和當時的形勢釐定，微臣會與李大人保持聯繫，摸清形勢，再由儲君定奪。」接著暗裡向小盤打了個眼色。

小盤心中會意，知道屆時項少龍會把詳細計劃奉上，再由自己發號施令，心中大喜，小臉興奮得紅起來，點頭道：「一切照項卿家所奏請的去辦吧！」

接著道：「今天太后對寡人說，呂不韋要把最疼愛的三女兒委身於項卿家，寡人還以為呂不韋轉了性子，原來其中竟有如此狠辣的陰謀。哈！莫傲這傢伙死到臨頭仍不自知，真是笑破寡人的肚皮。」

李斯和項少龍聽他說得有趣，知他心情大佳，忍不住陪他捧腹笑起來。

此時門衛報上嫪毒求見，三人忙收止笑聲，看著他進來跪稟道：「太后有請儲君。」

小盤眼中射出鄙夷之色，道：「知道了！內侍長請回，寡人立即就來。」

嫪毒退出帳外後，小盤壓低聲音道：「項卿家是否準備迎娶呂不韋的寶貝女兒呢？」

項少龍冷笑道：「呂不韋若見我死不了，絕不會把女兒嫁我，不過此事由他頭痛好了。」

小盤明白他的意思，點頭道：「寡人知道怎麼辦了。」長身而起。

項、李兩人忙跪伏地氈上。

小盤趨前扶起項少龍，湊到他耳邊道：「師父小心，若你有甚麼三長兩短，這天地將了無生趣。」

這才去了。

第十三章　豈是無情

小盤那滴血由囊尾回流出來，從針孔滴在碗內的藥水裡。接著徐先把載著呂不韋血液樣本的針囊掏出，湊到碗口上，卻不立即把血滴下去。

眾人看著小盤那滴血在藥水裡化作一團，無不露出緊張神色。

在鹿公這座帳營裡，擠了十多人，全部是軍方德高望重的人物，除鹿公和徐先外，還有王陵、賈公成、王族的雲陽君嬴傲和義渠君嬴樓等，可見小盤是不是呂不韋所出，會決定軍方是否支持他。

項少龍擠在圍觀的人裡，問道：「呂不韋這滴血怎得來的呢？」

雲陽君嬴傲道：「我拉他出去射箭，鹿公和王將軍則在旁詐作鬥耍，取了血他還不知是甚麼一回事。」

鹿公這時哪有興趣聽人說話，沉聲道：「徐先！」

徐先猛一咬牙，把血滴往水裡去。

帳內鴉雀無聲，各人的心全提到咽喉處，呼吸不暢。

血滴落入藥水裡，泛起一個漣漪，然後碰上小盤原先那團血液。像奇蹟般，兩團血立時分了開來，涇渭分明，一副河水不犯井水的樣子。

眾人齊聲歡呼，項少龍立感身輕似燕。未來就是這麼可怕，明知小盤必過此關，但身在局中，總是不能自已。

項少龍的私帳裡，紀嫣然等諸女小心翼翼的為項少龍清洗傷口和換藥，滕翼回來坐下，欣然道：「終於找到高陵君的人了！」

項少龍大喜道：「在哪裡？」

滕翼似乎心情甚佳，一邊由懷裡掏出帛圖，邊說笑道：「秦人的所謂田獵，對我這打了十多年獵的人來說只是一場鬧劇，百里內的虎、狼都要被嚇走。」

項少龍助他拉開帛圖，笑道：「二哥為何不早點告訴我老虎早給嚇得避難，那我就準備大批虎耳，以十倍價錢出售，讓這批業餘的獵者不致空手而回，保證供不應求，大大賺他娘的一筆。」

紀嫣然等諸女立時爆出震營哄笑。

滕翼捧腹道：「業餘獵者！這形容確是古怪。」

項少龍喘著氣道：「高陵君的人躲在哪個洞裡？」

滕翼一呆道：「竟給三弟誤打誤撞碰對。」指著圖上離營地五十里許的一處山巒，續道：「此山林木深茂，位於涇水上游，有七個山洞，鄉人稱之為『七穴連珠』，高陵君想得周到，就算明知他們藏在那裡，也休想可找得著他們。我們只知他們在那裡，但卻沒法把握到他們有多少人。」

烏廷芳天真地道：「二哥真是誇大，把整個山區封鎖，然後放火燒林，不是可把他們逼出來嗎？」

項少龍最愛看烏廷芳的小女兒家嬌憨神態，微笑道：「春霧濕重，這時候想燒林該是難比登天，噢！」

一手抓著烏廷芳打來的小拳頭，他仍口上不讓，道：「除非燒的是烏大小姐的無名火，那又另當別論。」

紀嫣然失笑道：「我們的夫君死而復生，整個人變得佻皮起來。」

趙致伏到烏廷芳背上，助她由項少龍的魔爪裡把小拳頭拔回來。

滕翼探頭察看他傷口痊癒的情況，邊道：「不過他們若離開『七穴連珠』，絕逃不過我們荊家獵手的耳目。嘿！我看該出動我們的兒郎，讓他們多點機會爭取實戰的經驗。」

項少龍伸手按著滕翼肩頭，笑道：「這等事由二哥拿主意好了，幸好杜璧不在咸陽，否則形勢將更複雜。嘻！橫豎在呂不韋眼中，我只是個尚有兩天半命的人，無論我在兩天半內做甚麼，他都會忍一時之氣，還要假情假意，好教人不懷疑是他害我，更重要是瞞著朱姬，在這種情況下，我若不去沒事找事，就對不住真正的死鬼莫傲所想出來的這條毒計了。」

趙致正助紀嫣然半跪蓆上為他包紮傷口，聞言嗔道：「項郎你一天腿傷未癒，我們姊妹不容許你去逞強動手。」

項少龍故作大訝道：「誰說過我要去和人動手爭勝？」

紀嫣然啞然笑道：「致妹他在耍弄你啊！快向他進攻，看他會否逞強動手。」

正鬧得不可開交，帳門處烏言著報上道：「琴太傅到！」

項少龍心中浮起琴清的絕世姿容，就在這剎那，他醒悟到今天大家這麼開懷的原因，是因終成功算計了莫傲。此人一日不除，他們休想有好日子過。

自把毒丸送到莫傲的咽喉內後，他們立即如釋重負，連一向嚴肅的滕翼亦不時談笑風生。不過世事無絕對，莫傲一天未氣絕，他們仍須小心翼翼，不能讓對方看出破綻。

此時田貞、田鳳兩姊妹剛為項少龍理好衣服，琴清沉著玉臉走進帳內來。與琴清交往至今，她還是首次找上項少龍的「地方」來，他這時泛起的那種感覺頗為古怪。不過鑒貌辨色，卻似是有點兒不妙。

烏廷芳歡呼道：「清姊又不早點來，我們剛來了一場大決戰哩！」

紀嫣然心細如髮，皺眉道：「清姊有甚麼心事？」

滕翼和琴清打過招呼，乘機告退。

琴清在紀嫣然對面坐下來，輕輕道：「我想和你們的夫君說兩句話。」

諸女微感愕然，紀嫣然婷婷起立，道：「過河的時間快到了，我們在外面備馬等候你們。」語畢領著烏廷芳、趙致和田氏姊妹等出帳去。

項少龍訝然望著琴清，道：「甚麼事令太傅這麼不高興哩？」

琴清瞪著他冷冷道：「琴清哪敢不高興，還應恭喜項大人，娶得呂不韋如花似玉的寶貝女兒！」

項少龍這才曉得是甚麼一回事，啞然失笑道：「琴太傅誤會，這事內情錯綜複雜，呂不韋既不想把女兒嫁我，我也不會要這種女人為妻。」

琴清愕然道：「那為何太后告訴我，呂不韋請她頒佈你們的婚事，又說是你同意的？」

項少龍微笑看她，柔聲道：「琴太傅能否信任我一趟呢？田獵後你可由嫣然處得知事情始末。」

琴清繃緊俏臉，不悅道：「為何項大人說話總是吞吞吐吐、欲言又止、藏頭露尾，你當琴清是甚麼人？」

項少龍是言者無心，但聽者有意的那「聽者」，竟心中一蕩，衝口而出道：「琴太傅想我項少龍當你是甚麼人呢？」

琴清左右玉頰立時被紅暈佔領，大嗔道：「項大人又想對琴清無禮嗎？」

項少龍立時想起那天摟著她小蠻腰的醉人感覺，乾咳一聲，道：「項少龍怎有這麼大的膽子。」

琴清見他眼光游移到自己腰身處，更是無地自容，螓首低垂，咬著唇皮道：「你究竟說還是不說？」

項少龍看著她似向情郎撒嬌的情態，心中一熱，移了過去，挨近她身側，把嘴湊到她晶瑩似玉的小耳邊，享受著直鑽入心的陣陣髮香，柔聲道：「此乃天大秘密，不可傳之二耳，所以琴太傅勿要怪我這樣的和你說話兒。」

琴清嬌軀輕震，連耳根都紅透，小耳不勝其癢地顫聲道：「項大人知道自己在幹甚麼嗎？」

這是琴清首次沒有避開他，項少龍大感刺激，哪還記得琴清乃碰不得的美女，作弄地道：「那我說還是不說呢？」

琴清不敢看他，微一點頭。

項少龍強制心中那股想親她耳珠的衝動，卻又忍不住盯著她急促起伏的胸口，輕輕道：「因為呂不韋使人對我下毒，估量我絕活不過這兩天，所以才詐作將女兒許配與我，還要昭告天下，那我若有不測，將沒有人懷疑他，至少可瞞過太后。」

琴清劇震一下，俏臉轉白，不顧一切別過頭來，差點便兩唇相碰。

項少龍嚇得仰後半尺，旋又有點後悔地道：「教琴太傅受驚了，幸好我識破他的陰謀，破去他下毒的手法，但此事呂不韋卻懵然不知，仍要將女兒嫁我，事後定然千方百計悔婚，那時太后就知他在騙她，所以我才佯作應允。」

琴清如釋重負地吁一口氣，捧著胸口猶有餘悸道：「差點嚇死人家。」旋又俏臉生霞，那情景有多麼動人就多麼動人。

項少龍欣然道：「多謝琴太傅關心。」

琴清雖紅霞未褪，神色卻回復正常，微微淺笑，溫柔地道：「算我今趟錯怪你吧！便與你剛才想藉故對我無禮兩下扯平，以後不許再犯。唔！弄得人家耳朵怪癢的。」

項少龍心神俱醉，笑著點頭道：「琴太傅既明言不准我對你無禮，我會考慮一下，遲些告訴你我的決定好嗎？不過這又是天大秘密，不可傳於二耳。」

琴清「噗哧」嬌笑，嫵媚地白他一眼，盈盈而起，道：「你這人哪！真教人拿你沒法。」

項少龍陪她站起來，攤手道：「只要琴太傅不再整天為我動氣便謝天謝地了。」

琴清幽幽歎道：「要怪就怪你自己吧！甚麼事都不和琴清說清楚，不逼你就不肯說出來。是了！剛才你一擲五針的事，傳遍軍營，人人皆知，我由太后帳內出來時，見到管中邪和嬴盈等在研究靶上的飛針。」

接著垂首輕輕道：「項大人可否送一根飛針給琴清呢？」

項少龍毫不猶豫探手腰間，拔出一根飛針，自然地拉起她不可觸碰的纖美玉手，塞在她掌心裡，柔聲道：「再恕我無禮一次好嗎？」

琴清猝不及防下被他所乘，大窘下抽回玉手，嗔道：「你……」

項少龍手指按唇，做個噤聲的手勢，又指指外面，表示怕人聽到，笑道：「這是不想我項少龍把琴太傅當作外人的代價，以後我有空會來找我的紅顏知己說心事話兒，甚麼有禮無禮都不理了。」

琴清現出個沒好氣理睬他的嬌俏神情，往帳門走去，到了出口處，停下來冷冷道：「你有手有腳，歡喜來找琴清，又或不來找琴清，誰管得了你！」這才把嬌軀移往帳外。

項少龍搖頭苦笑，看來他和琴清雙方的自制力是每況愈下，終有一天，會攜手登榻，那就糟了。可是若可和她神不知鬼不覺地「偷情」，不也是頂浪漫迷人嗎？

田獵的隊伍緩緩渡河，在徐先的指示下，加建兩道臨時的木橋，現在共有四道橋樑。

獵犬的吠叫聲響徹平原，養有獵鷹者把鷹兒送上天空，讓牠們高空盤旋，揚威耀武。

項少龍想起周良的戰鷹，對獵鷹大感興趣，暗忖著遲些弄頭來玩玩，既然有實用價值，該算有建設性的玩意。

紀嫣然等諸女隨琴清加入朱姬的獵隊，他自己則伴小盤御駕出獵。

這些日子來，他和朱姬盡量避免見到對方，免得尷尬，也可能是朱姬恐怕嫪毒嫉忌他。

當他抵達岸邊時，小盤在群臣眾衛簇擁下，渡過涇水。

項少龍和十八鐵衛趕到隊尾，遇上殿後的管中邪。

項少龍笑道：「還以為管大人加入女兒軍團哩！」

管中邪知他暗諷自己整天和鹿丹兒及嬴盈混在一起，淡然道：「公務要緊，再不把她們趕跑，恐怕項大人降罪於我。」

項少龍心中一懍，知道他因決定除去鹿公，認為鹿丹兒對他再無利用價值可言，故語氣冷淡。

至於嬴盈，本是他以之聯結昌平君兄弟的棋子。不過若項少龍、鹿公等在高陵君來襲時被殺，那負責安全的禁衛和都騎兩軍均不能免罪，呂不韋定會藉此革掉昌平君兄弟和一眾都騎將領，好換上他自己的心腹手下。

反是都衛軍留守咸陽，與此事無關，可以置身事外。故此管中邪這無情的人，再沒有興趣理會嬴盈了。

莫傲想出來的毒計，均非他項少龍應付得了。今次佔在上風，可說全因幸運而已。

管中邪見他不作聲，以為他不高興，忙道：「項大人一擲五針，力道平均，教人敬佩。」

項少龍漫不經意道：「雕蟲小技罷了！」

兩人並騎馳過木橋，蹄聲隆隆作響。

平原長風吹來，項少龍精神一振，這時太陽往西山落下去，陽光斜照，大地一片金黃。

管中邪道：「差點忘了，呂相有事找項大人呢！」

項少龍應喏一聲，馳下木橋，往前方大旗追去。

第十四章　野火晚宴

涇水東岸的平原廣及百里，一望無際，其中丘巒起伏，密林處處，河道縱橫，確是行獵的好地方。

過萬人來到大平原，只像幾群小動物，轉眼分開得遠遠的，各自尋覓獵物。

小盤這隊人數最多，由於其中包括朱姬和王族的內眷、公卿大臣，故只是流連在離岸不遠處湊熱鬧，應個景兒。

呂不韋領著項少龍馳上一座小丘，遙觀一群獵犬狂吠著往下面一座密林竄去，後面追著小盤、王賁和貼身保護的昌平君兄弟與一眾禁衛，欣然道：「我和太后說了，待會野宴時由她親自宣佈少龍和娘蓉的婚事。」

項少龍不由佩服起他的演技來，仍是如此逼真自然。

呂不韋問道：「少龍該沒有異議吧！」

項少龍淡淡道：「我只怕自己配不上三小姐。」

呂不韋呵呵笑道：「我最歡喜少龍的謙虛，待我搬到新相府，立即擇日為你兩人成親，好了卻這樁心事。」

項少龍心中暗笑，到時你這奸賊就明白甚麼是進退維谷的滋味，只看看他們奸父毒女的狼狽樣子，已心懷大快。

呂不韋又道：「高陵君方面有甚麼動靜？」

項少龍做出擔心的樣子道：「我已著人暗中監視他，不過卻發現不到他另有伏兵，或者是我們多疑了。」

呂不韋道：「小心點總是好的，這事全權交給你處理。」

接著輕輕一歎道：「少龍！你是否仍在懷疑我的誠意呢？」

項少龍猝不及防下，呆了一呆，囁嚅道：「呂相何出此言？」

呂不韋苦笑道：「少龍不用瞞我，那晚中邪請你到醉風樓喝酒，見到你把單美美敬的酒暗潑到几下去。唉！你以為那是毒酒嗎？」

項少龍心中叫絕，卻不能不回應，也以苦笑回報道：「正如呂相所言，小心點總是好的吧！」

兩人對望一眼，齊聲笑了起來。

呂不韋按在項少龍肩頭上，喘著氣笑道：「娘蓉成了你項家的人後，少龍就是我的好女婿，那時該可放心喝酒了吧。」

項少龍暗叫厲害，呂不韋這番話一出，既可使自己相信單美美那杯根本不是毒酒，只是自己多疑，又可在自己「臨死」前騙得他項少龍死心塌地。不用說這也是「真正快要死的」莫傲想出來的妙計，免得他和徐先等先發制人，壞了他的陰謀。

想到這裡，真心的笑起來。

星月覆蓋下，營地洋溢一片熱鬧歡樂的氣氛。

狩獵回來的收穫，給燒烤得香氣四溢，一堆堆的篝火，把廣及數里的營地照得溫熱火紅。

獵獲最豐的十個人，被邀請到王營接受朱姬和小盤的嘉賞，並出席王營的野宴。

家人裡烏廷芳收穫最佳，與趙致和田氏姊妹興高采烈的炮製野味，紀嫣然則和琴清在一旁喁喁細語。

項少龍循例和昌平君兄弟巡視王營，提醒守衛莫要樂極忘形、稍有疏懈。

滕翼和荊俊這時回來了，由兩人處知道自己烏家精兵團這支奇兵已進入戰略性的位置，監視高陵君的人。項少龍放下心來，與兩人商量妥當後，正要去找徐先，剛踏入寨門，給嬴盈截著。

妮子神色不善，冷冷道：「項少龍！你隨我來！」

項少龍摸不著頭腦的隨她走下山坡，到了營帳重重的深處，廣場處傳來的人聲和掩映的火光，份外顯得此地暗黑幽清。

嬴盈靠著營帳，狠狠地瞪著他。

她的秀髮垂下來，仍未乾透，身上隱隱傳來沐浴後的香氣，不用說是在附近的河溪作美人出浴。

他心中同時想起各種問題，自認識嬴盈後，雖被她糾纏不清，恩怨難解，但由於公私兩忙，他從沒有認真去想兩人間的關係。此刻去了莫傲這心魔，他才有餘暇思索。

若站在與呂不韋對敵的立場上，他理該不擇手段的由管中邪手上把嬴盈奪過來。橫豎在這人人妻妾成群的年代，多她一個實在沒甚麼大不了，何況她長得如斯美麗誘人。到那時他和昌平君兄弟的關係將更密切，秦國軍方和王族會把他視作自己人，亦對管中邪造成打擊。

因為假若鹿公等死不了，昌平君兄弟又沒被罷職，管中邪當然會爭取嬴盈，好藉姻親的關係去鞏固自己在咸陽的地位。

至於鹿丹兒，由於鹿公的反對，管中邪不無顧忌，此事怕連朱姬都幫不上忙，嬴盈便沒有這方面的問題。

無論是他或管中邪去娶嬴盈，都是基於策略上的考慮。想到這裡，不由心中苦笑。娶得這刁蠻女不知是福是禍，自己確是有點不擇手段。

若要弄嬴盈上手，這兩天是最佳機會，因為管中邪以為她失去利用價值，對她冷淡多了。時機一過，他就要正面和管中邪爭奪。說真的，他哪有閒情去和管中邪爭風吃醋。

這些念頭電光石火般閃過腦際，嬴盈惱恨地道：「項少龍！我嬴盈是否很討你的厭，找你較量時，總是推三推四，又賴腿傷不便，怎麼在儲君前卻能表演飛針絕技，現在誰都知道你不給面子人家，這筆帳該怎麼和你算？」

項少龍恍然大悟，知她在看過自己那手超水準的飛針後，心中生出愛慕之情。表面雖是來興問罪之師，暗裡卻隱存投降修好之意，所以撇開其他女兒軍，獨自前來找他。

項少龍踏前兩步，到離她不足一尺的親密距離，氣息可聞下，微笑道：「好吧！算我不對，不過腿傷確非憑空捏造，我大可脫下褲子給你檢查！」

嬴盈俏臉飛紅，跺足大嗔道：「誰要檢查你？我要你再擲給我們看。」

項少龍大感頭痛，若擲不回上次的水準，他就要露出虛實了，苦笑道：「今天我擲針時，傷口又迸裂開來，讓我們找別的事兒玩吧！」

嬴盈果然對他態度大有好轉，天真地道：「玩甚麼好呢？」

項少龍聽得心中一蕩，想起她兄長曾說過秦女上承遊牧民族的遺風，婚前並不計較貞操，而嬴盈更是開放得很，眼光不由落在她比一般同年紀女孩豐滿多了的胸脯上，道：「你的營帳在哪裡？」

嬴盈整張俏臉燒起來，大嗔道：「你在看甚麼？」退後小半步，變成緊貼後面的營帳。

項少龍啞然失笑道：「哪個男人不愛看女人的身體，嬴大小姐何用大驚小怪？這樣吧！初更後我到你的營地來找你，到時給足你面子，好讓你下了這口氣。」

嬴盈高興起來，伸出屈曲的尾指，笑靨如花道：「一言為定。」

項少龍也伸出尾指和她勾著，俯前細看她那對美麗的大眼睛道：「到時不要又佈下陷阱來害我，哼！」

嬴盈明知這男人對自己驕人的酥胸意圖不軌，仍挺起胸脯不屑地道：「誰有閒情去害你哩！記著了！假若你失約的話，嬴盈一生一世都會恨你的。」

項少龍運力一勾，嬴盈嬌呼一聲，嬌軀往他倒過來，高聳的胸脯立時毫無保留地貼上他寬敞的胸膛，嚇得她忙往橫移開去，脫出他的懷抱，卻沒有責怪他，橫他一眼道：「我的營帳在王營之西，旗是紫色的，帳門處繡了一朵紫花，切莫忘記。」再甜甜一笑，小鳥般飛走了。

項少龍想不到這麼輕易與她和解，喜出望外，暗忖難怪秦人歡喜田獵，因為田獵正是求偶的絕佳時節也。

晚宴的場所選上露天的曠野，四周是林立的營帳、木寨和寨壘。

小盤和朱姬的主席設在北端，其他三方擺下三排共六十多席，每席四至六人，席與席間滿插著火把，烈火熊燒，充滿野火會的氣氛。

酒當然是這種場合不可缺的東西，食物則全是獵獲物，飛禽走獸，式式俱備，肉香盈鼻，感覺上火辣辣的，別饒風味。

除高陵君和田單託詞不來外，王族公卿全體出席，其中包括像鹿丹兒、嬴盈、紀嫣然這類貴胄將官的親屬外，就是田獵時表現最佳的入選者。

紀嫣然、烏廷芳和趙致三女與琴清同席，累得連鹿公都不時要朝這居於朱姬左側處的第三席望過來，其他定力差得多的年輕人更不用說了。

首席處坐的是太子丹和徐夷則，不時和朱姬談笑。

紀嫣然仍是那副舒逸閒懶的風流樣兒，像不知自己成為眾矢之的。

小盤還是初次主持這麼大場面又是別開生面的宴會，正襟危坐，神情有點不大自然。

但最緊張的仍要數坐在朱姬後側伺候的嫪毒，因為朱姬剛告訴他，待會儲君會公佈擢陞他為內史。

不過最慘的卻是項少龍，被安排到小盤右側呂不韋那第一席處，一邊是呂不韋，另一邊則是木無表情的呂娘蓉和神態從容的管中邪，莫傲照例沒有出席，既因職份不配，也免惹人注目。

各人先向小盤祝酒，由呂不韋說出一番歌功頌德的話，接著小盤舉盞回敬群臣，宴會就這麼開始。

呂不韋起立向隔了徐先那席的鹿公敬酒後，坐下來向小盤道：「聽說儲君你射下一頭大雁，此乃天大吉兆，我大秦今年必然風調雨順，國泰民安。」

小盤欣然舉杯道：「右相國，寡人和你喝一杯。」

呂不韋忙舉杯喝了。

旁邊的項少龍看得心中喝采，呂不韋的演技固可取得演員終身成就獎，小盤大概亦可以得個最佳男主角，因為他正是這戰爭時代的正主兒。

管中邪的聲音傳來道：「項大人待會在儲君主持的晚藝會上，肯否再表演一次五針同發的驚世秘技？」

項少龍心中暗罵，別過頭去，立時發覺他兩人間夾著一個面無表情的呂娘蓉那種尷尬僵硬的氣氛，先向呂娘蓉點頭微笑，才對管中邪道：「獻醜不如藏拙，我還未看過管大人鐵弓的威力，管大人可否償我所願？」心中暗笑，今晚不愁你管中邪不顯示實力，好在秦人前露上一手，就像他那五根仍插在箭靶上的飛針。

管中邪哈哈一笑道：「只要項大人吩咐，下屬怎敢不從命，若非大人腿傷，真想和大人切磋兩招，享受一下受高手指教的樂趣。」

他這麼一說，項少龍猜到管中邪會於晚宴後在坡下主騎射場舉行的晚藝會上一展身手。

呂不韋湊到後面俯近項少龍背後向呂娘蓉道：「娘蓉你給爹好好伺候項大人。」

呂娘蓉白了項少龍一眼，淡然道：「項大人可沒有和娘蓉說話啊！」

呂不韋大力拍拍項少龍肩頭，責怪道：「少龍！快給我哄得娘蓉開開心心的。」

項少龍感到朱姬和紀嫣然、琴清等人都在注視他們，更感渾身不自在，苦笑道：「曉得了。」

呂不韋和管中邪各自找人鬥酒談笑，好給他們製造機會，可說是「用心良苦」。

項少龍望向呂娘蓉，剛好她也朝他看來，項少龍勉強擠出點微笑道：「三小姐今天獵到甚麼回來呢？」

呂娘蓉本亦擠出點笑容，待要說話，豈知與項少龍灼灼的目光甫一接觸，立即花容黯淡，垂下頭去，搖了搖頭道：「今天我沒有打獵的興致。」

項少龍心道算你還有點良心吧！心中懂得不安。口上卻道：「不是我項少龍破壞三小姐的興致吧？」

呂娘蓉嬌軀微顫，抬起俏臉，打量了他兩眼，神情複雜矛盾。

在火光下的呂娘蓉，更見青春嬌豔，比得上嬴盈的美麗，只是身材體態沒有嬴盈般惹人遐思。

忽感不妥，原來呂娘蓉一對眸子紅了起來，淚花愈滾愈多。

這時呂不韋也發覺異樣，趕過來焦急道：「娘蓉！要不要回帳歇歇？」

呂娘蓉倏地站起來，引得朱姬、小盤、琴清、紀嫣然等諸女和鹿公、徐先這些有心人，眼光全落在她身上，哭道：「我不嫁他了！」言罷不理呂不韋的叫喚，掩面奔往後方的營帳去。

由於野宴場猜拳鬥酒的吵鬧聲淩蓋一切，知道這事發生的人只屬有限的少數，沒有引起廣泛的注意，更沒影響到現場的氣氛。

呂不韋和管中邪呆望著她遠去的背影沒入營帳間的暗黑裡，均呈無可奈何之態。反是項少龍對她略有改觀，暗忖她終和乃父不同，做不慣騙人的事，同時猜到她對自己非是全無好感。

嫪毐此時奉朱姬之命過來，請呂不韋去，後者向管中邪打了個眼色，應命去了。

管中邪剛要去尋呂娘蓉，給項少龍一把抓著，道：「讓她去吧！這種事是不能勉強的。」

管中邪臉上露出個古怪的表情，坐回席上，苦笑道：「項大人說得對！」

呂不韋這時走回來，沉聲道：「暫時取消婚事，遲些再說。唉！少龍！我不知該怎麼說。」

項少龍卻是心中暗喜，佯作黯然道：「呂相不用介懷。嘿！我想……」正要找藉口溜走時，嫪毒又來了，今趟是請項少龍過去。

項少龍最怕見朱姬，聞言硬著頭皮走過去，到朱姬席旁時，朱姬淡淡道：「少龍不用多禮，請坐！」

項少龍在她左後側處蹲坐下來，低聲道：「太后有何賜示？」瞥一眼坐在朱姬後方五步許處的嫪毒，正豎起耳朵聽他們說話，但由於場內吵聲震天，理應聽不到他們那種音量。

朱姬受嫪毒的滋潤，更是容光煥發、豔色照人。幽幽的目光注在他臉上，歎道：「少龍！你和政兒都變了。」

項少龍想不到朱姬會這麼說，嚇了一跳，道：「太后！」

朱姬微怒道：「我不想聽言不由衷的話，唉！你們是否心中在怪我呢？」後一句語氣又軟化下來，帶著幽怨無奈。

項少龍生出感觸，自己其實確可以使她避過嫪毒的引誘，只是基於命運那不可抗拒的感覺，又不能以自己代替嫪毒，才放棄這個想法，使朱姬泥足深陷，心中豈無愧意，一時說不出話來。

朱姬湊近點，以蚊蚋般的聲音道：「每次我都是把他當作是你，明白嗎？」

項少龍虎軀一震，往她望去。

朱姬秀眸一紅，避開他的目光，語氣回復平靜道：「項統領可以退下了！」

項少龍怔了半晌，才退回呂不韋那席去。尚未有機會和呂、管兩人說話，鹿丹兒和嬴盈手牽著手跳跳蹦蹦的走過來，要拉管中邪到她們的貴女群中去鬥酒，目光卻在他項少龍身上打轉。

管中邪哪有心情，婉言道：「我奉項大人之命，待會要活動一下。」

接著向項少龍道：「項大人若想看末將獻醜，請代我接過兩位小姐的挑戰。」

項少龍害怕呂不韋追問自己和朱姬說了甚麼話，哈哈一笑道：「管大人真會說話！」轉身隨二女由席後的空地繞往另一端去。

鹿丹兒大感意外，毫不避嫌地挨著他，邊行邊道：「算你識相，我們講和好嗎？」

項少龍心中好笑，知道嬴盈並沒有把剛才和自己的事告訴這個刁蠻女，瞥了嬴盈一眼，正要說話時，前方有人攔著去路，原來是昌文君和荊俊兩人。

荊俊笑道：「兩位大小姐想灌醉我三哥嗎？得先過我這關才成。」

兩女見他左手提壺，右手持杯，停了下來，齊叫道：「難道我們會怕你小俊兒？」

項少龍想不到荊俊和她們這麼稔熟，猜到荊俊定曾撩惹過她們。

昌文君向項少龍笑道：「項大人收到小妹和丹兒的紅花嗎？」

兩女的俏臉立時飛紅，狠狠瞪了昌文君一眼。

鹿丹兒扠腰嗔道：「給他有用嗎？一個跛子做得出甚麼事來？」

項少龍一頭霧水地道：「甚麼紅花？」

荊俊怪笑道：「花可以給三哥，行動則由小弟代為執行。」

兩女齊聲笑罵，俏臉興奮得紅紅的，在火把光掩映下更是嬌豔欲滴。

昌文君湊近項少龍解釋道：「是我們大秦的風俗，田獵之時，未嫁少女若看上心儀男子，便贈他一朵手繡的紅花，持花者三更後可到她帳內度宿，嘿！明白了吧！」

項少龍想不到秦女開放至此，說不出話來，目光卻不由梭巡到兩女身上。

嬴盈跺足嗔道：「二兄你只懂亂說話。」

鹿丹兒卻媚笑道：「我還未決定把花送誰，待晚藝會時再看看吧。」

項少龍大感刺激，秦女的開放確非其他六國能及，向荊俊笑道：「小俊！丹兒小姐在提點你了。」

昌文君道：「那是否由你五弟取花，實際行動卻由你執行？」

嬴盈和鹿丹兒雖被三個男人大吃其豆腐，卻沒有介意，只作嬌嗔不依，教人更涉遐想。

荊俊最愛對美女出言挑逗，笑道：「若我得到兩位美人兒的紅花，就把嬴小姐的送給三哥，丹兒姑娘的留下自享，噢！」

鹿丹兒一腳往他踢去，荊俊原地彈起，仰後一個倒翻，兩手一壺一杯，竟沒半點酒淌下來，四人都看呆了眼。

右方晚宴仍在熱烈進行，二百多人鬧哄哄一片，他們這裡卻是另有天地。

昌文君還是初睹荊俊的身手，吁出一口涼氣，道：「只是這一手，丹兒就要把紅花送你。」

鹿丹兒驚異不定地瞪著荊俊，道：「小俊猴兒！再翻兩轉來看看。」

荊俊臉上掛著一貫懶洋洋惹人惱恨的笑意，瞇眼放肆地打量鹿丹兒，道：「若你變作雌猴，我就扮雄猴帶你到樹上翻觔斗。」

鹿丹兒怒叱一聲，搶前揮拳猛打，荊俊竟一邊飲酒，一邊閃躲，你追我逐下，沒入營帳後去。

項少龍看得心中大動，荊俊雖非秦人，卻是自己和王翦的結拜兄弟，又有官職，說不定鹿公會同意他和鹿丹兒的交往。

鹿丹兒這般年紀的女孩最善變，她對管中邪生出興趣，只是基於崇拜英雄的心理，若荊俊有更好表現，又有鹿公支持，加上兩人年紀相若，又都那麼愛鬧，說不定玩鬧下生出情愫，那就可化解管中邪利用鹿丹兒來與秦國軍方攀關係這著辣招。

此時鐘聲敲響，全場肅靜下來。

三人立在原地，靜聽小盤說話。

小盤挺身而立，先向母后朱姬致禮，然後公佈今天田獵表現最出色的十位兒郎，全部封為裨將，立准加入隊伍。

那十位青年俊彥大喜，趨前跪謝君恩，宣誓效忠。

接著小盤從容不迫地宣佈一連串的人事調動，包括陞騰勝為新設的外史、嫪毒為內史的事。有些大臣雖覺嫪毒做內史有點不妥，可是嫪毒乃太后身邊的紅人，鹿公、徐先等又沒反對，誰敢作聲。

然後「好戲碼」來了，小盤先頌揚呂不韋設置東三郡的功績，最後封呂不韋為「仲父」，還說了一大串有虛榮而無實質的職責，不用說是由李斯的超級頭腦創造出來。

先不說呂不韋權傾秦廷，只要徐先和鹿公兩位最德高望重的人沒有異議，此事立成定局。

最後君臣舉杯互祝下，宴會宣告結束。

昌文君一聲告罪，趕去伺候小盤和太后離席。

嬴盈像有點怕了項少龍般的退開兩步，嬌聲道：「莫忘記你答應過的事。」

項少龍哂道：「承諾作廢，又說講和修好，剛才竟公然在我眼前找別的男人，人家拒絕了才拿我做代替品。」

嬴盈跺足嗔道：「不是那樣的，人家其實是想來……啊！你算甚麼？我為何要向你解釋？」

項少龍見她氣得雙目通紅，淚花打滾，又急又怒，更見眾人開始離席，忙打圓場地哈哈笑道：「好吧！當我怕了你大小姐，做代替品就代替品吧！」

嬴盈氣得差點拔劍，大怒道：「都說你不是代替品了，人家一直……不說了！你試試看不來找我吧！」轉身忿然而去。

項少龍大嚷道：「那朵紅花呢？」

嬴盈加快腳步溜掉。

項少龍轉過身來，剛好和來到身後的紀嫣然打個照面，好嬌妻白他一眼，道：「夫君回復以前的風流本色了。」

項少龍歎了一口氣，拉她往一旁走去，解釋情挑嬴盈的原因。

紀嫣然歎道：「夫君小心一點，剛才管中邪一直在注視你們，他或會加以破壞，嬴盈始終是王族的人，管中邪得她為妻該是有利無害。」

項少龍喟然道：「自倩公主和春盈等離世後，我已心如死灰，只希望和你們好好的度過下半生。假若嬴盈要投入管中邪的懷抱，由得她吧！」

紀嫣然拉著他步入營房間的空地，以避過朝主騎射場擁去的人潮，輕輕耳語道：「你敢說對清姊沒有動心嗎？」

項少龍老臉一紅，道：「你為何要提起她呢？」

紀嫣然道：「剛才你們兩人在帳內說了些甚麼話？為何她離開時耳根都紅透了，還神情曖昧？」

項少龍苦笑道：「我像平時般說話吧！只是她的臉皮太嫩了。」

紀嫣然微嗔道：「清姊是個非常有自制力的人，只是對你動了真情，才變得臉皮薄了。」

項少龍道：「是我不好！唉！為何我總會惹上這種煩惱？」

紀嫣然笑道：「誰教你人長得英俊，心地又善良，口才更了得，否則我也不會給你的甚麼『絕對的權力，使人絕對腐化』那類花言巧語騙上手。」

項少龍失聲道：「這種至理名言竟當是花言巧語，看我肯饒你不？」

紀嫣然媚笑道：「誰要你饒哩！」

項少龍心中一蕩時，荊俊神采飛揚地找到來，道：「晚藝會開始，三哥、三嫂還在卿卿我我嗎？」

笑罵聲中，三人往寨門走去。

項少龍乘機問他和鹿丹兒的事。

荊俊回味無窮道：「這妮子夠騷勁，給我摸了幾把還要追來，後來我抱頭讓她揍一頓，她表面凶巴巴的，但下手不知多麼顧著我，真是精采。」

項少龍一邊和四周的人打招呼，邊道：「要奪得美人歸，須趁這兩天，你可明白？」

荊俊會意點頭，閃入人叢裡，剎那間不知去向，看得項、紀兩人對視失笑。

第十五章　比武較藝

四名年輕小子策著駿馬，由主騎射場的東端起步奔來，抵場中處加至全速，然後同時彎弓搭箭，動作整齊一致，漂亮悅目。旁觀的過萬男女均以為他們要射場心的箭靶時，四人吐氣揚聲，竟藉腳力側翻至近乎貼著地面，由馬肚下扳弓射箭，「嗖」的一聲，四箭離弦而去，插在箭靶的內圈裡，只其中之一偏離紅心少許。

箭尾仍在晃動時，四人藉腰力拗回馬背上，猛抽馬韁，四騎人立而起，騎士們別過頭向對著依王營而建的檢閱臺上小盤、朱姬和一眾公卿大臣致禮。

全場掌聲雷動。

佔大半人都坐在王營與騎射場間的大斜坡上，居高臨下，比檢閱臺的人看得更清楚。

四名騎士去後，人人均被他們精采的騎射震懾，自問比不上他們的，都不敢出來獻醜，一時間再無表演活動。

小盤站了起來，抛出四枝長箭到騎士們的馬腳前。

這四位年輕俊彥大喜若狂，跳下馬來，跪地執箭，再步上檢閱臺接受小盤的封賞。

項少龍和三位嬌妻、兩名愛婢、滕翼、琴清和十八鐵衛坐在斜坡之頂，遠遠看望。這時他開始明白到秦人為何如此重視這三天的田獵。

它就是秦人的奧林匹克運動會，平時有意功名者，須預早為這三天好好練習，以得到躋身軍職的機會，受到王室和大臣重將的賞識。更甚者是得到像嬴盈、鹿丹兒這種貴女的青睞，那就功名、美人兩者兼得。

每年一次的田獵會，鼓動整個秦國的武風，不過卻非任何人都可參與，除了咸陽城的將士和公卿大臣的後人外，其他各郡要先經選拔，方有參加田獵的資格。

項少龍三位嬌妻裡以烏廷芳最愛熱鬧，小手都拍疼了，還叫得力竭聲嘶。

項少龍想與旁邊的滕翼說話，見他神思恍惚，奇道：「二哥有甚麼心事？」

滕翼定了定神，沉聲道：「我正在想，呂不韋為何一副有恃無恐的樣子，他難道不怕你偕同鹿公等人一舉把他擒殺嗎？隨他來田獵的雖都是一等一的高手，但人數只在百人之間，就算再多上幾個管中邪也沒有用。」

項少龍道：「問題是他知道我使不動禁衛軍，何況他還以為儲君會護著他這仲父，那我們豈敢輕舉妄動？」

滕翼搖頭道：「這不像莫傲的作風，一直以來，他每一步都掌握主動，而我們只是苦苦的化解抵擋，在這麼重要的時刻，他怎會現出漏洞？」

項少龍想想亦是道理，不禁苦思起來。

滕翼瞪著斜坡對面騎射場另一邊坐在朱姬旁的呂不韋，然後目光再移往他旁邊的田單和太子丹，訝然道：「這麼重要的場合，為何卻見不到田單的愛將旦楚？」

項少龍伸手招來烏言著和烏舒這兩名愛將，著他們去探聽齊人的動靜後，笑道：「空想無益，只要我們提高警戒，不用怕他們。」

另一邊的烏廷芳伸手推他道：「好啊！項郎快看！輪到小俊登場了。」

項、滕兩人精神大振，目光落往場上去。

只見在荊俊率領下，操出百多名都騎軍，其中一半是來自烏家精兵團的親衛，人人左盾右槍，只以雙腿控馬，表演出各種不同的陣勢和花式。荊俊更是神氣，叱喝連聲，指揮若定，惹來陣陣喝采叫好之聲。

擠在檢閱臺左側的數百名女兒軍，在嬴盈和鹿丹兒帶領下，像啦啦隊般為這小子助威。臺上鹿公等軍方要員不住點頭，稱賞指點談論。

這時代最重戰爭，一隊如臂使指般靈活的軍隊，才可使他們動容。

趙致探頭過來興奮道：「小俊真了得哩！」

忽然百多人分成兩軍，互相衝刺，擦騎而過時，「噼噼啪啪」打了起來，來回衝殺幾次，觀眾叫得聲音都嘶啞了。

再一次互相衝刺，兩股人合在一起，奔至檢閱臺前，倏地停定，帶頭的荊俊持著槍盾，雙腳先立到馬背上，凌空一個翻騰，越過馬頭，人仍在空中時，左盾在身前迅速移動護著身體，長槍虛刺幾招，這才落在地上，跪拜在小盤下的檢閱臺邊，動作如流水行雲，不見分毫勉強。

全場爆起自晚藝會以來最熱烈的采聲，連坐在紀嫣然旁一直冷然自若的琴清也不住拍手叫好。

小盤見是項少龍的兄弟，身手又如此不凡，興奮得跳起來，竟拔出佩劍，拋下臺去。

荊俊大喜執劍，叱喝一聲，百多人逕自奔出場外，他則到臺上領賞去。

項少龍見場內的人對這次表演仍餘興未了，探頭往坐在滕翼旁的紀嫣然道：「紀才女若肯到場中表演槍法，包保喝采聲不遜於小俊。」

紀嫣然和琴清同時別過頭來看他，兩張絕美的臉龐一先一後的擺在眼前，項少龍不由心顫神蕩。

紀嫣然白他一眼，道：「嫣然只須夫君你的讚賞就行，何須眾人的采聲呢？」

項少龍的目光移到琴清的俏臉上，後者有意無意地橫他一眼，才把注意力投回場內去。

再有幾批分別代表禁衛和都衛的武士出來表演後，輪到嬴盈的女兒軍。

論身手她們遠遜於荊俊的都騎，但二百名美少女訓練有素的策騎佈陣，彎弓射箭，卻是無可比擬的賞心樂事。

旁觀者中，女的固是捧場，男的更是落力鼓掌，當然贏得比荊俊更熱烈的回應。

鐘聲響起。

鹿公站起來，先向太后、儲君施禮，然後以他洪鐘般嘹亮的聲音宣佈晚藝會最重要的環節，就是以劍技論高低。

在全場肅然中，他老氣橫秋，捋鬚喝道：「凡能連勝三場者，儲君賜十塊黃金，酌情封陞，我大秦的兒郎們，給點真功夫讓我們看看！」

在歡聲雷動中，兩人搶了出來。

昌平君和十多名禁衛，立時上前為兩人穿上甲冑，每人一把木劍。

致禮後，運劍搶攻，不到三招，其中一人給劈了一劍。

鐘聲響起，由負責做公證的徐先宣判勝敗。

十多人下場後，只有一個叫桓齮的青年連勝三場，得到全場的采聲。

項少龍一邊找尋管中邪的蹤影，邊向滕翼道：「二哥會否下場試試管中邪的底細？」

滕翼微笑道：「正有此意。」

兩人對視而笑時，又有一人下場，竟是嫪毒。

秦人認識他的沒有幾個，但見他虎背熊腰，氣度強悍，都愕然注目，到他報上官職、姓名，才知他是太后身邊的紅人，剛榮陞內史的嫪毒。

這時另有一人出場，項少龍等一看下大叫精采，原來竟是呂不韋麾下、管中邪之外兩大高手之一的魯殘。

滕翼大喜道：「今趟有好戲上演，呂不韋分明是要殺嫪毒的威風，不教他有揚威立萬的機會。」

項少龍往檢閱臺望去，只見小盤、朱姬、鹿公、徐先等無不露出關注神色。心下欣慰，呂不韋和嫪毒的矛盾和衝突終於表面化，若非有軟甲護著下身，呂不韋必教魯殘給他那話兒送上一劍，廢去他討好朱姬的本錢。

這魯殘形如鐵塔，皮膚黝黑，外貌凶悍，使人見而心寒。

兩人穿好甲冑，繞著打圈子，均非常小心。

紀嫣然歎道：「呂不韋深悉嫪毒長短，派得魯殘下場，必定有七、八分把握。」

項少龍見那魯殘木無表情，使人難測深淺，點頭道：「這人應是擅長強攻硬打的悍將，以攻為主，呂不韋是想他甫出手就殺得嫪毒招架無力，大大出醜，貶低他在朱姬和秦人心中的地位。」

話猶未已，魯殘大喝一聲，仗劍搶攻。

琴清不由讚道：「項大人料敵如神，才是高明。」

眾人無暇答話，全神貫注在場中的打鬥上。

木劍破空呼嘯之聲，不絕於耳，人人屏息靜氣，觀看自比劍開始後最緊張刺激的拚鬥。

嫪毒不知是否自問膂力及不上魯殘，又或誘他耗力，以迅捷的身法靈動閃躲，竟沒有硬架。到魯殘第四劍迎頭劈來時，嫪毒暴喝一聲，連連以劍撩撥，仍是只守不攻，採化解而非硬格。

魯殘殺得性起，劍勢一變，狂風驟雨般攻去。

嫪毒改變打法，嚴密封架，採取遊鬥方式，且戰且退，在場內繞圈子，步法穩重，絲毫不露敗象。

高手過招，聲勢果是不同凡響。嬴盈的女兒軍見嫪毒手神俊朗，帶頭為他喝采，每當他使出奇招，都瘋狂地叫嚷打氣，為他平添不少聲勢。

滕翼歎道：「魯殘中計了。」

項少龍心中明白，魯殘和嫪毒兩人相差不遠，前者勝於膂力，後者步法靈活，可是目下在戰略上，嫪毒卻是盡展所長，而魯殘則是大量的耗洩氣力，力道減弱時，將是嫪毒發威的時機。

趙致訝道：「為何呂不韋不派管中邪下場？」

項少龍朝她望去，瞥見田貞和田鳳緊張得掩目不敢看下去，禁不住笑道：「若派管中邪下場，那就是不留餘地了。」

魯殘求勝心切，愈攻愈急，眾人噤聲不語，注視戰況。

木劍交擊之聲，響個不停。

嫪毒忽地再不後退，狂喝一聲，木劍宛似怒龍出海，橫劍疾劈，「啪」的一聲激響，竟硬把魯殘震退半步。接著使出進擊招數，如排空巨浪般向魯殘反攻過去。

采聲又如雷響起，吶喊助威。

滕翼搖頭歎道：「樣子長得好原來有這麼多好處。」

此時場中的嫪毒愈戰愈勇，木劍旋飛狂舞，逼得魯殘節節後退，不過此人亦是強橫之極，雖落在下風，仍沒有絲毫慌亂，看得好武的秦人，不論男女，均如癡如醉。

就在這刻，嫪毒忽地抽劍猛退，施禮道：「魯兄劍術高明，本人自問勝不過。」

全場倏地靜下來，魯殘愕然半晌，才懂回禮，接著兩人面向檢閱臺跪拜。

項少龍和滕翼駭然對望，均想不到嫪毒耍了如此漂亮的一手，既可保存呂不韋的顏面，更重要是在佔到上風才功成身退，否則下一個挑戰者是管中邪就糟透了。

徐先判他兩人不分勝負，每人各賞五金，觀者都有點意興索然。

幸好接下來出場的都是高手，分別代表都騎和禁衛，連番比拚後，最後由大將王陵的副將白充連勝兩局，只要再勝一場，就可獲賞。

項少龍見出場的人愈有身份，嚇得原本躍躍欲試的小子都打消念頭，向滕翼道：「管中邪快要出手了！」

滕翼道：「不！還有個周子桓！」

話猶未已，比魯殘矮了半個頭，但粗壯猶有過之的周子桓步出騎射場。

眾人見白充輕易連敗兩人，這默默無名的人仍敢挑戰，報以喝采聲，把氣氛再推上熾熱的高峰。

於眾人注視下，周子桓拿起木劍在手上秤秤重量，忽然拔出匕首，運力猛削，木劍近鋒的一截立時斷飛，只剩下尺半的長度。

眾人看得目瞪口呆，驚奇的不單是因他用上這麼短的劍，更因要像他那麼一刀削斷堅硬的木劍，縱是匕首如何鋒利，所須的力度更是駭人。

周子桓向小盤請罪道：「請儲君饒恕小人慣用短劍。」

小盤大感有趣，打出請他放心比武的手勢。

白充露出凝重神色，擺開門戶，嚴陣以待，一反剛才瀟灑從容、著著搶攻的神態。

項少龍等卻知他是心怯。

所謂「一寸短、一寸險」，周子桓敢用這麼短的劍，劍法自是走險奇的路子，教人難以勝防。只是呂不韋下面兩大家將高手，已使人對他不敢小覷，何況還有管中邪這超級人物。

場中傳來周子桓一聲悶哼，只見他閃電移前，木劍化作一團幻影，竟像個滿身是劍的怪物般，硬往白充撞去，如此以身犯險的打法，人人均是初次得睹。

白充亦不知如何應付，大喝一聲，先退半步，才橫劍掃去。

「篤」的一聲，周子桓現出身形，短劍把白充長劍架在外檔，同時整個人撞入白充懷裡去。白充猝不及防下，被他肩頭撞在胸口，登時長劍脫手，跌坐地上。

誰都想不到戰事在一個照面下立即結束，反沒有人懂得鼓掌喝采。

王陵和白充固是顏面無光，鹿公等也不好受，氣氛一時尷尬之極。

好一會兒後由呂不韋帶頭拍掌叫好，白充像鬥敗公雞般爬起來走了。

項少龍看得直冒涼氣，暗忖這周子桓必是埋身搏擊的高手，恐怕自己亦未必能討好。

全場肅然中，周子桓不動如山地傲立場心，等待下一個挑戰者。

過了好半晌，仍沒有人敢出場，項少龍看到呂不韋不住對朱姬說話，顯因自己手下大顯神威而意氣風發，心中一動道：「小俊在哪裡？」

滕翼也想到只有荊俊的身手可以巧制巧，苦惱地道：「這傢伙不知溜到哪裡去了，沒有我們點頭，他怎敢出戰？」

此時徐先在臺上大聲道：「有沒有挑戰人？沒有的話，就當呂相家將周子桓連勝三場。」

場內外立時靜至落針可聞。

項少龍心中暗歎，若讓周子桓如此的「連勝三場」，都騎和禁衛兩軍以後見到呂不韋的人，都休想抬起頭來做人。

就在此時，人叢裡有人叫道：「項統領在哪裡？」

一人發聲，萬人應和。

自項少龍與王翦一戰後，他在秦人心中已穩為西秦第一劍手，而更因他「同族」的身份，在這種外人揚威的情況下，自然人人希望他出來扳回此局，爭些面子。

一時「項少龍」之聲，叫得山鳴谷應。

項少龍見前後左右的人均往他望來，心中叫苦，縱使沒有腿傷，要戰勝周子桓仍很吃力，何況現在行動不便？

第十六章　荊俊揚威

檢閱臺上的呂不韋和田單均露出頗不自然的神色，想不到項少龍如此受到擁戴，而呂不韋更深切感到秦人仍當他和家將是外人的排外情緒。

忽然間，他心中湧起一點悔意，若非與項少龍弄至現在如此關係，說不定秦人會更容易接受他，也不用弄了個嫪毒出來。這念頭旋又給他壓下去，項少龍只有兩天的命，甚麼事都不用介懷。

小盤見項少龍在這些兵將和年輕一代裡這麼有地位，穩壓呂不韋，自是心中歡喜，但卻擔心項少龍因腿傷未能出場，會教他們失望。

在此人人期待吶喊的時刻，由女兒軍處一個人翻著觔斗出來，車輪般十多個急翻，教人看不清楚他是誰人，卻無不看得目瞪口呆。

接著凌空一個翻身，從容地落在檢閱臺下，跪稟道：「都騎副統領荊俊，願代統領出戰，請儲君恩准。」

小盤大喜道：「准荊副統領所請。」

眾人見他身手了得，先聲奪人，又是項少龍的副手，登時歡聲雷動，等著看好戲。

荊俊仍沒有站起來，大聲陳詞道：「這一戰若小將僥倖勝出，所有榮譽皆歸鹿丹兒小姐。」

小盤大感訝然，與另一邊一臉錯愕的鹿公交換個眼色，大笑道：「好！准卿家所請。」

秦人風氣開放，見荊俊如此公然示愛都大感有趣，一時口哨、叫囂助興之聲，響徹整個平原。

女兒軍更是笑作一團，嬴盈等合力把又嗔、又羞、又喜的鹿丹兒推到場邊去，好讓她不會漏掉任何精采的場面。

周子桓神色不變，緩緩望往呂不韋，只見他微一點頭，明白是要自己下重手，挫折對方的威風，微微一笑，以作回應。雙目厲芒電射，朝正在穿甲接劍的荊俊望去。

豈知荊俊正嬉皮笑臉地瞪著他，見他眼光射來，笑道：「原來周兄事事要向呂相請示。」

周子桓心中懍然，想不到對方眼力如此厲害，淡淡道：「荊副統領莫要說笑了。」

親自為荊俊戴甲的昌文君聽到兩人對話，輕拍荊俊道：「小心點！」領著從人退往場邊，偌大的場地，只剩下兩人對峙。

一片肅然，人人屏息噤聲，看看荊俊如何應付周子桓那種怪異凌厲的打法。

雖是萬人注目、榮辱勝敗的關鍵時刻，荊俊仍是那副吊兒郎當、懶洋洋的灑脫樣兒，木劍托在肩上，對周子桓似是毫不在意。

但代他緊張的人中，最擔心的卻非項少龍等人，而是鹿丹兒。她剛才雖給荊俊氣個半死，但心中只有少許嗔怒，現在對方又把勝敗和自己連在一起，輸了她也沒有顏面，不由手心冒汗，差點不敢看下去。

忽然間兩人齊動起來，本是周子桓先動劍，可是像有條線把他們連繫著般，他木劍剛動的剎那，荊俊肩上的劍亦彈上半空。

周子桓的短劍往懷內回收時，前腳同時往前飆出。

荊俊一個觔斗，翻上半空。

周子桓大感愕然，哪有這種怪招式的？他實戰經驗豐富無比，知道荊俊像他般以靈動詭奇為主，哪敢有絲毫猶豫，立即改變戰略，滾往地上去，陀螺般直抵荊俊的落足點下方，只要對方落下，立施辣手掃斷他腳骨，誰都怪不得自己。

如此千變萬化的打法，看得所有人都出不了聲。

斜坡頂上的滕翼對項少龍笑道：「若周子桓年輕幾年，今晚小俊定不能討好。」

項少龍微一點頭，凝神注視場心比鬥的兩人，沒有回答。

荊俊在周子桓上空凌空兩個翻騰，落下時竟一手攬著雙腳，膝貼胸口，同時手中長劍閃電般往下面的周子桓劈下去。

周子桓藉腰力彈起來，腰肢一挺，反手握著短劍，由胸口彎臂揮出，劃了個半圓，重擊荊俊由上而來的長劍處。

這幾下交手，著著出人意表，看得人人動容，卻又不敢嘶喊。

荊俊知他想以重手法磕開自己的長劍，好乘虛而入，一聲尖嘯，竟一腳就往周子桓面門撐去，又快又狠。

周子桓想不到他身手靈活至此，哪還理得要盪開對方的長木劍，迴劍往他的腿削去，同時往後急移，好避過臨臉的一腳。

豈知荊俊猛一收腳，周子桓登時削空。

此時全場爆出震天吶喊，轟然喝好。

荊俊在落地前又蜷曲如球，長劍重擊地面，借力往周子桓下盤滾去。

周子桓不慌不忙，猛喝一聲，蹲身坐馬，手中短木劍爆出一團劍影，在火把光照耀下，面容冷硬如石，確有高手風範。不過只要知道在呂不韋的八千家將中，他能脫穎而出，便知他絕不簡單。

荊俊在絕不可能的情況下，竟如勁箭般由地上斜飛而起，連人帶劍，撞入周子桓守得無懈可擊的劍網上。

「啪」的一聲，木劍交擊。

周子桓如此硬橋硬馬的派勢，仍吃不住荊俊匯集全身衝刺之力的一劍，整個人往後彈退。

眾人看得忘形，紛紛站起來，揮拳打氣，叫得最厲害的當然是鹿丹兒和她的女兒軍，其次是都騎軍，把呂不韋方面為周子桓打氣的聲音全壓下去。

荊俊愈戰愈勇，一點地，又是一個空翻，長劍如影附形，往周子桓殺去。

周子桓被迫採取守勢，身影電閃下猛進急退，應付著荊俊詭變百出，忽而凌空，忽而滾地，無隙不尋的驚人打法，首次想到遇上剋星。

在荊俊狂風驟雨的攻勢裡，周子桓銳氣已洩，縱或偶有反擊，宛似曇花一現，未能為他挽回敗局。

「啪啪啪」一連三聲，荊俊藉長劍之利，重重打在周子桓的短劍上，讓他吃盡苦頭，手腕麻木。

人人聲嘶力竭地為荊俊助威，更使周子桓既慚且怒，又感氣餒。

雙方再迅速攻拆十多招，周子桓的短劍終架擋不住，給盪了開去，心中叫糟時，荊俊閃到周子桓身後，飛起後腳，撐在他背心處。

一股無可抗拒的大力傳來，周子桓清醒過來時，發覺正好頭額貼地。

鹿丹兒興奮得直奔出來，與荊俊一起向全場狂呼亂喊的觀者致禮，再沒有人注意正羞慚離場的落敗者。

一番擾攘後，徐先欣然道：「荊副統領是否準備再接受挑戰？」
荊俊恭敬答道：「剛才一場只是代統領出戰，小將希望見好即收，以免給人轟出場去。」
登時惹起一陣哄笑，卻沒有人怪他不再接受挑戰。
徐先笑道：「副統領辛苦，休息一下吧！」
荊俊向檢閱臺行過軍禮後，領著鹿丹兒躲回女兒軍陣裡去。
斜坡上的項少龍和滕翼都會心微笑，荊俊露了這麼一手，鹿丹兒早晚定會向他投降。
滕翼沉聲道：「今晚看來管中邪不會再出手，因為只要他沒有擊敗荊俊和你，在旁人的心中他始終不是最佳的劍手。」
項少龍點頭同意，就在此時，烏舒神色惶然來到兩人背後，焦急地道：「齊人正收拾行裝，準備遠行。」
項少龍和滕翼同時劇震，往檢閱臺看去，只見呂不韋和田單都失去蹤影。忽然間，他們醒悟到已中了莫傲和田單的殺著，落入進退維谷的境地。
田單選在今晚離開咸陽，正好命中項少龍唯一的弱點和破綻。
呂不韋正是要他追去，既可遣開他兵力達四千人的精兵團，更可讓他「死」在路途上，乾手淨腳，事後還可說他怠忽職守，罪連烏家，使呂不韋這狼心狗肺的人可獲大利。紀嫣然等諸女更會落入他的魔掌去，一石數鳥，毒辣非常。
沒有了項少龍在指揮大局，這幾天他行事自然容易多了，一旦管中邪陞復原職，而他項少龍又缺席的話，縱使滕翼和荊俊留下來，呂不韋也可以右相國的身份把都騎的指揮權交予管中邪，那時還不任他為所欲為嗎？

可是他項少龍怎能坐看田單施施然離去？此人自派人偷襲他後便非常低調，原來早定下策略，可見他一直與呂不韋狼狽為奸。

在城郊遇襲傷腿一事，呂不韋雖說自己沒時間通知田單，那只是滿口謊言，事實上根本是他通知田單的人幹的。

呂不韋這一招叫「苦肉計」，讓人人以為是呂不韋的敵人藉殺死項少龍來陷害他，其實卻正是他出的手。自己一時大意，竟給他瞞過，還懷疑是王綰或蔡澤之中有一人和田單勾結，致有今夜的失策。

滕翼沉聲道：「讓二哥去吧！你留在這裡應付呂不韋的陰謀。」

項少龍搖頭道：「呂不韋雖抽調不出人手護送田單離開，可是田單現時兵力達四千之眾，與我們的總兵力相若，但若要對付高陵君，我最多只能分一半人給你，在這種情況下，說不定兩方面均不能討好。別忘了呂不韋有八千家將，誰知道他會幹出甚事來？」

滕翼頹然不語。

項少龍低聲道：「事情仍未絕望，我要去說服太子丹，只要他肯設法在楚境纏上田單十天、半月，我們便可趕上他，安谷傒曾答應過會把楚人和齊軍逼離邊界十多里的。」

此時場內再無出戰者，在熱烈的氣氛中，徐先宣告晚藝會結束。

燕國太子丹的營帳裡，聽完項少龍的請求，太子丹有點為難，道：「此事我們不宜直接插手或單獨行動，一個不好，齊、楚兩國會藉口聯手對付我們，三晉又分身不暇，我燕國危矣！」

項少龍淡淡道：「田單不死，貴國才真正危矣。我並非要太子的手下正面與田單交鋒，只要在田單離開秦境後，設法把他纏上幾天，我便可及時趕去。」

頓了頓加強語氣道：「我會派人隨太子的手下去與貴屬徐夷亂會合，到時魏人和把關的安谷傒將軍會從旁協助。」

一旁聽著的軍師尤之道：「此事該有可為，只要我們採取設置陷阱和夜襲的戰略，使田單弄不清楚我們是否項統領方面的人，那就算田單僥倖脫身，也不會想到我們身上。」

這時大將徐夷則進來道：「沒有跟蹤項統領的人。」

太子丹放下心來，斷然道：「好！我們設法把田單與齊軍或楚人會合的時間拖延十天，若仍不見項統領到，只好放過田單。」

項少龍大喜道謝，暗忖「你有張良計，我亦有過牆梯」，徐夷亂這著奇兵，任莫傲想破腦袋也猜不到，何況他的腦袋快將完蛋。

離開太子丹的營帳，項少龍在營地間隨意閒逛，只見篝火處處，參加田獵的年輕男女仍聚眾喝酒、唱歌、跳舞，充滿節日歡樂的氣氛，沒有人願意回營睡覺。

正要返回營地，左方傳來陣陣女子歡叫聲，循聲望去，見到一枝紫色大旗在數百步外的營帳上隨風拂揚，不由記起嬴盈的約會。

嬴盈會否在那繡有紫花的小帳內等他呢？不過現在離約好的初更尚有整個時辰，她該在營外與鹿丹兒等戲耍。

今晚給田單這麼的一搞，他拈花惹草的興致盡失，何況還要回去與滕翼商量，看派何人隨尤之去會合徐夷亂，好配合對付田單的行動。

想到這裡，還是順步先去打個招呼吧！

由於人群都聚集到每簇營帳間的空地去，兼之大部分營帳均在火光不及的暗黑裡，所以項少龍藉營帳的掩護潛過去，最好當然是只和嬴盈一個人說話，否則被那批可把任何人吃掉的女兒軍發現纏上，休想能輕易脫身。

廣達百步的空地上，生起十多堆篝火，鹿丹兒等百多個嬌嬌女正與人數比她們多上兩倍的年輕男子，圍著篝火拍手跳舞，高歌作樂，放浪形骸，獨見不到嬴盈。

項少龍嘆一口氣，今晚怕要爽約了，往後退時，身後其中一個營帳隱有燈火透出，並有人聲傳來，卻聽不真切。

項少龍循聲望去，赫然發覺該帳門外有朵手掌般大的紫花，與旗上的花朵式樣如一。

項少龍大喜走過去，正要叫喚嬴盈，又改變念頭，暗想橫下決心要把她弄上手，不如就進去給她來個突襲，橫豎她開放慣了，必不介意。那就可快刀斬亂麻把她得到，少了夜長夢多的煩惱。

心中一熱，揭帳而入。

倏地一個高大人影由帳內地氈上閃電般彈起來，猛喝道：「誰？」

項少龍與他打個照面，兩人均為之愕然，風燈掩映下，原來竟是全身赤裸的管中邪。

管中邪見到是他，眼中殺機一閃即沒，移到一旁，拿衣服穿起來。

項少龍眼光下移，只見嬴盈駭然擁被坐起來，臉色蒼白如紙，不知所措地看著他，像頭受驚的小鳥兒，露在被外的粉臂、玉腿雪般晶瑩白皙。

項少龍哪想得到兩人此時會在帳內歡好，苦笑道：「得罪了！」

惘然退出帳外。

走了十多步，管中邪由後方追來，道：「項大人，真不好意思，她說約了你在初更見面，卻估不到你會早來。」

項少龍心知肚明他是攔腰殺入來破壞自己和嬴盈的好事，更恨嬴盈受不住他的引誘，擋不住他的手段，瀟灑一笑道：「害得管大人不能盡興，還嚇了一跳，該我陪罪才對。」

管中邪訝道：「項大人尚未見到呂相嗎？我來前他正遣人尋你呢！」

項少龍隨口道：「我正四處遊逛，怕該是找不到我。」

管中邪和他並肩而行，低聲道：「秦女婚前隨便得很，項大人不會介意吧！」

項少龍心想你這麼一說，無論我的臉皮如何厚，也不敢娶嬴盈為妻，遂故作大方地哈哈笑道：「管大人說笑了。」

管中邪欣然道：「那就順道去見呂相吧！」

項少龍心中一陣茫然。

自己著著落在下風，分析起來就是比不上對方為求成功，不擇手段的做法。自己既講原則，又多感情上的顧慮，如此下去，就算殺了莫傲，最後可能仍是栽在呂不韋和管中邪手上。

看來須改變策略了。

第十七章　錯有錯著

項少龍和管中邪到達呂不韋的營地，他正在帳外聽兩名絕色歌姬彈琴唱歌，陪他的是莫傲和十多名親衛，魯殘亦在，卻不見呂娘蓉和周子桓。

呂不韋裝出高興的樣子，要項少龍坐到他身旁，首次介紹他認識魯殘和莫傲。

項少龍裝作一無所知地與莫傲和魯殘寒暄幾句，呂不韋把兩名美歌姬遣回帳後，挨近項少龍道：「田單走了，少龍有甚麼打算？你若要對付他，我會全力助你，他既敢藉行刺少龍來陷害我呂不韋，我也不用再對他講情義。」

莫傲等目光全集中到項少龍身上來，使他有陷身虎狼群中的感覺。他們既以為自己吞下毒囊，心中必在暗笑自己死到臨頭而不自知。

項少龍的腦袋同時飛快運轉，假若自己推三搪四不肯去追殺田單，當會使莫傲起疑，推斷出自己另有對策，但若答應的話，則更是不成，此刻是進退兩難。

幸好想起「為求目的，不擇手段」這兩句所有梟雄輩的至理名言，裝出尷尬的神色道：「此事說來好笑，我之所以要對付田單，皆因懷疑他殺害了我在邯鄲遇上的一名女子，誰知竟是一場誤會，昨天我收到那女子的音信，所以哪還有餘暇去理會田單，不過嚇嚇他也好，這傢伙一直想害死我，只是不成功罷了！」

這些話當然是編出來的，好使呂不韋難以逼他去對付田單，而他更是理所當然不用去追殺齊人。好在田單已離開，再無對證，憑他怎麼說都可以。

呂不韋、莫傲、管中邪和魯殘無不現出古怪的神色，面面相覷好一會兒後，管中邪插言道：「當時項大人為何會以為那女人被田單害了呢？」

這麼一說，項少龍就知道田單沒有把詳情告訴他們，心中暗喜，把看到畫像的善柔眼神不對的事說出來，最後苦笑道：「不知是否由於過度關心的關係，當時我從沒想過會猜錯。直至收到她託人帶來的一封書信，才知是一場誤會。她確曾行刺田單，卻成功逃走，不過我當然不會再和田單解說哩！」

呂不韋搖頭歎道：「我們早知是一場誤會，事實上田單都不明白你為何一見畫像，就怒斥他殺了那女人，不過他當然亦不會向你解釋。」

莫傲插言道：「那畫像是當日田單座下一個見過那女人的畫師憑記憶繪畫出來的，畫錯眼神毫不稀奇。」

今回輪到項少龍劇震道：「甚麼？」

見眾人均愕然望向自己時，忙胡亂地道：「呂相既清楚此事，為何卻不早告訴我？」施盡渾身解數，才能使心中的狂喜不致湧上臉來。

天啊！原來善柔真的未死，只是一場誤會。

呂不韋若無其事道：「當時我想到田單可能只是滿口胡言，說不定是想藉我傳話來誆你，所以我並沒有放在心上，現在當然證實他的話並非騙人。」

項少龍想想亦是道理，不過在那種情況下，田單自不須向呂不韋說謊，且田單亦非這種肯示弱的人，所以善柔仍活著的機會應該很大。

呂不韋見說不動項少龍去追田單，難掩失望神色，站起來道：「少龍！你到娘蓉的帳內看看她好嗎？說不定你可令她回心轉意。」

項少龍哪有興趣去見呂娘蓉，與莫傲等一同站起來，道：「明天還要早獵，讓三小姐早點休息，明天待她心情好點再見她好了。」

呂不韋不知是否奸謀不成，故心情大壞，並不挽留，讓他走了。

項少龍回到位於王營後方斜坡下的都騎軍營地，滕翼、荊俊和劉巢正在營地的一角低聲密議。

他先拉滕翼到一旁，告訴他善柔可能未死的事。

滕翼大喜若狂，旋又皺眉道：「那麼是否還要對付田單？」

項少龍決然道：「只是為了二哥和善柔三姊妹的家仇，我們便不能放過田單。況且田單多次謀算我，又與呂不韋勾結，這些事就一併向他算帳吧！今趟的機會，錯過了永不回頭，無論如何不能讓這奸賊活生生的回齊國去。」

再微笑道：「兼且我曾誇下海口，殺不了他我要改喚作『龍少項』，這名字難聽了點吧！」

滕翼啞然失笑，招手叫荊俊和劉巢兩人過來，吩咐劉巢道：「你自己說吧！」

劉巢低聲道：「我們偵察到高陵君的人在上游偷偷的造木筏，又收集大量柴草，看來是要用來燒橋的。」

荊俊道：「若在木筏上築臺架，堆起大量柴草，淋以火油，黑夜裡像座火山般由上游沖奔下來，無論聲勢和破壞力都相當驚人，我們應否先發制人，把他們宰掉呢？」

項少龍道：「今趟我們是要製造一個機會讓政儲君顯示出他的軍事才華，確立他在所有秦人心中英明神武的地位，這是個形象的塑造。只有這樣，我們才可長期和呂不韋鬥下去，直至儲君二十二歲舉行加冕禮的一刻。」

滕翼笑道：「你的用語真怪，甚麼『英明神武、形象塑造』，不過聽來似乎有點道理。」

荊俊興奮地道：「我明白了，所以我們要把握到對方的陰謀，然後定好全盤計劃，再由儲君裝作是隨機應變的本領，好鎮壓所有懷有異心的人。」

劉巢道：「所以此仗不但要勝，還要勝得漂漂亮亮。」

項少龍知道善柔該尚在人世，心情大佳，笑道：「正是這樣！」

又讚荊俊道：「要像小俊勝周子桓那麼漂亮、揮灑就及格了。」

荊俊連忙謙讓，卻是難掩得色。

滕翼笑道：「得到了鹿丹兒那朵紅花了嗎？」

荊俊苦惱地道：「這妞兒真難服侍，摟摟摸摸都肯了，剩是守著最後一關。」

劉巢亦是好漁色的人，聞言興奮地道：「俊爺會否因經驗尚淺，手法上出了問題。」

荊俊笑罵道：「去你的娘！我經驗還不夠豐富嗎？手法更是第一流。問題在此事上又不能和你找她來比試，哼！快糾正你錯誤的想法。」

三人捧腹大笑，項少龍心想男人在遇到這方面的事，古今如一，是沒有人肯認第二。

滕翼的心情有如天朗氣清，頓時記起一事，道：「嫣然等到王營伴陪寡婦清，廷芳著你回營後去把她們接回來。」

荊俊笑道：「三哥也好應陪陪嫂子們了，其他沒那麼辛苦的事由我們這些當兄弟的負責吧！」

項少龍笑罵一聲，喚來十八鐵衛，策馬朝王營去了。

剛進入木寨，火把閃跳不停的焰光中，徐先在十多名親衛簇擁下正要出寨，見到項少龍，拍馬和他到寨外坡頂上說話。

平原上營帳遍野，燈火處處，涇水流過大地的聲音，與仍未肯安寢的人的歡笑聲相應和。

徐先低聲道：「高陵君這兩天不斷來遊說我與鹿公，勸我們合力鏟除呂不韋和他的奸黨，還保證他對王位沒有野心，只是不想秦室天下落入一個外族人手內。」

項少龍道：「高陵君已沒有回頭路走，他的謀臣裡定有呂不韋派過去的奸細，而他仍懵然不知，只是這點，他已遠非呂不韋的對手。」

徐先道：「我有點奇怪於此關鍵時刻，為何杜璧會離開咸陽？看來他是早知道高陵君會舉兵叛變，所以故意置身事外，冷眼旁觀，這人的膽識計謀，遠高於高陵君。」接著道：「少龍真有把握應付嗎？莫忘呂不韋會在暗中弄鬼。」

項少龍充滿信心道：「儲君將會親自處理這次動亂，保證呂不韋無所施其技。」

徐先皺眉道：「儲君年紀尚小，又沒有軍事上的經驗，恐怕……」

項少龍笑道：「儲君只要懂得知人善任便成。」

徐先何等精明，啞然失笑道：「當是給他的一個練習吧！到時我和鹿公將伴在他左右，好讓人知他得到我們的效忠，少龍看看應如何安排好了。」

項少龍大喜點頭。

徐先道：「你那五弟身手了得，又懂造勢，大大挫折呂不韋的氣焰，實在是難得的人才，我和鹿公均對他非常欣賞。是了！田單的事你是否打消原意？」

項少龍自然不能洩出與太子丹的關係，道：「我會請魏人設法阻延他入楚的行程，只要幾天時間，我便可趕上他。我去後都騎軍會交由荊俊節制，徐相請照看著他。」

徐先訝道：「魏人怎肯為你出力？」

項少龍道：「東方各國除楚一國外，沒人對田單有好感，兼之我放回魏太子的關係，龍陽君怎也要幫我這個忙的。」

徐先不再追問，拍拍他肩頭表示讚賞，兩人各自離開。

到了寨門處，門衛通知小盤召見他，遂到王營謁見這秦國儲君。

小盤正與李斯密議，神色興奮。見項少龍進帳，把他招過去，同時觀看攤在几上的地圖，只見圖內以符號標記點出營帳的分佈，高陵君位於王營後的十多個營帳更以紅色顯示。

項少龍明白他的心意，心中更為他高興，能有大展軍事才能的機會，對他來說實是難逢的良機。

小盤道：「剛才寡人把荊卿家召來，問清楚高陵君那支叛兵的位置，現正和李卿商討對策，李卿你來說吧！」

李斯正要說話，給項少龍在几下踢了一腳，立即會意，道：「微臣只是稍表意見，主要全是儲君擘劃出來的，還是恭請儲君說來較清楚一點。」

小盤精神大振，笑道：「高陵君唯一有望成功之計，是要出其不意，好攻我們的無備。現在既事事均在我們計算中，若寡人讓他們有一人漏脫，就枉費習了這麼多年兵法。」

伸手指著涇水，道：「寡人代高陵君設身處地去想，首先是利用天然環境，例如把貫入涇水的幾條河道先以木柵濕泥堵截，到時再毀柵讓暴漲的河水沖奔而下，立可把四道臨時木橋沖毀，如能配合整個戰略適當運用，確可以生出決定性的作用。」

項少龍心中一震，想到劉巢偵察到高陵君的人伐木，說不定便是行此一著，那比火燒更是難以抵擋，加設攔水的木柵也沒有用。

想到這裡，不由往李斯望去。

李斯澄清道：「這確是儲君想出來的，與我無關。」

小盤得意地道：「李卿猜的是火攻，寡人卻認為水攻更為厲害一點。若能在水內放上一批巨木，甚麼橋樑都要給它撞斷，再派人乘筏攻來，只是發射火箭即可燒掉沿河的營帳。」

項少龍登時對小盤刮目相看，今趟真的給未來的秦始皇一次大發神威的機會。

接著小盤指點地圖，說出高陵君進攻的各種可能性，更指出呂不韋會如何利用種種形勢，達到殺死反對他的人的目的。說來頭頭是道，聽得項少龍和李斯均呆了起來，對他思考的精到縝密，驚歎不已。

最後小盤苦笑道：「寡人最大的問題，是想到太多的可能性，只覺我們處處破綻，不知該用哪種方法應付才最有效，兩位卿家可為我解決這方面的問題嗎？」

項少龍忍不住笑道：「兵法中最厲害的一著叫『隨機應變』。儲君放心，只要我們把握到他發動的時刻，先發制人，定可把高陵君和他的人一網打盡，而呂不韋也只能乾瞪眼兒。這事交給我和昌平君兄弟去準備，到時儲君親自發號施令，向所有不知儲君厲害的人顯點顏色。」

小盤拍几歎道：「沒有人比太傅和李卿家更明白我的心意，照這樣去辦吧！」

李斯恭敬道：「微臣和項大人會不斷把最新的消息稟上儲君，再由儲君定奪。」

小盤欣然點頭，忽地岔開話題道：「太傅的五弟荊俊身手既了得，人又忠心坦誠，寡人非常喜歡他，項太傅給寡人想想，有甚麼可以獎勵他的？」

項少龍忍不住搔頭道：「他的官職已相當高了，且時日尚淺，理該讓他多點歷練，才可考慮陞遷的問題。」

小盤笑道：「他是否對鹿丹兒很有意思？假設鹿公不反對，寡人可玉成這美事，免得落入管中邪此奸賊的手上。」

項少龍不由想起管中邪從赤裸的嬴盈橫陳肉體上彈起來的醜惡情景，心中像給針刺了一記，點頭道：「有儲君這句話便成。」

小盤欣然道：「寡人樂得如此，暫時寡人仍不想有婚嫁之事，因等著要做的事實在太多了。」

離開小盤的主帳後，碰上昌文君，給他一把抓著扯到一角，道：「我的妹子對少龍態度大有改善，快乘勝追擊，速戰速決，好了卻我們兄弟倆梗在胸口的心事。」

項少龍心中一陣不舒服，幸好自己對嬴盈並沒有泥足深陷，否則感情上的打擊會頗不易接受。同時想到若以二十一世紀的開放來說，嬴盈的行為無可厚非，男女均有同等去風流快活的權利，問題只在管中邪是明著針對自己而去得到嬴盈罷了。

向昌文君苦笑道：「我輸了，此事暫且不提好嗎？」

昌文君一呆道：「管中邪？」

項少龍微微點頭，拍了拍他肩頭當作致歉，逕自去了。

琴清的營帳位於主營的後方，與朱姬的太后鸞帳為鄰，十多個營帳住的全是王族內有地位的女性，四周特別以木欄與其他營帳分隔開來，守衛嚴密。

項少龍雖有資格通行無阻，仍不敢壞了規矩，報上來意後由禁衛通傳，不一會兒琴清的一名貼身小婢走出來，告訴他紀嫣然等諸女剛離開，琴清則已就寢。

項少龍明白到琴清不想在這種情況和時刻見自己的心情，聳聳肩頭離去。

第十八章　兩矢四鵰

天尚未亮，項少龍給田貞、田鳳兩姊妹喚醒，前晚沒闔過眼，昨天辛勞整天，這一覺熟睡如死，剛摟緊烏廷芳便人事不知，直至此刻。

到了帳外，在日出前的黯黑裡，紀嫣然三女為他的傷口換藥，發覺已大致痊癒，只是以後難免會留下一道疤痕。

他身上早傷疤處處，也不在乎多一道戰績。

荊俊領了一名青年來見他，介紹道：「他叫桓齮，項統領該記得他，桓齮不但是第一天田獵成績最佳的人，昨晚又連勝三人，儲君封他為偏將，調到我們都騎軍來服役，請項統領指派他工作。」

桓齮跪下施禮，道：「桓齮叩見統領大人。」

項少龍心想難怪這麼眼熟，溫和地道：「站起來！」

桓齮矯捷如豹地彈起來。

項少龍見他眉清目秀，兩眼精光閃閃，極有神氣，身形高挺，虎背熊腰。又見他有紀嫣然等諸女在旁，仍是目不斜視，心中歡喜，道：「桓齮你出身何處，有沒有從軍的經驗？」

桓齮不亢不卑地道：「小將乃北地人，自幼學習兵法、武技，曾在王翦將軍麾下戍守北疆，職級至裨將。」

接著露出懇切神色，有點不好意思地道：「今趟是王將軍命小將代表北戍軍回來參加田獵，王將軍曾指點小將，若僥倖獲賞，必須要求跟隨項統領大人，始有望一展抱負。」
項少龍微笑道：「以桓兄弟這種人才，到甚麼地方都應沒有人能掩蓋你光芒的。」
桓齮神色一黯，道：「統領大人有所不知了，小將先祖乃犬戎人，所以無論小將如何勇猛效死，論功行賞總沒我的份兒。若非王將軍另眼相待，我最多是個小伍長。王將軍雖有意把小將陞為偏將，但文書到了京城就給壓下去，所以王將軍著我來京城碰機會，還點明我務要追隨統領大人辦事。」
項少龍至此方明白在秦人中，仍有種族歧視，心中同時大喜，王翦看得上的人還能差到哪裡去。更明白王翦已從大哥烏卓處知道自己的情況，故遣此人來襄助自己。
此時腿傷包紮妥當，大喜而立，伸手抓著他肩頭，道：「桓兄弟可以放心，我項少龍不會理會任何人的出身來歷，只要是有才能的忠貞之士，我絕不虧待。由今天起你就是副統領，這兩天會有正式文書任命。」
桓齮想不到項少龍這麼重視自己，感激涕零下要跪地叩首。
荊俊硬扯著他，向項少龍笑道：「我和桓兄弟一見如故，早告訴他若統領大人知是王將軍遣來的人，必會特別關照的。」
項少龍正容道：「小俊失言了，我只是深信王將軍絕不會看錯人，而且今趟田獵，桓兄弟表現出色，理該給他一個展露才華的機會。」
荊俊向項少龍打了個眼色，道：「這兩天怎樣安排桓副統領的工作呢？」
項少龍明白他的意思，就是該不該把高陵君和呂不韋的事告訴他。默思半晌，想到王翦著他來助自己的意思正是如此，把心一橫，道：「既是自家兄弟，甚麼事均不須隱瞞，如此桓兄弟才有表現的機會。」

桓齮感動得差點掉淚，被荊俊帶去見滕翼。

紀嫣然來到項少龍身邊，道：「若嫣然沒有猜錯的話，秦國又出了一位猛將。」

田獵的隊伍和獵犬浩浩蕩蕩的通過四道橫跨涇水的木橋，注入廣闊的獵場去。

呂不韋、徐先、王陵、鹿公、王綰、蔡澤等公卿大將，與項少龍、昌平君、管中邪等護駕將領，均伴在小盤四周，陪他行獵。

朱姬除首天黃昏出動過後，便不再參加田獵的活動。

昌文君和滕翼負責留守營地，而荊俊則和桓齮去了偵察高陵君伏兵的動靜。

這支田獵的大軍還有一眾王族的人，包括高陵君和他的十多名隨從，另外是琴清和項少龍的三位嬌妻、兩名愛婢，還有太子丹和他的手下們，形成散佈草原的隊伍。

小盤領頭策馬朝前方一個大湖奔去，神采飛揚，興致勃勃。

項少龍、管中邪和昌平君三人拍馬追在他身後，接著是一眾大臣。

項少龍看著小盤逐漸成長的龍軀，感覺著他那異於常人的容貌和威勢。他最使人印象深刻的是高起和渾圓的兩邊顴骨，看上去極具威嚴，不怒而威。

不知是否要長期隱瞞心事，他閃閃有神的眼睛予人深邃莫測、複雜難明的感覺，給他注視時，連項少龍這深知他底蘊的人亦有些心中發毛。

小盤的兩唇頗厚，使他外觀並不英俊，可是稜角分明、有如刀削的唇邊，卻表現出一種堅毅不拔，不臻成功，絕不放棄的性格。這令他的樣貌與眾不同，隱有威霸天下的氣概。

隨著逐漸的成長，這種氣質愈趨強烈，項少龍已很難再由他身上聯想到當年邯鄲王宮那個頑童小盤。

這未來秦始皇只是一般人的高度，可是肩膊厚而寬，手足比一般人粗大，行動間真具龍虎之姿，顧盼生威。若有相可看的話，他確是生具帝王之相。

此時因小盤的臨近，一群水鵰由湖旁飛起來，向高空逃竄，小盤彎弓搭箭，「嗖」的一聲沖天而去，卻是射了個空。

小盤大笑道：「好鳥兒！誰給我射牠一頭下來。」

項少龍對這麼殺生毫無興趣，其他人卻紛紛張弓搭箭。

「鏘」的一聲，項少龍耳鼓震響時，旁邊的管中邪取出鐵弓，趕在所有人前，連發兩箭，卻只像弓弦響了一下，可知他射箭的驚人速度。

百多枝勁箭隨之沖天而起，水鵰慘鳴中，落了二十多頭下來。

侍衛忙放出獵犬，由牠們去把獵物啣回來，一時群犬奔吠聲，響徹原本平靜安逸的湖岸原野。

小盤大喜，策騎沿湖疾馳，累得眾人苦追其後。到了一處可俯瞰整個大湖的小丘上，小盤才停下來。

眾人紛紛在他身後勒馬，呂不韋靠得最近，差點與他並騎，大笑道：「儲君的騎術原來如此了得！」

此時太子丹等人亦追上丘頂。

小盤笑道：「多謝仲父讚賞，你看我們大秦的景色多麼美麗，沃原千里，物產富饒。」又指著地平處橫亙的西狩山，道：「眾卿可看到那道著名的西狩飛瀑嗎？由百丈高山飄瀉而下，像一疋長長的白綢緞，寡人可以想像到當瀑布落在下方的岩潭時，千萬顆晶瑩閃亮的水珠往四方濺散的壯觀景象。」

後方的項少龍凝望野趣盎然、美得如夢如詩的清晨景色，平湖遠山，墨翠葱蒼，層次分明，猶若畫卷。而小盤已由一個靦覥的小孩，完全把自己代入秦國之主的角色去，睥睨天下，豪情萬丈。

鹿公來到小盤的另一側憧憬地道：「老將曾多次到那裡去行獵，水瀑衝到崖下往東奔騰，然後忽然拐彎，洶湧澎湃的激流穿過兩座山峰間的窪谷，往西南奔去，形成西狩河，流經十多里後，始注入涇水，令人歎為觀止。」

項少龍環目四顧，只見人人臉上露出嚮往神色，獨有太子丹神色凝重地盯著小盤的背影，心中一震，他想起「荊軻刺秦王」這一千古流傳的事跡，暗忖太子丹要刺秦始皇的心思，不知是否在此刻開始萌生呢？

小盤悠然神往道：「今天那處就是我們的目的地，如不目睹西狩飛瀑，寡人今晚休想能夠安寢。」

徐先笑道：「那麼儲君須及早起程，來回足要三個時辰之久呢！」

此時侍衛由獵犬的口處取來被箭射下來的水鷗，共有二十七隻，由於箭矢均刻有各人的標記，故此是誰射下的，略一檢視，即可清楚知道。其中竟有兩箭貫穿著兩隻水鷗，名副其實一矢雙鷗。獵物放在地上，眾人團團圍著觀看。

項少龍見那一矢雙鵰的兩箭，型制相同，不由心中劇震，朝管中邪望去。其他人的目光亦落到那兩枝箭上。

小盤訝然道：「是哪位卿家的箭法如此出神入化？」

管中邪跳下馬來，伏地道：「儲君在上，是微臣斗膽獻醜了。」

鹿公和徐先對望一眼，均露出駭然之色。要知同發兩箭，無一虛發已是難得，更驚人是他必須眼明手快至可從數百隻激舞天上的水鵰，在發箭的剎那間尋到可貫穿兩鵰的角度與機會，如此箭法，誰能不驚歎？

項少龍心中冒起寒意，若與此人對敵，只是他的箭便難以抵擋，看來滕翼的箭法也在腰、手的膂力和速度上遜他一籌。

小盤掠過不自然的神色，勉強裝出欣然之狀道：「管卿箭法確是非凡，寡人該如何賞他，眾卿可有意見？」

呂不韋哪肯放過機會，笑道：「儲君若把他恢復原職，就是最好的賞賜。」

小盤早答應過母后此事，亦是故意賣個人情給呂不韋，好安他的賊心，點頭道：「由這刻起，管卿官復原職，以後好好給寡人管治手下。」

管中邪忙叩頭謝恩。

小盤以馬鞭指著遠方的西狩山，奮然道：「讓寡人和眾卿比比馬力！」帶頭策馬，衝下斜坡去。

午後時分，小盤的隊伍滿載而歸。

快到營地時，項少龍偷了個空，向李斯說出桓齮的事，後者自是大拍胸口地答應，沒有人比他更清楚儲君和項少龍的親密關係。

項少龍想想都覺得好笑，當年被時空機送到古戰國時代後，一心要找到落魄邯鄲做質子的秦始皇，好傍著大老闆飛黃騰達，享盡榮華富貴，豈知事情七兜八轉，結果是由自己炮製了個秦始皇出來，世事之離奇荒誕，莫過於此。

烏廷芳和趙致趕到他身旁，快樂小鳥兒般吱吱喳喳，向他述說行獵的趣事，項少龍自是大大誇讚她們一番。

紀嫣然、琴清和田氏姊妹亦趕上他們。談笑間，眾人渡過涇水，回到營地。

到達主騎射場時，只見人頭湧湧地在輪候登記獵獲，烏廷芳和趙致忙擠進去湊熱鬧。

紀嫣然眼利，告訴項少龍道：「小俊回來了，在場邊與鹿丹兒說話。項郎你且伴著芳妹和致致，我想回營地小睡片時，醒來後你再陪我到清溪沐浴好嗎？」

項少龍知她有午睡的習慣，點頭答應。

紀嫣然與琴清和田貞姊妹去後，項少龍跳下馬來，囑烏舒等牽馬回營，眼睛找到荊俊，見他不知說了甚麼佻皮話，鹿丹兒正拿粉拳往他擂去，這小子別轉身來，任由背脊捱揍，而鹿丹兒果然愈打愈沒有力道，附近的女兒軍則笑作一團。

項少龍看得心中欣慰，旁邊傳來桓齮的聲音，道：「統領大人！」

項少龍別頭望去，笑道：「桓兄弟為何不隨小俊去湊熱鬧？以你如此人才，必大受女兒軍的歡迎。」

桓齮致禮道：「現正是桓齮為國家盡力之時，故不敢有家室之累、情慾之嬉。嘿！統領大人叫桓齮之名就可以。」

項少龍暗忖這就是桓齮和荊俊的分別，一個是專志功業，後者則全情享受人生，微笑道：「你今年多少歲？」

桓齮恭敬道：「小將今年十九歲。」

項少龍道：「你比小俊大一歲，我就喚你小齮吧！」

領他離開騎射場，到了營地內的僻靜角落，問道：「今天有甚麼發現？」

桓齮道：「小將和荊副統領深入山內探察敵情，照小將觀其動靜，人數約在萬人左右，可是陣勢不固，旗號紊亂，士氣散渙，行動遲緩，氣色疲憊，兼之近日天朗氣清，無霧可隱，如此未戰已呈敗象之軍，只要給小將一支千人組成的精兵，可將他們擊潰，絕無倖理。」

項少龍大奇道：「小齮怎麼只去了半日，便已摸清他們的虛實？」

桓齮變成另一個人般道：「臨戰必登高下望，以觀敵之變動，小中覷大，則知其虛實來去，從各種徵兆看出問題。高陵君的軍隊雖藏在密林之內，但只要看何處有鳥獸停留，何處沒有，立可知其營帳分佈的情況和人數多寡。再看其塵土揚起的情況，更知對方在伐樹搬石，欲藉上游之利圖謀不軌。」

說到興起時，蹲在地上隨手佈放石子，解說對方分佈的狀況、大小細節，無一遺漏，顯示出驚人的記憶力和觀察力。

項少龍動容道：「假設我予你一支二千人的精兵，你會怎麼辦？但必須待他們發動時方可動手。」

桓齮站起來，用腳撥亂地上的石子，肅容道：「偵察敵人除了留心對方的糧草儲備、兵力強弱外，最緊要是測估對方的作戰意圖，針對之而因勢用謀，則不勞而功舉。現今對方為得憑河之險，駐軍於交通不便、低濕而荊棘叢生之地，又戒備不周，兼之軍卒勞累，士氣消沉，可採雙管齊下之策，分水陸兩路伏擊之，縱使讓他們毀去木橋，於我亦無絲毫損傷，我們還可憑河而守，立於不敗之地。」

項少龍登時對他刮目相看，荊俊雖在其他方面或可勝過他，但在才智和軍事的認識上卻遠落其後。這番話若是出自鹿公、徐先之口，乃理所當然，但桓齮只十九歲，竟有此見地，除了用「天才」兩字來形容，實再無可替代。

項少龍心中一動，道：「我帶你去見一個人，見到他時你要把全盤計劃向他解說清楚，對於你日後的事業會大有幫助。」

桓齮愕然道：「見誰？」

項少龍搭著他肩頭，推著他往王營舉步走去，道：「當然是政儲君了。」

桓齮劇震下停步，垂頭低聲道：「不若由小將把心中愚見告訴統領大人，再由大人親自獻奉儲君好了。」

項少龍繼續推他前行，笑道：「那不是給我冒領你的功勞嗎？休要扭扭捏捏，我項少龍只喜歡爽快的漢子。」

桓齮感動得眼也紅了起來，嗚咽道：「難怪王將軍常說統領大人胸襟過人，乃我大秦第一好漢，大人的恩德，小將沒齒難忘。」

項少龍笑道：「那是你應得的，我只是負起引介之責，不過記緊今趟我們是要讓儲君大展神威，而非我們去藉機顯威風，明白嗎？」

桓齮哪還不心領神會，連忙點頭。

第十九章　特遣部隊

項少龍把桓齮留在主帳內與小盤和李斯說話，匆匆趕回騎射場去接兩位嬌妻，哪知兩女早回營地去了。待要離開時，人叢裡閃出嬴盈，扯著他衣袖，硬把他拉往涇水去。

項少龍見她花容慘淡，顯是心神備受煎熬，頓時心情矛盾，再沒有使性子的意思。

嬴盈一直沒有說話，直至來到河旁一處疏林中才放開他，背轉身嗚咽道：「我知你定會看不起人家，怪嬴盈是個水性楊花的女子。」

項少龍走上去，抓著她有若刀削的香肩，把她輕輕扳轉過來，按在一棵樹身處，細察她如花的玉容，見她淚水珍珠串般一顆連一顆的滾下玉頰，微笑著以衣袖為她拭淚，道：「怎會怪你呢？男人可以風流，女人自亦可以風流，更何況你尚未與人定下名份，你大小姐不是常說樣樣事都要勝過男人嗎？為何在這一項上如此洩氣？」

嬴盈一呆道：「你真的不怪責我？」

項少龍瀟灑地聳肩道：「人的身體最是奇怪，天生很難拒絕挑逗引誘，一時衝動下甚麼事都可以做得出來。但假若大小姐連那顆心都交給管中邪，那我只會祝福你們，再不插身其中，以免招惹煩惱。」

這一番確是肺腑之言，他以前在二十一世紀，哪一個與他鬼混的女孩不是有過或同時擁有一個以上的男朋友，那時的項少龍已不介意，現在秦女又素性開放，他更不會計較。當時雖很不舒服，那只是自然反應，事後早平淡多了。

嬴盈回復生氣，垂頭道：「昨晚人家本是一心等你來的，哪知他卻來了，糊裡糊塗的就和他好了。真對不起，你真不怪人家嗎？」

假若可以選擇，項少龍怎都不想再有感情上的糾纏，但現在為對付呂不韋和管中邪，卻不該放棄嬴盈，而且事實上他並不計較嬴盈的私生活，俯頭在她唇上香一口，道：「我還是歡喜你刁蠻神氣的樣兒，那才是嬴大小姐的真正本色。」

嬴盈赧然道：「可是我卻覺得自己犯了錯，我總是先認識你啊！那天見你在市集懲治那些流氓後便忘不了你，只是你太驕傲和不近人情吧！唉！怎辦好呢？若他再來找我，人家怕拒絕不了他哩！你可幫我嗎？」

項少龍心中暗歎，知道管中邪目的已遂，憑手段征服嬴盈的肉體，使她生出抗拒不了他的感覺，假若懷孕了，更是只好嫁入管家。

那時會出現甚麼情況呢？

首先受害的是昌平君兄弟，因為小盤會因此對兩人生出顧忌，致他們宦途堪虞。唯一的方法，自然是在男女情慾上予嬴盈同樣或相差不遠的滿足快樂，又予她正式名份，那就不怕管中邪再來作祟。

項少龍歎道：「嬴小姐試過在野外作戰嗎？」

嬴盈一呆道：「甚麼野外作戰？」

項少龍湊到她小耳旁，揩著她耳珠輕柔地道：「就是在野外幹在帳內的事！」

嬴盈立時面紅及耳，低頭猛搖。

項少龍故意逗她道：「小姐搖頭是表示未試過還是不想試？」

嬴盈像火山爆發般縱體入懷，玉手摟上他頸子，甜笑道：「想試！但不能夠！人家女兒的月事剛來。」

項少龍喜道：「那更不怕，因為是安全期。」

嬴盈愕然道：「甚麼『安全期』？」

項少龍暗罵自己胡言亂語，也不解釋。摟著她動人的肉體，親熱一番後，放過被他逗得臉紅耳赤的風流蕩女，逕自回營地去。

紀嫣然剛睡醒，與烏廷芳等興高采烈地扯著他馳出營地，到附近一個小谷內的清溪戲水沐浴，十八鐵衛則當把風的崗哨，以免春光外洩。

諸女沒有全裸，但小衣短褌，肉光致致，已足把項少龍迷死。

溪水清淺，溪旁怪石磊砢，野樹盤根錯節，儼然天然盆景，到夕陽西下，陽光由枝葉間灑來，溪水凝碧成鏡，更是金光爍閃，仿似離開人世到了仙境。

聽眾女的歡樂和鬧玩聲，項少龍浸在水裡倚石假寐，確有不知人間何世的感覺。

紀嫣然來到他旁，倚入他懷裡道：「夫君今趟去追殺田單，是否把嫣然算在內呢？致致已表示為報毀家之仇，她怎都要跟去的。」

項少龍想起趙倩之死，猶有餘悸，道：「那豈非廷芳都要去？」

紀嫣然道：「錯了！她會留下來照顧寶兒，小貞和小鳳當然不會去。」

項少龍摟著她親個嘴兒後，笑道：「你們原來早商量好，我怎敢反對？」

紀嫣然想不到他這麼好相與，向趙致喜呼道：「致致！夫君大人答應哩！」

趙致一聲歡呼，由水底潛泅過來，纏上項少龍，獻上熱情的香吻。

項少龍忽地想起善柔，若她知道自己為她去對付這大仇人，必然非常高興。伊人究竟身在何方？

晚宴之時，滕翼才回到營地來，低聲告訴他蒲布和太子丹的尤之已於今早上路去與徐夷亂會合，護行的有百多名烏家精兵團的好手。

項少龍把桓齮對高陵君那支叛軍的估計告訴他，道：「看來高陵君並沒有多大作為，到時只要調撥兩千都騎軍當可把他打個落花流水，這邊的高陵君和他的親衛由禁衛對付，只要亂起即平，呂不韋將無所施其技。該不用出動我們的精兵團，免得暴露實力。」

滕翼大感意動，道：「既是如此，不若我領人先一步起程，啣著田單的尾巴追去，不過最好得到儲君的手諭，免得與沿途的駐軍發生誤會。三弟你可以脫身時，立即來會。」

項少龍道：「就這麼辦，二哥今晚連夜起程，小心哩！」

滕翼哂道：「我從不會輕敵大意的，放心吧！」

兩人又找來荊俊，研究諸般細節後，項少龍忙趕往王營赴宴。

剛登上王營的斜道，遇上來找他的禁衛，忙隨之到主營見小盤。

小盤正憑几獨坐，研究几上的帛圖。見他進來，招手道：「沒人在，師父快坐下來。」

近日他們很少有兩人相處的機會，項少龍心中湧起溫暖，坐在另一邊，道：「見儲君這麼奮發有為，微臣心中非常高興。」

小盤道：「師父看人的眼光真不錯，李斯如此，王翦如此，這桓齮亦非常不錯，可以造就。」

項少龍低聲道：「嫪毒不是都給造就了嗎？」

兩人對視發出會心的微笑。

項少龍奇道：「為何儲君會忽然提起王翦？」

小盤道：「剛才我問起桓齮有關王翦的情況，才知他把土地向西北擴展數百里，趕得匈奴狼奔豕突，又修築長城，立下無數汗馬功勞，卻給呂不韋一手壓著，數次申請調回咸陽，都給呂不韋一概推搪。哼！此人一日不除，終是大患。」

項少龍苦口婆心道：「儲君最重要的是忍一時之氣，若現在對付呂不韋，說不定會給他反咬一口。就算除掉他，亦難保再無叛亂。上上之計，仍是由他把所有反對勢力清除，我們再對付他。」

小盤皺眉道：「只看嫪毒剛坐上內史之位，立要顯露鋒芒，當知此人野心極大，只怕日後難以制伏。由於他與母后關係密切，宮內說不定有人會依附於他。」

項少龍心中一動，道：「儲君何不成立一支特別調遣部隊，直接由儲君親自指揮，平時藉訓練為名，駐守咸陽附近，有起事來，儲君一聲號令，他們便可進王城平亂。」

小盤精神大振，道：「對！這就是師父說的甚麼『槍桿子出政權』。不過我只信任師父一個人，師父又要主理城防。唉！這確是最佳方法，就算都騎軍和禁衛軍內仍有呂不韋的羽翼在其中，遲些還加上嫪毒的奸黨，只有由外地抽調回來的人才最可靠，那時就算有蒙驁護著呂不韋也不怕了。」

項少龍道：「不若起用桓齮，再輔以王賁，如此將萬無一失。」

小盤一呆道：「小賁只得十四歲，不嫌太年輕嗎？」

項少龍道：「正因桓齮和小賁那麼年輕，滿腔熱血，所謂『初生之犢不畏虎』，才不會害怕呂不韋。現在我們有徐先和鹿公兩人支持，便藉口高陵君的事成立這支應變部隊，時機一至，儲君再把王翦調回來，代替年事已高的蒙驁和王齕，收拾呂不韋還不是舉手之勞嗎？那時所有軍權、政權均集中在儲君手上，誰還敢不聽儲君的話呢？」

又哈哈一笑，眼中射出憧憬的神色，續道：「那時文的有李斯，武的有王翦、王賁父子，再加上一個桓齮，天下還不是儲君的嗎？」

小盤奇道：「師父為何不提自己？」

項少龍伸手輕輕拍他的龍肩，欷歔歎道：「你母親死後，又有倩公主的慘劇，我早心灰意冷，只是對你仍放不下心來，但當你大權在握，我便會離開這裡，遠赴北方，過點自由自在的生活。」

小盤劇震道：「師父你怎可以離開我？」

項少龍露出一絲苦澀的笑容，壓低聲音道：「師父代表著的是你的過去，只有我離開，你方可真正與過去的小盤斷絕關係，成為威凌天下、前所未有的第一個始皇帝。你若尊敬我的話，必須遵從我最後的意見。」

小盤呆望著他好一會兒，喃喃唸了兩遍「始皇帝」，大訝道：「為何師父隨口說出來的名詞，總是含有很深刻的意思？」

項少龍真情流露地道：「相信我！日後天下必是你的。」

小盤凝神想了一會兒後，道：「師父是否準備去追擊田單？」

項少龍記起滕翼今晚便要起程，忙把詳情稟上，小盤自是一口答應。此時昌平君來催駕，晚宴的時間到了。

今趟項少龍比昨夜舒服和自然多了，與昌平君兄弟同席，另一邊還有李斯，居於小盤左方內圍的第五席。

紀嫣然等今晚沒有赴宴，昨晚若非朱姬的要求，素喜自然清靜的紀才女亦不會出席。琴清更是芳蹤杳然，今年還是她首次參與田獵，只不知是為紀嫣然等人，還是為小盤或項少龍。

太子丹成了唯一的外賓，居於小盤右手下的首席，接著是呂不韋和高陵君兩席。

高陵君身材頎長，臉容有點蒼白，予人耽於酒色紈袴子弟的感覺，一對眼睛沒有甚麼神氣，陪著他是兩個幕僚式的中年人，看服飾該是王族的人。

呂不韋不時和身旁的管中邪耳語，出奇地呂娘蓉出現席上，還不時偷瞥項少龍。

周子桓、魯殘在後席處，另外還有兩個呂府有地位的食客，項少龍均曾見過，一時記不起他們的名字。

人數大約與昨夜相若，鹿丹兒、嬴盈等女兒軍在最遠一端的外圍處湊了四席，可見儘管是秦廷，亦因她們本身尊貴的出身，默許女兒軍的存在。

只是席中沒有紀嫣然和琴清兩位絕代佳人，怎也要失色不少。

燒好的野味、酒菜流水般由禁衛端上几桌，空氣中充盈肉香火熱的味道。為防止有人在酒食裡下毒，禁衛中有專人負責這方面的保安。

朱姬不時和小盤說話，只不知她是否藉此機會與兒子修補出現裂痕的關係。

由於杯盤交錯和談話聲喧天震耳，李斯湊到項少龍耳旁，道：「儲君對大人引介的桓齮非常滿意，此人的兵法謀略確是不同凡響，難得他尚如此年輕，假以時日，必是我大秦一員猛將。」

項少龍大感欣慰，有王翦、紀嫣然和李斯三人同時稱賞此人，桓齮絕不會差到哪裡去。

這正是他對抗呂不韋的長遠辦法，是起用秦人裡有才能的人，既易於為秦國軍方接受，又隱然形成一個以秦人為骨幹與呂不韋和嫪毒打對臺的軍政集團，同時鞏固小盤的君主地位。

這時太子丹舉杯向小盤和朱姬祝酒，眾人連忙應和。

項少龍放下酒杯時，輪到昌平君傾身過來道：「儲君已和我們說了有關叛黨的事，就讓我們兄弟打醒精神，你主外、我主內，把叛黨一舉掃平。」

項少龍笑道：「你這小子弄錯哩！是內外均由儲君作主，我們只是聽命行事。」

昌平君一呆道：「儲君尚未足十五歲，這樣……」

項少龍道：「你難道不知儲君乃天生的軍事、政治天才嗎？不是要由儲君親自提醒你吧？」

昌平君乃才智過人之士，聞言會意，道：「噢！是我一時糊塗，嘿！來！喝一杯！」

昌文君湊過來道：「昨晚項兄說輸了給管中邪，究竟是甚麼一回事？」

昌平君知談的是有關嬴盈的事，神情立即凝重起來。

項少龍暗忖只為兩位好朋友，犧牲自己也沒話可說，何況嬴盈又是如此尤物，坦誠地道：「我剛和令妹說過話，以前的事不再提，日後如何發展，仍難逆料。因為令妹對管中邪非是無情，田獵後我要離開咸陽一段時間，誰都不知在這段日子裡會發生甚麼事。」

昌平君斷然道：「不如先訂下親事，若管中邪仍敢來逗小妹，我們就可出面干預。」

項少龍把心一橫，道：「假若嬴盈肯答應，就這麼辦吧！」

昌平君兩兄弟大喜，亦是心中感動，明白到項少龍有大半是看在他們的情面上。

昌文君最衝動，立時退席往找嬴盈去。

此時呂不韋忽然起身向太子丹敬酒，同時道：「嘗聞貴國劍法專走輕盈險奇的路數，不知可否讓我們見識一下？」

場內立時靜下來，人人均把目光投向太子丹。

項少龍心中一震，知道多次和太子丹接觸的事，已落入呂不韋耳裡。

現在他是藉故公開挫折燕人，好向自己示威。

假若自己被迫動手，就更正中他下懷。

現在誰能擊敗他項少龍，立可成為大秦的第一劍手。

第二十章　晚宴風雲

坐在大夫冷亭和親將徐夷則間的太子丹聞言後沒有露出任何驚訝神色，微微一笑，道：「聽說貴府管中邪先生曾大發神威，連敗齊國高手，不知今趟是否又派他出來逞顯威風？」

像太子丹這類掌握實權的王位繼承人，見慣場面，經慣風浪，明知在這種宴會比武是退縮不得，不但會給人看作膽怯，若是國與國交往，說不定更因示弱而招來亡國大禍。反而勝敗乃兵家常事，輸了雖是顏面無光，卻是人人均可接受的事。

他亦是厲害之極，出口點明呂不韋想藉折辱他燕人立威，好教管中邪露上一手。

若呂不韋仍好意思派管中邪下場的話，便可表現出他太子丹料事如神。

若出場的非是管中邪，那呂不韋手下四大高手中，嫪毐算是脫離他的門戶依附太后而獨立；周子桓昨晚敗於荊俊之手，該不會出場；剩下來的就只魯殘一人，由於太子丹昨晚看過他的劍路，自可針對之而選派人手應戰。

只是寥寥三幾句話，已顯出太子丹絕不簡單。

呂不韋想不到太子丹反應如此敏捷，詞鋒更是厲害，哈哈一笑，向管中邪打了個眼色，後者會意，也仰天一笑，步出席外場心處，向太子丹施禮謙恭地道：「得丹太子如此誇賞，中邪愧不敢當，豈能不從尊意，請太子派出貴國高手，讓我們一開眼界。」

今回輪到太子丹心中叫苦，呂不韋連消帶打，反使人感到他原本不是要派管中邪下場，只因太子丹的說話，才惹了他出來。

眾人見有比武可看，又可挫折燕人，紛紛叫好。

管中邪的劍術厲害雖已在咸陽不脛而走，隱有蓋過項少龍之勢。更兼兩箭四鵰的傳奇，直與項少龍的五針同發分庭抗禮。但絕大部分人未正式見過他與人動手，故均興奮的期待著，好目睹他的武功風範，一時場內鬧哄哄一片，氣氛熱烈。

不過只看他比項少龍還要雄偉的身形，不動如山、淵渟嶽峙的氣度，已是先聲奪人。

項少龍忍不住朝遠方的女兒軍望去，只見諸女包括嬴盈和鹿丹兒在內，無不忙於交頭接耳，露出顛倒迷醉的神色，心中劇震，明白到若讓管中邪大顯神威，說不定嬴盈和鹿丹兒兩個善變的少女會重投入他的懷抱內。

自己的腿傷已癒，但應否出戰呢？假若敗了，那聲譽上的損失將是巨大得難以計算的。但若因怕輸而不出場，心理上的影響將更是嚴重，會使自己生出技不如他的頽喪感覺。

心念電轉，太子丹裝作欣然的點派坐於後席的一名劍手下場。此人報上名字叫閻獨，場內立時一陣騷動，顯是因此君大有來頭，非是無名之輩。

項少龍禁不住向昌平君詢問，後者興奮地道：「此人是燕國最有名氣的三大劍手之一，我們一直不知他隨太子丹來咸陽，據說他的燕翔劍快如閃電，可斬殺急飛的燕子，你說多麼本事。」

項少龍細看閻獨，身材高挺瘦削，兩鬢太陽穴高鼓，眼神充足，年在二十五、六歲之間，算不上英俊，卻是氣度非凡。而他最令人印象深刻的地方，是他一身黃色勁裝，鼻鈎如鷹，予人一種陰鷙冷酷的感覺。

不過管中邪更是奪人眼目，一身雪白的武士服，頭上以紅巾綁了個英雄髻，其身材比常人高的閻獨還要高上半個頭。若說閻獨是嚴陣以待，他便是好整以暇，悠然自得。

他那有若由堅硬岩石鑿刻出來的奇偉容貌掛著一絲睥睨天下的笑意，難怪嬴盈雖先愛上項少龍，仍對他情難自禁。

兩人此時均面向小盤和朱姬的主席，請求准許比試。

小盤雖不知這次比試暗中針對的是項少龍，卻不想管中邪有趁機發威的機會，但朱姬已在旁催促，無奈下道：「兩位比武，乃友好間的切磋交流，點到即止，切勿讓寡人見到傷亡流血的場面。」

兩人下跪接旨，不過誰都知道這類比武用的是真刀真槍，想不傷人，確難辦到。

當下有人出來為兩人穿上甲冑，管中邪微笑道：「不用甲冑，閻兄請自便。」

閻獨只好拒絕穿戴甲冑，免得影響身手的靈活度。

兩人此時劍尚未出鞘，在火把光照耀下屹立如山，對峙間立時殺氣瀰漫全場。

眾人均屏息靜氣，怕擾亂兩人的專注。

「鏘！」

閻獨首先拔出他的燕翔劍，橫胸作勢，大有三軍披靡之概。

但高明如項少龍等卻看得出他是吃不住管中邪的壓迫，才要藉拔劍挽回劣勢。那是只有高手對峙方會出現的情況，就像兩軍對壘，只看軍容、陣勢和士氣，可大約測出誰勝誰敗。

管中邪哈哈一笑，左手一拍掛在右腰的劍，從容道：「管某劍名『長擊』，乃出自越國名匠所鑄，劍長五尺四寸，比一般劍長上一尺有多，閻兄莫要輕忽它的長度。」

「鏘」的一聲，長擊刃被右手閃電拔出來，當眾人的腦海中留下劍指星空、閃耀輝爍的深刻印象時，已一劍揮出，同時配合步法，搶至閻獨身前七步左右。

項少龍見他以左手拍劍，心中隱隱感到點甚麼，卻無法具體說出來。同時招手喚來鐵衛，著他暗中回營去取墨子劍。

此時閻獨的燕翔劍亦如乳燕翔空，與管中邪硬拚一記。「噹」的一聲，兩人同時收劍後退，眈眈虎視對手。

眾人連大氣都不敢透出一口，剛才的一劍只是試探性質，好戲仍在後頭。

項少龍見閻獨持劍的手微微抖顫，知他在膂力比拚上吃了暗虧，不過這閻獨的底子已是非常硬朗，可惜對手是管中邪。

管中邪臉上露出一絲自信的笑意，冷喝一聲，再一劍劈去，角度、力道似乎和上一劍毫無分別，可是旁觀的人無不感到此劍凌厲無匹，隱含驚天動地的奧理，任誰身當其鋒，都有難以招架的感覺。

閻獨大喝一聲，燕翔劍由內彎出，劃了一道優美的弧線，「鏗」的一聲，激彈在對方的長擊刃上，竟是後發先至，不愧燕翔之名，但縱是如此，仍被震得退後小半步。

管中邪正要搶攻，閻獨再喝一聲，「喳喳喳」連退三步，燕翔劍在對手身前不住迅速的劃著小圓，反映火光，像一把火焰虛擬出來的劍，全無實體的感覺。

如此劍法，確是驚世駭俗，眾人不由打破止水般的靜默，爆出如雷采聲。

管中邪想不到對方劍法精微至此，封死所有進路，大振雄心，一聲長嘯，劍勢略收，再化作長虹，分中猛劈，劍吟之聲，破空而起，只是其勢，已可使三軍辟易。而他則威武如天兵神將，令人生出永不能把他擊敗的感覺。

那種感覺是如此強烈，連閻獨亦不例外，氣勢頓時減弱兩分。

金鐵交鳴聲連串響起，接著兩人倏地分開來，劍招快如閃電，大部分人均看不真切，更遑論分出誰勝誰敗。

「鏘」的一聲，管中邪劍回鞘內，但仍目注對手，劍鋒像長了眼睛的毒蛇般回到鞘內窄小的巢穴裡，看得眾人瞪目結舌。

嬴盈等更是為他吶喊得力竭聲嘶。

閻獨的燕翔劍仍遙指對方，但臉色轉白，額角滲出豆大的汗珠，一陣搖晃，劍撐地上，顯是因用力過度而虛脫。

然後他額頭打橫現出一道整齊清楚的血痕，傷的只是表皮，雖然是管中邪劍下留情，但傷的是這位置，恐怕以後會留下代表奇恥大辱的標記。

管中邪抱拳道：「承讓了！」

當下有人奔出來把眼含怨毒的閻獨扶走。

在眾人喝采聲中，管中邪分別向小盤和太子丹致禮。

太子丹和冷亭仍是神態從容，但徐夷則和其他人都臉露憤慨，顯是怪管中邪這一劍太不留餘地。

呂不韋大笑道：「中邪你違反儲君吩咐，劍下見血，理該罰你一杯。」

今趟連太子丹和冷亭都臉露不愉之色，呂不韋實在欺人太甚。

坐在呂不韋下席的蔡澤道：「中邪的劍法把我們的興頭引出來，不知昨晚大展神威的荊副統領何在，可否讓我們看看誰高誰低？」

管中邪這時接過手下奉上的酒杯，先向小盤和朱姬致敬，再向四方舉杯敬酒，眾人紛紛舉杯和他對飲。

項少龍這時更無疑問，知道呂不韋是在針對他，照他猜想，呂不韋一向認為小盤對自己另眼相看，皆因小孩崇拜英雄的心理，所以希望在自己「死前」當眾折辱他項少龍，好把小盤崇拜的目標移到管中邪身上去。

蔡澤這一開腔，他再難保持緘默，淡淡道：「副統領有任務在身，未能出席，要教蔡大人失望了。」

蔡澤早有定計，接口道：「昨晚不是有位桓齮連勝三場嗎？就讓我們再看看他的本領吧！」

依附呂不韋者立時起鬨支持這提議，那即是說大部分人都在推波助瀾。

昌平君亦看出不妥，湊到項少龍耳旁，道：「他們在針對你呢！哼！」

項少龍知道這一戰避無可避，他絕不能教桓齮出戰，若給管中邪以辣手毀了他，不但對不起王翦，也使小盤建立快速調遣部隊的好夢成空。而且就算桓齮沒有大礙的傷勢，亦會使他辛苦建立出來的聲譽毀於今夜。

順眼往嬴盈等諸女望去，見她們無不對管中邪目露癡迷之色，知道若再不出手，不但嬴盈會投向管中邪，連荊俊都要失去鹿丹兒。

想深一層，假如自己又推說桓齮有任務，那以後呂不韋的人大可振振有詞地說他項少龍害怕管中邪。

不由往小盤望去，後者正向他射出期待的眼神。

項少龍心內豪情奮起，一聲長笑，站了起來，悠然道：「管大人既這麼有興致，讓我來陪你玩上兩招吧！」

全場先是忽然靜至落針可聞，只有火把燒得「噼啪」作響，然後歡聲狂起，采聲不絕。

管中邪含笑著看他，道：「項大人切勿不顧腿傷強行出手，否則末將怎擔當得起。」

太后朱姬亦出言道：「少龍萬勿勉強！」

項少龍解下血浪寶劍，交給來到後方的烏舒，再接過墨子劍，湧起無可匹敵的鬥志，暗忖遲早要與此人見個真章，不如就在今晚比試。微微一笑，道：「若管大人可令我傷口復裂，算我輸了吧！」

眾人見他說來霸氣逼人，均鼓掌叫好，情緒熱烈。

項少龍和太子丹、冷亭交換個眼色，來到場心與管中邪並肩而立，朝小盤叩禮。

小盤視項少龍的劍法有若神明，毫不擔心地欣然道：「刀劍無眼，兩位卿家小心。」

項少龍心中明白，小盤是要自己把他殺掉。

心中一動，想到致勝的訣竅。管中邪以為自己必死，所以怎都不肯與自己同歸於盡，只是這點，已可教他吃個大虧。

另一優勢，是自己看過管中邪的出手，而對方則對他的劍法一無所知，極其量是由別人口中聽來，假設自己把墨子劍法融會無跡地使出來，必教他大為頭痛。

想到這裡，已有定計。

兩人分開，在全場默注下，凌厲的眼神緊鎖交擊，決戰一觸即發。

這時場邊來了很多聞風而至的人，擠得外圍水洩不通，盛況空前。

紀嫣然等諸女由於烏舒回營取墨子劍，吃驚下匆匆趕至，到昌平君那席處擠坐著，琴清也來了，加入她們那席去，人人的心都懸到半天高。

朱姬雖不擔心管中邪會傷害項少龍，仍是花容慘淡，差點不敢看下去。

管中邪謙虛地道：「可與項大人一較高下，是中邪平生快事。」

項少龍從容道：「未知管大人今趟會否使出看家的左手劍法？」

此語一出，登時全場譁然。

誰想得到管中邪多次與高手對招，仍沒有使出真實本領。

管中邪首次臉色微變，乾笑道：「項大人的眼力確是非凡。」

項少龍要的就是他剎那的震駭，哪會放過，托在肩上的墨子劍彈上半空，一聲「看劍」，劍隨人走，藉墨子劍重量之利，朝管中邪面門電射而去。

「鏘！」

管中邪果以左手拔劍，沉腰坐馬，閃電般挑上墨子劍。

項少龍不進反退，使出《墨氏補遺》三大殺招之一的「以守代攻」，木劍吞吐無定，管中邪見他似攻非攻，似守非守，更兼剛才心神被他所分，一時間生出無從下手之感，不由地後撤兩步，回復劍鋒相峙之勢。

眾人見項少龍高手出招，果是不同凡響，登時獻上一陣采聲。

項少龍此時進入墨氏心法裡，把勝敗生死拋諸腦後，心中一片澄明，對敵人的動靜全無半點遺漏。

眾人見兩人均是威風凜凜，狀若天神，大感緊張刺激。

贏盈等初睹項少龍驚人的身手，都目瞪口呆，心醉不已，一時間不知該捧哪邊的場才對。

管中邪感到對方的氣勢和信心不住增長，嘴角竟逸出一絲笑意，冷喝一聲，似拙實巧的一劍擊出。

這一主動出擊，各人立時看出他的左手劍確優於右手。

首先他無論頭、手、腰、腿都配合得完整一致，不可分割，雖是左手出劍，卻可感到他是用整個身體去完成這動作，並不僅是手臂的移動。

那種整體力道的感覺固是驚人，但最使人心寒的是他這一劍明明快如雷奔電掣，偏偏有種清楚分明的樸拙，使你可以把握到劍鋒的意圖，還要生出欲避無從的頹喪感。

如此劍法，確臻達劍道大成之境，寓快於慢，拙中藏巧。

人人均在為項少龍擔心時，項少龍劍交左手，臉容有如不波古井，墨子劍天衣無縫地斜劈在管中邪離劍鋒三寸許處。

這正是項少龍高明之處，憑著堅如鋼石的重木劍，堪堪抵消管中邪較他略微優勝的膂力，而刻下所取劈擊點，更是對方力道薄弱之處，登時把管中邪的長擊刃盪了開去。

管中邪首先想不到項少龍改用左手劍，以致原先想好的後著全派不上用場，更想不到木劍的力道如此沉雄凝聚，大吃一驚下，項少龍一連三劍，「唰唰唰」的連續劈至。

管中邪腳步不移，穩守中門，招招強封硬架，仗著驚人的體力和速度，抵消項少龍狂風暴雨般的凌厲劍法。

眾人看得如醉如癡、狂呼亂喊，都不知為哪一方打氣助威，場面激昂熾熱。

劍來劍往，響聲不絕。三劍後再來七劍，壓逼得觀者透不過氣來之際，兩人分了開來，再成對峙之局。

項少龍固是需時間回氣，管中邪何嘗不是給重木劍擊得氣浮意躁，不敢冒進。

項少龍不由心中佩服，他曾和囂魏牟交手，一向又慣與膂力驚人的滕翼對打練習，所以應付起像管中邪這類體魄過人之士特別有心得，剛才他利用物理學原理，以拋物線和螺旋的方式融入劍勢去，仍不能把管中邪逼退半步，可知對方的防守是如何無懈可擊，韌力驚人至何等地步，尤可慮者自己是趁對方落在下風時乘勢強攻，猶未能破他劍局，只是這點，自己便難有勝望。

不過這僅是指在一般情況下而言，戰果往往決定於心理因素和策略，而他卻是這方面的高手。

管中邪亦被他攻得心驚膽戰，一向以來，他的劍法以攻為主，但剛才十劍，卻只能苦守，在他確是破題兒第一趟遭遇到的事。

全場一片肅然，靜待兩大頂尖高手第二輪的交鋒。

管中邪比項少龍快了一線回復過來，長擊刃先往下潛，身隨劍去，斜飄往上，挑向項少龍的心窩。

橫劍挺立、穩如山嶽的項少龍，一聲長嘯，竟看也不看挑來之劍，側身進步，一劍朝管中邪額頭閃電劈下。

場中登時驚呼四起，項少龍是有苦自己知，他剛才與管中邪一輪硬拚，尚未回過氣來，若強行封格，必給對手蓄滿勢道的一招震退，那時對方展開劍勢，要再作扳平將難比登天。

但這一劈卻非魯莽之舉，要知他先側身避開要害，而對方要改變劍勢更須有剎那空間，就是此一緩衝，他的墨子劍將可先一線劈中對方，自己雖仍不免重傷，對方必一命嗚呼，再無別的結果。

管中邪還是首次遇上這種以命搏命的打法，正如項少龍所料，他怎肯為一個死人犧牲自己，忙迴劍上格。「噹」一的聲，響徹全場。

項少龍渾身吃奶之力，再加上墨子劍的重量，全由管中邪消受。這巨漢全身一震，吃不住力道的衝擊，終退了一步。

項少龍抓到這個機會，豈肯放過，使出一直深藏不露的三大殺招最凌厲的「攻守兼資」，突然劍光大盛，奇奧變化，長江大河般往管中邪攻去。

管中邪見他一招之中，蘊含無窮變化，長嘯一聲，全力反擊。

旁觀諸人，由小盤以至侍衛兵卒，無不高聲吶喊，聲如潮湧。

項少龍殺得性起，把墨子劍法也忘掉，招招有若羚羊掛角，無跡可尋，他的身體有如虎豹，既靈動如神，又具彈躍快速，更無一招不是以命搏命，狠辣至極。

管中邪雖不情願，腳下仍是騰騰直退。到退至第七步時，才因項少龍力道稍竭，憑著一套有如織女穿梭、細膩綿密的手法把下風之局扳回來，堪堪擋著項少龍的攻勢。

項少龍再劈一劍，倏地退後，意態悠閒地把木劍扛在肩上。

管中邪鬆了一口氣，當然不敢冒進，兩人再成對峙之局。

呂不韋難掩臉上驚惶的站起來，高聲道：「停戰！」

一時所有人的目光全移到他身上去。

第二十一章　兩虎爭雄

呂不韋尚未有機會說話，項少龍先發制人的大笑道：「痛快痛快！若仲父是要我和管大人中途罷手，那麼末將怎也不會同意。我看場內亦沒有誰人會同意。」

全場各人立即爆起一陣喝采聲，支持項少龍不肯罷休的意向。

呼叫聲此起彼落，呂不韋這時就算說話也沒有人聽得到。

呂不韋想不到項少龍公然不給他面子，擺明要和管中邪分出生死，心中暗怒，卻又是無可奈何。說到底此事確由他一手策動，逼項少龍出手，哪知項少龍如此厲害，連管中邪都屢屢落在下風。

更教人吃驚是項少龍那種視死如歸、以命搏命的打法。

他呂不韋明知項少龍活不到明天此刻，怎肯於此際白白賠上個管中邪。

而使他氣惱的是項少龍竟棋高一著，不管他說甚麼話，有理沒理的先硬說他呂不韋是想中斷比武。更使人人認為呂不韋是怕管中邪會落敗受傷，自然大大滅了管中邪的威風。

管中邪雖明白呂不韋是一番好意，但在這種如火如荼的氣氛下，知道假若退縮，那這一生休想再有顏面向項少龍公然挑戰，大吼一聲，向呂不韋恭敬施禮。

眾人知他有話要說，倏地靜下來，所有眼光轉移到管中邪身上。

管中邪臉容肅穆，平靜地道：「末將明白仲父心意，是不想見到項大人和末將有流血場面出現。仲父請放心，項大人和末將只是切磋較技，點到即止，末將希望繼續與項大人比試。」

各人立即爆起震天采聲，知道好戲仍繼續上演。

項少龍托劍含笑而立，心懷大暢。

他終於克服了技不及管中邪的心理障礙，同時明白到若今晚勝不過管中邪，以後再休想贏他。最有利的因素，莫過於現在這可怕的對手絕不肯和自己「同歸於盡」。

試問以後還哪來如斯妙不可言的形勢？

呂不韋臉色數變，知道再不能阻止比武的進行，同時想到項少龍下了拚死收拾管中邪的決心，不由暗歎一口氣。

事情發展至此，確是他始料不及。他求助的往朱姬望去，赫然發覺秦國太后正癡癡迷迷地呆瞪著項少龍，完全察覺不到他的眼色，正把心一橫時，鹿公適時振臂喝道：「政儲君請指示比武該否繼續下去。」

事情立即交到小盤手上，再由不得呂不韋作主，等若當眾摑了呂不韋一巴掌。

小盤環視四周擠得水洩不通的秦人，眼睛亮了起來，出奇平靜地道：「仲父請先坐下！」

呂不韋亦是非常人物，哈哈一笑，道：「各位誤會，這麼精采的劍賽，我呂不韋怎捨得把它中斷，只不過想掛個采頭，誰若是得勝者，我就把女兒嫁給他。」

此語一出，全場立即起鬨，氣氛更趨熱烈。

呂娘蓉想不到乃父有此提議，呆了一呆，旋即霞燒粉臉，手足無措，不勝嬌羞。在這種情況下，她是欲拒無從。

管中邪則雙目精芒大盛，要知若勝的是項少龍，那呂娘蓉嫁他一事勢成定局，縱使他明晚毒發身亡，日後呂娘蓉就算回復自由之身，亦勢不再嫁給他這個失敗者。

所以呂不韋此語一出，實逼得他今晚非勝不可，一時鬥志昂揚，再不像先前的顧慮多多，認為不值得與對方以生死相拚的心情立即一掃而空。

項少龍一直在留意呂不韋，見到他向雜在人群裡圍觀的莫傲互打眼色，而莫傲則手指微動，指點向呂娘蓉，不由暗叫厲害。

莫傲才智之高，確是不作第二人想，竟看出管中邪非是技不如他，而是少了全力拚搏的心。現下推了呂娘蓉出來，變成關乎到管中邪一生的得失榮辱，形勢全面逆轉過來。

項少龍自加入特種部隊後，多年來受到最嚴格的軍事訓練，心志堅毅無比，並沒有因此洩氣，反激起更強大的鬥志，微微一笑，望向小盤。

小盤亦看出管中邪像變成另一個人般渾身充滿殺氣，不過此時包括他在內都是勢成騎虎，揮手喝道：「就如仲父奏請，兩位卿家繼續比武。」

鬧哄哄的聲音立即斂去，全場肅靜，目光集中在場中的兩大劍手身上。

在旁觀戰的琴清、紀嫣然、荊俊等人更是緊張得大氣都透不出一口來，只恨在這種情況下，誰都不能插手或幫忙。

管中邪面容冷酷，兩目神光若電，貫注項少龍身上，手中長擊刃緩緩擺開要搶攻的架勢，一時殺氣騰騰。

人人均感到他手中長刃透露出即將猛攻的徵兆，同時知道只要他出手，必是威猛之極。單是管中邪能使觀者生出這種難以說明的感覺，可知他的氣勢是如何強大和清晰。

項少龍頓時感到自己的氣勢遜色一籌，心念一動，想起最重氣勢的東洋刀法，假若自己擺出那種架勢，必能教從未見過東洋刀法的管中邪摸不清自己的劍路，達到使敵生疑的目的。

當下雙腳分開，不丁不八地傲然穩立，左右手握上劍柄，變成雙手握劍，先朝前指向管中邪，再緩緩升起，高舉頭上，做了個大上段的架勢，倒也似模似樣。

不但管中邪大感愕然，全場亦響起嗡嗡細語，顯然對項少龍這史無先例的起手式，完全摸不著頭腦。

管中邪頓覺無論自己如何進攻，對方的木劍勢將由頭上閃電劈下，且由於項少龍雙手握劍，這一劈必是凌震天下，勢若雷霆，一時間使他如箭在弦的一劍，竟發不出去。他的劍法最重氣勢，這一窒礙，使他如虹的鬥志，立時削弱了三分。

項少龍知道對方中計，哪肯放過千載一時的良機，冷喝一聲，腳步前飆，頂上墨子劍閃電般往管中邪劈去，使的仍是墨子劍法的其中一式，不同的只是雙手握劍。

管中邪知道退縮不得，但又不能厚顏學他般雙手運劍，悶哼一聲，運聚手勁，長擊刃往上挑出，斜斜削往急劈而下的墨子劍去。

「噗」的一聲，墨子劍給挑得微彈起來，豈知項少龍得機不饒人，竟趁勢連續五劍像五道閃電般全力疾劈下來，震得管中邪「蹬蹬蹬」連退數步，若非他膂力確勝過項少龍，早就拿不住椿子，給墨子劍狂猛的力道衝翻地上。

為項少龍打氣的采聲震天響起，場內佔了七、八成的人都希望見到他們心中的英雄得勝。

呂不韋和莫傲的臉色變得非常難看，想不到項少龍有此奇招，教膂力過人的管中邪完全發揮不出本身的優點。

不過項少龍卻也暗自心驚，因為管中邪長擊刃反震之力一樣令他非常難受，更兼對方用的全是卸力的抵禦方法，雖似落在下風，自己卻比他更要耗力。若非自己用的是墨子劍這類重劍，想把他逼退半步亦甚為困難。

項少龍知道管中邪仍未看破自己的窘境，見好就收，哈哈一笑，往後退開，劍交右手，遙指著驚魂甫定的管中邪道：「管大人果是不凡，承讓了！」

管中邪大失面子，眼中閃過森寒的殺機，冷冷道：「項大人佔了上風，為何忽然收止攻勢，是否腿傷發作？」

項少龍乘機回氣，微笑道：「管大人真懂說笑，我們又非真要分出生死，自然該有來有往，我攻你守，我守你攻，互展所長，為今晚的宴會助興，也好讓娘蓉小姐看清楚我們的本領。」

眾人見他兩人雖停劍暫時罷鬥，但唇槍舌劍，仍是繼續交鋒，均大感刺激，不覺半點悶場。

管中邪輸在因顏面受損而動氣，知道自己在言語上失了風度，忙暗自警惕，再不敢輕視對手，微笑道：「既是如此，中邪只好奉項大人之命進擊了。」

言罷目光如電，罩視對方。

項少龍心知肚明管中邪不但膂力勝過自己，若論老練深沉，亦比他勝上一籌。尤幸自己連番施計，重挫對方的銳氣，否則恐怕早負傷落敗。

際此生死勝敗的時刻，哪敢怠慢，立即排除萬念，凝神守志，無論動作和心靈都不露出絲毫破綻空隙，擺出墨子劍法三大殺招的「以守代攻」，門戶森嚴地靜候對手的攻勢。

管中邪知道這是唯一挽回頹局的機會，最理想當然是漂漂亮亮的敗敵於劍下，不然也要逼得對方進退失據，否則只好棄劍認輸。

一向以來，他有信心可穩勝項少龍，但今晚的交手，他雖未曾真敗，卻是連番受挫，使他強大的信心為之動搖，發揮不出全部的實力。

圍觀者愈聚愈多，已過三千之數，卻不聞半點聲息，從而可知現場的氣氛是如何緊張凝重。

管中邪長擊刃微微晃動，當氣勢蓄至顛峰，雙眉聳豎，大步前跨，一股徹骨的劍氣立即潮湧而去。

項少龍雄立如山，虎目寒芒閃閃，使人感到他氣勢強如峭壁，絕不怕驚濤駭浪的沖擊。

管中邪再跨前一步，離開項少龍只有十步許的距離，氣勢更見強勁，冷然道：「項大人是否必要與小將分出勝敗，好奪得美人歸呢？」

項少龍心中暗罵管中邪卑鄙，明知自己並不甘願娶呂娘蓉為妻，卻偏這麼說，目的當然是見自己氣勢強大，故欲以此分自己心神，假設他項少龍想到贏了便須娶呂娘蓉，爭勝之心自然會因而減弱，氣勢自是水退船低，大幅減弱。

這也是莫傲教呂不韋以呂娘蓉為彩注的毒計最微妙之處。

所謂攻人者攻心為上，莫傲深明箇中道理。

項少龍收攝心神，朗聲笑道：「娘蓉小姐國色天香，管大人不正是為她全力求勝嗎？」

這兩句話是針鋒相對，只要管中邪想到他項少龍明天便要毒發身亡，能否娶到呂娘蓉已是無關痛癢，而他管中邪卻是輸不起時，心神一分，將難以發揮全力。

管中邪因心有所求，果然微一愕然，劍尖立透出一股肅殺之氣，顯是求勝之心大起，自然而然流露出來。

項少龍不驚反喜，「嚓」地跨前一步，墨子劍似吞若吐，籠罩對手。

這是趁管中邪於心存雜念時出手，但因他仍是守勢，故沒有違反任對方主攻的承諾。

眾人見兩人無論才智、劍法，均在不同的層面上交鋒，莫不看得如癡如醉，歎服不已。

管中邪再無選擇，清嘯一聲，長擊刃化作一道精芒，電掣而去，直取項少龍面門。

這一出手，威勢強猛無匹，有若風雷並發，看得眾人連呼叫都忘掉了。

項少龍正是要引對方提早發劍，這刻不慌不忙，墨子劍疾出如風，於嚴密封架中做反擊。

剎那之間，長擊刃和墨子劍交擊十多記，「噗噗」之聲使人聽得心弦震撼、狂跳不止，兩人愈打愈快，眾人眼花神搖，竟忘了喝采助威。

項少龍借助重劍的優點，使出硬封硬砍的打法，務要挫折對手的信心和銳氣。

墨子劍法除了三大殺招外，本是重守不重攻，以王道之氣不戰而屈人之兵。但最厲害是每一守式均暗含反攻之勢，寓攻於守，使管中邪每一劍都難以盡展攻勢，不能暢施連消帶打的妙著。

當年墨家鉅子元宗指點項少龍劍術時，只是虛晃劍招，便輕輕鬆鬆地逼退項少龍，可知墨子劍法守勢之妙。

項少龍剛才雖盡展智謀策略，說到底仍是對管中邪屢攻不下，難以取其性命。故退而求其次，利用墨子劍法「以守代攻」的妙著，既守且攻，在這情況下，只要管中邪破不了他的守勢，還要應付他的攻勢，那任何人都該覺得勝的是他。

最妙的是由於尚未真正分出勝負，那他就不用娶呂娘蓉為妻。

今晚項少龍為應付這大敵，展盡智慧與渾身解數，在策略上確是無懈可擊。管中邪這時愈打愈心驚，別人看他長擊刃旋飛似雪，勁氣鼓盪，威猛無匹，但他卻心知肚明自己由於主攻的關係，力量損耗的速度遠遠快於對方，可是三十多劍後仍未能把對手逼退，這樣打下去，力道盡時，就是對方再作凌厲反攻的時刻。

他乃劍道的大行家，心知不妙，故意將手中劍緩了一線，露出空隙，引對方反擊。豈知項少龍來自元宗的墨子劍法乃仁者的劍法，根本沒有乘隙取敵的意向，雖不知是詐，仍沒有把握時機立施反擊，嚇得管中邪汗流浹背，以為對方看破自己的詭謀，氣勢頓時再削弱一分。

四周的人終忍不住吶喊鼓譟，發出震耳欲聾、打氣助威的聲音。

「噗」的一聲清響，管中邪終於無功而退，趁力竭之前收手，免得山窮水盡，給項少龍的木劍奪掉小命。

項少龍並非不想殺他，而是體力方面也好不上多少，縱想反攻亦力有不逮。同時心中駭然，若管中邪可堅持多半刻，說不定敗的會是自己。

兩人又成遙對之局，全場靜至落針可聞。

兩人均難以隱藏地劇烈喘息。

徐先長身而起，道：「讓微臣做個公證人，此戰以不分勝敗作罷，娘蓉小姐花落誰家得另作安排。」

全場響起如雷采聲，表示對這場精采的比劍歎為觀止，久久不歇。

第二十二章　風雨來前

項少龍回席，受到嬌妻和眾人英雄式的歡迎。但他卻知道自己的雙腿仍在不受控制的抖動著，而無論體能和劍法，均遜管中邪半籌，之所以能一直領先，皆因戰略合宜和得重劍之利，換了使的是血浪劍，此仗必敗無疑，所以心中絕沒有絲毫歡欣之情。

對面的太子丹向他頷首示意，對他出手挫折管中邪的威風表示感激。

回到呂不韋一席的管中邪木無表情，默默接受呂不韋諸人的道賀。

不過他雖然自感顏面無光，但實質上他已成了王翦之外，第二位能與項少龍拮抗的高手，使他的身價頓然不同，有增無損。

此時擠在四方的人仍是議論紛紛，不肯離去，朱姬見宴會的氣氛亂成一片，宣佈宴會結束。

項少龍待小盤、朱姬離席後，返回營帳。

紀嫣然等為他檢視腿傷，發覺滲出血水，忙為他洗滌傷口，換藥敷治。

荊俊仍興奮地和趙致及烏廷芳討論剛才驚心動魄的一戰。

項少龍向紀嫣然問起滕翼，知他在宴會剛開始時起程，歎道：「管中邪確是高手，韌力驚人，我不是不想殺他，只是辦不到。」

荊俊笑道：「但他也奈何不了你。」

紀嫣然搖頭道：「小俊錯了，管中邪今晚落在下風的原因，只為開始時他沒有痛下殺手，以為項郎橫豎活不過明天，他怎肯甘冒眾怒殺死項郎呢？」

眾人聽得心情沉重起來，這麼說，管中邪雖未必可勝過項少龍，但至少該可與他平分春色。

趙致道：「別人卻不會這麼想，我看包括呂不韋和管中邪在內，都以為我們夫君大人因不想娶呂娘蓉，才在佔盡優勢時改攻為守，所以到現在仍摸不清項郎的虛實。」

紀嫣然欣然道：「致致言之成理，總之這一仗對雙方既有利亦有害，項郎要努力了，管中邪遲早會藉呂娘蓉再向你挑戰，假設你那種既怪異又快速的打法能發揮更大威力，說不定管中邪終要敗下陣來。」

項少龍心中大動，暗忖假若能鑄製一把東洋刀，就更有把握了。

此時在外當值巡視的桓齮匆匆回來，到項少龍旁低聲道：「高陵君的人開始移動了。」

在小盤的王帳內，桓齮報告了高陵君叛軍的情況後，正要說出自己的判斷，項少龍截斷他道：「儲君對敵人的調動，有甚麼看法？」

李斯露出讚賞之色，暗忖秦廷之內，恐怕最懂揣摩儲君心意的正是項少龍。

項少龍卻是心中好笑，他對小盤實在有雙重的感覺。

一方面，他是看著小盤由小長大的人，深明他的個性，清楚他因母親妮夫人受辱自盡，性情大變，心中充滿仇恨和懷疑，明白到生存之道，就是要掌握權力。即使是他最信任的項少龍，若事事為他代勞作主，遲早會生出問題。

另一方面，是項少龍更知小盤將會是未來一統天下的秦始皇，威凌天下，故不期然地信任他的能力，不會像其他人般當他是個未成熟的孩子。

這兩個因素合起上來，使項少龍對小盤既疼愛又尊敬，盡量予他發揮的機會。

小盤聞言欣然道：「桓卿家對敵情的掌握非常詳確，應記一功，事後寡人當重重有賞。」

桓齮大喜叩頭謝恩，暗想跟儲君做事確是不同，若同一番話向王翦說出來，能換來微微點頭已喜出望外，何有功勞可言？

小盤略一沉吟，道：「高陵君既把人馬沿河下移，看來仍不出火攻、水淹兩種手段，由於我們軍力在叛軍三倍以上，故他必須製造種種形勢，使我們陷進亂局裡，才有可乘之機。」

桓齮見未成年的儲君分析起來頭頭是道，禁不住生出遇上明君的感覺，折服不已。

他那歎服崇敬的眼光，比任何拍馬屁更有效力。縱是對他關懷愛護的項少龍，亦從未以這種目光看過他。

小盤信心大增，沉吟片晌，道：「可推知高陵君發動的時候，必是先使人燒自己的營帳，由於風勢關係，火又是往高處蔓延，首先波及的是木寨後的營帳，那時只要再對木寨內發射火箭，為了寨內太后和王眘的安全，我們必會倉皇往涇水撤去，以為渡過涇水之後，就可安全。」

今次連項少龍也露出欣賞神色，這未來的秦始皇確是厲害，如有先見之明般洞悉一切。

在發動火攻之時，高陵君只要使人在寨後的營帳和草地澆上火油，火起後休想可撲熄。假若完全不知道禍之將至，高陵君確有很大的成功機會。

小盤續道：「高陵君的目標主要是寡人，所以他必使人扮作禁衛，隱伏附近，暗中找尋下手的機會，那他就必須製造第二個混亂。」

李斯和桓齮均知趣地沒有作聲，好讓他把心中所想到的說出來。

項少龍故意道：「儲君認為高陵君會運用甚麼手段呢？」

小盤興奮地道：「當然是水攻，高陵君將會在火勢上風處虛張聲勢，好迫使我們倉皇率眾逃過對岸，當人群爭先恐後渡河之時，再在上游放下儲滿的水，夾雜巨木，一舉把四道橋樑淹沒撞毀，假若寡人剛好在橋上，高陵君立可奸謀得逞；如若不然，也可把我們的軍力破成兩截，首尾難顧，那時只要叛軍順流而來，以火箭同時往兩岸發射，便可趁混亂形勢登岸來行刺寡人，裡應外合下敵人的計策不可不謂既毒且絕。」

桓齮忍不住讚歎道：「儲君英明，小將佩服得五體投地。」

小盤立即飄飄然站起來，道：「到時只要呂不韋派幾個像管中邪那樣箭術高明的人，又使人潛伏水中，要射殺哪個人不是易如反掌？更由於項卿家其時該是剛毒發身亡，都騎軍群龍無首，於是呂不韋和管中邪便可在事後以護主立功，從於叛亂中身亡的鹿公、徐先等人手上把軍權接掌過去，那時我秦室天下，立要落入呂家之手了。哼！」

三人當然明白小盤的意思，呂不韋因為深悉高陵君的計劃，屆時要殺哪一個人便殺哪一個人，要提拔誰人就提拔誰人。功勞和權勢全屬他們的，罪愆則由高陵君這被人利用了也不知是甚麼一回事的糊塗鬼來承受。

莫傲想出來的計策，確是高明得教人心寒。幸好他明天就要死了，否則項少龍遲早都會給他害死。

這也是命運，不然將沒有秦始皇。

天尚未亮，田獵的隊伍出發。隊伍裡少了太子丹的人，不知是否因被呂不韋故意羞辱，故沒有顏面參加田獵，又或藉此以作抗議。

呂不韋神采飛揚地主動向項少龍示好和打招呼，當然因他認定這是項少龍最後的一天。

管中邪與項少龍碰頭時，少了點往日信心十足、穩吃住對方的神氣，卻多了兩分尊敬和三分惋惜。

劍術臻達管中邪這種境界，確是難尋對手，而像項少龍如此旗鼓相當的對手，今晚便要「一命嗚呼」，試問管中邪怎會不心情矛盾，為自己永無擊敗項少龍的機會而「惋惜」。

朱姬、琴清和紀嫣然等諸女都在這場早獵裡缺席，由小盤下至昌文君等人無不心神悠閒，虛應故事般打些飛禽走獸，便收隊回營。

至於其他人不知就裡，仍在大草原上盡情放獵。

返途時呂娘蓉故意策騎來到項少龍身旁，瞪了李斯一眼，嚇得後者忙藉故後退時，才道：「項少龍，你是否故意不取勝，免得要娶你心內討厭的人為妻？」

項少龍大感頭痛，這仇人之女的脾氣既剛烈又反覆，明明已說過不願嫁給自己，更明知自己過不了今晚，偏又執著於自己是否討厭她，但無論如何也可由此清楚她對自己並非全無愛意，否則何須斤斤計較。

苦笑道：「非不願也，是不行也，嚴格來說我還算是輸了。因為管大人逼得我腿上傷口復裂，只不過我因怕失去爭逐三小姐的資格，昧著良心不說出來吧！三小姐可滿意嗎？」

呂娘蓉給他盯得俏臉微紅，聞言先露出些微喜意，旋又神色一黯，垂下頭來，咬著唇皮，欲言又止，說不出話來。

項少龍明白她正飽受良心的煎熬，更怕她忍不住告訴自己被下毒一事，正要岔開話題時，呂不韋在前方揮手喚呂娘蓉過去，旁邊還有莫傲，顯是和項少龍有著同樣的恐懼。

呂娘蓉瞥他一眼，輕歎一聲，趕了過去。接著輪到昌文君來到他旁，歎了一口氣，苦笑道：「嬴盈的事，項大人不須再放在心上，我昨晚向她提及與你的親事，她卻諸多推搪，唉！這種事看來勉強不得，但我兩兄弟對少龍仍是非常感激。」

項少龍不但沒有受傷害的感覺，還輕鬆了起來，暗忖管中邪必然在肉體上予嬴盈極大的滿足和快樂，所以她在未試過自己的能耐前，怎都不肯以身相許。

真想不到和管中邪既要在戰場上分出高低，還要和他在情場上見過真章。

唉！坦白說，自己哪還會是以前般喜愛爭風吃醋的人，她嬴大小姐愛嫁誰便嫁誰好了，他項少龍才不放在心上呢！

回到營地，項少龍剛安排了親衛保護諸位嬌妻，鹿公遣人來找他。

到了鹿公帳內時，徐先、王陵和幾位心腹將領正在密議，那敗在周子桓手下的白充亦在其中。

鹿公欣然著他在身旁坐下，親切地拍他肩頭，道：「昨晚少龍的表現確是精采絕倫，殺得管中邪那傢伙全無還手之力，又先發制人阻止自居仲父的老賊中斷比武，著著領先，教人大為歎服。若你領軍沙場，必是無敵的猛將。」

王陵皺眉道：「少龍昨晚為何不趁機把管中邪幹掉？若他今晚躲在暗處以冷箭傷人，恐怕我們這裡有很多人會沒命。」

項少龍明白管中邪兩箭四鵰的絕技已震驚大秦，而自己昨晚則成功營造出劍壓管中邪的假象，所以目下亦不宜說出自己根本沒有本事殺死管中邪的真相，苦笑道：「我因腿傷復發，不得不反採守勢，至於管中邪無論箭術如何高明，休想有發放冷箭的機會。」

當下順便將小盤對高陵君的估計說出來，同時道：「今趟應敵之策，全由儲君一手策劃，我們只是遵令而行吧！」

鹿公歎道：「老夫總共先後侍奉過我大秦五位君主，卻無人及得上政儲君般以未及弱冠之年，便顯露出一代霸主的識見、手段和氣魄。我大秦有望了，只不知老夫能否在有生之年，見到天下統一在政儲君手上。」

項少龍聽得心中欣慰，知道小盤由於這一段時日表現出色，又經證實不是呂不韋的賊種，已贏得秦國以鹿公為首本地傳統和保守的軍方將領竭誠效忠，只是這些籌碼，已可保他穩坐秦君之位。

徐先也讚道：「以政儲君的年紀，不但事事合度，最難得是有膽有識，深藏不露，在兩位君主連續被人毒害的危急之時，我大秦出了如此明主，確是我大秦的福氣。」

王陵加入讚了兩句後，道：「對付高陵君還容易，但由於有莫傲為呂不韋暗中策劃，屆時使出我們意想不到的手段來，確是防不勝防，為何少龍卻不大把呂不韋放在心上？」

項少龍道：「知彼知己，百戰不殆。我們現在既對高陵君的部署動靜瞭若指掌，呂不韋有多少人手，又全在我們的掌握內，到時莫傲更要毒發身亡，我則安然無恙。那在政儲君的領導下，縱使孫武復生，亦難以為呂不韋挽回頹局。」

徐先沉聲道：「我們應否佈下陷阱，讓呂不韋露出狐狸尾巴，好乘機把他除掉？若證據確鑿，蒙驁也無話可說。」

項少龍大感頭痛時，幸好鹿公道：「若要同時對付呂不韋，會把事情弄得非常複雜，我們恐怕亦應付不來。現在蔡澤、王綰那批傢伙都靠往這他娘的甚麼仲父，一下吃他不住，給反咬一口，又有太后站在他那邊，好事恐怕反變成壞事。老徐你最好多點耐性，莫忘了杜壁那方的勢力亦是不可小覷。」

王陵道：「現在蒙驁領軍在外，他對呂不韋是死心塌地，若聞變造反，又或擁東三郡自立，我們便麻煩了。」

徐先歎了一口氣，沒有再堅持下去。

項少龍愈來愈明白甚麼叫命運，明明眼前有個可殺死呂不韋的機會，偏是動彈不得。

眾人再商量一些細節後，鹿公、徐先和王陵三人齊往謁見小盤，而項少龍因怕惹人注目，沒有隨行，逕自離開。

剛出營地，迎面遇上鹿丹兒和嬴盈二女，兩人應是今早田獵時大有所獲，故趾高氣揚。見到項少龍單身一人，俏目都亮了起來。

鹿丹兒頑皮地施禮道：「大劍客你好！」

嬴盈因拒絕他的提親，神情有點尷尬道：「我正想找你。」

轉向鹿丹兒道：「丹兒！先讓我和大劍客說幾句話好嗎？」

鹿丹兒不依道：「你不能把他霸著哩！」又捂著小耳朵嗔道：「快說吧！」

嬴盈拿她沒法，拉著項少龍走開兩步，耳語道：「人家不是不想嫁給你，只是事情來得太快，給點時間人家想想好嗎？」

項少龍暗忖你想給管中邪點時間才真，沒好氣地盯她一眼。

嬴盈頓足道：「不要想歪，我絕非你想像中那回事哩！」

項少龍歎道：「你若要拒絕一件事，自然可找到藉口，以後我若不再理你，嬴大小姐最好莫要怪我無情。」

嬴盈吃了一驚，仔細看他時，鹿丹兒早衝過來，扯著項少龍道：「來！我們到河邊釣魚，今天不知是否所有人都失常了，連小俊那頭頑猴都說沒空陪我們，由你項大人來代替他好了。」

項少龍縱是有閒，也不想和她們鬼混，何況現在情況是每過一刻，多添一分緊張，說盡好話，才脫身溜了。

第二十三章　大快人心

午前時分，出發田獵的隊伍陸續回來，自然有一番熱鬧。

禁衛軍和都騎軍，前者主內，後者主外，默默地進入戒備的狀態，以應付即將來臨的動亂。當然不會讓人見到大規模的調動部署，以免打草驚蛇，把高陵君的人嚇走。

荊俊成為小盤的探子頭頭，以來自烏家精兵團的親衛組成一個籠罩營地內外的偵察網，監察高陵君和呂不韋等人的動靜。

這個偵察網仍是處於半靜止的狀態，因為任高陵君如何膽大妄為，亦絕不敢在晚獵前，人人整裝以待之際前來偷襲。兼且若在白天燒營，只是笑話鬧劇一場而已。

午膳在平靜的氣氛裡度過。有資格參加晚獵的人，都到營內小休片刻，好養精蓄鋭。

時間一分一秒地溜走。當號角聲響，田獵的隊伍奉召到王營前的主騎射場集合時，氣氛開始緊張起來。

小盤、朱姬偕一眾大臣，在檢閱臺上檢閱前往西狩山晚獵的隊伍，看著精神抖擻的參加者逐隊開出，知情的人無不感到山雨欲來前的壓力。

嬴盈等一眾女兒軍，亦隨大隊出發去了。

太陽逐漸往西山落下去，營地的燈火亮起來，炊煙四起，木寨內更見熱鬧，禁衛在準備晚宴的場地和食物。

此時太子丹和從屬突然離去，返回咸陽。這一著出乎呂不韋意料之外，但仍沒有惹起他的警覺，只以為他因昨晚手下受挫，故沒有顏面參加今晚的宴會。

暮色蒼茫中，行動終於開始。

首先調動的是由桓齮指揮的都騎軍，部分悄悄渡過涇水，在兩岸高處的隱蔽點佈防，所有人均不准離隊，以免洩露風聲。

營地內的禁衛軍，則暗中加強對王營的防守。

荊俊的偵察隊伍活躍起來，營地內外盡在他們耳目的嚴密監察下。這批人曾受過項少龍這精通間諜偵察的人的訓練，對此並不算困難的任務自是應付裕如。

進入晚宴場地前，項少龍、鹿公兩人站在木寨外的斜坡頂上，感受原野的長風朝涇水吹去，看著落日下蒼茫的大地，都大感興奮。

鹿公歎道：「白起之後，我大秦再無天資橫溢的勇將，現在終於有了少龍，我亦老懷大慰。」

項少龍汗顏道：「鹿公切勿誇我，來秦之後，我尚未曾正式領軍出征，何堪鹿公讚賞？」

鹿公笑道：「小處觀人，最見真章。當年白起初出道時，亦像少龍般大小事情無有遺漏，人人折服，將士用命。少龍雖未正式征戰沙場，但既能令上下人等均樂意為你效命，這正是作為一個名將的基本條件。」

頓了頓續道：「為將之道，首要治兵，只看少龍現在悠悠閒閒的樣子，便知你深懂將帥之道。所謂紀律不嚴，何以能整？非練習嫻熟，何以能暇？若非既整且暇，何以能萬戰萬勝而無敵於天下乎？只看這幾天少龍好整以暇的樣子，就使我想起當年的白起。」

項少龍聽得呆了起來，鹿公的一番話確是妙論，即使當年在邯鄲對付趙穆時，自己因為手下既有滕翼、荊俊這兩位兄弟班的猛將，精兵團又是訓練精良，兼之趙穆府內更有劉巢等伏兵，定下計策後，確是好整以暇，只是沒有想過此為當名將的條件。

孫子兵法中的「擇人而任勢」，該就是這麼的一回事吧！

鹿公談興大發，道：「天生賢才，自是供一代之用。不患世無人，而患不知人；不患不知人，而患知人而不能用。少龍先後向儲君推薦李斯、桓齮，又對王翦另眼相看，便可知少龍的眼光是如何高明，這方面恐怕白起都要遜你一籌。」

項少龍暗叫慚愧。

這時手下來請兩人到寨內赴宴，遂結束談話。

太陽終消沒在西山下，莫傲的死期亦快到了。

宴會的氣氛仍是熱烈如常，高陵君當然是隨便找個藉口沒有出席。

紀嫣然等諸女全體來了，與琴清共席，她們是抱著看戲的心情前來，況且眼下最安全的地方，就是這座木寨之內了。

包括小盤在內，所有公卿大臣仍是全副獵裝，這最後一天的宴會，依慣例將會通宵舉行，以等待晚獵的隊伍在天明前趕回來。

荊俊、桓齮、昌文君各有任務，均沒有在場。

小盤意氣飛揚，兩眼神光閃閃，顯是在非常亢奮的狀態中。

呂不韋同樣神采照人，不住向朱姬敬酒談笑。

不知是否想親眼看著項少龍毒發身亡，又或不須再隱藏身份，莫傲亦有出席宴會，與魯殘和周子桓等居於後席。

坐在呂不韋和管中邪間的呂娘蓉一直低垂著頭，沒有往項少龍望來。

當一群挑選自禁衛的高手表演過精采的劍舞後，熱烈鼓掌聲中，荊俊的得力手下兼同村兄弟荊善來到項少龍後側，低聲稟告道：「高陵君的人開始把火油澆在寨後的營帳外，俊爺故意派人在附近巡邏，教他們只能在有限的營帳間做手腳。」

項少龍低聲道：「呂不韋的人有甚麼動靜？」

荊善道：「呂不韋的三百家將逐一離開營地，潛往涇水去，俊爺估計他們仍是採取在水中伏擊的策略，當橋被沖斷後，兵荒馬亂之時，他的人自可為所欲為。」

荊善走後，項少龍向身旁的昌平君道：「兄弟！是時候了！」

昌平君和他交換個興奮的眼神，悄悄退席，另一邊的李斯移近到項少龍旁，低聲道：「看呂不韋的神色，似奇怪你的毒怎會仍未發作，嘿！真是有趣之極。」

頓了頓續道：「不過我仍不明白，呂不韋任得高陵君的人胡作非為，不怕玩火自焚，連自己都給人幹掉嗎？」

項少龍這時看到周子桓和魯殘先後溜走，微微一笑，道：「首先高陵君的手下中，必有呂不韋派去的內鬼，使呂不韋對高陵君的行動瞭若指掌；其次，呂不韋身邊雖只得數百人，但他另外的一批從外地抽調回來的手下卻可趁混亂掩來此處進行陰謀，加上到時我該已身亡，管中邪乘機把指揮權搶過去，那只要呂不韋傍在太后和儲君身旁，又有莫傲給他出主意，誰敢不聽他仲父的話呢？」

再一歎道：「不冒點險，怎會有好的收成？」

李斯忍不住笑道：「如此複雜的情況，我確是未曾想過。嘿！你看儲君的精力多麼旺盛，昨晚最多只睡了兩、三個時辰，今天又忙了整天，現在仍是那麼神氣，先王比他差遠哩！」

項少龍心中同意，能成大事者總是精力過人之輩，否則哪有精神辦事和應付各方面的壓力。小盤既是秦始皇，精力當然比一般人旺盛。

管中邪這時離開席位，繞了個圈去找嫪毐說話。

項少龍差點想派人去偷聽，終按下強烈的衝動，同時心忖不知呂不韋今晚的刺殺名單裡，嫪毐是否榜上有名呢？

荊善這時又來道：「依據燈號傳訊，高陵君藏在上游密林的人已把巨木和筏子推進水裡，只要營地火起，立即會配合攻來。周子桓和魯殘兩人一個到了涇水去，另一個則離開營地，看來是要與另一批呂不韋的手下會合，俊爺已使人去跟蹤他，若有異動，立殺無赦。」

荊善走後，項少龍側身向李斯道：「是時候了，李大人立即去知會儲君，我則過去找呂不韋弄些玩意兒。」

兩人分頭行事。

昌平君這時部署好一切後回轉頭來，碰上項少龍，道：「所有王族的內眷均被撤至安全地方，一切妥當，現在我去保護太后和儲君，少龍小心了。」

兩人對視一笑，各自去了。

項少龍繞了個圈，首先來到管中邪和嫪毒處，微笑道：「兩位大人談甚麼談得這麼興高采烈呢？」事實上兩人神情肅穆，沒有絲毫興高采烈的味兒，聞他這麼形容，均知項少龍話裡有話。

管中邪尷尬一笑，道：「沒有項大人在，說話總不夠勁兒，來！我們喝兩杯去！」

這一席設於呂不韋下首隔開三席，但由於項少龍、管中邪和嫪毒都是身形雄偉，引得正和朱姬說話的呂不韋訝然望來。

項少龍舉頭望往天上的一彎新月，搖頭道：「今晚明月晦暗，最利偷襲，我身負保安之責，不宜喝酒，這兩杯管大人還是饒了我吧！」

以管中邪的冷狠深沉，仍禁不住臉色微變。

嫪毒顯是毫不知情，笑道：「有項大人在，誰敢來偷營，必要栽個大觔斗。」

項少龍暗忖不趁此時挫挫管中邪的信心，更待何時，語重心長的道：「世事的離奇怪異，往往出人意表，所謂『人算不如天算』，管大人以為我這番話還有點道理嗎？」

管中邪大感不妥，臉色再變時，項少龍含笑去了。

項少龍朝呂不韋和莫傲走去，心中百感交集，思潮起伏。

自倩公主和春盈等四婢遇襲慘死後，他一直處於絕對下風，縱有千般怨恨憤慨，只有硬壓在內心深處，自悲自苦。

到烏廷威間接被呂不韋害死，對自己情深義重的莊襄王一命嗚呼時，他最期待的事就是把利刃插進呂不韋心房內的一刻。

可是由於知道呂不韋「氣數未盡」，熱切的期待遂變成深刻的淒楚。

使手段令呂雄丟官，只稍洩積在心頭的少許惡氣，仍未有較大的快慰感覺。但今趟絕對不同，因為死的會是莫傲。

假若沒有莫傲，呂不韋會否以這樣毒辣的手段來對付自己，尚在未知之數，所以莫傲實乃罪魁禍首。今夜之後，他再不會對呂不韋客氣。只有放手大幹一場，才能令他捱到小盤加冕的一天。而在莫傲死前，他定要把呂不韋和莫傲盡情戲弄一番，當是先討點欠債好了。

想著想著時，來到莫傲一席處。

坐在前席的呂不韋和呂娘蓉訝然回頭往他望來，前者堆出笑容道：「少龍快來和我喝酒！」

朱姬的美目亦向他瞟來，見他神情肅然，大感奇怪。

管中邪追在身後來到項少龍身旁，見他冷然盯著莫傲，臉色再變。

此時宴會中各席間互相鬥酒談笑，氣氛融和熾熱，而鹿公、徐先、王陵等已接到暗號逐一溜掉。

小盤則神態自若，與朱姬親熱說話，但兩人眼光都凝定在項少龍身上。

項少龍目光掃過呂不韋和呂娘蓉兩人，嘴角逸出一絲笑意，道：「我今趟過來，是要向莫先生表示謝意。」

以莫傲的才智，仍測不透項少龍話裡玄機，但總知不大妥當，愕然站起來，一臉茫然道：「項大人為了何事要謝莫某人呢？」

秦人的宴會，輕鬆隨便，不少人是站著鬧酒，三人雖站著說話，兼之又是後席，所以並不矚目。

朱姬和小盤停止說話，豎起耳朵來聽他們的對答。

呂不韋也感到那異樣的氣氛，捧著酒杯長身而起，移到他們中間來，道：「少龍要謝莫先生甚麼事呢？我也心急想聽聽呀！」

項少龍看了臉色凝重的管中邪一眼，從容道：「首先要謝的就是莫先生使醉風樓的伍孚先生贈我以飛龍，日後項少龍必以之馳騁沙場，以紀念莫先生餽贈寶物之德。」

「噹！」

呂不韋大手一震，酒杯滑落地上，跌成碎片，三人同時色變。

項少龍看著地上的破碎酒杯，哈哈笑道：「落地開花，富貴榮華，好兆頭，謹祝仲父長命百歲，身體健康。」

這幾句話一出，不但呂不韋等吃不消，朱姬亦花容遽變，看出箇中之不妥。

莫傲驚疑不定地道：「伍孚樓主贈項大人寶槍，與我莫某人究竟有何關係？」

呂不韋臉色沉下來，剛才項少龍祝他長命百歲，擺明是反話，但念在他命不久矣，當然不會蠢得在朱姬和小盤面前和他衝突。

鄰席的蔡澤、王綰等人開始感到他們間異樣的氣氛，亦停止交談，朝他們望來。

小盤知道項少龍在給他製造機會，藉口如廁，遁了開去。

呂不韋等不是不知小盤離開，只是項少龍語出驚人，使他們再無暇去理這之外的事。

項少龍雙目寒光一閃，盯著莫傲道：「智者千慮，必有一失，我只說伍孚贈我飛龍，卻沒有說是槍是劍，為何莫先生卻知飛龍是寶槍呢？」

莫傲愕然以對，管中邪沉聲道：「項大人第二件要謝莫先生的，又是甚麼事呢？」

項少龍仰天笑道：「當然是歸燕小姐深情一吻，莫先生嘗慣美人香吻，當然比小弟更知箇中滋味。」

呂不韋等三人因控制不住，同時臉色大變。

莫傲終是才智過人，倏地摸著喉嚨，大駭道：「你……」

項少龍仰首望天，喟然道：「時間差不多了，莫先生一向精於計算，對自己的生辰死忌當不會有失誤。」

接著雙目射出兩道寒芒，罩定莫傲，一字一字道：「算人者，人亦算之，莫先生明白這句話的意思嗎？」

呂不韋冷喝道：「少龍！」

項少龍冷然與他對視，沉聲道：「周子桓和魯殘兩人到哪裡去了？現在外面情況混亂，不要被人錯手殺掉就好了。」

呂不韋臉色再變，暴喝道：「項統領這幾句話是甚麼意思？」

「呀！」

莫傲臉色遽變，兩手緊握喉嚨，「呵」、「呵」的說不出話來，兩眼射出恐懼的神色。

管中邪搶前把他挽著，駭然道：「甚麼事？」

莫傲搖晃一下，豆大的汗珠從額上流下，嘴角溢出血絲，情狀可怖至極點。

項少龍向管中邪道：「管大人最好不要離開這裡，否則莫怪我以軍法治你以擅離職守之罪。」

再轉向呂不韋淡淡笑道：「今晚月色暗晦，仲父走路過橋時小心點。」

當莫傲倒入管中邪懷內時，項少龍早昂然遠去。

火光和喊殺聲同時由木寨背河一方傳來，小盤接位後的第一次叛亂終於開始。

第二十四章　初試啼聲

與會的數百公卿大臣、王族眷屬正慌惶失措時，小盤在徐先、鹿公、王陵三名大將陪同下，威風凜凜的回到場地，大喝道：「高陵君叛亂造反，寡人立即親自出戰，爾等各人留在原席，待寡人收拾亂賊後，再來和各位卿家喝酒。」

眾人雖聞陣陣喊殺火燒之聲，但只局限在寨後遠處，更見周圍的禁衛軍陣容整齊，心下稍安，齊呼萬歲。

朱姬長身而起，瞥了臉無血色的呂不韋和呆抱著毒發的莫傲的管中邪一眼，顫聲道：「王兒！這是甚麼一回事？」

小盤冷然道：「太后放心，一切有王兒處理，人來！先扶太后回營休息。」

朱姬知道在這種情況下，實在不宜向這個莫測高深的兒子追問，茫然在內侍、宮娥、禁衛簇擁下，回營去了。

小盤轉向呂不韋道：「仲父和三小姐受驚了，請到寡人帳內小休片刻，亂事敉平後，寡人再請仲父出來喝杯祝捷酒。」

呂不韋有點不知所措地望向已是出氣多、入氣少的莫傲，十多名禁衛來到他處，請他到王帳歇息。

此時涇水上游方向傳來隆隆水響和巨木撞橋的可怕聲音，更把緊張惶懼的氣氛推上顛峰。

不過看到小盤指揮若定、胸有成竹的樣子，眾人又稍覺安心。

呂不韋知道如若違令，立即是人頭落地之局。頹然一歎，回頭再看管中邪和莫傲一眼，才與呂娘蓉隨禁衛去了。

此時禁衛已準備好戰馬，小盤再安慰群臣幾句，在鹿公等大將和禁衛前呼後擁下，昂然跨上戰馬，蹄聲轟隆中，馳出木寨去。

莫傲此時剛嚥下最後一口氣。管中邪只覺全身發麻，首次感受到與項少龍對敵的可怕感覺。今晚他們已一敗塗地，現在呂不韋和呂娘蓉父女等若給軟禁起來，自己更成眾矢之的。假若離開席位，周遭的禁衛軍將群起攻來，把自己亂劍斬殺。

同一時間，他知道魯殘和周子桓已完蛋了，項少龍絕不會放過他們。

火勢剛起時，昌平君兄弟便率領伏在兩旁的五千禁衛軍殺進高陵君的營地，擒殺叛黨。救火的隊伍把預備好的沙石覆蓋在草地樹叢之上，隔斷火勢的蔓延。

高陵君潛進來的三千多人，被禁衛重重圍困，打從開始就成困獸之鬥，陷於一面倒的形勢下。荊俊則領二千都騎軍把由魯殘接應而來的近千呂不韋的人截個正著，先是一陣驟箭，射得他們人仰馬翻，接著再由兩旁殺出，下手當然絕不留情。

這時四道木橋均被撞得中分而斷，乘筏隨水而下的高陵君叛兵，被伏在上游兩岸由桓齮率領的五千都騎軍以矢石作居高臨下的截擊，登時潰不成軍。

木盾雖可擋開勁箭，但哪堪抵擋由投石機彈出的巨石，兼且河道上無險可守，數百條木筏被擊沉近半，其餘匆匆靠岸，給深悉兵法的桓齮率人斬瓜切菜般斬殺。

小盤則縱橫於兩個戰場之間，以燈號指揮進退，一派威凌天下的「小霸主」氣概。

項少龍自領兩千都騎軍，沿河搜索，卻找不到周子桓和呂不韋那幾百家將的蹤影，知道對方見勢色不對，游過對岸潛走。

不禁暗歎呂不韋氣數未盡，若周子桓和這批家將被一網成擒，那縱使呂不韋口才和演技如何了得，都要百辭莫辯，可見冥冥之中，自有主宰。只不知他項少龍這個角色，是否天意中的一個環扣。

朱姬和呂不韋被請出來，鹿公等重新入席。

紀嫣然等見愛郎無恙歸來，都眉開眼笑，連一向吝嗇笑容的琴清，亦破例的向他甜甜淺笑。

群臣全體向小盤下跪，高呼萬歲，小盤興奮得臉都紅了，與對他敬酒的公卿王族舉杯痛飲。

項少龍心中欣慰，知道經此一役，小盤已確立他在秦人心中的地位。

荊善又來報告道：「給魯殘溜掉，由他接應的人均是來自外地，非呂不韋在咸陽的家將。」

項少龍暗忖這才是道理，以莫傲的才智，怎會留下把柄給人抓著。

想到這裡不由望向呂不韋一席處。

莫傲已給抬走，管中邪木無表情，但呂不韋不但神態如常，還頻頻向小盤和朱姬勸酒，不禁打從心底佩服他的演技。

叱喝聲中，遭綑綁的高陵君和十多個將領被推到場心，給押送的昌平君和禁衛硬逼跪了下來。

全場立時肅靜無聲。

小盤先向朱姬請示，朱姬歎道：「王兒看著辦吧！」

高陵君披頭散髮，身上沾滿血污，眼睛噴射怨恨的毒火，怒瞪小盤。

禁衛正要把他的頭按在地上，小盤伸手阻止，淡然道：「叛上造反，陰謀不軌，高陵君你可知罪？」

高陵君破口大罵，道：「呸！你這野種何來……」

還沒說完，旁邊的昌平君把預備好的布團塞進他口內，另一邊的禁衛一掌劈在他的背脊上，高陵君慘哼一聲，痛倒地上，狼狽之極。

小盤若無其事的向呂不韋道：「犯上造反，仲父以為該治以何罪？」

呂不韋慷慨激昂地道：「自是罪該萬死，儲君先把他收入監牢，再昭告天下，擇期行刑。」

小盤在全場肅然中，點頭道：「仲父所言甚是，不過何須擇日行刑，給我把他們全部推到涇水旁立即斬首，死後不得安葬，任由屍身曝於荒野，以佐猛獸之腹。」

眾人哪想得到仍未成年的儲君如此狠辣，要知高陵君身份尊崇，若非莊襄王異人的介入，差點就做了秦君，現在竟死無葬身之地，聽得人人噤若寒蟬，被這未來的秦始皇威勢震懾。

高陵君一呆下掙扎抬頭，卻苦於雙手反綁，口內又塞了東西，說不出話來。

和他同時被擒的手下中有幾人抖顫得軟倒地上。

昌平君一聲令下，眾禁衛牽羊趕狗般把高陵君等押出木寨行刑去了。

小盤仍是那毫不動容的樣子，冷冷道：「凡與亂黨有關的家屬，男的發往西疆開荒，女的充為官婢，高陵君子子孫孫全體處死，凡有異心者，均以此為戒。」

整個宴會場中數百大臣與權貴內眷均鴉雀無聲，靜得落針可聞。

項少龍聽得心中不忍，但只要看看身旁的李斯等人個個若無其事，便知道這種禍及親族的不仁道手法，實在是當時的常規。

假若換了小盤做階下之囚，同樣的事情會發生在小盤和他身上，沒甚麼話可說的了。

這種一人犯事全族當誅的做法，正是君權至上的社會壓制人民的方法，如此情況下，誰敢不規行矩步？

小盤續道：「今趟功勞最大者，是剛加入都騎軍的桓齮，全賴他先一步識破叛黨的陰謀，寡人才得以從容部署，將賊子一網成擒，應記首功。寡人把他破格陞為將軍，而王翦薦人有功，兼之在北疆戰績彪炳，擢陞為大將軍，立時生效。」

小盤挾清除叛黨的餘威，作此人事上的陞遷，即使朱姬亦難以異議。呂不韋更是啞子吃黃連，有苦自己知。

這些事均早徵得鹿公、徐先和王陵同意，他們當然更不會反對。

桓齮這時和荊俊仍在外四處追截叛黨的逃兵，暫時未能知道這天大的喜訊。

小盤這番話有真有假，目的還是在依項少龍之言，以桓齮為首成立一支直接由小盤指揮的快速應變部隊，用於將來對付嫪毒和呂不韋兩股大勢力。

小盤本想把項少龍同時陞為大將軍，但卻被項少龍以尚無戰功婉言拒絕，因他根本對權位沒有興趣。

小盤續道：「桓齮將軍將留守京師，成立訓練營，專責訓練由各地精選送來的新兵，提拔人才，為我大秦將來一統天下打好根基。王賁今趟勇猛殺敵，斬敵首二十，立下大功，寡人任他為桓將軍副將，同為我大秦出力。太后、仲父、上將軍、大將軍和眾卿家可有異議？」

朱姬感到自己的寶貝兒子成長了，但與自己的隔膜亦增多。

今晚的事，分明由項少龍一手策劃，而呂不韋則暗有陰謀，可是兩方面都不向自己透露任何風聲，心中不由茫然若有所失，忍不住往往嫪毒望去，暗忖他是否自己唯一能夠倚賴的人呢？

小盤又道：「太后！孩兒在聽你的指示。」

朱姬感到一陣疲累襲上心頭，搖頭道：「王兒自己拿主意好了。」

呂不韋乘機道：「禁衛、都騎、都衛三軍，有足夠實力作京城防衛的支柱，是否還需要另立新軍？請儲君明察。」

鹿公先在心裡罵了兩聲你娘的仲父後，才呵呵笑道：「仲父正說出問題所在，禁衛、都騎和都衛若只論守城，實力綽有餘裕，但若以之平定京城以外的動亂，卻力有不逮，像今趟為了平東郡之亂，把京城附近的駐軍全抽空了，令高陵君有可乘之機，故此新軍實有成立之必要。」

徐先接著道：「現時我大秦與三晉勢成水火，說不定要同時在幾條戰線與敵周旋，有了這支精銳的新軍，就不怕再有像東郡那種動亂和民變了。」

呂不韋為之啞口無言，這正是他最大的弱點，說到底他仍是文官，沒有蒙驁在旁，實在沒有資格在軍事的題目上和秦國這批軍方資歷最深的人爭辯。

由此可知鹿公等對小盤的支持多麼重要。

小盤作出決定道：「這事就依此安排，項統領接令。」

眾人均感愕然，不知項少龍要接甚麼令？

鹿公、李斯等則是雞食放光蟲，心知肚明了。

項少龍離席來到小盤、朱姬席前跪下。

小盤取出令符，使侍臣送交項少龍，道：「高陵君能以萬人之眾，神不知鬼不覺地潛來京城，途中必有接應之人，寡人要項統領立即離京，徹查此事，若發覺有任何人曾為叛黨出力，立殺無赦，統領在京的職務暫由荊副統領代行。」

項少龍高聲領命。

小盤大喝道：「今晚宴會到此而止，諸卿先休息一會兒，待橋修好後，再和寡人到涇水迎接晚獵回來的大隊人馬，檢閱他們的豐富收穫。」

小盤恭送朱姬離席，所有人均心悅誠服地跪地相送。

項少龍心中一陣感動，多年來的努力並沒有白費，由今晚開始，小盤建立起他未來秦始皇的威信。

秦國的權力再不在權臣手上，連呂不韋都要給他牽著鼻子走。自己殺了田單回來後，只要手段夠高明，就可坐觀嫪毒和呂不韋兩人鬥個你死我活。

辛苦了這麼久，該可以過點清靜的日子吧？

第二十五章　神秘敵人

當晚眾獵者由西狩山回來之時，項少龍已領著紀嫣然、趙致和十八鐵衛匆匆上路，趕往秦、楚邊界與滕翼會合。

自趙倩、春盈等遇襲身亡後，他從未有一刻比現在更輕鬆舒暢。

莫傲已死，小盤得到軍方全面支持，勢力大盛。

朱姬又因嫪毒的關係，開始與呂不韋生出問題。

在種種的形勢轉變下，自己大概可以有些安樂的日子可過吧！

可是心中又隱隱有抹揮不去的陰影。

當日與趙倩等上路出使前，何嘗想過會遇到凶險，但噩夢忽然降臨，直到這晚狠狠打擊了呂不韋，才算喘定口氣。

對於茫不可測的命運，他已成驚弓之鳥。他依照早先與滕翼定下的路線，日夜兼程趕路，七天後越過東嶺，地勢轉趨平坦，這晚在一條小河旁紮營生火。

不知為何項少龍總是心緒不寧，對著烏言著、荊善等一眾鐵衛打回來的野味提不起勁。

紀嫣然訝道：「項郎有心事嗎？」

趙致笑道：「是否掛念芳妹和寶兒他們哩？」

項少龍凝望著正「噼啪」熊燒的火焰，沉聲道：「不！我有種很不安寧的感覺，事實上自離開咸陽後，這感覺便存在著，只不過今晚特別強烈。」

紀嫣然色變道：「項郎乃非常人，若有預感，必有不尋常事會發生。」轉向正圍著另一堆篝火燒烤著獵獲物的烏舒等道：「你們聽到嗎？」

荊善站起來，道：「我們立即去偵察一下。」

眾鐵衛均奉項少龍有若神明，聽他這麼說，哪還不提高戒備，分頭去了。

鐵衛們去後，趙致訝道：「照說理應沒有人會跟蹤我們圖謀不軌的，特別是呂不韋方面的人全在小俊和禁衛的監視下，想動動指頭亦相當困難，這事確是非常難解。」

紀嫣然柔聲道：「項郎心裡那種感覺，會否是因別的事引起哩？因為表面看來確應沒有人會跟蹤我們的！」

項少龍苦笑道：「我還沒有那麼本事，能對別處發生的事生出感應。只不過基於長年處於步步驚心的險境裡，對是否有伏兵或被人跟蹤特別敏感。還好很快可以知道答案，荊善的鼻子比獵犬還要厲害。」

趙致有點軟弱地偎入他懷裡，低聲道：「我有點害怕！」

項少龍知她想起趙倩等遇襲慘死的往事，憐意大起，摟著她香肩道：「有我在，絕不會教人傷害到我的致致半根寒毛。」

紀嫣然望往天上的夜空，輕輕道：「假若有人一直在追蹤我們，那項郎今晚的不安感覺特別強烈，就非常有道理，因為這裡地勢較為平坦，而且……」

「啊！」

一聲慘叫，劃破荒原星野的寧靜，更證實項少龍的擔心不是多餘的。

趙致色變道：「這不是烏達的聲音嗎？」

烏達乃十八鐵衛之一，人極機靈，身手敏捷，他若如此輕易遇襲，那敵人如非身手極為高強，就是在部署上非常巧妙。

項少龍和兩女跳了起來，各自去取箭矢、兵器和解開繫著的馬兒。卻不敢把篝火弄熄，否則就要和其他鐵衛失去聯繫。

那燃燒著的火焰，正似有力地告訴他們即將來臨的危險，因為他們已成為敵人進攻的目標。直至這時，他們對敵人仍是一無所知，完全找不著頭緒。

此時荊善等倉皇回來，人人臉現悲憤之色，烏達被烏言著揹著，中了兩箭，分在背上和脅下，渾身鮮血，氣若游絲。

趙致見本是生龍活虎的烏達變了這個模樣，激動得掉下眼淚來。

烏舒正想過去把篝火弄熄，給項少龍制止，道：「嫣然先給烏達止血，截斷箭桿，卻千萬不要移動箭簇。」

紀嫣然不待他吩咐，早動手施救起來。

烏言著等鐵衛均和烏達情同兄弟，個個眼都紅了，噴著仇恨的火焰。

項少龍知此乃生死關頭，絕不可粗心大意，冷靜地問道：「來的是甚麼人？有何佈置？烏達怎會受傷的？」

眾人眼光集中到烏言著身上，顯然是因他和烏達一夥，而其他人尚未遇上敵人。

烏言著深吸一口氣，硬壓下悲傷道：「我和烏達往東摸去，想攀上一座丘頂居高下望時，冷箭便來了。」

項少龍一聽下立時心跳加劇，東向之路正是通往楚境的路途，這麼說，眼前神秘的敵人應已完成對他們的包圍。不過現在黑漆一片，諒敵人在天明前不敢貿然動手。

但天明時，卻將是他們的末日。

趙致忽地失聲痛哭，眾人心知不妙，往躺在地上的烏達望去，果然已斷了氣。

項少龍心中一動，攔著要撲過去的諸衛，冷喝道：「讓我盡點人事！」

他想起的是二十一世紀學來的急救術。烏達一向身強力壯，利箭亦未傷及要害，這刻忽然咽氣，可能只是因失血過多，心臟一時疲弱下失去功能，未必救不回來。

當下使人把他放平，用手有節奏地敲擊和按壓他的心房，只幾下功夫，烏達渾身一震，重新開始呼吸，心房回復跳動，連做人工呼吸都省掉。

紀嫣然等看得瞪目以對，不能相信眼前事實。

項少龍取出匕首，向烏達道：「千萬不可睡覺，否則你就沒命了。」

他狠著心腸，把箭簇剜出來，紀嫣然等立即給他敷上止血藥。

項少龍霍地起立，指使眾人砍削樹枝製成擔架床，烏舒等見他連死了的人都可救活過來，哪還不信心大增，士氣激振。

紀嫣然和趙致為烏達包紮妥當後，來到項少龍旁，後者崇慕地道：「夫君大人真有本領，竟連死去的人都可救活過來。」

紀嫣然道：「我對我們夫君層出不窮的本領，是見怪不怪了。」

秀眸環顧深黑的山林荒野，低聲道：「我們一直疏忽了一個人，項郎猜到是誰嗎？」

項少龍正苦思脫身之計，聞言想了想，脫口道：「杜璧！」

趙致「啊」的一聲，叫了出來。

紀嫣然道：「正是此人，今次高陵君的人馬能神不知鬼不覺地前來舉事，必有他在背後大力支持。」

項少龍恍然道：「我明白哩！他根本就一直在旁窺伺，假若高陵君成功，他就出來混水摸魚。可是現在卻以為我真的是奉命出來調查與高陵君勾結的人，遂乘機啣著我們的尾巴，找尋殺死我們的機會，哼！」

紀嫣然輕歎道：「由於我們從沒有想及杜璧那方面的人，故而粗心大意，致陷身眼前的田地。不過亦可由此看出今次跟蹤我們的不應該有太多人，但卻無一不是高手。」

趙致臉色煞白，咬著唇皮道：「還有兩個多時辰就天亮了，怎辦好呢？」

此時烏言著、荊善等弄好擔架，把烏達放了上去，正等候項少龍的指令。

項少龍湊過去吻紀嫣然的臉蛋，欣然道：「就憑嫣然的一句話，救了我們所有人。」

再向眾人道：「今天敵人之所以要射殺烏達，是由於本身人手不多，不能把整個山林徹底封鎖，才要施這下馬威，好教我們不敢逃走。」

眾人聽得精神一振，不過旋又感到頹然，現在四周一片黑暗，既不利敵人進攻，也不利他們逃走，因為誰都看不清楚路途方向。

項少龍沉聲道：「敵人若想以有限的兵力阻截我們，必須佔據高地以控下，我們就沿溪涉水從低地溜走，既不怕迷路，更可利用溪澗兩邊高起的泥阜躲避敵人箭矢。」

再微微一笑道：「若沒有燈火，盲目發箭何來準繩可言？」

眾人牽著馬兒，涉著深可及腰的溪水，緩緩前行。

在這種惡劣的環境下，盡顯眾鐵衛這幾年來於軍事上的嚴格訓練，一點也沒有白費。特別為掩人耳目，烏家精兵團八成的集訓均是在晚間摸黑進行，這麼的涉水而行，只是非常小兒科的事。

更難得是二十多匹戰馬一聲不響，乖乖地隨著眾主人逃生。

位於前方的是高舉木盾的烏舒和荊善兩人，後者最擅長山野夜行，由他探路最是妥當。另有兩人負責運送身受重傷的烏達，一人牽引馬兒，其他人包括紀嫣然和趙致在內，無不手持弩弓，只要任何地方稍有異動，立即扳動機栝，毫不留情。

無驚無險、不動聲色地潛行十多丈後，眾人都知道關鍵的時刻來了，把警覺提高至極限。

猶幸地勢微往下斜去，溪流更有高低，流水淙淙裡，把他們涉水之聲掩蓋。四周林木高密，樹頂雖隱見星輝，可是溪內仍是伸手不見五指的黑暗，溪旁泥土腐葉的味道充盈空氣間。

荊善憑像野獸般靈銳的感覺，領著眾人緩緩前行。再走十多步，溪床低陷下去，兩岸在爾消我長下，土崖高出水面足有丈許之多。

這處的林木更趨濃密，不見半點星光，令人睜目如盲，使人只能藉聽覺和感覺去移動。

就在此時，強烈的咳嗽聲在左岸近處響起來。眾人嚇得停下來，提高戒心。

他們雖一直有心理準備會碰上敵人，但卻沒想到會如此突如其來，事前沒有半點徵兆。在凹陷下去的地勢裡，若敵人居高發動亂箭攻擊，他們肯定無人能活著離去。

此時只要其中一匹馬兒輕嘶一聲，大伙兒都要完蛋。幸好現在他們固是看不到敵人，敵人也見不到他們。

右方另一把聲音響起，先罵兩句，才道：「想嚇死人嗎？把遊魂野鬼都要咳出來。」

左岸另一人低笑道：「你們都給項少龍嚇怕了，整刻在提心吊膽，照我看被我們射倒他的人後，給個天讓他作膽都不敢再亂撞亂闖，更何況我們在主要的地方都佈下絆馬索，連水道也沒有放過。」

河裡一動都不敢動的諸人聽得汗流浹背，大叫好險。

荊善趁岸上敵人低聲說話、心神分散的最佳時刻，把木盾交給烏舒，自己拔出匕首往前摸去，一連割斷三條絆馬索，清除所有障礙。

正要繼續潛行時，足音由左方山林傳至。

不一會兒敵人的傳訊兵抵達，道：「白爺有命，天亮時立即照早先定下路線進攻。誰能割下項少龍人頭，賞五百金；生擒紀才女者，賞一千金，清楚了嗎？」

溪裡諸人聽得呆了起來，想不到紀嫣然的身體比項少龍的人頭價值竟高出一倍。

但這時哪還有心情和敵人計較身價，在荊善帶路下，眾人愈去愈遠。

天明時，眾人離開險境足有兩里之遙。他們爬上一座山丘之頂，遙遙窺視敵人。烏達的情況穩定下來，使各人心情轉佳。

眾鐵衛分散四方，荊善等更爬上樹頂，擴闊視野。

山下草原無垠，林海莽莽，草浪中隱見河道，一群群的飛鳥，際此春光明媚的時刻，橫空而過，構成一幅生氣盎然、有聲有色的大自然圖畫。

項少龍和兩位嬌妻伏在一塊大石後，暗歎雖是美景當前，卻無觀賞之閒，紀嫣然在他耳旁細語道：「昨晚敵人不是提過他們的頭領是姓白的嗎？杜璧的家將裡有個叫白飛的人，在秦國相當有名，本是縱橫北方的馬賊，但因開罪匈奴王，後來投靠杜璧。這人最擅追蹤暗襲之術，若真是此人，我們就危險了。」

項少龍訝道：「嫣然為何對杜璧的人這麼熟悉呢？」

紀嫣然輕吻他臉頰，柔聲道：「人家關心你嘛！你沒時間做的事，只好由為妻代勞。別看清姊深居簡出，事實上她很留心國內、國外的所有事情，杜璧的事是由她那處探問回來的。」

項少龍凝神看著昨夜紮營的地方，沉聲道：「若是如此，我們便有暗算白飛的機會，只要看是誰領路往這邊追來，那人定是此君，覷準機會給他來記冷箭，將會去掉我們所有煩惱。」

太陽在東方地平露出玉容時，遠方人聲馬嘶中，約五百多敵人分成五組，穿林越野往他們追來。領頭的一組人數最少，只約五十多人，但行動迅速。更令人驚異的是他們只在項少龍等人捨溪登岸處逗留半盞熱茶的工夫，便準確無誤地循著他們走過的路線追躡而來，看得他們心生寒意。

不過白飛既是馬賊裡的佼佼者，這點本領不足為奇。紀嫣然拿著的是特製的強弩，須以腳蹬上箭，射程可及千步，現在居高臨下，射程自然大幅增加。

由於白飛理該帶頭領路，所以只要看到誰走在最前頭，便知這一箭該送給誰。看著敵人由遠而近，各人的心都提到咽喉處，呼吸不暢。

若不能射殺白飛，由於對方乃追蹤的大行家，而且人數多逾他們二十倍，個個身手高強，項少龍等又因有烏達的累贅，情勢的凶險，就算最沒有想像力的人，也可想到面臨的險惡情況。

兩里多的路程，白飛只略停三次，便徑直進入射程之內，但因林木的阻擋，始終沒有發箭的機會。

這白飛亦是非常人物，總在有林木遮掩的地方穿行，教人無法找到下手的良機。可知像白飛這類殺戮無數的凶人，能活到今天自有他的一套本領。

就在此時，白飛剛到達一座疏林裡，紀嫣然哪還猶豫，忙扳機栝。豈知機栝聲響的同時，白飛竟翻身避開，弩箭在馬背上掠過，投進草叢裡。

機栝連響，烏言著等眾鐵衛的弩箭飛蝗般射去，白飛的坐騎立時中箭倒地，卻再看不到白飛的蹤影。

這時才知白飛的耳朵和他的眼睛、鼻子同樣厲害。

敵人一陣混亂，紛紛躍下馬背，四散躲藏。

項少龍心中一歎。未來的日子將會在貓捉老鼠式的艱辛中度過，一個不好，就要栽在這杳無人跡的荒野裡。

第二十六章　借君之筏

戰馬一聲長嘶，前蹄先往下跪，才往地上傾山倒杜般仆下去，把趙致拋在草原上。

項少龍等紛紛下馬，將早已疲乏不堪的趙致扶起來。

項少龍吩咐把給綁在馬背擔架上的烏達放下來，心中不由一陣茫然。

他們日夜不停地逃了三天三夜，仍沒法撇下時近時遠、緊追不捨的敵人，現在最令人擔心的事發生了，終有戰馬支持不住。

在地平線遠處是横亙前方的秦嶺，佈滿皺褶的山嶺，使人更感心疲力累。但只要能逃到那裡去，生存的機會勢將大增，不似在平原上躲無可躲，避無可避。只恨要到那裡去，即使戰馬處在最佳的狀態裡，沒多來個三天三夜絕辦不到。

看著秦嶺一個連一個積雪的峰頂和把他們分隔開的草原，眾人禁不住生出仰天長歎的頹喪感覺。

偵察敵情的荊善返回來報告道：「依塵頭來看，敵人仍在五里之外，速度減緩下來。真氣死人了，我們已經以種種手法佈置蠱惑他們，但均被白飛那混蛋識破，沒有上當。」

項少龍心煩神困，過去看望正由紀、趙二女負責換藥的烏達。

紀嫣然起來把項少龍拉到一旁，道：「烏達全身發熱，神智迷糊，若再顛簸趕路，我怕他會捱不到秦嶺。」

項少龍煩上加煩，朝秦嶺望去。

這連綿數百里的大山脈，像由大自然之手般劃下秦、楚間的國界，只要能到那裡去，大有機會憑地勢且戰且走，往與滕翼等會合。

但由於要躲避敵人，故未可依照原定路線行軍，現在究竟身在何處，誰都弄不清楚。

紀嫣然見他呆望秦嶺，明白他的心意，指著其中一個明顯高出的積雪峰頂道：「若我沒有猜錯，那該是秦嶺第一高峰太白山，照這麼看，我們往東偏離原本路線近百多里，難怪沒有追上滕二哥。」

即使在這種情況下，這絕世美女仍不失她慵懶優雅的楚楚嬌姿。

聽著她令人舒服至直入心脾的悅耳聲音，項少龍鬆弛下來，同時豪情湧起，吩咐各人暫作休息，拉著紀嫣然走上附近一處小丘之上，縱目四顧。

太陽沒在秦嶺之後，散射出千萬道夕照的餘暉。

東北方來的敵人顯然並不比他們好多少，停了下來，隱隱傳來馬嘶之音。

一道河流由西北而來，朝東而去，在左後方蜿蜒而過。

紀嫣然道：「聽說太白山上有神泉，溫度可用來煮食，又可療傷生肌，若能到那裡去，烏達或有希望。」

項少龍道：「那是溫泉水，泉水吸收了死火山岩漿的熱力，又含有大量的礦物質，故有神奇功效。」

紀嫣然一呆道：「甚麼是『死火山』和『礦物質』？」

項少龍知又說漏了嘴，摟著她香肩道：「遲些再給你解說，當今首務，是要設法逃到秦嶺去。」

指著往秦嶺流去的大河說：「假若嫣然是白飛，看到這麼交通方便的一條河，會有甚麼主意？」

紀嫣然的俏目亮起來道：「當然怕你伐木造筏，順河溜掉。」

項少龍道：「那你會怎辦呢？」

紀嫣然道：「我會雙管齊下，一方面派人趁夜色摸黑過來，另一方面亦伐木造筏，好能以最快方法趕過來，假如先一步趕抵前方，我們將陷於前虎後狼、插翼難飛之局。」

此時遠方一處疏林宿鳥驚起，在天上旋飛亂舞，項少龍微微一笑道：「嫣然伐木為筏的一句話，可使我今晚穩操勝券。」

紀嫣然愕然道：「你真要造筏逃生嗎？只是這裡林木稀疏，要造幾條可載這麼多人馬的筏子，沒有整晚工夫休想完成，那時敵人早來哩！」

項少龍的手移到她柔軟的腰肢處，貪婪地揉捏著，故作漫不經意的道：「我們不是『心有靈犀一點通』嗎？怎麼紀才女今趟竟猜不中為夫的心意呢？」

紀嫣然嬌吟一聲，投入他懷裡，用盡力氣抱緊他，心迷神醉道：「心有靈犀一點通，還有甚麼情話比這更令人著迷呢？」

芳心同時知道，愛郎在經過三日三夜有若喪家之犬的逃亡後，終於回復信心。

事情起得太突然了，因失於戒備以致一時措手不及。但在這生死存亡的絕境裡，項少龍終於被激起鬥志。

今晚的月亮比三天前逃出險境時大了很多，但由於厚雲積壓，夜色卻更是濃重，林野間殺機四伏。

項少龍等伏在大河離敵較遠的對岸，勁箭上弩，蓄勢以待。

戰馬被帶往遠處，盡量予牠們休息的機會。

當彎月升至中天處時，宿鳥在敵人方向激飛天上，顯示敵人的地面部隊正潛往他們的方向來。

此時雙方的戰馬均到了油盡燈枯的境地，欲行不得，靠的惟有是人的腳力。

水聲響起，只見上游處出現十多條木筏的影子，順水漂來。

果然是水陸兩路同時攻至。

項少龍等因有大河之險，完全不把對方陸路的攻勢放在心上，更因他們早前故意在另一邊離岸半里許處的疏林弄出聲響，營造出伐木造筏的假象，敵人不知就裡下，定以該處為進攻目標，待知道中計時，他們已有足夠時間收拾沿河攻來的敵人。

若他們與敵比賽造筏的速度，由於人數上太吃虧，可說必輸無疑。

現在只看對方在短短幾個時辰內便造了十多條筏子，當知其況。

不過對方雖多達五百人之眾，但要有此效率，則必須把全部人手投進去，而且筏子造好立即發動攻勢，中間全無休息的時間，更兼急趕三日三夜路，可肯定對方定是人人疲不能興。而項少龍一方至少多休息了幾個時辰，只是這方面的差距，對他們已非常有利。

不用項少龍吩咐，所有箭鋒都朝向敵筏，居高臨下，佔盡優勢。

他們雖只有二十人，卻廣佈在近百尺的崖岸上，以石頭、樹叢隱起身體，先立於不敗之地。

木筏上隱見幢幢人影，他們均俯伏筏上，外圍者以盾牌護著身體，內圍者則彎弓搭箭，嚴陣以待。

項少龍等悶聲不哼，任由敵人自遠而近。五丈、四丈、三丈……

第一條筏子進入近距離射程，其中兩人左右撐出長竿，以免筏子撞到岸旁的大石去，尤其是這段河水礁石特多、水流湍急。項少龍揀這河段埋伏，自有一定的道理。

對岸那故弄玄虛的疏林處，忽地響起漫天喊殺聲，火把熊熊地燃點起來，照紅了半邊天。

項少龍知道是時候了，一拉機栝，弩箭破空而下，第一條筏子上那站著撐竿的敵人發出撕心裂肺的慘叫，被勁箭帶得倒跌入河水裡，揭開這邊的戰爭序幕。

敵人驚而不亂，紛紛高舉盾牌，勁箭盲目的往兩岸射去，當然射不中任何人。

項少龍正是要他們如此，再沒有發射弩箭，只是吆喝作態。

「呼！」

慘叫紛起，只見第一條筏子上的人紛紛翻騰橫飛，掉往水裡去。

原來項少龍在河流彎曲處以十多條巨藤攔河而繫，筏子上的人撞上巨藤，加上筏子有若奔馬的速度，哪還留得在筏上。

弩箭這才發射。

第二條筏子的人遇上同樣的命運，紛紛給撞進水裡，盾牌、弓箭都不知掉到哪裡去了。一排排的弩箭射進河中，鮮血隨慘叫聲不斷湧出來，和那兩艘空筏子同時往下游流去。

第三條筏子見勢色不對，忙往一旁靠去，豈知後來之筏留不住勢子，猛撞在前一筏上，登時又有人掉進水裡去，筏上的人東翻西倒。

箭發如雨下，加上對方人人身疲力盡，紛紛中箭倒下。

這條河道寬不過兩丈，給兩條筏子橫攔在前，尾隨的十多條筏子立即撞成一團，加上慘叫連連，人心惶惶下，紛紛跳水逃命。

再有兩條空筏漂往下游去。項少龍知是時候，打個招呼，領著眾人凱旋而去。

狂奔近半里路，遇上在下游的烏光和烏德兩人，後者喜報道：「鉤到四條筏子，可以走哩！」

當人馬到了筏上時，筏子順流而去，趙致興奮得狂吻項少龍。

紀嫣然歎道：「這一著『克敵借筏』之計，只有項郎才可以想出來，今趟除非白飛真的會飛，否則休想再追上我們。」

項少龍仰首觀看天上壯麗的星空，微笑道：「別忘了他們仍有近十條木筏，不過若以每筏十五人計，他們最多只有百多人繼續追來，幸好我們無一人不是能以一擋十之輩，儘管來的全是高手，我們打個折扣以一擋五，又欺他們身疲力倦，就在秦嶺處再教訓他們一頓，便可乘機好好休養，留點精神欣賞秦嶺的冰川，亦一樂也。」

旁邊的烏言著等均聽得目瞪口呆，想不到項少龍大勝後仍不肯罷手。旋又摩拳擦掌，因為這幾天實在受夠了氣。

忽然間，他們反希望敵人追上來。

愈往秦嶺去，林木愈趨茂密。

本要三日完成的路程，只一晚就走完。

清晨時分他們棄筏登岸，故意走了一段路，安置妥當烏達和馬兒後，留下趙致和烏光兩人看守，其他人都折回登岸處，以裝妥的弩箭恭候敵人大駕。

項少龍和紀嫣然兩人舒適地靠坐在一堆亂石後，肩頭相觸，不由湧起同甘共苦的甜蜜感覺。

項少龍見嬌妻眼睛亮閃閃的，問道：「我的才女想著些甚麼呢？」

紀嫣然把頭枕到他肩上去，嬌癡地道：「我在想假若當年人家不放下矜持，厚顏以身相許，現在仍是悶在大梁，且還要苦念著你，那就慘透了。」

項少龍一陣感動，道：「那我也慘了，定會被沒有紀才女為嬌妻這大缺憾折磨終身。」

紀嫣然哂道：「你才不會呢！男人都以事業為重，又天生見一個愛一個的性情，不要哄人家哩！」

項少龍失笑道：「這麼的想於你沒有半點好處，而且我說的全是肺腑之言，別忘記你比我的頭顱還要多值一倍的黃金呢！」

紀嫣然憤然道：「杜璧竟是這麼一個人，要了人的命還不夠，還想辱人之妻，遲些我定要找他算帳。」

這時烏鳴暗號傳至，敵人終於來了。

不知是否昨晚在碰撞下壞掉幾條筏子，來的只有七條木筏，每筏上擠了足有二十人，壓得筏子全浸在水裡去，速度緩慢。

筏子剛拐彎，立即撞上項少龍等棄下故意橫擱河心三條綁在一起的筏子去，登時亂成一團，七條筏子全碰到一塊兒。其中三條筏子更傾側翻沉，狼狽不堪。

一番擾攘下，敵人紛紛跳下水裡，往岸邊爬上來。

項少龍一聲令下，伏在四周的諸鐵衛立即發箭。正如項少龍所料，敵人三日三夜未闔過眼睛，再勞累了整晚，士氣大降，驟然遇上伏擊，人人均四散逃命，連頑抗之心都失去。

鮮血染紅了河水，登岸的人固避不開弩箭，水裡的人更逃不過大難，轉眼間近三十人中箭，百多人潰不成軍，紛往上游逃去。

混亂之中，亦弄不清楚誰是白飛。

項少龍拔出血浪寶劍，領頭撲出，向僥倖爬上岸來的十多人殺去。

敵人不知是否懾於項少龍威名，一見他出現，更是無心戀戰，一個不留的跳回水裡，拚命往上游泅逃，情況混亂之極。

預期的激戰並沒有發生。項少龍阻止手下追殺敵人，施施然離開。

四日來的追殺，終於告一段落。

第二十七章　深山惡狼

秦嶺上高澗流泉，草木繁茂，最奇特是高山上的湖，使人馳想著不知在若干年前，當冰川消退後在冰斗槽谷內集水而成的奇妙過程。

愈往上走，氣溫愈冷，風疾雲湧，青松宛如飄浮在雲海之內。

由於偏離原本路線不知多少里，這時其實早迷了路。不過在重創敵人之後，心情興奮，更怕敵人後援追來，不得不倉卒入山，抱著只要越過秦嶺，便可抵達楚境的心情，到時再作打算。

黃昏前左攀右轉，在一個霧氣濃重的低谷紮營。

人人換上禦寒皮裘，努力工作，眾鐵衛有些劈樹生火，一些取出草料餵飼馬兒。紀嫣然兩女負責為烏達換藥。

烏達醒轉過來，知已脫離險境，高興和感動得掉下淚來，心情大為好轉。

荊善和烏舒兩人打了一頭山鹿回來，興奮地報告在谷外發現溫泉，更添歡騰熱烈的氣氛。

紀嫣然和趙致連待一刻的耐性都沒有，命令荊善、烏光兩人抬起烏達，扯著項少龍往最大的溫泉進發。

出了谷口，眼前豁然開朗。無數山峰聳峙對立，植物依地勢垂直分帶，一道泉水由谷口流過，熱氣騰升，他們逆流而上，不到二百步便在老松環抱間發現一個闊約半丈的大溫泉池，深十餘尺，有如山中仙界，瑰麗迷人。

溫泉由紫黑色的花崗岩孔中涓涓流出，看得眾人心懷大暢。

「噯喲！」趙致猛地縮回探入泉水裡的手，嬌嗔道：「這麼熱！怎能洗澡啊！」

烏舒恭敬地道：「讓小人回去拿桶子來，只要取水上來，待一會兒水冷了，便可使用。」

紀嫣然一臉惋惜道：「若不把整個人浸在池內，會大失情趣哩！」

項少龍笑道：「才女和致致請放心，我們只是走錯方向，若往下走，泉水必另有結聚之處，由於暴露在空氣中久了，所以溫度該會適合得多。」

兩女心情登時好了起來，帶頭往下尋去，朝低處走近五百多步，攀過幾堆分佈有致的大石，一個翠綠色的大潭仿似一面天然寶鏡般嵌在一個石臺上，四周林木深深，潭水清澈，熱氣大減。

兩女一聲歡呼，探手湖水，發覺項少龍所料不差，果然是人體能忍受的溫度，差點便要立即躍進潭水去。

烏光等兩人放下烏達，兩女為他脫掉上衣，取溫潭之水為他洗濯傷口。

項少龍見烏達的傷口痊癒了七、八成，心懷大放，道：「只要小達退了燒，該很快復元。」

烏達被熱水沖洗傷口，舒服得呻吟道：「兩位夫人，小人想整個浸到潭內去行嗎？」

紀嫣然俏臉微紅地站起來，向荊善等兩人道：「聽到你們兄弟的要求嗎？還不來伺候他。」

兩個小子應命而至，為他脫掉衣服時，項少龍和兩女移到潭子另一邊的高崖處，悠然坐下，欣賞廣闊壯麗的山景。

泉水下流處，是個深達百丈的峽谷，懸崖峭壁對峙兩旁，松柏則矗立於峭壁之顛，在昏暗的夕照餘暉中，陣陣霧氣在峰巒間飄搖，景色之美，令人心迷神醉。

兩女在左右緊挽項少龍臂膀，一時說不出話來。

看了一會兒後，項少龍道：「嫣然曾到過楚國，對楚國的歷史熟悉嗎？」

紀嫣然橫他既嗔且媚的一眼，沒有說話，項少龍正摸不著頭腦，不知自己說錯甚麼時，趙致解圍道：「夫君大人竟敢懷疑嫣然姊胸中所學，該被痛打一頓。」

背後傳來烏達舒服得直沁心脾的呻吟聲，項少龍轉頭看去，赫然發覺包括荊善和烏光兩人在內，都赤條條浸浴潭內，還向他揮手表示箇中快慰的情況，啞然失笑道：「好娘子紀才女請原諒為夫口不擇言，請問楚國有何輝煌的歷史呢？現今的國勢又如何？」

紀嫣然這才回嗔作喜，以她清甜的聲音道：「楚國確曾強極一時，幾乎霸佔了南方所有富饒的土地。」接著眼中射出惘然之色，不知是否想起自己亡故了的國家，因為越國最後正是給強楚吞併的。

項少龍俯頭過去吻她臉蛋，愛憐地道：「青山依舊在，幾度夕陽紅，往者已矣！嫣然不要想那麼多了。」

紀嫣然和趙致同時動容。

項少龍又知自己盜用「後人」的創作，苦笑長歎。

紀嫣然讚歎道：「青山依舊在，幾度夕陽紅，寓意深遠，使人低迴感慨，誰可比夫君大人說得更深切呢？」

趙致意亂情迷道：「夫君坐對夕陽，出口成章，致致愛煞你了。」

項少龍心叫慚愧，岔開話題道：「嫣然還未說出目下楚國的形勢哩！」

紀嫣然美目淒迷，遙觀夕照，像夢遊般囈語道：「楚懷王末年，秦用商鞅變法致強，其連橫兼併政策節節勝利，楚的合縱抗秦卻是著著失敗。丹陽、藍田二役，均為秦大敗，最沉重的打擊是失掉漢中和商於六百里之地，而魏則乘機攻打楚鄰的鄭國，至此楚國把整個國策改變過來，此後有得有失，夫君大人要知道其中細節嗎？」

她的描述精簡扼要，項少龍雖不知丹陽、藍田，又或漢中和商於在甚麼地方，亦可猜出個大概。點頭道：「橫豎那三個小子怎也不肯這麼快爬上來，我們便當是閒聊好了。」

趙致不知道烏光和荊善都進了潭水，忍不住別頭望去，一看下俏臉飛紅回過頭來。

項少龍暗忖若窺看的是趙雅或善柔，定不會像她般害羞，說不定還會調笑兩句，不由念起兩人，心中火熱。

紀嫣然道：「楚懷王受騙到秦，困苦而死，楚國自此一蹶不振。頃襄王登位後，再無力往東北擴張，像以前般不斷蠶食土地，轉而開拓西南，派大將莊蹻循沅江入滇，出且蘭，克夜郎，建立起一群受楚統治的諸侯國。就是靠滇地的支援，楚人續向西南擴展，佔領巴、蜀兩國大片土地，勢力直達大江兩岸。」

項少龍這才有點明白為何楚人屢次在諸國抗秦一事上臨陣退縮，皆因無暇北顧。

趙致奇道：「對楚人該是好事，為何嫣然姊卻說他們有得亦有失呢？」

紀嫣然道：「國土大增，固是好事，卻須有強大的軍力做支援，楚人為秦人所迫，先後三次遷都。像秦人佔領巫、黔兩郡後，莊蹻等楚貴族各自稱王，滇、夜郎、岷山、且蘭、笮等侯國互不統屬，頃襄王雖曾向秦反攻，奪回江旁十五邑以為郡，仍然處於捱打的局面。所以現今考烈王被迫納州於秦以求和，不但失去了一半國土，還須向東南遷都鉅陽。此後雖再滅魯國，但對著秦兵時仍是頻頻失利，地方勢力又大盛，只得再往東南移都壽春，青陽以西之地盡入大秦之手，現在只能苟延殘喘。因此每當李園向我說及他振興楚國的計劃，我半句都聽不入耳。」

趙致道：「李園真糊塗，茫不知嫣然姊最不喜歡楚人。」

紀嫣然道：「也不可以這麼說，雖說有亡國之恨，但這數百年來一直是強國吞併小國的歷史，若以滅國多少論，楚人大可稱冠，統一東南半壁江山，在中原文化上影響最為廣闊深遠，亡我越國後，影響力更沿大江擴展到下游以至淮、泗、南海等地。」

頓了頓續道：「中原沒有任何一國的文化比楚人更多姿多采，其中一個主要原因，是楚人吞併幾十個國家和部族，透過通婚把各種文化融合在一起。但在政治上卻成為負擔，現今各國之中，以楚國的地方勢力最是強大，很多時考烈王也不能說做就做，楚國在抗秦一事上反覆搖擺，背後實有說不出來的苦衷。」

這叫與婿一夕話，勝讀十年書。項少龍的思域立時擴大至整個在這時代仍不存在的「中國」去。想到將來小盤的秦始皇把這麼多不同的國家、文化、民族和人才統一在他旗幟之下，頓感天遙地闊，頗有因自己一手造就秦始皇出來那睥睨天下、波瀾壯闊的感覺。

獵獵聲中，荊善等三人浴罷，為他們點起火把，以紅光代替昏黑的天色。

兩女歡叫著跳起來。

烏達像脫胎換骨般容光煥發，已能在攙扶下離去，看得項少龍嘖嘖稱奇。現在這溫水潭成為他們私有的天地，看著兩女寬衣解帶，項少龍立時燃起愛火，隨她們投進火熱的潭水內去。

攀高折低，上坡下坡。

在秦嶺趕近五天路後，眾人才真的知道迷了路。

秦嶺雖仍是峰峰成景，景景稱奇，但他們已失去欣賞的心情，尤其晚上野狼嗥叫聲忽近忽遠，就像無時無刻不在旁窺伺，更使他們睡不安寧。

唯一的好事是烏達逐漸康復過來，可以自己走路，大大減輕實質和心理上的負擔。

項少龍本身有豐富的行軍經驗，曉得認準了日月星辰，朝著東南方而去，才心頭稍定。知道橫越秦嶺之日，應是抵達楚境某處之時。

再經過兩日行程，跌死兩匹戰馬後，地勢始往下延伸，氣候溫暖起來，也見不到使人心寒體冷的原始冰川。松樹亦再不積雪，使他們心情轉佳。

這晚他們找了個靠山的臺地紮營，吃過晚膳，除值夜的人外，其他人躲進營裡去。

山中無事，項少龍放開心情，和兩女更是如魚得水，毫不寂寞。

紀嫣然與項少龍獨處時雖是浪漫多情，但在項少龍與其他妻婢前卻非常矜持，更不要說同室歡好。

可眼前這種特殊的情況下，更由於與趙致再無隔閡，亦把自己開放了來接受帳幕裡的現實，教項少龍享盡豔福。

當他們相擁而眠時，趙致道：「今晚的狼群為何叫得特別厲害呢？」

項少龍側耳細聽，發覺狼嗥的聲音集中在東南方的低坡處，雖感奇怪，但若要他離開溫暖的被窩、動人的嬌妻和帳幕，卻是絕不會幹的事。

遂笑道：「或許是因知道有長著最嫩滑嬌肉的兩位可口佳人快要離開牠們，所以特別舉行一個歡送會吧！」

兩女乘機撒嬌，在被窩裡扭作一團，箇中情景，實不可與外人道。

就在不可開交之時，狼嗥聲中，忽傳來有人喝叫的聲音，混亂之極。

項少龍跳將起來，囑兩女留在營中，匆匆趕了出去。

兩女非是不想跟去，只恨仍是疲軟無力，惟有乖乖留下。

項少龍撲出帳外時，全體人均到了帳外候命，項少龍吩咐其他人留下看守營地，點著火把，與荊善、荊奇、烏光、烏言著和烏舒五名最得力的手下，朝人聲來處趕去。

攀過一座山頭，眾人手持弩箭，走下長坡，狼嗥狽號的聲音清楚起來，使他們知道狼群正在對某一目標物展開圍攻。

尚未抵達長達三十丈的坡底，十多條狼嗅到他們的氣味，掉頭往他們撲來。

牠們全速飛撲，像十多道電火般朝他們衝至，白森森的牙齒，反映著火光的螢綠色眼睛，看得他們毛骨悚然。

六枝弩箭射出，六頭野狼於慘嘶聲中倒跌回坡底的幽谷去，仍有近十頭惡狼滿不畏死往他們衝來。

時間再不容許他們裝上弩箭，人人抽出佩劍，向狼群照頭照臉劈去。

鮮血激濺，野狼慘號。

那些野狼靈動之極，幸好六人個個身手高強，重要部位更有護甲保護，但仍感窮於應付。

項少龍剛斬殺一頭野狼，另一頭狼已由側離地竄起，往他咽喉噬去。

項少龍大喝一聲，右腳撐出，正中惡狼胸口，豈知惡狼竟低頭咬在他靴子上，幸好迴劍劃中惡狼雙目，惡狼慘嘶跌退，靴上已多了兩個齒印，可知狼牙如何鋒利。

荊善和荊奇兩人狩獵慣了，最是了得，不但絲毫不懼，還大喝衝前，劍揮腳踢，藉著斜坡居高壓下之勢，加上霍霍揮舞的火把，把其他新加入搶上來的惡狼硬趕回去。

烏光一聲悶哼，給一頭由側撲來的惡狼衝倒地上，這小子一向自恃力大，使出狠性，硬把整隻惡狼拋飛往斜坡旁，撞在一堆亂石處，但手臂衣衫盡裂，鮮血流下。

項少龍一腳踢翻另一頭想撲噬烏光的惡狼時，十多頭狼已死的死、傷的傷、逃的逃了。

環目一看，除荊善外，無一人不或多或少被咬傷、抓傷，禁不住心中駭然，想不到這些野狼如此悍狠厲害。

狼嗥聲明顯減少，坡底隱隱傳來呼叫聲。

眾人想不到會在深山窮谷遇到別的人，好奇心和同情心大起下，不顧惡狼的凶悍，結成陣勢，搭上弩箭，趕下坡去。

坡下地勢平坦，四面環山，近百條餓狼聚在東端，不斷要往石坡上衝去。

坡頂隱見火光，但卻接近柴盡火滅的地步。由於藏在暗影裡，只聽到人聲，卻不見人影。

餓狼見有人趕至，戒備地散開去，幾頭衝來的都給弩箭射倒。

今次眾人學乖了，一邊以火把驅趕狼群，一邊裝上新弩箭，連珠發射。

惡狼一隻接一隻倒下，當荊善和荊奇兩人帶頭來到矮石坡底時，狼群散往遠處，不敢靠近。

荊善等卻殺出癮頭，不住追逐射殺，大大出了先前那口惡氣。

項少龍知狼群怯了，放下心來，往上大叫道：「上面是何方朋友，有人受傷嗎？」

一個人影現身坡頂，抱拳道：「多謝各位壯士援手之恩，我們有三人被狼咬傷，幸均無生命之險，只要再取枯枝生起火堆，當可捱至天明。」

項少龍聽他措辭得體，但卻似是有難言之隱，又或對他們生出提防之心，所以沒有邀他們上去見面，亦不見怪，大聲道：「既是如此，我們負責把狼群趕走，讓兄臺可以下來取樹枝生火。」

向眾人打個招呼，繼續趕殺狼群去也。

第二十八章　結伴同行

次晨醒來，兩女早起身離帳。

項少龍因昨晚殺狼、驅狼，辛勞了半晚，到太陽昇上半天方爬起身來。

仍在梳洗當兒，有客人來了。

那人生得方面大耳，形相威武，一身武士服，顯是身手高明之輩，左臂包紮著，該是昨晚抗狼的戰績。

知道項少龍是頭領後，那人趨前道：「鄙人莊孔，不知壯士高姓大名？昨晚未曾請教恩公尊名，後受夫人重責，今早特來請罪。」

項少龍見他依然沒有表露身份，更悉對方有女眷隨行，大訝道：「兄臺既不肯表露身份行藏，為何又要上來探聽我們的來歷，不如大家各若萍水相逢，就此分道如何？」

莊孔想不到項少龍如此直截了當，又點出自己故意隱瞞來歷，大感尷尬，不過他也是非常之人，汗顏道：「恩公責怪得好，只恨奉了夫人嚴命，不得隨意表露身份。不過我一見恩公便心中歡喜，可否讓鄙人先向夫人請示，回頭再見恩公。」

紀嫣然和趙致拉著手由林木處回到營地來，看得莊孔兩眼發呆，顯是想不到能在此等地方見到如此絕代佳人。

項少龍笑道：「此事大可免了，我們有急事在身，須立即起程，就這麼算了吧！祝莊兄和貴夫人一路順風。」

莊孔嚇得收回目光，懇切地道：「恩公是否要進入楚境呢？」

紀嫣然兩女見項少龍和人說話，已知事情大概，站在一旁靜心聆聽。

項少龍一呆道：「這處下去不是漢中郡嗎？應仍屬秦國的土地才對。」

莊孔愕然道：「恩公怕是迷路了，此處乃秦嶺支脈，橫過漢中、南陽兩郡，直抵楚境，若方向正確，還有五天路程，鄙人曾走過兩趟，定錯不了。」

項少龍不禁心中大罵杜璧，若非給他的人逼離路線，早在十天前該趕上滕翼，現在卻到了這鬼地方來。想起來時的艱辛，再沒有回頭的勇氣。現在惟有先進楚境，再設法去與滕翼會合。

歎道：「你們也是要到楚國去嗎？」

莊孔道：「正是如此，若壯士不嫌棄的話，可結伴同行，路上也好有個照應。」

項少龍暗忖對方定是給昨夜的狼群嚇怕，沉吟片晌後道：「你們共有多少人？」

莊孔道：「除夫人外，還有四名女眷、一個小孩和包括鄙人在內的十五名侍從。」

項少龍心想若沒有莊孔帶路，尚不知要走上多少冤枉路。只要一出秦嶺，立道再見珍重，該不會有甚麼問題吧，遂點頭答應。

莊孔大喜，連項少龍姓甚名誰都略過不問，約定一會兒後在坡底會合，匆匆去了。

紀嫣然含笑而來道：「看他衣著款式、說話口音，此人乃楚國貴族，夫君大人小心點。」

項少龍笑道：「暫時我叫項然，你是大夫人，致致是二夫人，今次到楚國是做生意，他們不相信也沒有法子。」

項少龍等拔營牽馬下坡時，莊孔等十五男、五女和一個小孩早在恭候。

這十五男中有小半人負傷，其中兩人頸、臉均見狼抓之痕，令人看得觸目驚心。

若只憑觀察，稱得上好手的，除莊孔外，就只有兩個人可勉強入圍。

眾女大半戴上斗篷，以紗遮臉，雖隱約見到輪廓，卻不真切。

沒遮面紗的兩婦粗壯如牛，容貌不算醜，卻毫不起眼。

另三女均姿態娉婷，一眼望去便知是出身高貴的仕女，在半遮半掩的面紗裡，有種朦朦朧朧的神秘美豔。

其中一婦身材特高，年紀亦以她最大，該已三十出頭，看來應是莊孔口中的夫人。

那小孩生得眉清目秀，雙目精靈，約在十一至十二歲之間，見到項少龍等人，張大好奇的眼睛打量他們。

五女見他們到來，均躬身施禮，眼睛卻落在紀嫣然等二女身上。

夫人先發言道：「妾身夫君姓莊，壯士昨夜援手之恩，妾身沒齒不忘，未知先生高姓大名，好教妾身能銘記心頭。」

項少龍來到她身前，依足禮數還禮，笑道：「在下項然，這兩位是我的妻子，這回是要到楚國去碰碰運氣，看看可否購得高質的黃金，想不到竟迷了路途，不過若非迷路，亦遇不上夫人和貴屬，這位小哥兒是否令郎呢？」

莊夫人在輕紗後的眼睛盯著項少龍，道：「是小兒莊保義，她兩人是妾身的三妹和四妹尤翠之和尤凝之，其他是來自我府的僕從。」

兩女害羞地微一福身。

莊夫人目光落在紀嫣然臉上，似是若有所思，卻沒說出來，只道：「想不到山裡的野狼如此悍不畏人，我們已有防備，仍差點遭狼吻，幸有壯士解困。現在有壯士們同行，心裡踏實多了。」

項少龍看看天色，微笑道：「今天起身遲了，不若立即起程吧！」

莊夫人點頭答應，莊孔忙命人牽馬來，讓莊夫人三姊妹和小孩登上馬背，莊保義年紀雖小，卻在馬上坐得穩若泰山，毫無懼意。

眾人於是開始下山，莊孔確沒有吹牛，果是識途老馬，省卻項少龍等不少工夫力氣。

但因三女一孩均要人牽馬而行，故速度甚緩，這也是沒法子的事。

一路上兩隊人間再沒有交談，只那莊孔不時指點路途上的風光，使項少龍有參加旅行團的優悠感覺。

到晚上宿營之時，莊夫人等均躲在帳裡進食，更沒有說話的機會。

就這樣地走了五天路，楚境終於在望。

這晚如常紮營休息，項少龍則與紀嫣然二女和一眾鐵衛圍著篝火，一邊燒烤打來的野味，隨口談笑。

莊孔等則在營地另一端吃他們的乾糧，婉拒項少龍禮貌上的邀請。

滿月高掛中天，照得附近山野一片銀白，遠方的雪峰，更是閃爍著神秘詭奇的異芒。間有狼嗥傳來，又使人感到寧靜平和的山野仍是危機四伏。

趙致如釋重負地道：「再過兩個山頭，我們可以踏足平地，真是好極了，恨不得現在便立即天明。」

紀嫣然挨近項少龍輕輕道：「他們都很緊張呢！」

項少龍望向莊孔等，果然發覺他們沉默得可以，又有點坐立不安，點頭表示同意，卻找不到可說的話。

人家既不肯告訴你，問來也沒有用。況且到達楚境後，自顧尚且不暇，哪還有本領去理別人的閒事。

附近傳來一陣狼嗥，烏光向荊善笑道：「你的老朋友來哩！還叫你動手時不要留情，否則會用牙齒來和你親熱。」

荊奇神色凝重道：「我看狼群是來報仇的。」

荊善亦皺眉不語。

烏言著奇道：「你當狼是人嗎，竟懂得記仇？」

荊奇道：「此事一點不假，馬有馬性，所以認得誰是主人；狼亦有狼性，故知道誰是仇人有啥稀奇。」

趙致膽子最小，心寒起來道：「那你們還不快想些應付的辦法出來。」

項少龍亦是心驚肉跳，因為所處雖是靠崖臺地，但三面斜坡，樹木繁茂，若竄了幾十頭或幾百頭狼出來，確非是鬧著玩的一回事，如有一挺重機槍就好了。

烏舒在眾鐵衛中最是冷靜多智，微笑道：「二夫人吩咐，敢不從命，不過可否待我們填飽肚子後，有了力氣才去工作？」

趙致嬌嗔地向項少龍投訴道：「烏舒這小子在耍人家，致致又沒說不讓他吃東西。」

項少龍哈哈笑道：「羊腿快給烤焦，還不取下來上盤，我的二夫人有東西吃，甚麼都可忘掉。」

紀嫣然嬌嗔道：「致致是饞嘴鬼嗎？說得她這麼不堪，我要為她討回公道。」

笑鬧中，時間就這麼過去。

膳後荊善等興高采烈去佈置陷阱，一副惟恐惡狼不來的樣子，教人又好氣又好笑。

紀嫣然兩女亦去湊熱鬧，反是項少龍偷得空閒，一個人坐在篝火前發呆，思前想後，喜怒哀樂一一掠過心頭。

就在此時，莊夫人揭帳而出，向項少龍盈盈而來，身穿素白的長襦衣，加上件白色的長披風，戴著一頂綴上明珠的帽子，垂下面紗，活像由幽冥來的美麗精靈。

項少龍有點愕然地望著她，直至她來到身旁施禮坐下，才道：「莊夫人睡不著嗎？」

在氣息可聞的近距離下，藉著火光，薄紗再無遮掩的作用，只見她臉上線條輪廓有種古典的優雅美態，雖及不上琴清的驚心動魄，但已是難得一見的美人兒。

她水汪汪的眼睛反映篝火的光芒，爍動變化，專注地凝視項少龍，忽地幽幽一歎道：「心中有事，怎睡得好呢？」

這麼多天來，項少龍尚是首趟和她如此接近地對話，不由湧起異樣的感覺。點頭道：「夫人的事實不必告訴在下。」

莊夫人見他盯著自己的臉龐，低聲道：「壯士是否可以看到妾身的模樣？」

項少龍有點尷尬道：「在這角度和火光的映照下，確多少看到一點。」心中卻在嘀咕，這些話頗帶有點男女挑情的味道，難道她要色誘自己，好使他去為她辦某些事？

莊夫人使他聯想到平原夫人和晶王后，像她們這種成熟和年紀較大的美麗女性，再不像少女時代的純潔，想法實際，最懂利用本身的條件，以美色去達到某一目的。

莊夫人垂下螓首，幽幽道：「壯士今次往楚，真的是去收購黃金嗎？」

項少龍想不到她這麼直截了當，不敢遲疑答道：「人為財死，鳥為食亡，不是為了黃金，誰願長途跋涉、僕僕風塵呢？」

莊夫人默然不語，似在咀嚼他「人為財死，鳥為食亡」兩句精警句子，好一會兒才抬起頭來道：「項壯士出口成章，言之有物，當是非常之人，況且兩位夫人均為人間絕色，氣質高雅，貴屬更無一不是高手，若說會為區區財貨四處奔波，妾身應該相信嗎？」

項少龍矢口不認道：「黃金豈是區區財貨，夫人說笑了。」

莊夫人輕紗後的美目一瞬不瞬地盯著他，緩緩道：「既是如此，只要項壯士把我們護送往滇國，我便以千鎰黃金酬謝壯士，妾身可立下毒誓，絕不食言。」

項少龍心中一震，想起紀嫣然說過由於楚人東侵受挫，故轉向西南開發，而主事者的大將莊蹻，正與莊夫人的夫君同姓。後來楚勢轉弱，莊蹻與其他諸侯坐地稱王，莊蹻不正是滇王嗎？

愕然半晌後，淡淡道：「不知夫人和滇王莊蹻是何關係？」

莊夫人低聲道：「先王乃妾身家翁。」

項少龍暗忖看來又是一宗爭奪王位的王室悲劇，哪還有心情去聽，歎道：「夫人的提議，確令人心動，不過千鎰黃金並不易賺。我更不願兩位本是隨在下來遊山玩水的嬌妻冒上生命之險，恕在下有心無力了。」

莊夫人也歎一口氣，柔聲道：「我只是試試你吧！項少龍有烏家做後盾，哪會把千鎰黃金放在眼內？」

項少龍苦笑道：「原來你早知我是誰，卻故意來耍我。」

莊夫人「噗哧」笑道：「像你這種相貌體型的人，固是萬中無一，紀才女更是瞞不過人，你們又都那麼名聞遐邇，妾身真奇怪項先生竟以為可以騙過我們。」

又微笑道：「若換過是一般男人，妾身或會以身體來換取你的幫助，但卻知這一著對你毫不管用。故而不若明買明賣，大家做個對雙方均有利的交易好嗎？」

項少龍忽然湧起古怪的感覺，這莊夫人不但有平原夫人和晶王后的特質，還包含了趙雅在內的混合體，一副不怕你不合作的俏樣兒，使人既感刺激又充滿挑逗性。

深吸一口氣，收攝心神後道：「坦白說，我倒看不出你可以用甚麼東西來和我交易。」

莊夫人胸有成竹地道：「項先生今次來楚，目標究竟是李園還是田單呢？若是後者的話，妾身不愁你不答應這交易。」

項少龍立時瞪目結舌，須知自己對付田單一事，雖是很多人知道的秘密，亦只限於咸陽軍方與王族的一撮小圈子裡，這莊夫人怎會知悉此秘密？

莊夫人輕輕道：「項先生若知華陽夫人乃我的親嬸母，當不會如此吃驚了。」

項少龍深吸一口氣，道：「夫人是否由咸陽來的呢？」

莊夫人避而不答，道：「先生請先告訴我今趟是否為田單而來，若答案是『否』的話，妾身再無可與先生交易的條件，此事就此作罷。」

項少龍心念電轉，聽她語氣，似乎在田單一事的背後上大有文章，不由有點心動，歎道：「夫人厲害，何妨說來聽聽。」

莊夫人欣然道：「妾身信任先生是正直君子，縱使知道妾身的秘密，儘管不做交易，亦不會洩露出去，是這樣嗎？」

項少龍苦笑道：「難道我項少龍會害你們這些婦人和孺子嗎？」

莊夫人精神一振，道：「我之所以知道這麼多秘密，皆因李園的心腹裡，有我的人在，先生現在明白了吧！」

項少龍恍然大悟，莊夫人本身是楚人，又是莊蹻的媳婦，更是華陽夫人的近親，李園的心腹裡有來自她那系統的人，絕非不合理的事，難怪她會知道自己是要對付田單。

莊夫人微微笑道：「項先生可否拉起妾身的遮面紗，妾身要面對面告訴你一個夢想不到的秘密。」

項少龍皺眉道：「夫人乃身有所屬的人，我這麼做，恐怕於禮不合吧！」

莊夫人黯然道：「先夫已於五年前被叛軍在鬧市中斬首，妾身現在不屬於任何人，否則何須離鄉別井，避難秦國？若不是得華陽夫人維護，妾身早給楚人擒回去。」

項少龍歎一口氣，揭起她的面紗，一張宜喜宜嗔，充滿成熟美女風韻的俏臉呈現眼前。

她的玉臉稍嫌長了點，可是由於粉頸像天鵝般優美修長，卻配合得恰到好處，形成一種特具魅力的吸引力。

再加上下頷一顆有如點漆的小小美人痣，把一切平衡得完美無缺。

她的眼睛果然是水汪汪的，可令任何男人見而心跳。

古典的美態雖遜於琴清，卻多了琴清所沒有的大膽和野性，使人生出一見便想和她親熱的衝動。難怪她要以面紗遮臉。

莊夫人見他目不轉睛打量自己，大感滿意，含羞道：「先生覺得妾身的容色尚可入眼吧！」

項少龍暗自警惕，她雖開宗明義表示不會色誘自己，其實一直都在這樣做著，不過也難怪她，以她如此一個弱質女流，為了復國和讓兒子重登王位，除了天賦的本錢外，還可倚靠甚麼呢？

可想像由亡國到現今的一刻，她必然曾多次利用美麗的身體來換取男人的幫助。

不由歎道：「夫人何須妄自菲薄，你還未說出那天大的秘密哩！」

莊夫人眼中掠過驚異之色，輕輕道：「到這時我才明白為何寡婦清會對先生情難自禁，說話正代表一個人的胸懷修養，只聽先生談吐別出心裁，當知先生非常人也。」

項少龍暗叫慚愧，苦笑道：「復國為重，夫人千萬別看上在下，致自招煩惱。」

莊夫人掩嘴媚笑，道：「你對自己很有信心，但人家欣賞你也要心驚膽戰嗎？且還出言警告，唉！世間竟有你這類怕令女子傾心的男人，說出去絕不會有人相信。」

項少龍愈接觸莊夫人，愈感覺到她的誘惑力，此時忽然覺察到莊孔等都到斜坡處幫忙，營外的空地只剩下了他們這對孤男寡女，暗暗心驚，正容道：「在下洗耳恭聽。」

莊夫人斂起笑容，輕輕道：「田單現在應已抵達楚都壽春了。」

項少龍劇震道：「甚麼？」

莊夫人好整以暇地道：「田單由於國內、國外均仇家遍地，所以身邊常帶著個和他長得一模一樣的替身，知道你不肯放過他後，當日混在李園的隊伍裡一起上路，後來你見到的只是他的替身罷了！」

項少龍登時出了一身冷汗，難怪田獵時田單這麼低調，又盡量不出席公開場合，原來其中竟有這樣的原因。

自己終是棋差一著，鬥不過這頭老狐狸。

還須立即通知滕翼和徐夷亂，免得被楚人反撲下全軍覆沒。

想到這裡，甚麼心情都沒有了。以後自己的名字還要倒轉來寫，今回確是一敗塗地。

忽地感到莊夫人的臉龐在眼前擴大，他仍是神智迷糊之際，莊夫人豐潤的香唇在他嘴上輕吻了一下，才坐回去道：「只要你助我復國，我便幫你刺殺田單。」

項少龍一呆，道：「你自身難保，如何助我？」

莊夫人肅容道：「李令這奸人之所以能弒主賣國，皆因有考烈王在背後支持，現在考烈王已死，壽春和滇國支持我們的大有人在，整個形勢截然不同，否則我怎敢回楚去。」

項少龍愕然道：「考烈王過世的消息，你不是也由李園處聽回來的吧？」

莊夫人道：「當然不是，我們莊家在楚根深柢固，莊孔便是特地由楚遠道來通知我們，並接我們回去的。」

項少龍失聲道：「甚麼？考烈王真的死了？」

莊夫人不解地看著他。

項少龍的震盪仍未過去，想不到盲打誤撞下，竟真的造就李園及時趕回去奪權，否則李園恐怕仍在咸陽。

世事之奇，確是出人意表。

深吸一口氣後，斷然道：「好吧！若我能殺死田單，就全力助你的兒子重掌王位。」

第二十九章　破浪長淮

原本的如意算盤，忽然全被打亂。

當晚沒有狼來，經過討論後，紀嫣然亦相信莊夫人該不是在說謊，因為田獵時田單的表現確是太失常，而且以田單的深謀遠慮，絕不會處於那種一面倒的被動局面裡，要靠呂不韋來保護他。在很大的程度上，田單根本不會相信呂不韋可以弄死項少龍，雖然呂不韋差點辦到。所以旦楚返楚的軍隊必安排好妥善的接應，甚至反佈下陷阱來應付尾隨的敵人，不過他們當然不曉得徐夷亂這著奇兵的存在。

最後項少龍決定派剛痊癒的烏達和另一來自蒲布、劉巢系統的鐵衛丹泉兩人，乘快馬全速往截滕翼，教他們改變整個作戰計劃，只設法拖住田單的軍隊，而非是殲滅對方。

這樣可延誤田單返齊的行程，使他們多點刺殺他的機會。

由於劉氏兄弟和旦楚均不在田單之旁，田單這段時間內的保護網可說是最脆弱的了。

次日清晨拔營起程前，莊夫人領著她兩個「妹子」過來商量到壽春的細節。

她們均脫去面紗，尤翠之和尤凝之果是貌似姊妹，姿色出眾，但比之莊夫人獨特的迷人風姿，卻遜了半籌。

莊夫人笑道：「她們確是我的妹子，只不過非是親妹，而同是莊家的人吧！」又與紀嫣然兩女親熱地打招呼，說了一番仰慕的話後，轉入正題道：「李園的手下裡，不乏認識項先生的人，紀才女更是壽春街知巷聞的著名人物，所以要靠一些障眼法來瞞過楚人。」

項少龍摸著臉頰和下頷道：「我可以長滿鬍鬚，到晚上才出動，那樣該可避人耳目。」

莊夫人道：「避人耳目絕非難事，問題卻在於若行動不便，將更難找到行刺田單的機會，幸好我兩位好妹子最懂易容之術，可在項先生臉上弄點手腳，那除非面對面碰上熟人，否則該可蒙混過去。」

紀嫣然道：「那他以甚麼身份去見人呢？」

莊夫人道：「就充作我的親兄弟萬瑞光好了，他於當年兵變時受了重傷，雖逃出楚境，卻一直沒有好過來，三個月前過世，壽春該沒有認識他的人。」

她說來雖語調平淡，但眾人都聽得出其中洗不清的深仇血恨。

趙致惻然道：「今趟夫人回滇對付仇人，究竟有多少分把握？」

莊夫人若無其事道：「本來半分把握也沒有，只是抱著必死之心，趁楚國自顧不暇時，我母子們回去與賊子拚個死活，但現在有了項少龍，卻有十分把握。」

項少龍苦笑道：「夫人太看得起在下了。」

莊夫人微笑道：「你最好由現在開始改稱我作大姊，我則喚你作瑞光，到壽春還有整個月的行程，我會詳細地把瑞光的身世和遭遇告訴你。幸好瑞光乃西南著名悍將，一向有威武之名，最適合你冒充。由於我們本是滇人，並沒有楚音，只要你努力點學習，該可瞞過楚人。」

項少龍暗忖上次扮的是董馬癡，今趟扮的是悍將萬瑞光，若都能把田單騙倒，就非常精采。

紀嫣然最是細心，道：「莊夫人今次以甚麼名義回楚京的？」

莊夫人道：「春申君乃家翁好友，當年考烈王因怕我們滇國坐大，成為西南之霸，故策動李令聯結夜郎人推翻我們莊家，一夜間我們莊族被殺者近萬人，春申君曾力阻此事，只不過爭不過考烈王，而若非得他派人接應，我們休想逃離楚境，所以我們今趟理該先到春申君府去。」

項少龍和紀嫣然對望一眼，放下心事。

現在考烈王已死，楚國變成春申君和李園爭霸的場所，對傾向春申君的莊夫人來說，殺了與李園勾結的田單自然不算甚麼一回事。

項少龍精神大振，道：「好了！起程吧！」

趙致嗔道：「夫人仍未說我和嫣然姊該扮甚麼哩！」

項少龍笑道：「當然是我萬瑞光的嬌妻，只要遮上塊厚點的面紗，便可解決所有的問題。」

一向以來，直至強秦興起前，諸國之中，楚國以地處南方，附近又無勁敵，所以無論軍事上或經濟上，都有著別國所欠缺的安全和穩定。加上南方土地肥沃，洞庭湖外是無窮盡的沃野，只等著楚人去開發，故富足無憂。

在最盛之時，楚人屬地南卷沅、湘；北繞潁、泗；西包巴、蜀；東裹郯、淮。潁、汝以為洫，江、漢以為池；垣之以鄧林，綿之以方城，幾乎統一了南方。

戰國時代開始之時，乃首屈一指的大國。除了吞併眾多的小國外，還大量開拓東夷、南蠻和西南夷的疆土，把諸地置於楚邦文化的影響下。

不過正如紀嫣然的分析，要管治這麼多的民族和如斯廣闊的疆土，必須一個強大有為的政府。

可惜楚人自悼王、宣王之後，再無有為君主，懷王更困死於秦。中央既失去制衡的力量，地方勢力自是乘時興起。

考烈王策動滇國的兵變，正是對地方勢力的一個反撲。不過事實並無任何改變，只不過由莊姓之王改為李姓之王罷了。

現在考烈王駕崩，紛亂又再出現。項少龍等陰差陽錯，被迫趕上這個「盛會」。

驟聽楚國似是亂成一團，事實卻非如此。秦人由於國內連喪兩王，小盤又年幼，軍方和呂不韋的鬥爭成了拉鋸戰，更須集中全力去防衛東三郡，楚國遂得偏安南方之局。

一直以來，由於經濟的蓬勃，楚人的生活充滿優悠閒適的味兒，和北人的嚴肅緊張成為強烈的對比。

當離開秦嶺，再翻了兩天起伏不平的山路之後，終抵達漢中平原。

丹泉和烏達兩人在莊夫人一名家將帶路下去會滕翼，眾人則朝壽春進發。

紀嫣然與項少龍並騎而行，談起楚國文化，道：「楚人雖是我的亡國仇人，但我對楚人的文化卻一向傾慕，像他們的始祖，並非胼手胝足的農神，而是飛揚縹緲的火神，河神更是位妙目流盼的美女。其他的神祇，或是彩衣姣服的巫女，又或桂酒椒漿的芳烈。楚辭更是音節委婉，詞藻繽紛，充滿哀豔纏綿的情緒。」

項少龍有少許妒忌地道：「不過我在李園身上卻完全看不到這些聽著頗美麗的東西。」

紀嫣然「噗哧」嬌笑，橫他一眼後，忍俊不住道：「他又不是追求你，哪有時間大拋文采。」

吁出一口仙氣，得意洋洋地道：「真好！很少聽到夫君大人以這麼酸溜溜的口氣說話。」

這時莊夫人使人來喚，要他們策騎到後方，好趁旅途無事時，教他們學習滇地的鄉音。項少龍等只好苦著臉去學習。

當時戰國最流行的是周語，各國王族和有點身份的人都以此作為交際的語言。因地域的不同，周語自然夾雜了各地的方言和用語。所以只聽口音，便可知大概是哪個地方的人。

差異最小的是趙、魏、韓三國，這是由於三國都是從晉國分裂出來。秦人則因本身文化淺薄，又與三晉為鄰，所以口音、用語非常接近三晉。差別最大的是楚國，直至此時，楚人仍被譏為「南蠻」，用詞上分別更大，所以項少龍等要學習帶著滇音的楚語，自是吃盡苦頭。

楚人的根據地，以長江兩岸的廣闊地域和碧波萬頃的洞庭湖為中心，再朝南開發。壽春位於長江之北、淮水西岸，比之最初位於洞庭湖西北角的舊都「郢」，足足東移過千里，雖遠離秦人，但亦明確擺出沒有臥薪嘗膽、以身犯險的勇氣，難怪楚國雖大，卻是三晉人最看不起的一國。

走了五天路後，越過桐柏山，到達淮水西端的大城「城陽」。眾人找得一處旅館住下，再由莊孔出外奔走買船，以減旅途跋涉之苦。

由於他們入城時須報上身份名字，到旅館剛安頓好行囊、馬匹，府令屈申便率人來拜會。項少龍自是由得莊夫人去應付，在房內與兩位嬌妻調笑取樂，好享受「回到人間」之樂。

不一會兒莊夫人過來，席地坐下後欣悅地道：「解決了船的問題，這裡的府令屈大人知我是誰後，非常幫忙。」

換上常服的莊夫人，又是另一番風姿。

她穿的是這時代最流行的「深衣」，上衣下裳連成一體，衣襟右掩，接長了一段，做成斜角，由前繞至背後，美女穿起來別有一番韻味。

她梳的是墜馬髻，把挽束的秀髮盤結於顱後，垂得很低，真有點像由馬上墜下來的姿態，加上她嫵媚的神采，折腰式般的步姿，確是我見猶憐。

項少龍暗中警告自己，絕不可對這美女動心，否則將會添加很多煩惱。而且他終是二十一世紀的人，能擁有多位嬌妻，早心滿意足，理該對紀嫣然等「忠誠」。

紀嫣然也在打量這風韻迷人的美女，似乎感到少許威脅，淡淡道：「我曾在壽春住過一段短時間，不知現在是否仍是斗、成、遠、屈四族的人勢力最大呢？」

項少龍立時想起屈原，原來此君竟是楚國四大族中的人，難怪可以當上大官。

莊夫人美目掃過項少龍，才道：「四大族的勢力已大不如前，現在興起的是李園的一族，那是四大族外最有勢力的一族，且由於李嫣嫣生下太子，李族更如水漲船高。現在李嫣嫣成為掌實權的太后，誰不在巴結李族的人？」

項少龍見莊夫人對壽春的事如此清楚，忍不住問道：「李園是否娶了郭縱的女兒郭秀兒回來？」

莊夫人點頭道：「正是！聽說她還有了身孕，頗得李園愛寵。」

項少龍的注意力不由落在掛在自己胸膛的鳳形玉墜處，這是當年郭秀兒奉父命下嫁李園前送與自己之物。往者已矣，心中不由有點神傷魂斷的感覺！

莊夫人深望他一眼，垂下頭去，似乎窺破他和郭秀兒間的私隱。

紀、趙二女知道他和郭秀兒的關係，反不在意，前者道：「郭縱有沒有把他的生意移過來呢？」

莊夫人皺眉道：「這個我就不大清楚了。」

項少龍感到氣氛有些異樣，岔開話題道：「王族裡是否有位秀夫人？華陽夫人曾囑我把一件禮物交給她，後來我卻沒有到楚國去。」

莊夫人點頭道：「本還想不起是誰，但若與嬌母有關係，那定是清秀夫人了。她的美貌在楚國非常有名，嫁了給大將斗介，本極受愛寵，後來斗介迷上大夫成素寧的小妾燕菲，清秀夫人一怒下搬到城郊淮水旁的別院隱居，不准斗介踏進大門半步，否則立即自盡，她的剛烈，贏得國人的尊敬。斗介從此失寵於考烈王，不過現在他依附李族，仕途又大有起色。」

趙致奇道：「那燕菲既是大夫成素寧的愛妾，為何會和斗介弄到一起？」

莊夫人鄙夷地道：「成素寧最沒骨氣，斗介乃軍方重臣，使個眼色他便把燕菲乖乖奉上。今趟我們莊家復國，最大障礙是以李園為首的一群人，因為李令正是李園的堂兄。」

項少龍不由大感刺激，正要說話時，烏言著敲門求見，進來後神色凝重地道：「有點不對勁，剛才發現有形跡可疑的人在附近偵察我們，後來府令屈申離開時，在兩條街外和其中一名疑人躲在車上說了一番話，然後那些可疑的人全部撤走。」

莊夫人聽得玉容微變。

項少龍從容笑道：「看來他們準備在船上對付我們，只要鑿沉船隻，他們的人可在水裡刺殺小公子，你們的復國大計也要完蛋，真想得周到。」

莊夫人道：「那怎辦才好？船上的船伕和舵手都是他們的人。」

紀嫣然佻皮地道：「只要離開城陽，我們可要船不要人，看屈申能奈何得我們甚麼？」

翌晨府令屈申親來送行，大船揚起三桅風帆，順水開出。

船上共有船伕三十人，人人粗壯驃悍，雖是神色恭敬，卻一看便知不是善類，不過當然不會被項少龍放在心上，派出眾鐵衛十二個時辰輪番監聽他們的動靜後，一邊學習滇音、楚語，同時盡情休息，好在抵達壽春後，以最快時間幹掉田單，再立即溜走。

他並不大擔心會給人識穿身份，因為熟識他的田單、李園等人均身份尊貴，縱是自己這「亡國之將」蓄意求見，仍恐難有機會，所以碰面的機會微乎其微。唯一的困難，是如何去把握田單的行蹤。

南方的景色，比之西北方大是不同，秀麗如畫，迷人之極。

際此春夏之交，大船放流而下，平山遠林，分綴左右，一片恬靜中惟粼粼江水，滔滔而流。

沿江而下，不時見到漁舟在江中捕魚，使人很難聯想到戰國諸雄那永無休止的鬥爭。

江水蜿曲，每拐一個彎兒，眼前會出現一個不同的畫面，使人永無重複沉悶的感覺。

由於有外人在，紀、趙兩女戴上小帽面紗，多添了使人心癢的神秘美感。

那些不懷好意的船伕，灼灼的目光不時掃視她們的身體，顯然除存心殺人外，對船上的女人都起了不軌之心。

不知是否因偏安的關係，楚人在風俗上大異於三晉和秦國，最明顯是已婚的婦人出門時皆戴上各式各樣的面紗，一點不怕累贅和不通氣。

除了戴冠垂紗外，亦有以頭巾紮髻，再伸延下來遮著臉龐，這種頭巾均是孔眼稀疏，以紗羅製成，但由於質地輕薄，覆在臉上時，內中玄虛若現若隱，更添引人入勝的誘惑力。

給紀嫣然和趙致這等美女戴上後，更是不得了，累得項少龍也希望夜色快點降臨。

項少龍經過這些日子，臉上長出寸許長的鬍鬚來，不但改變了他的臉型，也使他更添陽剛威霸之氣。

留鬚在這時代乃非常普遍的事，特別是文官，多蓄長鬚；武將則較多留短髯，所以臉白無鬚，反是異常。

當項少龍偕二女在船頭欣賞美景時，莊孔來到他身旁低聲道：「在到達上游期思縣前，有一段水流特別水深湍急，險灘相接，危崖對峙，賊子若要動手，那處該是最佳地點。」

項少龍沉聲道：「甚麼時候到得那裡去？」

莊孔答道：「入夜後該可到達。」

莊孔去後，項少龍望江而歎。

趙致訝道：「夫君大人不是為這些小毛賊而煩惱吧？」

項少龍苦笑道：「他們雖是小毛賊，卻破壞了今晚我和兩位嬌妻的榻上狂歡大計，怎能不憤然怒歎。」

兩女吃吃笑起來，說不出的媚惑誘人。

第三十章　搖身再變

黃昏忽來驟雨，下了小半個時辰，雨勢漸歇，但仍是毛絲絲地下個不絕，天空蓋滿厚雲，一片淒迷沉重的感覺。

項少龍和兩位嬌妻，與莊夫人、尤翠之、尤凝之及小孩莊保義聚在主艙共膳。自相遇後眾人還是第一趟共進膳食，顯示雙方的關係又再密切了一點。

莊保義不時以既崇慕又渴望的眼光瞧著項少龍，紀嫣然最疼愛孩子，忍不住問道：「小公子想到甚麼事兒哩？」

莊保義小臉立時漲紅，垂頭道：「保義想拜項先生為師，學習劍術。」

莊夫人和尤翠之等兩女均含笑不語，靜待項少龍的反應。

項少龍哪忍傷一個小孩子的心，何況他的境遇如此悽慘，微笑道：「你怕吃苦頭嗎？」

莊保義挺起小胸膛昂然道：「保義是最吃得苦的，不信可問娘親。」

莊夫人大喜道：「能得西秦第一劍手、秦王之師指點保義，小女子感激涕零，保義還不立即行拜師大禮。」

當下一番揖讓，行過拜師之禮後，氣氛更見融洽，但項少龍則知道自己對莊家又再多三分道義和心理上的照顧責任。

想起莊保義將來即使成為滇王，也逃不了再被自己另一個徒弟小盤滅國之禍，心中也不知是何滋味。

莊夫人固是不時把美目往他掃來，尤翠之等兩女亦偶送秋波，幸好她們出身高貴，否則就更是媚眼亂飛、言挑語逗的局面。

項少龍絕不介意逢場作戲，但更重要的是須尊重紀、趙兩位嬌妻，故在神態和言語上均小心翼翼，不敢有絲毫逾越，所以這一頓飯吃得既刺激又是有苦自己知。

烏光這時闖進來，到項少龍後側耳語道：「我們在底艙處發現鑿船的工具和幾大鑊火油，看來這批羔孫子是要沉船放火，雙管齊下。」

莊夫人等細聆烏光和項少龍的對話。

項少龍道：「有沒有偷聽到他們的說話？」

在項少龍的設計下，他們有各式各樣的原始竊聽工具，例如被名為「隔壁耳」，狀若喇叭的銅筒，按貼壁上可以把隔壁的聲音擴大，易於偷聽。

烏光口不擇言地道：「當然聽到，連他們方便撒尿的聲音都瞞不過我們。」

眾女聽得俏臉飛紅，趙致嗔道：「小光你檢點一下好嗎？」

項少龍笑道：「快說出來！」

烏光先向趙致謝罪，才道：「他們的頭兒叫成祈，似乎是大夫成素寧的親戚，聽口氣他們早知道夫人們會在這幾天經此到壽春去，故已在這裡等候整個月，奉命一個不留。嘿！我也很想對他們說同樣的話。」

莊夫人聽得臉色微變，低頭不語。

項少龍道：「還有甚麼？他們有沒有說何時下手？」

烏光得意洋洋地道：「當然有哩！哪瞞得過我們這些大行家，他們準備了迷藥放進水裡去，把我們迷倒後，便將所有女的污辱，再沉船放火，手段毒辣之極。」

莊夫人等五女聽到「污辱」這種敏感的字眼，俏臉都紅起來。

今次連紀嫣然都啐罵道：「烏光你真是滿口污言，失禮之至。」

趙致擔心的卻是另一回事，問道：「現在我們喝的水有問題嗎？」

烏光道：「當然沒有問題，下了藥的水會有一陣異味，須以茶味掩飾，待會若他們拿壺茶來招待夫人，就千萬不要喝。」

烏光的低級風趣令項少龍想起烏果的高級風趣，不由更想起趙雅，未知烏果是否已順利的把趙雅迎回咸陽？這美女實在吃了太多苦頭。

笑罵聲中，烏光給趙致逐出去，紀嫣然則為烏光的粗言俗語向莊夫人等致歉。

莊夫人毫不介懷，反道：「光小哥這種人方是真性真情的人，道貌岸然、滿口仁義的人妾身見得多，給他們在暗中害了尚未知是甚麼一回事。」

紀嫣然道：「夫人回楚京一事應是秘密，為何成素寧卻得到風聲，還派人到這裡謀害你們？」

莊夫人淒然道：「現在我已弄不清楚誰是敵人了。」

這時果然有人叩門而入，跪地稟道：「小人特來奉上城陽特產『安神茶』，味道雖有點古怪，但喝後卻不畏風浪，是府令屈大人特別孝敬夫人和小公子的。」

莊夫人裝作欣然的答應。

此人去後，項少龍湊到趙致的小耳旁道：「他們真合作，我們今晚仍有無限的春光哩！」

趙致哪想到項少龍會在「大庭廣眾」前與她說這種頑皮話兒，登時俏臉飛紅。

莊夫人看到他們的情景，那對本已水汪汪的美目更似要滴出汁液來。

戰鬥幾乎尚未開始，就已結束。

當項少龍他們詐作喝下藥茶暈倒時，眾賊子露出猙獰面目，眾鐵衛立以迅雷不及掩耳的手法，把他們全體擊倒制伏，綑縛起來，大船落入他們的掌握裡去。

項少龍陪著莊夫人到甲板上，著鐵衛把這批凶徒一字排開，進行審問。

江水兩岸一片黑沉，雨雖停了，仍不見半點星光。

項少龍冷冷道：「誰是成祈？」

三十名被五花大綁的敵人想不到他們竟知道成祈之名，齊感愕然，但仍人人緊抿著嘴，沒有說話，一副難道你敢殺我嗎的神氣。

項少龍暗歎一聲，低聲向莊夫人道：「夫人請轉過頭去，不要看！」

莊夫人堅強地道：「我不怕！」

項少龍打個手勢，守在俘虜後的烏舒一腳撐在其中一人的背脊，那人由於手足均被縛連在一起，立即踉蹌前跌，滾倒地上。

項少龍身旁搶出荊善，用腳挑得他仰躺在甲板上，「鏘」的一聲拔出長劍，在他眼前比劃著道：「最後機會，誰是成祈？」

那人仍不肯屈服，「呸」的一聲，露出不屑神色。

荊善冷笑一聲，長劍猛揮，那人立即咽喉血濺，立斃劍下。

「咚咚」兩聲，俘虜中有兩人嚇得軟跌地上，數人則雙腿抖震，無一人不血色盡褪，想不到對方狠辣無情至此。

莊夫人亦看得俏臉煞白，估不到真會殺人，下意識地把嬌軀靠向項少龍。

荊善若無其事地在被殺者身上抹拭劍刃血跡，才讓人把屍身拖往一旁。

莊孔和莊夫人的侍從均瞪大眼睛，呆在當場。

雖說在這時代，對武士來說殺人絕非甚麼大事，可是荊善那種在殺人前後漫不經意的態度，卻對敵我均帶來很大的震撼。

項少龍當年揀選十八人當隨身鐵衛時，其中一項要求是堅毅的心志，只有不怕殺人和不怕被人殺，方有資格入選。

在這弱肉強食的戰爭年代，對敵人仁慈，就是對自己的殘忍。

若今次被擒的是他們，想這樣痛快的死掉也沒有可能，特別是紀、趙一眾美女們。

項少龍指著另一人，淡淡道：「誰是成祈？」

那人雙腿一軟，學早先兩個同伙般坐跌地上，眼光卻望往其中一個特別粗壯陰沉的漢子。

那漢子知露了底，移前少許大聲道：「不用問了，我就是成祈，若你們敢……」

「砰！」

烏光一腳踢出，正中他下陰，痛得他立時像煮熟的蝦般弓身彎倒在地上，痛不成聲。

項少龍笑道：「帶他到艙底大刑伺候，看他口硬到何時。」

當下烏舒、荊善等興高采烈地押著他去了。

其他俘虜人人臉如土色，渾身發抖。

項少龍道：「把這些人分開審問，然後再對口供，誰人有半句謊言，又或故意隱瞞，立殺無赦。」

莊孔等人一擁而上，和其他鐵衛把俘虜帶到不同角落審問去了。

莊夫人的嬌軀軟弱無力地靠貼項少龍，輕輕道：「到今天我才見識到這種雷霆萬鈞的手段，先夫以前對人實在太心軟了。」

項少龍輕擁她香肩一下，柔聲道：「回艙歇息吧！明天早膳之時，會有審訊得來的結果。」

莊夫人像是很留戀挨著項少龍的感覺，低聲道：「如何處置這些人呢？」

項少龍苦笑道：「我很想把他們全數釋放掉，但卻是最愚蠢的行為，尤其他們見到我們的手段，會生出疑心，莊夫人該明白我的意思吧！」

天明時，船上再無半個俘虜，血跡均被洗刷乾淨。

在主艙進早膳時，項少龍對莊夫人道：「這事背後的主使者不但有成素寧，還有斗介和一個叫方卓的人，夫人有甚麼印象嗎？據說正是方卓把夫人會到壽春的消息通知斗介和成素寧的。」

莊夫人俏臉轉白，道：「我當然認識，方卓是春申君府中一個食客，一向負責與我們通消息，想不到竟出賣我們。」

尤翠之顫聲道：「會否春申君是背後的主謀呢？」

莊夫人堅決搖頭，道：「春申君絕不會這樣做，何況若保義能夠復位，對他有百利而無一害，他更非這種卑鄙小人，看來方卓該是給成素寧收買了。」

紀嫣然道：「成素寧和斗介為何要置小公子於死地？」

莊夫人道：「現在楚境之內，共有十多個諸侯國，其中以滇、夜郎、岷山、且蘭四國最是強大，兵員均達上萬之眾，故深遭楚王顧忌。不過他雖有廢侯之意，卻不敢輕舉妄動，怕激起眾侯國聯手抗楚。而眾國中又以我們莊家聲望最高，隱有眾侯之長的威望。所以考烈王第一個要對付的是我們，卻不敢明目張膽，只敢策動奸賊李令造反，可是滇國的子民仍是心向我們莊家，其他侯國亦對莊家復辟一事大力支持，故此李園所代表的李族怎肯讓我們回國呢？」

趙致道：「既是如此，夫人這番往壽春去，豈非送羊入虎口？」

莊夫人道：「現在壽春話事的人仍非李園，而是春申君。兼且四大家族裡除了像斗介和成素寧這等投靠李族的無恥之徒外，大多數人均不滿李令做滇王，即使李園亦不敢公然說支持李令。今次妾身一行人先往壽春，就是要正式向楚廷投訴李令背主叛變的不合法行為，因為先家翁是正式受朝廷王命策封的。」

項少龍心中叫妙，道：「這就最好，我看李園必會設法把事情拖著，因為他若明示李令背叛有理，勢將使諸侯國人人自危，更增離心之意，假若我們有甚麼三長兩短，那就人人均曉得是誰幹的。所以事情通了天，我們反最是安全。」

尤凝之「噗哧」嬌笑道：「項先生的用詞真怪，甚麼『三長兩短』、『通了天』，但聽懂又覺非常貼切精采。」

項少龍當然知道自己這方面的問題，含糊的蒙混過去，道：「這幾天我們該可輕鬆一下。」

莊夫人笑道：「不！該說為你裝扮的時候到了。」

項少龍坐在艙房內的梳妝几前，看著銅鏡的影像，鼻端嗅著尤翠之和尤凝之的體香、衣香，如入眾香之國。

尤翠之親熱地按著他兩邊寬肩，跪在他背後由左肩膀探出頭來，陪他看著銅鏡的影像，道：「娥姊並沒有誇大，我們兩姊妹曾從楚國第一化妝巧手蘇六娘習藝，任何臉孔到了我們手上，均可變妍為媸或變媸為妍。」

項少龍感到她的酥胸慷慨地壓在背上，大吃不消，又不好意思要她挪後一點，同時老實說亦很覺享受，惟有道：「可是我是男人哪！」

坐在另一側正翻弄幾個化妝箱的尤凝之嬌笑道：「楚國的男人最愛妝扮，我們以前每天都給大王妝扮哩！」

說罷神色微黯，顯是念起先夫。

尤翠之道：「敷臉的粉，大致可分兩類，一種是以米粒研碎後加入香料製成；另一種是糊狀的臉脂，叫鉛粉。後者較能持久，所以只要我們每天給你敷面一次，包保沒有人可把你認出來。」

項少龍暗忖難怪「粉」字的部首和偏旁從「米」從「分」，原來這時代的粉是由米造的，口上應道：「難道沒有人見過萬瑞光嗎？」

尤翠之對項少龍愈看愈愛，差點把臉蛋貼上他左頰，媚眼如絲地道：「萬瑞光是滇人，屬最大的滇南族，娥姊便是滇南第一美人，曾隨先君到壽春見過楚王，萬瑞光於逃秦前則從未踏出滇南半步，連李令亦未見過他，壽春想找個認識他的人都難哩！」

項少龍心想莊家這麼得滇人支持，原來採用和親政策，莊夫人不用說是族長之女那類有身份的人，難怪楚人這麼怕莊保義回滇了。

尤凝之來到項少龍前面，用神端詳他的臉孔。

項少龍道：「還有三天才到壽春，兩位夫人不用立即動手吧？」

尤凝之媚眼一拋，嗔道：「我們要試試哪種方法最能改變你的樣貌嘛！還可能要特別配方，幾天的時間怕不夠用呢！」

背後的尤翠之吹一口氣進他耳內，昵聲道：「不歡喜我們姊妹伺候大爺嗎？我們學過推拿之術，最懂伺候男人的。」

說完就在他肩膊處搓揉起來。

無可否認，那是非常高的享受，而且她肯定是箇中高手，項少龍不由自主地嘻哼作聲。

尤凝之橫他嬌媚的一眼，拿起一個小盅，不一會兒弄了小杯漿糊狀的白色東西，以小玉杵攪拌著，道：「你的皮膚比較黝黑，待奴家為你弄成好像很久沒見過陽光的樣子，那別人更不會起疑心。」

接著小心翼翼地把鉛粉抹到他臉上去，涼浸浸的，加上她纖柔的玉指輕輕撫揉，項少龍一時不知人間何世。

背後的尤翠之與乃妹商量道：「我看最好用胭脂把他的唇色改淡一點，眉毛則加粗一些，再染了他的鬚髮就更妥當。」

項少龍大吃一驚，道：「若日後改不回原先的樣子，豈非糟糕之極。」尤翠之笑得整個人伏在他背上喘氣，道：「愛美的男人啊！只要用特製的藥水一洗，保證甚麼都沒有了。」

項少龍仍不放心，看著銅鏡裡逐漸化成的「另一個人」，苦笑道：「若我變成個濃妝豔抹的男人，休想我白天出外逛街。」

兩女笑得彎下腰去，尤凝之乘機埋首入他懷裡。

尤翠之道：「最高的妝扮之術，就是使人不覺得上了妝，不信看看我們和娥姊吧！」

項少龍看兩女幾眼，果如她所言，並不覺上了濃妝，放下心來，專心享受兩女香噴噴的服務。

尤凝之給他弄好臉妝後，開始為他畫眉，情深款款地道：「項先生是我姊妹見過的男人中最守禮的君子，不過知否奴家姊妹都心甘情願伺候項爺呢！」

後面的尤翠之開始為他解下頭上的英雄巾，聞言道：「想起回滇後我們要和項爺分開，奴家便有神傷魂斷的感覺。但念到先君對我們情深義重，奴家的得失又算甚麼哩！」

項少龍想不到她們會公然示愛，同時也有點感動，若沒有遇上他項少龍，莊夫人一行是必死無疑，而且三女更會受盡凌辱，但三女為替先夫復國，仍義無反顧的回楚，只是這種忘我的勇氣，已教人肅然起敬。

正不知如何回答她們時，莊夫人偕趙致進來看他。

趙致差點認不出自己的夫君來，大訝道：「翠姊和凝姊確是神乎其技，看來我和嫣然姊也好該改變一下樣子了。」

莊夫人道：「你們只要把頭髮染得花白一些，讓年紀看上去大上十歲左右，加上面紗，保證沒有人可認得出你們來。」

項少龍看著銅鏡裡的自己，信心不斷增長，暗忖就算面對面撞上李園或田單，若再換上滇人的裝束，保證對方認不出自己來。

第三十一章　楚都壽春

楚國自秦將白起攻入郢都，楚頃襄王往東敗走，兩次遷都，離秦愈遠。淮東之地本屬陳，為楚征服，於是頃襄王收陳地兵得十餘萬，回過氣來後再由秦人手上奪回淮北十五郡，聲勢復振。

到去年聯同其他四國攻秦，大敗蒙驁之軍，秦人閉關不敢應戰，楚國似乎又在一夜間回復了春秋時代的霸主姿態。

說到底，楚國雖失去大片國土，但由於幅員廣闊，秦人要來攻楚確是不便，所以才能成其偏安中興之局。

壽春位於淮水之南，與另一軍事重鎮下蔡成夾江對峙之局，由於交通方便，楚人在這區域又有深厚的根基，人力物力不虞匱乏，故亦有一番盛況，在當時的聲勢實在其他北方諸國之上。

壽春都城特大，城為箕形，周圍約三十多里，外郭則達五十餘里，可說是當時最偉大的城市之一，規模僅次於咸陽，還建有四個附城以作屏護。人口多達二萬戶，繁盛非常。

加上河谷土壤肥沃，糧食充足，使壽春成為繼郢都之後楚國最繁華的都城。所有重要的建築集中在位於中央的內城，宮殿、臺榭、倉廩、府庫、宗廟、祀土神的社、祀穀神的稷、官卿大夫的邸第和給外國使臣居住的賓館，均位於此處。

外城是縱橫交錯的街道，井然有序地分佈著民居、墟市、旅館、店舖。

壽春城防極嚴，城郭入口處有可以升降的懸門，城外有護城河，日夜有楚軍把守，凡通過城門者，均要納稅。

項少龍等抵達城外的碼頭時，在江上給楚戰船截著，到莊夫人亮出朵兒，才准船隻泊到碼頭去，卻不准他們登岸，另外派人入城飛報。

眾人惟有悶在船上耐心等待。

這時的項少龍換上一身寬鬆的袍服，遮蔽他健美的體型，髮鬚有點未老先衰的花斑灰雜，容色蒼白，眉濃掩目，比以前的董馬癡更不像項少龍。

等足整個時辰，終見一隊車隊離城而至，帶頭的是個大胖子，身穿官服，年在五十歲左右，眼細長而鼻大，有點像上承祖蔭、被酒色侵蝕了靈魂和肉體的二世祖。

正在船上恭候的莊夫人低聲向身旁的項少龍道：「那胖子就是春申君黃歇。」

項少龍心中打了個突兀，起先還以為是黃歇的家將、食客那類人物，怎知卻是黃歇本人。戰國四公子中項少龍雖只見過信陵君，但看來應以此人外型最差，難怪在四公子裡以他的聲譽最低。

想起曾幹掉一點也不像他的兒子的趙穆，心中禁不住生起古怪的感覺。

另一邊的紀嫣然低聲道：「比我上次見他之時，又胖了一點。」

項少龍這才懂得心中一寒，記起紀嫣然曾來過這裡，假若她給春申君一眼看出，由於自己乃他的殺子仇人，一切立時完蛋大吉。

幸好化了妝和換過楚服的紀嫣然和趙致一點也不像原來的樣子。

楚國的女服和別國相比，顯得特別寬闊和華麗，曳地的連身長裙，腰繫白色寬帶，衣領斜交，延結摺疊於背後，袖和下襬均有寬沿。帽子圓頂結纓，結帶於頷下，加上重粉敷面，確另有異國的情調。

至於兩女的髮型，均與莊夫人等看齊，額髮梳得平齊，並由兩鬢束成長辮垂於腦後，直至頸部，髮辮復結成雙鬟。

只是這髮型上的改變，若項少龍在不知情下，亦會一時認不出她們來，更何況花白的髮腳，使她們看來年紀至少老了二十歲。

五女的楚服分別以朱紅、絳紅、金黃、素綠、青藍為主色，加上龍、鳳、鳥等刺繡，輔以蔓藤、草葉、花卉和幾何紋，構圖奇特生動，充份顯示楚人遼闊的想像力和充滿神話色彩的文化。

男服較為樸素，衣長但露腳，右衽交領寬袖，袖口處略微收束，衣沿和袖口處飾以紋邊，以棕、黑、褐、白等色為主，最奪目是束腰寬帶，以不同的對比顏色相間雜。眾鐵衛則全換過楚國的武士服，上衣過腰，下穿束腳褌，腳蹬長靴，於重要部位綴上輕甲，髮型全改變了，戴上楚帽，模樣相當有趣。

此時春申君來至岸旁，打手勢著人請他們上岸。

莊夫人在兩個粗壯女僕扶持下，婷婷的帶頭步上岸去。

不知是否項少龍多心，他感到春申君的細眼亮起來，狠狠盯著蠻腰楚楚、似經不住輕風吹拂隨時會斷折的莊夫人萬青娥。

黃歇等紛紛下馬，施禮迎接。

莊夫人剛施過禮，立時失聲痛哭，道：「君上要為妾身、犬子作主啊！」

黃歇登時慌了手腳，道：「萬王妃請勿悲傷，一切回府後再從長計議。」

望向萬瑞光，雙眼瞇緊了點，眼睛掠過懾人精芒，道：「久仰萬先生之名，果是一表人才，本君好生歡喜。」

項少龍體會到盛名之下無虛士的道理，春申君雖是耽於酒色，但只看他的眼神，便知他胸有城府，不像他的外型和樣貌所予人的感覺。連忙把聲音壓沉，以剛學來帶有滇音楚腔的流行周語應對道：「君上威名震天下，該是瑞光感到榮幸才對。」

黃歇眼光掠過紀嫣然等諸女，莊夫人收止哭聲，一一替他介紹。

黃歇見紀、趙兩女已達「入暮之年」，沒有多加注意，只用神打量尤翠之和尤凝之二女，目光最後落回莊夫人身上，聲音轉柔道：「王妃不若先到敝府歇息，其他一切慢慢商議。」

項少龍忽地想到今次若不是遇上自己，那莊夫人和尤氏姊妹唯一可用上的就是美人計，以美色達到目的。因為看春申君現在的神態，顯然對助她們復國一事並不熱心。只看他對莊保義毫不在意，即可見一斑。

黃歇身後有幾個食客模樣的人，其他全是驃悍的武士。

食客的其中一人身量高頎，留著一把美鬚，長及於胸，臉長鼻曲，唇片極薄，雙目閃著驚異不定的神色，留心打量己方諸人，特別是滇國流亡小儲君莊保義。

身後的莊孔見項少龍注意此君，低聲道：「那人就是方卓！」

項少龍微一點頭，莊夫人鶯聲嚦嚦道：「不用打擾君上了，妾身只想返回滇王府去。」

項少龍等均微感愕然，這才知道壽春竟有莊家的府第。

春申君臉露古怪神色，乾咳一聲，道：「這事也待回到敝府後再說好嗎？」

莊夫人嬌軀微顫，面紗後的秀目盯著春申君道：「請問君上，這事有甚麼問題呢？」

春申君歎道：「自滇國亂起後，王妃和小公子避往秦地，滇王府的婢僕四散潛逃，丟空了多年，最近左令尹李闖文見了頗為心喜，強行搬進滇王府去，本君雖曾多次與他交涉，可是他仗著先王的默許，一概不理睬，本君也極為不滿。」

莊夫人嬌軀劇顫，怒道：「天理何在，君上須為妾身討回公道。」

春申君嘴角露出一絲苦澀的笑容，低聲道：「早晚本君會使這小子受到教訓，不過現在形勢微妙，不宜輕舉妄動。王妃舟車勞頓，不若先回敝府休息吧！」

項少龍卻是心中叫妙，現在壽春要置莊保義於死地的固是大有人在，可是由於牽涉到十多個諸侯國，卻是沒有人敢動手。所以只要佔在有道理的一方，自可大鬧一場以營造聲勢，哈哈一笑，道：「君上好意心領了，今趟我們來壽春，正是要討回公道，若膽怯怕事，何能完成復國大業？君上請先回府，我們自有主意。」

春申君愕然望向萬瑞光。

萬瑞光乃滇南名將，更是滇南族的著名領袖，文武兼資，在楚國有一定地位，但仍想不到他如此敢作敢為，擺明要把滇王府奪回手上。

莊夫人也嬌軀一顫，差點出言阻止，幸好想起項少龍乃非常人，自有非常手段，臨時把到口邊的話吞回肚子裡。

春申君不愧戰國四公子之一，沉吟頃刻後道：「李闖文這一莽撞行為，很多人看不順眼，就是李族中人亦有微言，諸侯國派駐此處的使臣更曾聯名上書抗議，只是給先王一直拖著，萬將軍若要把王府奪回，無人敢說半句話，只不過李闖文府內家將中高手如雲，起了衝突時後果難料，萬將軍還請三思，而本君更不便直接參與。」

項少龍心中大喜，若情勢如此，更不可放過為莊家揚威的機會，當所有人均認為他們有復國的能力時，由於滇國乃楚國諸侯之首，就算掌權的是李園，在衡量形勢下，仍不得不賣他們的帳。冷喝道：「『自反而縮，雖千萬人，吾往矣』！君上可否先遣人通知李闖文，說我們要立即收回滇王府，來個先禮後兵。」這孟子的名句，是他中學時唸回來的東西，恰好在此時此境派上用場，學以致用。

春申君雙目亮起奇光，點首道：「萬先生果是真豪傑，我黃歇服了，人來！」

方卓自動請纓，踏前施禮道：「這事由小人去辦吧！」

項少龍心中暗笑，當然知道方卓是去教李闖文集齊高手，與他們打場硬仗。但由於他們中有莊夫人和莊保義兩個政治上非常敏感的人在，任李闖文有多少家將，也絕不敢以眾凌寡，一個對一個時，就要教他好看。

滇王府位於內城中心，與王宮比鄰，整列街道不是外國使臣的賓館，便是諸侯國的行館，所以滇王府被李闖文強佔，確是非常礙眼的事，亦是過世的考烈王以之削減侯國聲威的手段。

現今考烈王已死，李闖文這一行為，立時失去憑依，間接造成莊家奪回己府的聲勢。

一直以來，楚王廷都推說李令謀反乃滇國內部之事，與楚廷沒有半點關係。當然表面上亦不承認李令的地位，以免惹起其他諸侯國的反感甚至叛離。

若諸侯國歸附強秦，那楚國將頓失西南屏藩，國勢危矣。

因著種種形勢，項少龍決意放手大幹，第一個要開刀的就是李闖文。

由於不能真的動手殺人，所以項少龍從春申君處取了一批重木棍，藏在莊夫人車底，然後往滇王府開去。

到達滇王府外，只見府門大開，二百多名武士排列府前廣場內，擺開陣勢迎接他們這區區一行四十多人，其中還包括婦女和小孩。

此乃午後時分，街上行人眾多，更不乏住在附近的公卿大臣，又或來弔祭考烈王的北方諸國和諸侯國的有關人等，見到滇王府前這種陣仗，無不圍在府外觀看，不片刻已是人山人海，氣氛熱烈。

項少龍一馬當先，領著眾人便要進入滇王府。

有人在主府長階上平臺處，大喝道：「來人止步，何故亂闖我府？」

項少龍等好整以暇地跳下馬來，只見對方二百多名武士佈成鉗形之勢，封擋他們所有進路，主力集中在府門處。

舉頭望往已換了「李令尹府」的大橫匾，冷笑道：「何人霸佔我滇王的府第，給我萬瑞光報上名來。」

那顯然是李闖文的人一身武服，生得頗有威勢，只可惜一臉俗氣，眼睛不合比例的細小，手握劍柄哈哈大笑，道：「真是好笑，滇王因不擅治國，早於五年前被當地民眾殺死，還哪裡找個滇王出來？」

項少龍更是放下心事，即使李族之人，也不敢明目張膽承認李令繼位，以免造成眾諸侯國群起造反一發不可收拾的惡果。

這時莊夫人等仍留在車內，由紀、趙兩女貼身保護，莊孔等負責守護馬車，使他們動起手來再無後顧之憂。

項少龍兩眼寒芒一閃，大喝道：「好膽，我家儲君在此，誰敢說滇王不在，你這強佔滇王府的狂徒，可敢和我到大王座前理論，查看有關國璽、文書、令符，以證我儲君方是滇國之主。」

李闖文獰笑道：「你才是狂妄之徒，誰知你是否亂臣賊子，弄些假證物來招搖撞騙，快給我滾出大門去，否則我就把你們的狗腿子全敲斷。」

街上登時一陣譁然，旁觀者都對李闖文橫蠻的行徑表示不滿，亦可見此人平時必是橫行霸道，得罪人多，稱呼人少。

項少龍知是時候，故意露出膽怯之態，道：「你既不相信，我這就去面謁太后、大王，請求評個公道。」

李闖文得勢豈肯饒人，大笑道：「走得這麼容易嗎？待我把你們綁往見太后吧！」

府外又是一陣起鬨，李闖文實在太過份。

項少龍早知李闖文不會如此容易罷休，更知他覬覦剛才自己所說的國璽、令符等物，冷笑中打出手勢。

此時兩旁的李府武士已開始往他們逼近過來，烏舒等立時由馬車底抽出重木棍，迅速拋送到各人手上。

李闖文這時才感不妥，大喝道：「動手！」

項少龍早大棍在握，甩掉外袍，露出一身武士勁裝，撲前揮棍左挑右打，敵人手中長劍立被磕飛幾柄。

慘哼聲中，圍上來的武士在諸鐵衛反擊下，紛紛變作滾地葫蘆，腿骨、手骨斷折的聲音連珠響起。

數千圍觀者人人都有鋤強扶弱的心理，又一向憎厭李闖文，一時歡聲雷動，更添項少龍一方的聲勢。

這批武士一向養尊處優，本身的實力又與項少龍和眾鐵衛有段遙不可及的距離，加上重木棍佔盡長兵器的優勢，縱是人數在對方十倍以上，於措手不及下立時潰不成軍。

項少龍和諸鐵衛以迅雷不及掩耳的手法放倒廣場上七十多名武士後，結成陣勢，向高踞階上的李闖文和百多名武士攻去。

李闖文哪想得到來人如此厲害，狂亂揮舞長劍，拚命驅使手下衝前攔敵。

項少龍如出柙之虎，踏著倒地呻吟的敵人身體，長棍一記橫掃千軍，硬將兩人掃飛尋丈之外時，已登上最高的一級臺階。

烏舒等大呼過癮，見人就打，衝前來者若非腿骨折斷，就是血流披面的倒往四方，其中十多人更被當場打得半死。

項少龍當者披靡的直逼李闖文而去，其他武士見勢色不對，紛紛散開。

李闖文見狀大驚，在十多名家將護翼下，退進府門內。

項少龍伸腳撐跌一人後，人棍合一如旋風般衝入主府大堂裡。

府外則倒下最少過百名李府武士。

李闖文回過身來時，項少龍與烏舒、烏光、烏言著、荊奇等人已附影而至。氣勢如虹下，在李闖文身前倉皇佈陣的武士再被斬瓜切菜的擊倒地上。

李闖文呆立當場，手中雖仍握著長劍，卻不知應動手還是放棄反抗。

項少龍收棍而立，微笑道：「原來你不但是狂徒，還是膽怯之徒！」

李闖文臉色數變，終是還劍入鞘，還口硬道：「我乃大楚令尹，你若敢動我半根毫毛……」

話尚未完，項少龍打個手勢，兩枝木棍重重敲在他小腿骨處，骨裂聲中，李闖文慘嘶倒地。

項少龍下令道：「將所有霸佔我滇王府的狂賊，全給我扔出街外。」

眾鐵衛轟然答應。

第三十二章　重振聲威

收復滇王府後，接著發生的事，連項少龍都感到出乎意外。

首先來賀的是春申君，接著是被逐離滇王府不久的一眾婢僕武士，再者就是各諸侯國來弔祭考烈王的代表甚或侯王，以及東方各國的使節和一向崇敬莊家的名將大臣，弄得莊夫人和項少龍為應酬接見忙個不停。

黃昏時太后李嫣嫣發旨下來，召見莊夫人和莊保義，卻不包括萬瑞光在內。

項少龍知道造勢成功，放心讓莊夫人母子在春申君陪同下，入宮晉見李嫣嫣和只有兩歲多的小儲君。

幸好尤氏姊妹留在府內，陪項少龍接見客人，以免露出馬腳。

忙得暈頭轉向之時，下人報上道：「魏國龍陽君求見！」

項少龍大喜，囑咐尤氏姊妹繼續應付其他來客後，使人把龍陽君引進內堂。

龍陽君正為這安排感到茫然，至抵達內堂，見到萬瑞光，呆了一呆時，萬瑞光離席起迎道：「今趟又瞞倒君上了！」

龍陽君不能相信地瞪大「秀眸」，失聲道：「項少龍！」

項少龍拉著他到一角坐下，笑道：「不是我是誰？」

龍陽君大喜道：「你可知道田單到這裡來了？」

項少龍含笑點頭。

龍陽君歎道：「你真有通天徹地之能，先是董馬癡，現在則是萬瑞光，累我還為你擔心透頂，三天前我到此時，赫然發覺田單神滿氣足的在這裡擺風光，還以為你給他殺掉了呢！」

項少龍當下把事情和盤托出，不知為何，他全心全意地信任這位「男朋友」。

龍陽君聽得田單藉替身遁走一事，恍然道：「怪不得劉氏昆仲和旦楚等人一個不見，不過你能嚇得他如此不風光的溜掉，亦足可自豪了。」

項少龍道：「君上是否來參加考烈王的喪禮？」

龍陽君道：「名義上當然是這樣，實際上卻希望從田單手上把楚人爭取過來，現在我們均知道田單、李園和呂不韋定下密議，要瓜分天下。」

項少龍道：「只要君上助我殺死田單，不就一切問題都解決了嗎？」

龍陽君一想也是道理，點頭道：「若你能使滇國小儲君復位，那便可牽制楚國，教楚人不敢有異心。不過事情挺複雜哩！最後我們仍是要對付你們秦國，不是非常矛盾嗎？」

項少龍道：「那是日後的事，若不解決呂不韋的陰謀，立即便要大禍臨頭，所以殺田單乃對你、對我均是有利的事。」

龍陽君苦笑道：「天下間怕只有一個項少龍是我拒絕不了的，遲些你還會見到很多老朋友呢！」

項少龍道：「那是韓闖！對嗎？」

龍陽君道：「韓闖這人不大靠得住，你最好不要讓他知悉身份，否則說不定他在某些情況下會出賣你。」

項少龍問起趙雅，龍陽君道：「她已隨貴屬返咸陽去，在此事上太子為你奔走出力，因為韓晶始終不肯放過她，女人嫉忌起來，確是不顧大局的。」

項少龍放下心頭大石，順口問道：「各國還有些甚麼人來了？」

龍陽君數著手指道：「趙國來的是郭開，他現在非常得寵，有他弄鬼，我看廉頗很快會相位不保了。」

項少龍知他這麼說，背後必發生過一些事方如此肯定，不由心中暗歎，卻是愛莫能助。

龍陽君續道：「燕國來的應是太子丹，但到現在仍未有訊息，確是奇怪。」

項少龍亦大惑不解，假設太子丹的人以快馬經魏境到壽春報訊，至少該比自己快上十天，沒有理由到現在仍沒有消息。

一般使節往來，均必先遞上正式文書，假設現在太子丹仍未有訊息到來，可能趕不及半月後楚王的大殮。

項少龍道：「秦國有人來嗎？」

龍陽君道：「秦國一向和楚國關係較密切，現在又是罕有的和平時期，當然會派人來，不過奇怪是派來者不是呂不韋，而是左丞相徐先。」

項少龍心中劇震，隱隱間大感不妥。

龍陽君訝道：「有甚麼問題？為何少龍臉色變得這麼難看？」

項少龍道：「現在還不知有甚麼事，君上可否幫我一個忙，查察徐先取甚麼路線到壽春來，此事至關緊要。」

龍陽君立時明白過來，色變而起道：「此事我立即遣人去辦，若是經過我大魏，我會派軍保護他。哼！這一著可能是嫁禍我大魏的陰謀。」

項少龍倒沒有想起此點，徐先到壽春，不出取韓或取魏兩條路線，若呂不韋使人在任何一國刺殺徐先，均可掀起軒然大波，而呂不韋更可乘機對韓或魏用兵。

想不到莫傲死了，呂不韋仍如此厲害。

至此兩人均無心說話，龍陽君匆匆離去。

送走所有賓客，天已入黑。

項少龍肚子餓得咕咕發響，忙返入內宅他的院落去，紀、趙二女剛洗過澡，候他進來吃晚膳。

滇王府規模中等，是由一座主府加上六個四合院落組成，四周圍以高牆。每個四合院均以庭院為中心，四周環以房屋而成，佈局內向，幾乎所有門窗均開向庭院，府內遍植大樹，故即使際此炎夏時節，仍是非常陰涼。

入口均設於南方，左右對稱，有明顯的中軸線。對著正門的房子是正房，左右則是東西廂房。

項少龍和眾鐵衛佔了兩個四合院落，地方寬敞舒適，有若回到家中。

項少龍吃飽肚子，歎一口氣，把見過龍陽君和對徐先的擔心說出來，紀嫣然聽後色變無語。

趙致道：「徐相乃西秦三大虎將之一，該有辦法保護自己吧！」

紀嫣然道：「最怕他手下裡有呂不韋的奸細，徐相又想不到出手的是李園潛往韓、魏境的人，那就非常危險。」

旋又皺眉道：「雖說秦、楚關係密切，但只要派個王族的人來，比徐先更加適合，可知其中必有因由。」

項少龍道：「只要隨便找個政治藉口，例如要與楚人另簽和約，就可逼得徐先非來不可，太后雖對呂不韋的不滿與日俱增，但暫時仍很難不倚賴他這臭仲父辦事，因為秦國軍方一向看不起她這個太后。」

紀嫣然對徐先極有好感，憂慼慼地歎道：「現在一切只好聽天由命了！」

此時莊孔過來相請項少龍，說莊夫人回來想見他面談。

項少龍只有收拾情懷，隨莊孔去了。

莊夫人身穿燕尾長褂衣，衣裾處被裁成數片三角，疊疊相交，形同燕尾，故以此名。她斜倚在靠中央庭院的一扇漏窗旁的臥几上，神采飛揚地看著項少龍進來。秀髮挽成墜馬髻，以一枝金釵把髮型固定，在燈火裡金釵閃閃生光，使她更顯高貴優雅，亦非常誘人。

腰上掛著一串形狀不同的玉珮，倍添瑰麗富貴的貴婦身份。

莊孔離去後，莊夫人盈盈起立，移到項少龍身前，甜甜一笑道：「妾身早回來了，但要待沐浴更衣後才見你，嗅到人家身上的浴香嗎？」言罷傲然挺起酥胸。

項少龍暗忖滇南土族的女人必是特別開放，誘惑起男人來既直接又大膽，同時知她因感激自己，故更添愛意。微微一笑道：「看夫人的樣兒，便知今趟楚宮之行大有所獲，在下有說錯嗎？」

莊夫人舉起一對玉掌，按在他胸口上，媚笑道：「少龍！你的心跳加速了。」

項少龍大感尷尬，莊夫人放開雙手，以動人優雅，似是弱不禁風的步姿，裊娜移到窗旁，背著他看著外面月夜下的庭院，柔聲道：「項少龍果是名不虛傳，只虛晃一招，立時整個壽春都震盪了，現在再無人敢小覷我們這些亡國婦孺，眾諸侯國都表明立場，支持我們復國，唯一的障礙仍是楚廷。」

項少龍來到她身後五步許處立定，問道：「李嫣嫣對你態度如何？」

莊夫人道：「我本以為李嫣嫣是個非常厲害的女人，但出乎意料之外她只給人溫柔多情的感覺，還帶著一種說不出的哀傷淒豔，人當然是絕色尤物，甚至可與你的紀才女相媲美。而使我奇怪的是在春申君和李園之間，她似乎更傾向於春申君，這確是令人費解。」

項少龍聽得呆了起來，李嫣嫣竟會是這樣我見猶憐的女子嗎？

莊夫人轉過身來，倚窗而立，嘴角帶著個迷人的笑容，眉梢眼角則是無盡的風情，雙肩輕聳道：「李園和春申君對妾身的身體都很有意思，妾身該怎麼辦呢？」

項少龍苦笑道：「夫人要我給些甚麼意見呢？」

莊夫人淒然一笑道：「這種男人的嘴臉我早見慣，若非遇上你，妾身定不會吝嗇身體以爭取他們的支持，但現在卻感到要先徵求你的意見。天下之間，除你之外，再沒有任何人可以得到妾身所有的信任。」

項少龍正思忖她是否在迷惑自己時，莊夫人移步過來，貼入他懷裡，用盡氣力摟緊他的熊腰，俏臉埋入他寬肩裡，呻吟道：「擁抱我好嗎？我需要一個強大的男人支持我。」

要說在這種情況下，對這樣一位身份高貴、千嬌百媚的尤物投懷送抱不動心，定是騙人。項少龍不由把她摟個結實，愛撫著她豐盈和充滿彈性的背肌，柔聲道：「夫人不必如此，就算我們沒有肉體的關係，我項少龍決不會食言，定會助小王儲登上王位。」

莊夫人仰起俏臉，甜甜一笑道：「你以為妾身當你是其他的男人嗎？不！你錯了，人家昨晚便在夢中見到你，唉！只可惜我們的一段情，到王兒登基後就要一刀兩斷，想起來便感到人生沒有甚麼味道了。」

忽然離開他的懷抱，拉著他到一旁席地坐下，肅容道：「現在李嫣嫣已確認我和王兒的合法地位，但李園卻以強秦壓境為藉口，拒不出兵助我母子，春申君不知是否怕開罪李族，亦搖擺不定，態度曖昧。別人所說的支持，只是口上說說，不會有實質的行動，所以我們母子的命運，仍是操在少龍手上。」

項少龍為安她的心，低聲道：「我在秦、楚邊界有支實力強大的部隊，到時可扮作滇人攻入滇京。但若我殺死田單，便得立即秘密溜走，否則恐怕難以離開壽春。現在李園唯一對付你的方法，是把你們母子軟禁楚京，又可玩弄你的身體，一舉兩得。」

莊夫人色變道：「我倒沒有想過這問題。」

項少龍忍不住摟著她的香肩，低聲道：「你現在最重要的是裝出須人援手的姿態，不妨跟李園和春申君虛與委蛇，擺出一副若果楚廷不肯出兵，就全無辦法的樣子，定可以騙倒所有人。」

莊夫人咬著唇皮道：「你是否暗示我要犧牲自己的色相呢？本來我早有此意，但有了你後，我又不想那麼做了。」

項少龍見她對自己確似動了真情，自己又風流慣了，忍不住親吻她的臉蛋，柔聲道：「凡是容易上手的東西都不覺珍貴，所以你要對所有對你有野心的人欲迎還拒，若即若離，弄得他們心癢難熬時，我們早離開楚京。假若我在楚王大殮前殺不死田單，惟有放棄，全心為你復國好了。」

莊夫人現出迷醉的神情，昵聲道：「愈和你接觸，愈覺你有本領，偏偏你卻是個情深義重的豪傑，這感覺真教人矛盾。少龍啊！人家這麼易上你的手，你會否看不起人家呢？」

項少龍心道尚未入室登榻，哪算上了手，口上當然不可這麼說，柔聲道：「在小儲君復國之前，我們不可以發生肉體的關係，那會使我們沉迷慾海之中，很易會誤了正事，我們必要抱著臥薪嘗膽的態度，只有刻苦砥礪，方可成其大業。」

莊夫人差點呻吟出來道：「你室有美女，怎算是臥薪嘗膽，用這來形容人家倒差不多。少龍啊！唔……」

項少龍封上她的香唇，一番纏綿後，才放開她，道：「女人若在男女之事上得到滿足，會在神態上給李園和春申君這些花叢老手看出來的，那時夫人便難以玩弄手段，此事微妙至極，夫人定要聽我忠告。」

莊夫人驚醒過來，坐直嬌軀道：「妾身明白了，但不要忘記你的諾言，復國事成，人家絕不肯放過你的。」

項少龍又與她略作纏綿，才回自己的院落去，心中暗歎，在這生死懸於一髮的險境裡，他不想有任何因素影響他的大計，包括男女的關係在內。

十五天內若殺不了田單，他立即溜走，絕不會猶豫。

殺死田單雖重要，卻遠及不上紀、趙兩女和眾鐵衛的生命，何況家中還有烏廷芳、項寶兒和正在苦候他的薄命女子趙雅。

這時他才明白甚麼是英雄氣短了。

第三十三章　歷史重演

「鏗鏘」之聲，響個不絕。

項少龍、紀嫣然、趙致和一眾鐵衛，加上尤氏姊妹，看著滇國小王儲莊保義和荊善劍來劍往，打得倒也似模似樣。

眾女當然頻頻為小孩子打氣，荊善則憑其靈活的身手，只守不攻。

「噹！」

莊保義終是年幼力弱，一下握不住劍柄，掉在地上。

可是他毫不氣餒，滾身地上，拾劍再打。

項少龍心中暗讚，喝停後傳授他幾個基本功，著他自行練習，便到尤氏姊妹處讓她們為自己化妝，紀嫣然等亦避返內堂，以免給人見到她們的絕世姿容。

尤氏姊妹昨天目睹他大展神威，更是傾慕，熱情如火，幸好項少龍昨晚與紀、趙兩女連場大戰，根本有心無力，否則說不定會鬧出事來。

項少龍終究是曾受嚴格軍事訓練的人，知道在行動之際，若荒淫過度，對精神、身體均有害無益。

兩女亦由莊夫人處明白項少龍的苦衷，所以只止於一般的親熱和言語上的示意。

化好妝後，兩女仍不肯放他離開，硬逼他躺在臥几上，為他按摩推拿。

只推拿了幾下，項少龍舒服鬆弛得睡了過去。

醒來時，兩女正在一左一右的為他按摩腳板，使他如在雲端，好不自在。

尤翠之笑道：「睡得好嗎？」

尤凝之道：「龍陽君來找你，在外面等了半炷香時間哩！」

項少龍嚇了一跳，坐起來道：「為甚麼不喚醒我？」

尤翠之過來服侍他穿上外裳，柔情似水地道：「不捨得嘛！今晚項爺沐浴時，由我們再給你推拿吧！」

項少龍習慣了她們無微不至和毫不避男女之嫌的悉心伺候，點點頭便要起來。

尤凝之扯著他衣袖幽怨道：「項爺不給點獎賞我們姊妹嗎？」

項少龍想起這時代的男人誰不是隨處攀折美女，自己的行為已近似異類，盛情難卻下，摟著兩人痛吻一番後，才出去見龍陽君。

不知是否因重會項少龍，今天美麗的男人特別容光煥發，項少龍坐好接過手下奉上的香茗，喝了幾口後，龍陽君道：「田單的事非常棘手，因為田單現在住進楚宮，與李園為鄰，所以守衛森嚴，我看除非把握到他離開王宮的時間，否則休想行刺他。」

項少龍大感頭痛，道：「有沒有方法弄幅王宮的地圖來呢？」

龍陽君為難地道：「假若多點時間，說不定可以辦到，但依我看於考烈王大殮後，田單會立即起程返齊……唉！」

項少龍道：「楚宮有甚麼防衛呢？」

龍陽君道：「這個真的不大清楚，不過只是環繞王宮的護河、高牆和哨樓，均是不易解決的難題。何況現在連田單住在宮內甚麼地方都未曉得。」

項少龍道：「凡是王侯巨宅府第，必有逃生秘道……」

龍陽君插言道：「不用想這方面的可行性了，像我們的魏宮，便有人十二個時辰輪番監聽地底的動靜，否則掘條地道進宮，不是要宰誰誰就沒命嗎？」

項少龍道：「田單總要參加宴會吧？只要知道他何時會到何地赴會，不是可在中途截殺他嗎？」

龍陽君頹然道：「楚人雖被稱為南蠻，但比之我們北方諸國更是守禮，楚王大殮前，理該禁止一切宴會喜慶之事，所以你這一著仍是行不通。」

項少龍苦惱地道：「那誰可以把田單由王宮引出來呢？唉！只要知道田單住在王宮何處，說不定我會有辦法。」

這時他腦內想的，自是通往趙穆宅中的下水道，不過由於楚宮宏大多了，又沒有內應，楚宮的下水道更不知是否那麼方便，所以此法仍是行不通的居多。

龍陽君忽壓低聲音道：「那滇王妃是否非常美麗？」

項少龍奇道：「確是非常動人，君上難道……」

龍陽君「俏臉」微紅，「嬌嗔」道：「不要誤會，只是昨晚我到春申君府上時，李園和春申君都大讚滇王妃，說這樣狐媚的女人確是萬中無一，當時田單、韓闖和郭開全都在座，人人動容，所以我想到滇王妃說不定可以美色引誘田單上當呢！不過想具體些又很難行得通。」

項少龍道：「他們有說起我嗎？」

龍陽君「橫」他一眼，道：「怎會漏了你，他們對你的身手和果斷的行為大感驚異，不過任他們想破腦袋，也不會聯想到項少龍來，連奴家都認不出你來，其他人更休想了。」

項少龍最少把龍陽君當作半個女人，又因著相互間「深厚」的交情，無論他做甚麼女兒嬌態，只覺親切，而不會生出反感。笑道：「李園說起萬瑞光時，有否咬牙切齒？」

龍陽君道：「這倒沒有，照我看李族內爭權奪勢非常激烈，李園昨晚便大罵李闖文不知進退，活該給人打斷腿骨。」

項少龍糊塗起來，問道：「春申君和李園又是甚麼關係？」

龍陽君道：「好到不得了，李園見到春申君時像老鼠見到貓，逢迎恭敬得過了份。我看李園暗中必有對付春申君的陰謀，否則不須如此卑躬屈膝。」

又道：「你可見過李嫣嫣？我看除紀才女，沒有人比她更清秀明麗了，不過她眉宇間總有股化不開的哀愁，教人心痛。」

項少龍苦笑道：「可惜她全無見我的意思，否則我可和君上分享觀感。」

龍陽君沉吟片晌，道：「我派人去偵察徐先的行蹤，不過恐怕已遲了一步，急死奴家哩！」

項少龍輕拍他肩頭道：「放心吧，只要有我項少龍在，定不教秦軍入侵魏境。」

龍陽君大喜道：「那這事就拜託你了。」

兩人商量一會兒，發覺一時間實難找到行刺田單的方法，龍陽君惟有先行告退。

龍陽君前腳剛走，李園和春申君相偕而至。

項少龍當然由得莊夫人去應付，不過尚未回到紀、趙二女的院落，莊孔來請他出主府見客，他惟有硬著頭皮去了。

由後進舉步走入主廳之時，他故意改變了一向行路的姿勢，迎面走向正和莊夫人分賓主坐下的春申君和李園，廳的四周均守立著兩人的親衛。

果如龍陽君所料，李園沒半點懷疑地站起來迎接他這個萬瑞光，春申君則自重身份，安坐如故。

李園施禮道：「萬將軍果是非常之人，難怪一到壽春，立時成為家傳戶曉的人物。」

項少龍還禮後，以改變了聲調和帶著濃重滇音的周語道：「比起君上和太國舅，我萬瑞光只配做提鞋抹蓆的小廝，太國舅客氣了。」

莊夫人見李園毫不懷疑，放下心來，欣然道：「太國舅今天登門造訪，是要來見瑞光你哩！」

項少龍暗忖兩人是找藉口來與你這萬中無一的女人親近才真，含笑坐在居左的李園下首。

李園深深望了莊夫人一眼，別過頭來對項少龍道：「萬將軍乃滇南名將，不知對復國一事有何大計？」

項少龍正在注意莊夫人的動靜，見到李園望她時，她有點慌亂和下意識地垂下目光，心中叫糟，知道李園憑著俊朗的外型、充滿魅力的談吐和風度，已擾亂了莊夫人的芳心，所以她才有這種失常的舉止。

口中應道：「此正為我們到壽春來的目的，若大王能撥一批軍馬讓小臣指揮，可望一舉破賊，收復滇地。」

春申君乾咳一聲，道：「此事還須從長計議，由於先王新喪，儲君年紀尚幼，一切該待大殮後再作決定，希望王妃和萬先生能體諒箇中情況。」

項少龍暗忖這樣就最好了時，又見李園以眼神去挑逗莊夫人，春申君卻沒有見到。

李園向莊夫人展露一個連項少龍亦不得不承認非常好看的笑容，柔聲道：「太后對滇王妃一見如故，加上先王大殮前心情困苦，著我來邀請王妃和小儲君到宮內小住，好讓我們一盡地主之誼。」

項少龍大吃一驚，心叫不妙。

若讓莊夫人和莊保義住到王宮去，再要出來便不是自己可以作主。況且憑李園的手段，莊夫人又是久曠之軀，要得到她確是易如反掌，那時會有甚麼後果，實在難以逆料。

忙向莊夫人打了個眼色。

莊夫人會意，垂首黯然道：「太后心意，青娥心領了，青娥乃亡國之人，一天滇國未復，難消愁慮，青娥怎敢以愁容侍奉太后，希望國舅爺能向太后陳說青娥的苦衷。」

李園登時語塞，惟有點頭表示同意。

春申君顯然亦在大打莊夫人主意，柔聲道：「王妃不若到我府小住兩天，免得在這裡觸景傷情，只要先王入土為安，一切復常後，本君定會全力支持小儲君復位。」

莊夫人當然明白春申君說話背後的含意，想起項少龍所說的欲迎還拒，先幽幽地橫了春申君嬌媚的一眼，才垂下螓首，輕輕道：「過了大殮之期後好嗎？奴家在來京途中小病一場，到今天仍未康服，希望可以休息數天，養好身體再說。」

看著她我見猶憐的神態，想起昨晚的親熱，連項少龍都腦袋發熱，春申君和李園自是露出色授魂與的表情。

美女的魅力確是沒有男人能抵擋的，特別是尚未到手的美女。

李園關切地道：「待會我找宮內最好的御醫來給夫人看病吧！」

莊夫人推辭不得，只好道謝。

春申君和李園均找不到再留下的藉口，惟有站起來告辭。

項少龍正鬆一口氣時，李園親熱地扯著他衣袖道：「還未曾好好與萬將軍說話，不若到敝府吃一餐便飯吧！」

項少龍一則以喜，一則以驚。喜的當然是有機會到宮內去，驚的卻是怕沒有莊夫人在旁照應，會露出馬腳來。

但無論如何，都知道是難以脫身了。只是不明白李園為何要籠絡他。

項少龍和李園坐在馬車內，春申君則自行回府去了。

李園微微一笑道：「萬兄對復國一事，心中成數如何？」

項少龍苦笑道：「滇地叛亂時，我們莊家和萬家能逃出來的就那麼多人，雖說滇地各族都希望我們回去，但由於李令得到夜郎人撐腰，假若沒有外援，我們成功的機會仍然不大。」

李園狠狠道：「李令此人我早看不順眼，雖說同族，我卻和他沒有半點親情。此人自得勢之後，便舉兵四處佔地，顯然狼子野心，不過若要太后點頭派出大軍，卻不容易，何況滇地實在太遠了，若不能一下子攻克滇京，戰事蔓延，形成亂局，恐秦人會乘機來侵，那於我大楚就非常不利。」

項少龍恍然大悟，明白到儘管李族裡也分成至少兩個派系，那麼斗介和成素寧，該是支持李令的一派。

由於李園沒有把握說服乃妹李嫣嫣，可知李嫣嫣正秉承考烈王的遺旨，希望通過李令把諸侯國收伏，重新納入楚國版圖。

但李園卻看穿李令的野心，知道李令只是想另樹勢力，這對李園自是構成威脅。其中情況可能更複雜，不過那可是項少龍想像力之外的事。

項少龍愈來愈深切體會到表面看去的表象和真正的事實，可以是完全不同的兩回事。

李園見萬瑞光呆若木雞，還以為他正為復國希望愈來愈黯淡而神傷，抓著他肩頭，裝出懇切的神色道：「說出來或者萬兄不會相信，反對出兵滇國最主力的人物，正是春申君黃歇。」

項少龍失聲道：「甚麼？」

李園道：「所以我說萬兄很難相信吧！現在的形勢大大不同，諸侯國擁兵自重，王令難行，朝廷又鞭長莫及，難以討伐，所以春申君反對貴國的復辟。」

項少龍苦笑道：「太國舅很坦白。」

李園道：「我卻有完全不同的看法，諸侯國已是既成事實，若要去之只是徒增亂事，最後不但勞而無功，還會培植出更多像李令這種新勢力，所以我對滇國復國一事，是完全支持的。」

項少龍反相信他的話。

因為正是春申君的食客方卓把莊夫人母子到壽春的消息通知成素寧，若說沒有春申君在背後首肯，方卓這麼做對他有何好處？

春申君表面做足好人，暗裡卻在扯莊家的後腿，政治本就是這麼卑鄙的一回事。

李園也非心腸特別好，只是因著某種原因，李嫣嫣現在似乎較傾向於春申君，甚至李族裡也有人站在春申君的一方，使李園大感威脅，現因見到他英雄了得，所以才想大力拉攏，使萬瑞光加入他的陣營，背後當然還有更厲害的陰謀。

項少龍把心一橫，道：「其實我對太國舅的話深信不疑，因為我們在來此途中，差點為奸人所害。」

遂把成素寧使人假扮船伕，意圖毀船殺人的事說出來。

李園大喜道：「如此我不必多費唇舌了，萬兄如肯與我合作，包保你可以復國，只不知萬兄有沒有那種膽量？」

項少龍哪還不心知肚明是甚麼一回事，故作昂然道：「只要能還我滇土，我萬瑞光赴湯蹈火，在所不辭。」

李園沉聲道：「那就必須先殺死春申君。」

項少龍立時聯想起信陵君曾哄他去行刺魏君的舊事，想不到歷史又再重演。

第三十四章　太后嫣嫣

楚宮的規模，在項少龍曾見過的宮殿中，僅次於咸陽宮，但守衛之森嚴，卻猶有過之。

宮城環以高牆，牆高三丈，四隅各有一座精巧的角樓。牆外護城河環繞維護，寬達五丈，水清見底，最厲害是河心設有高出水面的尖木柵，想潛游過去亦難以辦到。共設兩座城門，憑可隨意升降的懸門以作出入通道。

高牆內殿宇重重，分外朝、內廷兩大部分，中間以連接兩座鐘鼓樓的內牆為分界，設置內宮門，為貫通外朝、內廷的通道。

佈局中軸對稱，一條大道貫通南、北城門和內宮門，八座巨殿和近六十個四合院落依中軸線井然有序的分佈在大道兩旁，綴以花石魚池，小橋流水，參天古樹，瑰麗堂皇。

項少龍與李園由北門入宮，先是一個方形廣場，然後一道小河橫貫其間，過橋後到達兩座主殿「議政」和「儀禮」，均築在白石臺基之上，四周有圍欄臺道，氣氛莊重華貴。

其他六座較小的宮殿，四座位於外朝，兩座坐落於內廷，均以楚國神話中的人物為名，分別是外朝的「火神」、「河神」、「刑神」、「司命」。內廷則是「芳烈」和「巫女」兩殿。

聽著李園的介紹，項少龍印象最深刻的當然是巫女殿，只是這些名字，已知楚人實乃諸國中最有創造力和浪漫的民族，於其他諸國休想有這類大膽創新的殿名。

同時心念電轉，剛才李園提出必須殺死春申君後，便岔開話題，似乎是給點時間讓自己消化這難嚥下去的提議，不過他已想到李園的不安好心。

春申君畢竟掌權已久，又是門下食客數千，在諸國有很高威望，各方面均是實力雄厚、根深柢固。若李園動手把他殺死，說不定會惹起大動亂，所以自須尋找另一代罪的羔羊，那人就是自己。自己甫到壽春，立以強硬手段逐走霸佔滇王府的李闖文，似是完全不顧後果，落在李園眼中，便是有勇無謀之輩。

假設他能驅使自己去刺殺春申君，自可把罪名全推到他萬瑞光身上，亦可化解了莊家要求復國的圖謀，甚至可順手把莊夫人據為己有，一石三鳥，沒有計策比這更狠毒。

站在楚人的立場，誰都希望藉李令之手把諸侯國敉平，土地重新納入楚國版圖內。如此看來，李園、春申君都是和李令蛇鼠一窩，只是在敷衍莊夫人這美人兒吧。

馬車通過內宮門後進入內廷，那是楚王處理日常政務及起居的地方，主要的建築物是巫女和芳烈兩殿及東、西六宮，每宮由四座四合院落組成，另有三座花園，即中路的御花園與東、西兩路的東園和西園，景色怡人，勝境無窮。

李園所學甚博，逐一為他介紹殿名所代表神祇的傳說，談吐高雅，確有引人入勝的魅力。難怪莊夫人雖心屬他項少龍，又明知李園不是好人，對他仍有點情不自禁。

此時他說到河神和巫女，笑語道：「我們最美的兩位女神河神和巫女，均不是居住於楚境之內，而是韓境的洛水和秦境的巫山。含睇宜笑、虛緲若神，居住於遠方長河深山之處，想想已教人神往。」

項少龍道：「剛才太國舅所說有關春申君的事……」

李園親切地拍著他肩頭道：「這事遲些再說，我想萬兄花點工夫，先認識清楚春申君的真面目，明白到我李園不是誣衊好人，萬兄再作決定。但萬兄請切記這是我們男人家的事，若給女流知道，不但怕她們神態間露出破綻，還徒令她們終日憂心，有害無益。」

項少龍暗呼高招，當然點頭答應。

李園在騙自己，自己何嘗不在騙他，兩下扯平，大家都沒好怨的了。

此時馬車轉往東路，只是不知田單身在何院。

李園笑道：「我在宮外有座府第比這座要大上十倍，不過我仍喜住在宮內，大部分時間亦在這裡度過。」

項少龍心想你要在近處設法控制李嫣嫣才是真意吧！

衛士拉開車門，項少龍收攝雜念，隨李園步下馬車。

李園和項少龍在主廳內分賓主坐下，俏侍女奉上香茗。

項少龍環目一掃，不由暗讚李園果然是有品味的人。

朝四合院中央庭院望去，是一排十八扇有漏窗的木門，平臺水池，池中尚有小亭假石山，以一道石橋貫通，庭院深闊達五百步，遍植茉莉、朱槿。際此炎夏之時，朱槿盛開，茉莉飄香，紅白相映，一派爭豔鬥麗的景象。

廳內家具全用雕鏤精細的香梨木，地蓆鋪以織錦，裝飾的古瓷、掛雕、屏風一應俱全，項少龍便自問沒有這種心思。

上。

若非自己得到紀才女的芳心在先，又因著種種特殊的形勢，說不定在那場角逐裡會敗在李園手

由於北廳背陽，又臨水池，故清爽涼快，消暑解熱。

項少龍與李園安坐廳心，品嘗香茗，一時間感到很難把這丰神俊朗、貌似正人君子的李園當作敵人。

這小子也恁地厲害，竟懂得以親如家人兄弟的手法，對他這浪蕩無依的「亡國之徒」展開攻心之術，自己當然不該讓他「失望」。

裝作感激要說話時，李園輕拍手掌，發出一聲脆響，道：「萬兒先用點時間去觀察形勢，再考慮我的話。唉！李園之所以不怕交淺言深，只是基於義憤和我大楚的前途，捨此再無其他。」

隨著他的掌聲，四名身材曼妙，身穿楚服，高髻、環帽、垂巾的美女由側門踏著舞步走出來，到了兩人座前下跪行禮，並屈膝以優美的姿態坐在兩人伸手可觸的近處。遮面的紗羅，更使她們引人入勝。

到此時項少龍才體會到紀嫣然的話，若此子蓄意討好你，確有過人手段。

禁不住為紀才女沒有被他追到手而抹了一額冷汗，全虧李園只懂《詩經》、《楚辭》，而不懂甚麼「絕對的權力，使人絕對腐化」那類警句，又或是「蜜糖的故事」。

李園道：「吾人交友，不是以美女就是以黃金示意，此四女來自不同地方，各有風情，但均是千中挑一的標緻人兒，且全是未經人道的懷春少女，萬兒可逐一揭開她們掩面紗巾，看看哪個最合眼緣，好作為我對萬兒的見面禮。」

項少龍心呼厲害，李園可能是他所遇到的人中裡，最懂心理戰術的一個。

如此去揭開四女的面紗予以挑選，不但大增好奇心，還有種侵犯私隱的高度刺激。自己雖無心收納美女，仍有很強烈的衝動去揭紗一看，但當然不可以這樣做。

臉色一沉道：「太國舅的好意心領，可是我萬瑞光一日未復滇國，其他一切都不會放在心上。」

李園聞言不怒反喜，哈哈一笑，揮走四女後，道：「不知萬兄是否相信，剛才李某是故意相試，看看萬兄會否見色起心。如此我更放心了。」

再拍手掌，俏婢奉上精美酒食，兩人把盞淺酌，暢談起來。

李園口角生風，不住問起滇地情況，表示極大關注，幸好李園對滇地比他更不清楚，答不上來時項少龍隨口編些奇風異俗出來敷衍一下，倒也沒有甚麼破綻。

當年他受軍訓時，曾到過中國不少地方，加上對中國地形風土的認識，說起來自是似模似樣。

酒食吃至一半，門衛報上太后駕到。

項少龍嚇了一跳，正要迴避，李園不慌不忙，先著人搬走酒食，扯著他到一角的屏風後，道：「萬兄躲在這裡，當聽我問起有關助貴國復國之事，萬兄便知是誰從中作梗。」

項少龍失聲道：「若給太后發現了怎辦？」

李園拍胸保證道：「舍妹和我說話之時，不會有其他人在旁，若有甚麼事，我自會一力承擔，不會讓萬兄受到任何委屈，但記緊只能耳聽，不可目視。」

上次做董馬癡是要扮粗豪，今次的萬瑞光則由李園定型為有勇無謀，項少龍只好傻愣愣的接受這荒謬的安排。

環珮聲響，「迷死了」考烈王的絕代嬌嬈終於到達。

關門聲響，聽足音果然宮娥、侍衛均退出門外去。

項少龍想起龍陽君和莊夫人對李嫣嫣的形容，哪還理會得李園的吩咐，把眼睛湊到屏風隙縫處，朝廳心望去。

一看下，立時呼吸頓止。

他不能相信地看到一位無論秀麗和氣質均足以與紀嫣然和琴清匹敵的美女。

平心而說，若論嫵媚清秀，她仍遜紀嫣然半籌，高貴典雅亦不及琴清。可是她卻有一股騷在骨子裡，楚楚動人，弱質纖纖，人見人憐的氣質。

這時她盈盈俏立廳心處，輕蹙黛眉，只要是男人，就會興起把她擁入懷裡輕憐蜜愛的強烈衝動。

她是那種正常男人見到便想拉她登榻尋歡，但又不忍稍加傷害、傾國傾城的可人兒。

莊夫人說得對，她清麗脫俗的玉容上籠罩著淡淡一抹難以形容的哀愁，似是人世間再沒有事情能夠令她快樂起來。

李嫣嫣頭結雲髻，連額髮處理也做成雲型，瀟灑地擱在修長入鬢的黛眉之上，確堪當「雲髻凝香曉黛濃」的形容。

她的鬢髮被整理成彎曲的鉤狀，卻是輕薄透明，雲鬢慵梳，縹緲如蟬翼，更強調了她完美的瓜子臉型和含愁脈脈的美眸。

修長優美、纖穠合度的嬌軀，配上鳳冠翠衣，更使她有種超乎眾生、難以攀折、高高在上的仙姿美態。

她身上佩戴著各式各樣的飾物，最奪目仍是掛在粉頸垂在酥胸的一串項鏈，上層由二十多顆鑲有珠寶的金珠組成，最下由一顆露滴狀的玉石作墜飾，與頭頂珠光寶氣的鳳冠互相輝映，澄澈晶瑩，光彩奪目，但卻一點不能奪去她清秀脫俗、超越了所有富貴華麗的氣質。

項少龍不由生出驚豔的感覺。若她肯和自己上榻，項少龍肯定自己會立即付諸行動。

此時李園來到她身後，溫柔地為她脫下外袍，露出刺繡了精美鳳紋、黑地紋金的連身垂地長裾，腰束玉帶，透出一股高貴華美的姿態。

當李園指尖碰到她香肩，這貴為楚太后的美女明顯地嬌軀一震，還垂下目光，神情古怪之極。

項少龍心中劇震，暗忖難道他們並非親兄妹的關係，但又知道若是如此，怎瞞得過春申君呢？像李嫣嫣這等舉國聞名的美人，要冒充也冒充不來的。

李嫣嫣豐潤性感的紅唇，輕抖一下後，輕輕道：「大哥為何會在這裡呢？我約好秀兒來看她最新的刺繡哩！」

聲音嬌甜清脆，還帶著鏗鏘和充滿磁力的餘音，上天實在太厚待她了。

項少龍經過多年來的禍患經歷，對縱是莊夫人、嬴盈那等誘人美女，也可如老僧入定般不動心，可是此刻偷看到李嫣嫣，仍要敗下陣來。

同時忽發奇想，李園矢志要得到紀嫣然，是否因只有紀才女才能替代李嫣嫣在他心中的位置，難道他兄妹竟有不可告人的關係？

在這時代裡，一夫多妻乃當然的制度。有身份地位的人，女子嫁給他們時，她的姊妹甚至姪女都會有些跟了去給新郎做媵妾，更不要說陪嫁的婢女了。

更奇異的是一個國君嫁女時，同姓或友好的國君依禮都要送些本宗的女子去做媵妾。除此之外，王侯大臣可隨時把看上的女人收到宮中府裡，姬妾之多可想而知。

多妻家庭最是複雜，很容易發生骨肉相殘的事件，亦很容易出現有乖倫常的亂事。

李園和李嫣嫣很大可能是同父異母的兄妹，郎才女貌，加上李園狼子野心，想藉李嫣嫣重施呂不韋的詭計，還哄得春申君以為自己寶刀未老，晚年生子，再轉嫁考烈王這另一個糊塗鬼，可想像考烈王見到李嫣嫣時，連老爹姓甚名誰都忘了，哪會想得到李嫣嫣肚內的「奇蹟」，乃李園一手一腳炮製出來的呢？

若非項少龍從趙穆處知悉李園、李嫣嫣、春申君和考烈王的關係，又明白李園不擇手段的性格，斷不能只看兩人間一個動作和片刻的神情，便得出如此駭人聽聞的推論。

李園若知道的話，殺了他亦不肯予萬瑞光偷看兩人獨處的機會，想到這裡，呼吸不由急促起來。

李園著李嫣嫣坐下，柔聲道：「秀兒正在東廂刺繡，難得有這等機會，讓大哥和嫣嫣說句話兒好嗎？」

這麼一說，項少龍便知李園看似無意地遇上李嫣嫣，其實卻是故意的安排，好教自己聽到不利於春申君的對話，以堅定自己成為他刺殺春申君的工具。

因為李園該早知道李嫣嫣會在午膳後來看郭秀兒的刺繡，而刺繡因未完成的關係，必是不好搬運，所以楚國現時最有權力的太后只好紆尊降貴到這裡來，亦可見她和郭秀兒間的關係非常良好。

李嫣嫣歎道：「說吧！」

李園在這妹子面前頗為戰戰兢兢，乾咳一聲，清了清喉嚨道：「滇王妃母子請我們出兵助他們復國一事，我想和嫣嫣商量一下。」

李嫣嫣冷冷道：「大哥是看上滇王妃吧！」

李園因「萬瑞光」正在偷聽，立時大感尷尬，不悅道：「嫣嫣怎可如此看你大哥，我只是為大楚著想，先君新喪，若我們對滇王妃母子的要求無動於衷，說不定會惹起眾侯國叛離之心，若他們靠向秦人，楚國危矣！」

項少龍心中好笑，李園這麼慷慨陳詞，對自己真是一片苦心。

李嫣嫣默然片晌，淡淡笑道：「這事不是由你和我決定便可成事，還須詢問軍將、大臣的意見，否則必起爭端。大哥有和春申君提過這方面的意見嗎？」

考烈王去世，春申君立時成為楚廷軍政兩方面最舉足輕重的人物，亦是基於這理由，莊夫人不辭勞苦趕回壽春，央求春申君伸出援手，豈知春申君正是背後策劃要毀掉她母子的人。

李園正中下懷，昂然道：「當然說過，可是春申君仍是一意孤行，決意用李令來平定諸侯，還說除滇王妃可留下外，其他一切人等均要除掉。唉！李令若得勢，會肯遵服王命而行嗎？所以大哥不得不向太后進言。」

他還是首次稱李嫣嫣為太后。

正凝神偷看的項少龍暗叫厲害，這番話不論真假，但李園當著楚太后說來，假也要變成真。若他是如假包換的萬瑞光，必會深信不疑，橫豎也是死，自會依李園的命令去博他一鋪。

李嫣嫣沉吟片晌後，緩緩道：「我教大哥去請滇王妃母子入宮小住一事如何？若她們來了這裡，就沒有人可傷害她們。唉！寡婦孤兒，真教人憐惜。」

項少龍心中一陣感動，耳內傳來李園解釋莊夫人母子為何拒絕的因由，心想原來李嫣嫣的心腸這麼好，看來她一切作為，都是被以李園為首的族人逼出來的。難怪她這麼不快樂，不由憐意大起。

神思迷惘間，只聽李嫣嫣柔聲道：「大哥你現在立刻給我去見滇王妃，無論如何也要把她母子和所隨人員請到宮內來，就算我們不能出兵替他們復國，亦絕不容他們給人害死。莊蹻於我大楚功勳蓋世，對忠良之後，怎也該有憐恤之情吧！」

李園深慶得計，長身而起時，才發覺李嫣嫣半點站起來的意思都沒有，大奇道：「嫣嫣不是要去看秀兒嗎？」

李嫣嫣淡淡道：「我想一個人在這裡靜靜想點事情，誰也不得進來打擾哀家。」

李園忍不住回頭瞪了屏風一眼，嚇得項少龍立時縮回頭去。

李嫣嫣不悅道：「大哥還猶豫甚麼呢？」

接著是門開門關的聲音，可以想像無奈離開的李園是多麼惶急苦惱。

項少龍也非常痛苦，假設這美人兒冥坐一個時辰，他就要給活生生悶壞。

李嫣嫣的聲音響起道：「不論你是誰，立刻給我滾出來！」

項少龍一聽下立時汗流浹背，若這樣給李嫣嫣斬了頭，確是冤哉枉也之極了。

第三十五章　異地重逢

項少龍龍行虎步般由屏風後昂然走出來，隔遠跪拜地上，沉聲道：「亡國之臣萬瑞光罪該萬死，請太后賜罪。」

李嫣嫣冷冷望著他，淡淡道：「抬起頭來！」

項少龍心中暗喜，抬起頭深深望進她眼裡，一副視死如歸的慷慨模樣。

李嫣嫣秀眸射出銳利的神光，肅容道：「現在我問你一句你答一句，若稍有猶豫，我立即喚人進來把你推出去斬首，不要欺我是女流之輩，哀家自幼學習騎射、劍術，等閒幾個人休想近得了我。」

項少龍暗忖難怪你這麼大膽了，歎道：「太后不若把我乾脆斬首好了，若問及有關太國舅爺的事，我怎可未經他允准便說出來？」

李嫣嫣不悅道：「現在我大楚究竟誰在當家作主？」

項少龍知道不能太過火，黯然道：「我萬瑞光只是亡國之臣，今次返回壽春，早不存活望，只求為國盡得點心力而死，已心滿意足。」

李嫣嫣怒道：「你想死嗎？我偏教你求生不得，求死不能。還派你一個意圖行刺哀家的罪名，使你禍連親族。」

項少龍哈哈一笑道：「說到底，原來是太后要亡我莊家，好吧！我萬瑞光認命算了。」

他並非有意和她抬槓，只是眼前形勢複雜，李園和李嫣嫣的關係更是使人莫名其妙，若乖乖屈服，出賣李園，定會使她心中鄙夷。不若試一試她對莊家的同情心達至何等程度，反更划算。

李嫣嫣狠狠盯著他，臉色忽晴忽暗，顯是對這充滿英雄氣概、悍不畏死的軒昂俊偉男子拿不定主意。

項少龍見好就收，在地上重重叩了三個響頭，道：「這是謝過太后剛才對我莊家的維護之情。現在太后若改變心意，小臣仍是非常感激，只望能以一死息太后之怒，望太后高抬貴手，放過莊蹻僅存的一點香火。」

言罷迅捷地彈退兩步，再跪下來，抽劍便要自刎。

李嫣嫣嬌喝道：「且慢！」

項少龍當然不會自殺，若李嫣嫣不喝止，他只好撞破後面的漏窗，以最高速度逃回莊府，再設法逃命。

這時暗叫好險，像電影的定格畫面般橫劍頸項，苦笑道：「太后尚有甚麼吩咐？」

李嫣嫣歎道：「先把劍放回鞘內，到我身前坐下吧！」

項少龍一言不發，還劍鞘內，移到她身前十步處舒適地坐下來，神態不亢不卑。

這時代最重英雄，項少龍是否英雄自有定論。但因他是來自人人平等的二十一世紀，今雖入鄉隨俗，依足禮數，但自然而然流露出一種天不怕、地不怕的氣魄，使他給人與眾不同的昂揚感覺。

李嫣嫣端詳他好一會兒後，幽幽歎道：「大哥是否曾指使你去行刺春申君呢？」

今次輪到項少龍大吃一驚，想不到李嫣嫣如此高明，竟由李園囑他躲在屏風後偷聽，又故意說春申君壞話，從而推斷出這麼樣的結論來。

故作沉吟道：「太國舅爺或有此意，但尚未正式對小臣說出來。」

李嫣嫣聲調轉冷道：「殺了春申君，你想你們莊家仍有人可活著嗎？」

項少龍有點摸不清她究竟是站在李園的一方還是春申君的一方，道：「當然我會成為代罪羔羊哪！」

李嫣嫣呆了一呆，奇道：「『代罪羔羊』，哪有這麼古怪的詞語，不過聽來倒很貼切。羔羊確只有任人宰割的份兒。」

項少龍這時已非常熟悉宮廷中人的心態，李嫣嫣等若另一個朱姬，寂寞難耐，所以於忽然遇上自己這麼一個人時，順手拿來消遣一下，靈機一觸道：「這又叫『黑狗得食，白狗當災』，是否更貼切呢？」

李嫣嫣一時仍未明白，想了想後，「噗哧」一聲笑了起來，旋又知有失莊重，玉容收斂，但語氣已轉溫和，淡淡道：「你這人並非如表面看來般有勇無謀，只懂動劍。唉！你走吧！說到底，一切都不關你的事，我只是氣你竟膽敢偷看哀家。」

項少龍不敢露出歡喜之色，叩頭謝恩後，站起來道：「請太后指點一條離去的明路。」

李嫣嫣道：「我離開後，你可由偏門經中庭從後廂離開，你若不想人頭落地，最好不要將我的說話透露給太國舅爺知道，否則絕不饒你。」

項少龍將她的話當作耳邊風，隨便應了一聲，便要往後退到中庭去。

李嫣嫣不悅道：「站住！你究竟有沒有聽到我的話？」

項少龍坦然道：「小臣因不大把自己的人頭當作一回事，所以並沒有十分在意。但若太后說這樣哀家會不高興，那縱使五馬分屍，我也會至死凜遵。」

李嫣嫣先是杏目圓睜，但聽到最後幾句，神色漸轉柔和，柔聲道：「你若非大奸大惡的人，就是坦誠正直者，滇國出了你這種人才，復國有望。去吧！以後我再不想見到你。」

項少龍愕然道：「太后剛才不是著太國舅爺命我們入宮嗎？」

李嫣嫣沒好氣地道：「你當那麼容易見到哀家嗎？快滾！」

項少龍苦笑道：「若太后真的要我滾出去，我情願給你殺了。太后有聽過『士可殺，不可辱』嗎？」

李嫣嫣顯是從未聽過，只覺此人妙語連珠，引人入勝，實平生罕見，更不宜和他多接觸，一副給他氣壞的樣子，轉身往大門走去。

項少龍乘機退到庭院裡，快步來到後廂處，心中仍被李嫣嫣的倩影填滿時，推門便要出去，香風飄至，一道人影朝他直撞過來。

心神恍惚下，項少龍只知對方是一名女子，哪敢讓對方撞入懷內，探手去按對方香肩。

那女子驚呼一聲，伸手按上他胸口，借點力往後退了開去。

後廂中傳來數聲女子喝罵的聲音。

項少龍和那差點撞個滿懷的女子打個照面，吃了一驚，這不是嫁給李園的郭秀兒還有何人呢！

隨在郭秀兒身後的婢女聲勢洶洶地一擁而上，給郭秀兒一手攔著，嬌喝道：「不得無禮，這位是萬瑞光將軍，太國舅爺的朋友。」

大有深意地狠狠看項少龍一眼，施禮道：「先生請恕妾身走路時沒帶眼睛。」

項少龍隱隱感到郭秀兒識穿了他的身份，但又不知破綻出在何處，大感頭痛，可又是心中欣悅，還禮道：「請太國舅夫人恕我冒犯之罪。」

郭秀兒向身後四婢喝道：「還不給我去伺候太后去？」

四婢少有見到這溫婉嫻雅的夫人如此疾言厲色，邊嘀咕此人不知是何來頭，匆匆領命而去。

郭秀兒柔聲道：「將軍要走了嗎？讓妾身送將軍一程吧！」

領路而行，到了後門處，對把守後門的兩個門衛道：「給我去為萬將軍喚輛馬車來。」

其中一人應命去了。

郭秀兒找個藉口支開另一守衛，到只剩下兩人，低聲道：「項少龍！我想得你好苦，你為何會到這裡來呢？是否想對付秀兒的夫君呢？」

項少龍心想她果然看穿自己的偽裝，歎道：「你怎知道我是項少龍？」

郭秀兒低聲道：「我剛才手按到你的胸口時，摸到那鳳形玉墜子，我自幼把玩它，當然認得！秀兒很高興，你真的一直懸著它。」

項少龍這才恍然而悟。

郭秀兒幽幽道：「少龍可否放過秀兒的夫君？」

項少龍心中一陣感動，郭秀兒若要他死，只要嬌呼一聲，他立即完蛋，可是她縱是猜他來刺殺李園，仍不肯這麼做，剩是向自己求情，可知她是打定主意怎都不肯出賣自己了。忍不住道：「他疼你嗎？」

郭秀兒肯定地點點頭，旋又歎道：「那又有甚麼用，他太多女人哩！」

項少龍當然知道李園風流自賞，認真地道：「秀兒放心，我今趟來絕非為了他。」

此時衛士復返，兩人無語。到馬車遠去，郭秀兒才神傷魂斷的返回院內。

馬車才馳出宮門，便有兩騎飛至，其中一人項少龍認得是斯文秀氣的東閭子，此人曾在邯鄲的比武場上大出風頭，與另一劍客樓無心乃李園手下最著名的兩大高手。

東閭子恭敬地勒馬問好，道：「太國舅爺在偎紅樓等候萬爺，讓小人領路。」

另一人早吩咐御者改道，項少龍笑道：「何用領路，車子不是正朝那裡去嗎？這位壯士高姓大名。」

東閭子有點尷尬，在壽春他們已慣了這種橫行無忌的作風，乾咳一聲，為那人報上名字。

此時蹄聲響起，一隊二十多人的騎士迎面而來，帶頭者年約二十許，身穿貴族的武士服，面相粗豪，身形壯碩，一看便知是勇武過人之輩，雙目盯到東閭子，立時射出兩道寒芒，神情興奮。

東閭子見到這青年，冷哼一聲，低聲對項少龍道：「萬爺！這是春申君第七子黃戰，為人好勇鬥狠，在壽春論騎射、劍術乃數一數二的人物，太國舅爺曾有嚴令，禁止我們開罪他，他若有言語上的不敬，請萬爺多多包涵。」

項少龍暗忖原來是壽春的貴族惡霸時，黃戰已在前方攔著去路，從人左右散開，竟把整條路的交通截斷。

東閭子施禮道：「東閭子向黃公子請安問好。」

黃戰悶哼一聲，策馬而出，來到東閭子旁，一臉傲氣，瞥了項少龍一眼。

東閭子忙道：「這位是滇國的萬瑞光將軍，剛抵壽春。」

黃戰精神一振，呵呵笑道：「原來是把李闖文硬掃出門口的萬瑞光，不若找個地方，讓黃戰領教高明，免得被外人譏我壽春無人。」

項少龍心中好笑，原來只是個徒逞武力、有勇無謀之輩，難怪李園會得勢。

東閭子沉聲道：「黃公子……」

黃戰不留情面地打斷他道：「狗奴才！哪到你來說話。」

東閭子垂頭不語，但顯然心中狂怒。

黃戰不屑地盯著萬瑞光，嘲笑道：「萬將軍不是心怯吧？」

項少龍微微一笑道：「黃公子抬舉在下了，在下更不會狂妄得以為壽春無人，不過在下手中之劍只用於沙場卻敵，又或保衛社稷田園，公子自當深明此理。」

黃戰色變道：「你在嘲笑我不懂沙場殺敵嗎？」

項少龍這時更清楚他只是好勇鬥狠之徒，從容道：「黃公子若有興趣，可擇日公開切磋比試，不過此事必須先得尊君同意，公子請！」

這番話軟硬兼備，擺明我不怕你。黃戰何曾遇過如此厲害的人，愕了半晌後，喝道：「就此一言為定，姓萬的不要到時臨陣退縮。」

項少龍仰天大笑道：「公子放心，能與高手比武，正是我萬瑞光求之不得的事。」

聽到他笑聲裡透露出來的豪情和信心，黃戰愕了一愕，轉向東閭子道：「芳烈閣的小珠兒是我黃戰的人，東閭子你以後最好不要再到那裡去。」

言罷一聲呼嘯，領著隨人策馬而去，這時街上兩方已排滿車龍和馬龍。

東閭子射出怨毒神色，盯在黃戰背影，待他們轉上另一條街，才深吸一口氣道：「真希望萬將軍可一劍把這小子宰掉。」

壽春是項少龍來到這時代裡，最多徵歌逐色場所的地方，剩是最繁盛的鄰靠內城以酒神命名的芳烈大道，便有上百間大小妓寨、歌臺舞榭和酒館，且是私營的，其興旺可知。

據東閭子說，大部分歌姬來自各被征服的國家，其中以越女身價最高。「貨源」可直接從那些被楚國王族長期剝削的地方「採購」，又可向政府購買被俘擄的亡國奴，只是想想箇中情況，項少龍已聽得搖頭歎息。

偎紅樓是壽春最具規模的歌舞樓之一，其餘兩間是神女齋和黃戰警告東閭子不要去的芳烈閣。

偎紅樓是一組圍以高牆的院落組群，園林內分佈著七、八座四合院，主樓樓高兩層，憑窗後望，可看到不遠處殿宇深深、金碧輝煌的楚宮和內城牆、護河與壽春著名的園林勝地郢園，位於園中央的郢湖像一塊嵌在林木間的明鏡，景色怡人，項少龍居住的滇王府就在郢園的東端。

項少龍在東閭子的引路下，登上主樓二樓，四名彩衣美婢跪地恭迎，遞上兩盆清水，伺候他們濯手抹臉，那種排場確非三晉和強秦能及。

管事的是個叫叔齊的大胖子，這人拍馬屁的功夫一流，難得的是恰到好處，連項少龍都覺得須對他加以打賞，才能心安理得。

李園此時正在靠郢園的一邊其中一間廂房內喝酒，陪他的還有兩名曾是滕翼手下敗將的樓無心和言復。見到項少龍來，請他入席，神色凝重道：「太后有否發現萬兒躲在屏風之後？」

項少龍心念電轉，知道必須作出該出賣李園還是收買李嫣嫣的抉擇。苦笑道：「太后曾有嚴令，不准我把事情說出來，不過我萬瑞光豈是怕死之人，太國舅爺又對我們莊家如此盡心盡力。是的，太后不知如何竟會知道我躲在屏風之後。」

他終決定收買李園，原因說來好笑兼諷刺，皆因李嫣嫣本性善良，開罪她尚有轉圜餘地，李園卻是不折不扣的奸人，若讓他知道自己說謊，自然大是不妙。

李園欣然道：「萬兒這般看得起我，我李園自然會盡力保著萬兒，萬兒可以放心。嘿！你猜她為何知道你躲在屏風後呢？我也是事發後才想到答案。」

項少龍確不知道，搔頭道：「太國舅爺請說出原委！」

李園道：「原因有兩個。首先她早從門衛處知道我和萬兒在喝酒談心，其次是地上的足印，當太后著我離開之時，我回頭一看，見到地上足印由深至淺延往屏風處，便知露出破綻。」

項少龍暗叫好險，若諉稱太后只是在那裡發了一陣呆便走了，就要當場給李園識破他在作偽。

李園笑道：「萬兒！李園敬你一杯。」

樓無心、言復和東閭子等齊齊舉杯。

酒過三巡後，項少龍自動輸誠道：「太后似乎隱隱知道太國舅爺故意問起敝國之事，是要讓我清楚誰是阻我莊家復國之人，還嚴詞訓斥我一頓。」

李園若無其事地道：「萬兒請把與太后見面的整個過程，一字不漏的述說出來，此事至關重要，千萬不要有絲毫隱瞞的遺漏。」

項少龍立即半盤托出，真真假假的作其描述，其中最關鍵的地方，例如李嫣嫣看穿李園要他去刺殺春申君那類說話，自是要隱瞞了。

李園皺眉沉思頃刻，又反覆問過其他細節，逼得項少龍連拔劍自刎都說出來，神情古怪道：「我最清楚我太后妹子的性格，少有與人說這麼多話，最奇怪是一點沒有責罰萬兒。」

轉向其他人道：「你們有甚麼看法？」

樓無心等三人均神情古怪，卻不敢說出心中所想。

李園拍几怒道：「我著你們說就說呀！難道我猜不到嗎？只是想跟你們印證一下而已。」

樓無心垂頭恭敬地道：「說到底太后仍是個女人，可能是……嘿！大爺明白我的意思吧！」

李園瞥萬瑞光一眼，哈哈笑道：「你看他們身為男兒漢，說起女人來竟要這麼吞吞吐吐，不是挺可笑嗎？」

這時輪到項少龍奇怪起來，難道自己猜錯，若李園和美麗的妹子有乖逆倫常的關係，對她看上第二個男人，多多少少會有妒忌之意，但看他現在如此開心，實於理不合。

李園舉杯道：「我們再喝一杯！」

項少龍糊裡糊塗的和各人舉杯對飲。

李園放下杯子，眼中閃著懾人的異采，神情充滿憧憬地道：「我這太后妹子終於耐不住寂寞，為萬兒而心動。這種男女間的事最難解釋，只不過實情確是如此，萬兒今趟復國有望了。」

項少龍心中暗罵，早先是要自己做刺客殺手，今次卻是想自己當男妓。搖頭道：「太國舅爺誤會了，太后只是關心我們莊家的事，故和我多說幾句話，亦因此放過在下，不該涉及男女之私。」

李園興奮地道：「這當然大有可能是空歡喜一場。不過我會用言語向她試探，我太清楚她了，她可以瞞過任何人，絕瞞不過我。」

項少龍正容道：「太國舅爺要我萬瑞光提劍殺敵，在下絕不皺半下眉頭，可是……」

李園打斷道：「好！不愧好漢子。但萬兄有沒有想過成大事者，不但要不拘於小節，還須無所不用其極，否則萬兄就不用到壽春來，乾脆殺返滇國，看看可否憑手中之劍把奸黨殺盡好了。」

項少龍為之語塞，同時大惑不解，道：「在下有一事不明，說到底李令仍是太國舅爺李族之人，為何春申君反要維護他，而太國舅爺卻要對付他呢？」

李園歎了一口氣，向言復打手勢道：「言復你來說！」

言復肅容道：「萬將軍有所不知了，即使李族之內，亦有不同黨派。最具實力的當然是我們大爺，另一派則以大爺的親叔太祝李權為首，他專掌國內一切祭祀之事，最近與相國春申君狼狽為奸，李令和李闖文屬他們一黨，故與大爺不和。」

項少龍這才明白。表面看來，春申君和李園似甚融洽，內裡卻是暗爭劇烈。春申君於是拉攏李族內與李園敵對的勢力，以之打擊李園。正為此原因，所以春申君改變立場，由支持莊家復國變成反對和破壞，說到底沒有一個是好人。

在這種情況下，李嫣嫣自然成為最關鍵的人物，誰取得她的支持，誰就能在最後勝出。

楚廷最有權力的職位，首先當然是右相國春申君和左相國李園，其次是太祝、太宗、太正和太史。後四者中又以兼掌律法的太祝權力最大，右相國與太祝聯手，難怪李園處在劣勢。

這麼看來，李園倒非全沒為莊家復國之意，因為復國後的莊家，將變成李園的心腹勢力，既可助他穩定其他諸侯國，亦可使他勢力大增，壓倒其他反對的力量。

李園道：「今趟太后想把滇王妃及王儲請入王宮，實是出於李權的主意，表面的理由雖是冠冕堂皇，其實只是不想你們和其他諸侯國聯繫並達成密議，不利於李令吧！萬兄現在明白了嗎？」

項少龍裝作感激涕零道：「多謝太國舅爺指點。」

李園又沉吟半晌，續道：「此事自有我向太后推搪，春申君一事則可暫擱一旁，目前最緊要的事，是弄清楚太后是否對萬兄有意思，才可決定下一步該怎麼走。」

長身而起道：「我現在先回王宮，讓他三人陪你飲酒作樂。這裡的姑娘姿色出眾，保證萬兄滿意。」

項少龍哪有興趣嫖妓，站起來施禮道：「太國舅爺的好意瑞光心領，亡國之臣，哪有閒情開心玩樂。」

李園見他除復國一事外，對其他事再無半絲興趣，欣然道：「那就讓我先送萬兄一程吧！」相偕去了。

第三十六章　勾心鬥角

項少龍回到滇王府，只見大門外守著十多名禁衛軍，入門後，才知道是李嫣嫣親自下令派這些人來保護王府的。

剛進府立刻給莊夫人請去說話，聽畢項少龍的敘述後，莊夫人忿然道：「想不到春申君是這樣的人，想我先家翁當年如何待他，怎想到現在竟與李族的人聯手來害我們。」

項少龍早見慣這種事，安慰道：「有多少個人不是見利忘義的，幸好我們根本不用倚靠任何人，只要幹掉田單，我們立即遠離是非之地，盡力作復國之謀，任得他們自相殘殺好了。」

莊夫人幽幽歎氣，低聲道：「幸好我還有你可以倚賴。」

項少龍暗暗心驚，岔開話題問道：「今天有甚麼特別的事？」

莊夫人精神一振道：「我們今次可說是來得合時，各地侯王不是派出重臣，就是親來弔喪，他們都很懷念先家翁的恩德，除了支持李令的夜郎人外，都表示若我們舉事，可在軍餉和物資上支援我們，近年來夜郎人勢力大增，人人均希望我們能夠復國，把夜郎人的野心壓下去，聽說今趟夜郎王花剌瓦亦會來弔唁呢！」

項少龍皺眉道：「李令會否來？」

莊夫人有點茫然地搖搖頭，接著歎了一口氣，苦笑道：「若楚廷肯接受他來壽春，那代表楚人正式承認他的身份，我看李園怎都不會容許此事發生的。」

項少龍沉聲道：「我看他來的機會很高，否則春申君不會故意請你回來，又派人在中途行刺你。照我看他定是和夜郎王花剌瓦聯袂而來，李闖文的霸佔滇王府，正是要為李令造勢，只不過想不到我們仍活得好好的。考烈王一死，壽春陷進各大勢力的鬥爭之中，李嫣嫣就是因清楚此事的來龍去脈，故而派人來守衛滇王府。」

莊夫人色變道：「少龍！我終是婦道人家，遇上這種情況心中六神無主，該怎麼應付好呢？」

項少龍道：「現在還要弄清楚一件事，就是為何太祝李權建議我們搬進王宮去？不過其中的一個可能性，該是讓李令可大模大樣住進滇王府，而春申君則以安全理由，把我們軟禁在王宮內，既可阻止我們和其他侯王接觸，又可公然明示天下，李令已正式成為滇國之主，手段確是卑劣之極。」

莊夫人怒道：「李嫣嫣難道任由他們擺佈嗎？」

項少龍道：「李嫣嫣是個怎樣的人，我們還未真正摸清楚，不過照我看，她還是比較遠李園而親春申君和李權的，否則李園不會因李嫣嫣對我另眼相看而欣喜若狂。」

莊夫人細看他一會兒，點頭道：「你確是個能令女人心動的男人，李嫣嫣一向憎恨男人，說不定會因你而改變。」

項少龍失聲道：「憎恨男人，她是愛搞同性戀嗎？」

莊夫人愕然道：「甚麼是『同性戀』？」

項少龍知道又失言，解釋道：「即是歡喜與同性別的女人相好，嘿！」

莊夫人抿嘴一笑道：「這倒沒有聽過，只知她由懂事開始，凡男人用過的東西絕不去碰。對男人更是不假辭色，否則李園也不會因她和你說了一會兒話，竟猜到那方面去。」

就在此時，莊孔連門都不拍便闖進來道：「太后和太祝來了！」

項少龍和莊夫人愕然對望，既大感意外，更不知如何是好。

臉垂重紗的李嫣嫣，高坐於滇王府主廳向門一端的主席上，太祝李權手捧朝笏，恭立一旁，驃悍的禁衛軍林立廳外兩旁，直排到入門處，氣氛莊嚴肅穆。

莊夫人、項少龍領著莊保義叩頭施禮，隨來的禮儀官高喝道：「平身！」

莊夫人等站了起來。

項少龍留心偷看太祝李權，此人臉型窄長，身形高瘦，美鬚垂胸，年紀在四十歲許間，頗有點仙風道骨的格局，可惜臉容蒼白，一副酒色過度的樣子，兩眼更是轉個不停，顯是滿肚子壞水。

太后李嫣嫣平靜地道：「未知太國舅是否來見過王妃和儲君，傳達哀家的意思？」

莊夫人當然不能睜著眼說這種絕瞞不了人的謊話，正不知如何是好，項少龍乾咳一聲道：「太后明鑒，太國舅爺曾……」

太祝李權冷喝一聲，打斷他的話道：「太后在詢問滇王妃，哪到其他人代答？」

項少龍差點拔劍衝前把他宰了，此君實在欺人太甚。

莊夫人冷冷道：「我弟萬瑞光的話，就等若我的說話。」

李權冷哼一聲，望向臉藏在深紗之內的李嫣嫣。

李嫣嫣淡淡道：「萬將軍請說。」

項少龍暗忖若不施點顏色，他們連在壽春立足的地方都沒有了，從容自若道：「請問太后，奸徒李令，是否正和夜郎王聯袂前來壽春的途上？」

李嫣嫣和李權同時一震，愕在當場，氣氛尷尬難堪之極。

項少龍雙目厲芒閃動，沉聲道：「太后請回答小臣。」

李權回過神來，大喝道：「萬瑞光你竟敢對太后無禮？」

項少龍沒好氣地奇道：「李太祝請恕愚魯，小臣詢問的乃關於我們滇國的事，何無禮之有？」

李權一向比李園更橫行霸道，罕有給人頂撞，但在這情況下又不可以不講道理，一時語塞起來。

項少龍冷冷望著他，嘴角飄出一絲令李權不寒而慄的森冷笑意，轉往李嫣嫣，索性擺出一副天不怕地不怕的神氣，靜候她的答覆。

李嫣嫣平靜地道：「李令確曾要求來此，給哀家一口拒絕，至於他有沒有隨花刺瓦同行，哀家就不知道了。」

項少龍哈哈一笑，道：「我敢以項上人頭作賭注，花剌瓦和李令狼狽為奸的兩個人均已抵達壽春，否則何用勞動太后和太祝親臨，把我們請入王宮去？」

李權登時色變，大喝道：「好大膽！」

項少龍仰天狂笑道：「有何大膽可言，楚既要亡我滇國，我等也不願再忍辱偷生，太后請回宮吧！我們祭祀了歷代先王後，立即全體自盡，不用太后再為我等費神。」

李權臉色再變，假若發生此事，必使諸侯離心，說不定會靠向強秦，那就大大不妙，而這正是楚人最害怕發生的事。

李嫣嫣嬌軀微顫，亦不知如何去應付這個局面。

莊夫人跪了下來，把莊保義摟入懷裡，反是這小子仍昂然而立，沒有露出半點害怕的神色。

項少龍目如鷹隼，緊盯李嫣嫣。他當然不會蠢得去自殺，必要時自然是立即逃走，總好過給軟禁宮內，任人宰割。且最怕是給人發現他身上的飛針，那時連李園都要來殺他。

就在此時，門外響起一連串兵器交擊之聲，接著李園直闖進來，怒喝道：「誰敢阻我！」

守在門處的八名禁衛長戟一挺，截著他的進路。

李嫣嫣叱道：「讓太國舅爺進來！」

長戟收起，李園還劍鞘內，確有不可一世的英雄氣概。

項少龍見到莊夫人美目盯著李園，露出迷醉神色，暗叫不妙，但一時又全無辦法。

李園大步來到項少龍旁，施禮後剛站起來，李權已冷笑道：「太國舅爺……」

李嫣嫣冷然截斷他道：「此事待哀家處理！」

李園不屑地橫李權一眼，沉聲道：「恕我李園不懂逢迎之道，若太后再任由奸人唆擺，亡國之禍，就在眼前。」

李權不理李嫣嫣的指示，厲聲道：「左相國此話意何所指，定須還本太祝一個公道。」接著向李嫣嫣跪下來，叩頭道：「太后請為老臣作主，即使先王在世之日，亦從沒有對老臣有半句侮辱之言。」

項少龍暗忖這李權確非甚麼像樣的人物，難怪會被春申君收買，想不到秦、楚、趙三國，權力都到了太后手上，原因則各有不同。趙孝成王是生活過於靡爛，受不住壓力而亡；秦莊襄王給呂不韋毒死；而楚考烈王則大概是喪命於李嫣嫣的肚皮上。

李嫣嫣因粉臉藏於面紗後，使人莫測高深，難猜其意，沉默好一會兒後，緩緩道：「太國舅爺莫要危言聳聽。」

事實上到現在項少龍仍弄不清楚李嫣嫣的真正立場，她似乎相當維護莊家，當然也可能是在演戲。但肯定在莊保義復位一事上她是站在李權和春申君的一方，否則此刻不會出現在滇王府內。

今早她吩咐李園把莊家全體人等接進宮內時，應已得到李令前來壽春的消息。

李園歎了口氣，頹然道：「要說的話，我早說了。先聖有言，逆人心者，無有不敗。現在李令勾結夜郎人，淩逼鄰國，實存虎狼之心。可笑是竟有人視而不見，還一心一意玉成其事，令諸侯國心存離意，只看滇王儲到壽春後人人爭相拜訪，該知人心所向。我說太后受小人唆擺，楚亡在即，絕非虛語。假若西南屏藩盡去，強秦大軍將長驅直進，不出一個月時間可兵臨壽春城下，那時再對侯國安撫，為時已晚。」

項少龍開始感到李園對莊家復國一事，並非全無誠意。無論李園是如何壞透的一個人，但他終仍是愛國和愛家族的。

在某一程度上，假設自己仍要留在壽春，他的命運就要和李園掛上鉤。若李園被人幹掉，他也不能再活多久。

此事確是始料難及，就算當代預言學大師鄒衍親口告訴他，他亦不會相信。

仍跪在地上的李權帶著哭音陳情道：「太后切勿誤信讒言，老臣一切作為，無不秉持先王遺命而行，太后明鑒。」

就在這一剎那，項少龍把握到李嫣嫣的立場。

她並非對李令有甚麼好感，又或特別靠向李權或春申君，而是遵循楚考烈王的遺命，希望通過李令把眾諸侯國重新歸納入楚國的版圖內。

而李園則看出此事行不通之處，加上李族內兩系的鬥爭，才變成現在僵持的局面。

項少龍設身處地，不禁為李嫣嫣要做的取捨而頭痛。

比起上來，李園確是高明多了，至少有不受考烈王亂命的勇氣。

莊夫人仍靜靜地跪在地上，眼光不時巡視項少龍和李園兩人，可能也有點難以取捨。

李嫣嫣蹙起黛眉，歎道：「此事遲點再說吧！哀家要回宮了。」

李權惶急叫道：「太后！」

項少龍哈哈笑道：「李太祝最好和奸賊李令說一聲，無論他帶來千軍萬馬，我萬瑞光誓要取他項上人頭。」

李嫣嫣嬌軀劇震，站了起來。

項少龍、李園和莊保義忙依禮跪伏地上。

李嫣嫣緩緩道：「李令到京之事，確沒有得到哀家同意，李權你命他留在夜郎王府，不准踏出府門半步，若這樣都給人殺了，就怨他命苦好了！」

轉向李園道：「太國舅爺給我調來一團禁衛軍，十二個時辰把守滇王府，若有任何人敢來冒犯，立殺無赦。」

擺駕回宮聲中，在八名宮娥前後護擁下，這楚域的第一美人出門去了。

李權怨毒無比的眼光掃過李園和萬瑞光後，追了出去。

莊夫人親自為李園和項少龍把盞斟酒，向李園媚笑道：「到今天妾身才知道誰是為我莊家盡心盡力的人，讓我姊弟向太國舅爺敬一杯。」

李園舉杯道：「若有一天我李園能鬥得過朝中權奸，必保滇王儲能安坐滇王之位，就以此杯起誓。」

莊夫人秀眸湧出感激的熱淚，酒盡後垂首道：「太國舅爺如此高義隆情，妾身即使為牛為馬，亦心甘情願。」

李園雙目亮起來，極有風度地道：「滇王妃休要折煞李園了。」

項少龍雖對莊夫人沒有野心，但看她願意任李園大快朵頤的格局，亦頗不舒服。幸好他心胸廣闊，喝一杯後把心事拋開。

莊夫人偷偷望項少龍一眼，嘴角逸出一絲笑意，柔聲道：「瑞光你再喝一杯就該歇了。」

轉向李園道：「我這小弟最受不得酒，但怎麼喝也不會臉紅。」

項少龍吃了一驚，暗讚莊夫人細心，自己臉上敷上厚粉，確是怎麼喝都不會臉紅的。

李園微笑道：「滇王妃請勿怪李園冒瀆，我想和萬兄私下說幾句密話。」

項少龍和莊夫人同時愕然。

莊夫人柔順地點了點頭，離開廳堂，還為兩人關上門。

李園怔怔地望著項少龍，好一會兒後長歎道：「項少龍！我李園服了你啦！」

項少龍立時魂飛魄散，手按到劍柄去。

李園舉高雙手道：「項兄切勿緊張，我若要對付你，不會來此和你喝酒。」

項少龍驚魂甫定，苦笑道：「你是如何把我認出來的？」

李園道：「我第一眼見到項兄時，已覺眼熟，但由於這事太不可能，兼且你長了鬍子，臉型改變，髮色、膚色均大異從前，加上你語帶滇音，故以為真的人有相似、物有相同。」

又搖頭失笑道：「剛才其實我早來了，只是在門外偷看項兄雙手扭轉乾坤的精采表演，那時你不但忘記掩飾聲調，連一貫的神態都顯露出來，那是天下只你項少龍一家，別無分號，我除非是盲了或聾了，否則怎會不知你是項少龍呢？」

項少龍奇道：「李兄和小弟是敵非友，為何現在卻像故友重逢，款款深談呢？」

李園俯前道：「我與項兄之隙，實始於紀才女，那時我恨不得將項兄碎屍萬段，但現在米已成炊。唉！」

李園眼中射出深刻的痛苦，喟然道：「事情總要過去的，殺了項兄又有甚麼用，徒使紀才女恨我一生一世，若她殉情自盡，我更痛苦。」

項少龍破天荒第一次接觸到李園多情的一面，有點感動地道：「想不到李兄有此襟懷，小弟失敬了。」

料不到來壽春短短兩天，分別給郭秀兒和李園認出來，看來易容術都是作用不大。幸好除了田單、韓闖、郭開等有限幾人外，壽春再沒有人認識自己了。

李園顯是滿懷感觸，長嗟短歎，以充滿譏嘲的語調道：「不知項兄相信與否，就算項兄走到街上，大叫我是項少龍，保證沒有人敢動你半根毫毛。現在誰不知秦王儲和太后視你為心腹，秦國軍方更是奉你為神明，若今天把你殺掉，明天秦國大軍就會開來，項兄只是自己不知道吧！天下間現在只有呂不韋和田單兩人敢碰你。」

項少龍沉聲道：「這正是我橫梗心中的事，李兄不是與田單結成聯盟嗎？」

李園狠聲道：「不要再說這忘恩負義的老狐狸了，來到壽春後，發覺春申君的形勢比我好，立即倒戈相向，靠向他們那一方，昨天才搬進春申君府去，還把我的計劃向春申君和盤托出，幸好我在春申君府裡有人，否則死了都不知是甚麼一回事。」

項少龍這才恍然，笑道：「原來如此！」

李園老臉一紅道：「項兄怎麼會知道田單到這裡來呢？」

隱瞞他再沒有意思，項少龍把事實和盤托出，聽得李園不住大歎他好運氣。

弄清楚來龍去脈後，李園正容道：「要項兄完全信任我，當然不容易。現在項兄應知我形勢惡劣，而我亦知項兄要殺田單和為滇人復國兩事均是難之又難。但假若我們兩人聯手，說不定所有這些沒有可能的事，均會迎刃而解。」

項少龍點頭道：「這樣兩全其美的事，誰能拒絕？但我卻首先要弄清楚一件事，李兄是否知道呂不韋要借你楚人之手殺死徐先的陰謀？」

李園道：「當然知道，但我李園怎會中呂不韋之計，假設徐先死於我楚人手上，而徐先還是因弔祭先王而來，後果確是不堪想像。」

換了以前，項少龍定不會相信李園的話，但現在已清楚他的立場，更知在壽春能呼風喚雨的人仍是春申君而非李園，再沒有理由懷疑他。

此刻李園最關心的事，首先是保命，然後才談得到奪權。只看今午春申君第七子黃戰對東閭子的氣焰，便可見其餘。

李園忽地劇震道：「不好！」

項少龍嚇了一跳道：「甚麼事？」

李園臉上血色褪盡，拍案大怒道：「春申君真不識大局，為了討好田單和呂不韋，竟做出這種蠢事來。」

項少龍的心直往下沉。

李園臉如死灰，道：「十五天前春申君第六子黃虎率領三千家將，坐船西去，那是我們收到徐先來壽春的消息後的次日，我當時已有懷疑，但想不到春申君如此臨老糊塗，不知輕重。」

項少龍歎道：「事實上春申君和田單一直互相勾結，你或許尚未知趙穆實是春申君第五子，當年囂魏牟便是應春申君請求到魏國來殺我。」

李園聽得目瞪口呆，始知被田單利用。而自己還推心置腹，妄想借助齊人之力對付春申君。

項少龍伸出手來，道：「這個盟約締成了！」

李園大喜，伸手和他緊握著，道：「我是絕對信任項兄的。」旋又有點尷尬地道：「但我卻知項兄仍不敢完全信任我，現在我向天立誓，若有違此約，教我萬箭穿身而亡。」

項少龍心中暗讚，因為李園若不能贏得他完全的信任，他定要處處防他一手，那麼這樣的合作便不會完美了。

想想也覺好笑，不大久前兩人還是你要我死，我想你亡，現在形勢利害所逼下，卻變成戰友。

李園精神大振，道：「第一步我們先殺死李令，給他們來個下馬威如何？」

兩人對望一眼，同時大笑起來，充滿棋逢敵手的味兒。

第三十七章　險死還生

項少龍把李園送到宅外，三十多名親衛等得頸都長了，李園上鞍前，低聲道：「嫣然是否來了？」

項少龍微微點頭。

李園沉吟片晌後，苦笑道：「我真的很羨慕項兄。」

項少龍道：「想見她嗎？」

李園先是露出驚喜之色，旋又搖頭，道：「相見爭如不見，項兄請代我向她問好，告訴她紀嫣然是我李園心中最敬愛的女子。」

仰天一笑，登上馬背，領著眾親隨旋風般馳出大門。

項少龍慨然一歎，搖搖頭，返回宅內去，正想回去見紀嫣然向她報告此事，半路給莊夫人截著，把他扯到一間無人廂房去，低聲道：「李園和你說了甚麼？」

項少龍想起她剛才對李園意亂情迷的態度，心中有氣，冷冷道：「都是些動刀動槍的事，沒甚麼特別的。」

莊夫人俯過來細審他的眼睛，看得他渾身不自然時，笑靨如花柔聲道：「少龍妒忌哩！妾身真高興。」

項少龍索性把脾氣發出來，道：「並非妒忌，而是沒有一個男人喜歡聽女人當著他的面，說願為另一個男人為牛為馬，這是尊重與不尊重的問題。放開你的手好嗎？」

莊夫人挽得他更緊，湊到他耳旁吐氣如蘭，道：「若我要說的對象，是項少龍而非李園，同樣的話就該改作為妾為婢。少龍明白其中的分別嗎？」

項少龍哂道：「我豈是那麼易騙易哄的人，夫人敢說對李園沒有動心？」

說到這裡，心中一動，知道自己確是對莊夫人動了點心。

對女人他可說是非常有風度，絕少責罵或傷害女性，甚至像單美美和歸燕的蓄意謀害，他亦從沒有要找她們算帳的念頭。

給他罵得最多的女人是趙雅，但最後自己還是原諒她，像以前般疼她。但他為何卻要向莊夫人發這麼大的脾氣呢？

項少龍因曾飽受打擊，更不想學這時代的男人般對女人多多益善，廣納姬妾。不過這只是一廂情願的想法，反是女人不斷向他投懷送抱、心甘情願加入他的妻妾群內。

人非草木，孰能無情。加上他對女人又容易心軟，所以一直小心翼翼，不想涉足男女之事內。到目前為止，真正令他情難自禁的只有琴清一女而已，對其他的反而很有克制力。

但莊夫人的情況卻很特別。無論她復國成功與否，都不會成為他的姬妾。這是身份的問題，莊夫人和兒子已成為滇國人人承認的正統和象徵，一旦莊夫人嫁了給人，這象徵將給徹底破壞。

她可以和男人發生肉體關係，在這時代那是非常平常的事。所以項少龍和莊夫人即使發生男女之情，亦註定是短暫的，當莊保義登上王座，項少龍離滇之時，這段男女之情便要宣告壽終正寢。

正是因為沒有心理障礙，兼之項少龍又對這對孤立無援的母子有極大憐惜，所以在不自覺下，他逐漸地接受莊夫人，這或者是日久生情吧！只是連他自己都不知道，直至現在大發脾氣，才猛然醒覺是怎麼一回事。

莊夫人雖被責罵，卻沒有絲毫受責的應有反應，反正容道：「你說得不錯，李園確是個令我心動的男人，而且不理他的真正用心怎樣，表面上他仍是對我莊家仗義支持。假設我沒有遇上你，我必會以身體做出報答。但現在卻不會這樣做，因為怕你會看不起人家。這樣剖白心跡，你該滿意吧！」

項少龍搖頭道：「但你現在撩起李園的心，恐怕事情不是可以由你控制。」

莊夫人道：「放心吧，我對應付男人早經驗豐富了。」

接著狐媚一笑，道：「剛才我是故意的，好看看你這鐵石心腸的人會有甚麼反應，現在終於知道答案。唉！少龍！今晚讓妾身侍寢陪你好嗎？」

項少龍想起紀嫣然和趙致，硬著心腸道：「別忘了我們早先的協議，大事要緊，男女之情只好暫擱一旁。」

莊夫人感動得眼也紅了，垂頭道：「妾身還是首次遇上第一個不是為我的姿色而幫助我的男人。」說時靠得他更緊更擠了。

項少龍忙把身份被識破，又與李園結盟的事告訴她，莊夫人自是聽得目瞪口呆，大喜下逼項少龍和她纏綿一番後，方肯讓他離去。

項少龍回到住處，把事情向紀、趙兩女複述一趟，兩女亦是聽得目瞪口呆，想不到事情會有如此出人意表的發展。

紀嫣然欣然道：「李園雖是個自私自利、心胸狹窄和做事不擇手段的人，但終是有識之士，在這種情況下與你結盟是最聰明的做法，況且有了你這朋友，說不定可影響秦國不以楚國作為第一個征服的目標呢！」

項少龍苦笑道：「在此事上我是很難發言的，你不去打人，人就來打你，不要說朋友可以成敵人，連父子、兄弟也可反目成仇，紀才女精通歷史，對這該有一番體會。」

趙致點頭道：「夫君大人說得對，何況現在項郎處處都有朋友，想幫都不知該幫哪一國才好。」

項少龍坦白道：「我是個只愛和平、不好戰爭的人，將來儲君登位，我們遠赴他方，找個山明水秀的原野或幽谷終老，那不是挺寫意嗎？」

兩女感動得投入他懷內去。

此時荊善來報，說內城守屈士明求見。

項少龍大訝，問起紀嫣然，才知內城守等若禁衛統領，忙一肚狐疑地出前堂會客。

屈士明年在三十歲左右，神態穩重，一臉和氣，生得挺拔高大，面目英俊，予人很好的印象。不過這只是表面的假象，因為項少龍總覺得他眼睛內藏有另一些與其外相截然相反的東西，使他直覺感到屈士明是那種笑裡藏刀的人。

寒暄過後，屈士明道：「太后命我前來，請萬將軍入宮，萬將軍可否立即起程？」

項少龍暗忖現在光天化日，到王宮走的又是通衢大道，該不怕他弄花樣，且有起事來在人潮熙攘的大道上逃也逃得掉，點頭答應，隨他策騎往王宮去。

一路上屈士明對沿途景物和建築指點談笑，令他得知不少周遭情況，至少知道王宮旁一組宏偉的建築群是春申君府，李園的左相府則在春申君府斜對面處。

李園在宮內、宮外均有居室，與李嫣嫣的關係自是比其他李族人或春申君更親密。難怪雖惹起春申君的妒忌，但至目前為止仍奈何不了他。

可隨著李令到了壽春，田單和春申君公然勾結，這平衡終被打破。

入宮後，眾人下馬。

屈士明低聲道：「太后想在她東宮的養心別院見萬將軍，那是她彈琴自娛的地方，她心情好時，說不定會奏一曲給將軍聽呢！」

項少龍暗忖難道李嫣嫣真的看上自己，但想想又不大可能，一個憎恨男人的女人，怎會只兩天便改變過來。

不過多想無益，只好隨屈士明去了。

八名禁衛在前開路，另十六人隨在後方，對他的保護可說過份了一點，可見李嫣嫣對他的維護。

二十四名禁衛顯然均是特別的精銳，人人身形驃悍，項粗肩厚，均是孔武有力的大漢，假若楚兵全是這種水準，連秦人都非其對手。

此時項少龍和屈士明在前後簇擁下，穿過東園一條碎石鋪成的小路，四周花木繁茂，小亭小橋，流水魚池，點綴得園內生氣盎然。

左方草樹外有一列房舍，卻不覺有人在內。

四周靜悄無人。

屈士明指著房舍道：「萬將軍請看！」

項少龍循他指引望去，奇道：「看甚麼？」

就在此時，忽感右腰給尖銳硬物重重插擊一下，發出「叮」的一聲。

項少龍立知是甚麼一回事。

屈士明以匕首暗算他，卻刺中他插滿飛針藏在腰處的針囊。想也不想，一肘強撞在屈士明脅下處。

屈士明於匕首甩手掉地、脅骨折斷聲中，慘然倒往一旁，仍不忘大叫道：「動手！」

先動手的是項少龍，換了劍鞘以掩人耳目的血浪寶劍離鞘而出，前方最近的兩人立被劃中頸項，濺血倒地。

項少龍知道不宜力敵，側身撲入一堆小樹叢裡，再由另一方滾出來，敵人的攻勢全面展開。

左右各有兩人奮不顧身殺來，悍如瘋虎。

項少龍知道絕對退縮不得，振起無與匹敵的鬥志，先往前衝，也不知踏毀多少鮮花，卻避過被圍困的危險，這才猛然旋身，血浪閃電劈出。

這些禁衛果是千中挑一的高手，首當其鋒那人運劍硬架他凌厲的一擊，卻避不開項少龍由下方疾踢過來的一腳，下陰中招，慘嚎倒地。

後面衝來的兩人收不住勢子，給絆得差點跌在地上。

項少龍劍光暴漲，旋飛一匝，兩人都撒劍倒跌，立斃當場。

此時更多人由前面三方蜂擁而至，都是由草叢花樹間鑽出來。

不過卻沒有人吆喝作聲，只是一聲不吭的攻來。

項少龍心中一動，一邊大聲叫喊，一邊往左方房舍狂奔過去。

奔上一道小橋時，後方風聲響起，項少龍心知不妙，滾落橋面，一把長劍在上方破空而過。

項少龍在橋上跳起來，使出一招「以攻代守」，幻出重重劍浪，照著衝上來的兩人疾施反擊。

「嗆」的一響，左方那人的長劍竟只剩下半截。可惜項少龍卻沒有殺他的機會，順勢逼退另一人時，只見敵方七、八人橫過穿流橋底的小溪，想趕往橋的另一邊攔截。

項少龍放過眼前敵人，跳上橋欄，再凌空翻個觔斗，落到一片草地上。

兩名敵人立即聲勢洶洶撲過來。

項少龍心中叫苦，這些人個個武技強橫，以眾凌寡，足夠殺死自己有餘。若給攔著苦戰，自己必無倖理，猛一咬牙，由地上滾過去。

那兩名敵人雖是勇悍，但何曾見過這等打法，慌了手腳時，其中一人已經給項少龍雙腳絞纏下肢，翻倒地上，另一人則被血浪寶劍透腹而入。

四方盡是人影劍光。

項少龍放過倒地者，往旁邊一棵大樹滾過去，撞到樹身彈起來，三把長劍由不同角度朝他砍刺過來。

項少龍知此正是危急關頭，若不能破圍而出，今日必喪生於此，一聲狂喝，使出壓箱底的「攻守兼資」，三把劍盡劈在他劃出的劍光上，更被他似有無窮後著的劍勢逼退。

眼角瞥處，其他人瘋了般追來，已成合圍的死局。

項少龍仰頭一看，見上方有條伸出來的橫枝，再上處更是枝葉繁密，心中大喜，趁敵人尚未攻來時，劍回鞘內，離地躍起，雙手抓在粗若兒臂的橫枝上。

敵人見狀躍起揮劍攻來。

項少龍兩腳左右飛出，掃在兩人劍身處，兩把劍立時盪開去。雙腳再連環踢出，兩人面門中腳，血光迸現下，踉蹌倒跌。

藉了一下腰力，翻上橫杈時，下方已滿是敵人。

三把劍脫手往他擲來。項少龍貼往樹身，避過長劍，往上迅速攀去。

敵人亂了方寸，在下邊手足無措地看著，這時只能悔恨沒有帶得弩箭在身。

到了樹頂，離地足有八、九丈。

項少龍心花怒放，撐大喉嚨像哨樓上的哨兵般狂呼道：「造反了！造反了！」

四名敵人開始往上爬來。項少龍不驚反喜，拔出血浪，迎了下去。以居高臨下之勢，斬瓜切菜的把四人劈下樹去，眼看都活不成了。

此時屈士明按著脅下骨折處辛苦地來到樹下，亦是無計可施，進退失據，喝道：「斬樹！」

項少龍大笑道：「辛苦你們哩！」

要以長劍斬斷這一棵人抱不過的大樹，沒有半個時辰休想辦到。

就在此時，無數禁衛由四方八面擁進園裡來。

屈士明臉色大變，喝道：「走！」

不過已遲了一步，禁衛把人和樹團團圍著，見到竟是上司屈士明，都呆了起來。

「太后駕到！」

眾衛忙跪在地上。

在樹頂處的項少龍不便施禮，自是免了。

終於度過一次被刺殺的危險，靠的卻是幸運。

第三十八章　行藏再露

太后宮。

屈士明和十七名偷襲萬瑞光的手下雙手被反綁，跪伏李嫣嫣鸞臺之下，其中五人受了輕重不一的劍傷，渾身血污，形相淒厲。

包括屈士明在內，二十五名刺殺者被項少龍幹掉七個。

李權和正在王宮內辦事的大臣聞訊趕至，其中兩人正是大將斗介和大夫成素寧。

斗介本是依附李園的人，後來見春申君勢大，又投向春申君和李權。

成素寧則一向是李權的爪牙，當日便是由他派出姪兒成祈和家將假扮船伕，意圖在淮水害死莊夫人母子。

斗介和成素寧均年近四十歲，前者長相威武，頗有大將之風；後者高頎蒼白，一看便知是耽於酒色之輩。

另外還有外城守武瞻和專責保護太后和王儲的禁衛長練安廷。

項少龍悠然自得地站在李權下首，接著是武瞻和練安廷，對面是斗介和成素寧。

屈士明臉如死灰，垂頭不語。

李嫣嫣頭頂鳳冠，沒有以重紗覆臉，豔絕楚境的玉容罩上一層寒霜，鳳目生威道：「這是甚麼一回事？究竟是何人指使？」

屈士明垂頭稟上道：「萬瑞光來壽春後橫行無忌，視我大楚有若無人，今天又在滇王府冒犯太后，更明言殺人，小人心生憤怨，才要下手教訓他一頓，絕沒有人在背後指使。」

李園的聲音在入門處響起，長笑道：「萬瑞光怎樣橫行無忌了？若你屈士明的家被人佔據，你該怎麼辦呢？」

眾人目光投往入門處，只見李園神采飛揚地快步而來，先向李嫣嫣施禮，移到項少龍旁，擺明與他站在同一陣線。

李權冷笑道：「左相國此言差了，兩件事怎可以相提並論，李令尹佔據滇王府之時，先王尚在，亦沒有出言反對，分明……」

李嫣嫣冷叱截斷他道：「太祝！」

李權瞪了李園和萬瑞光一眼，悶哼一聲，沒有再說下去。但人人都知他要說的是李闖文強佔滇王府一事，是得到死鬼考烈王的同意和默許的。

斗介乾咳一聲，道：「屈士明瞞著太后在宮廷內動手犯事，確是有違軍紀，但他只是激於義憤，故仍是情有可原，願太后從輕發落。」

他乃楚國軍方重臣，說出來的話即使貴為太后的李嫣嫣亦不得不予以考慮，由此可見春申君現在的實力，實有壓倒性優勢。

成素寧也求情道：「屈士明只是想挫折一下萬將軍的氣焰，並無殺人之心，太后明鑒。」

項少龍哈哈笑道：「這真是奇哉怪也，各位當時並不在場，為何卻能一口咬定屈將軍只是想對在下略施教訓，難道你們早就商量好嗎？」

成素寧為之語塞，雙眼射出怨毒神色，狠狠盯著萬瑞光。

禁衛長練安廷躬身道：「太后明鑒，當微臣率人趕至東園時，屈大人等人人手持利刃，非是一般鬧事打架的情況，而死去的七人，屍體分佈在園內，顯是經過一番激烈的打鬥和追逐。」

李權冷笑道：「此事是否正中禁衛長的下懷哩？」

練安廷顯是涵養極深，雖被李權明諷他覬覦高他一級的內城守之位，仍神色不動道：「李太祝言重了，末將只是依實情稟上太后，假若蓄意隱瞞，便是失職。」

李園笑道：「故意歪曲事實，不但有失職之嫌，還是欺君之罪，李太祝莫要太過忘形。」

李權怒道：「左相國……」

李嫣嫣打斷他，向尚未發言的外城守武瞻道：「武將軍對此事有何看法？」

武瞻掌握城衛，權力極大，地位與斗介同級，立場一向不偏不倚，所以他的說話分外有影響力。狀若雄獅的武瞻銅鈴般的巨目一睜，射出冷厲的神色，落在屈士明身上，沉聲道：「王宮之內，妄動刀劍，已是大罪，況是逞凶殺人，更是罪無可恕，不過既然屈大人堅持只是一般鬧事打架，我等理該把事情弄個一清二楚。太后只要把犯事者由末將盡數帶走，分別審問箇中情況，保證可真相大白。」

李權、斗介等立時色變，想不到武瞻一點不看他們的情面，若把他們這批背後的主使人抖出來，就更糟糕。

門官此時唱道：「春申君到！」

春申君左右各跟著一名武將，其中一人赫然是七兒子黃戰，聲勢洶洶的闖進殿來。施禮時，李園低聲告訴項少龍另一武將是春申君的第三子黃霸。

春申君到了斗介的上首處，出乎眾人意料之外，竟戟指大罵屈士明道：「屈士明你身為內城守，負責禁宮安全，竟知法犯法，是否知罪？」

項少龍和李園交換個眼色，均知春申君要殺人滅口。

屈士明還以為春申君想以另一種手段為他開脫，忙道：「末將知罪！」

春申君轉向李嫣嫣道：「老臣請太后立即下旨，將犯事者全部斬首。」

屈士明渾身劇震，愕然抬頭叫道：「君上！這事……」

立於春申君後的黃戰竄出來，一腳踢在屈士明嘴上，後者登時齒碎唇裂，慘嚎一聲，滾倒地上，再說不出話來。

春申君回頭瞪了在地上痛苦呻吟的屈士明一眼，不屑道：「身犯死罪，還敢出言辱罵太后，真是萬死不足以辭其咎。」

輕輕數語，就把黃戰封口的行動帶過去。

李嫣嫣冷冷看著春申君，好一會兒後，歎道：「來人！給哀家把這些人推出殿外，立即絞死，禁衛長負責監刑。」

練安廷跪地接旨，命禁衛押著屈士明等人去了。

李權等均臉無血色，但又知這是對他們最有利的解決方法。

李嫣嫣美目掠過眾人，當眼光落在萬瑞光身上時，略停半晌，閃過令人難明的複雜神色，最後來到武瞻處，柔聲道：「武將軍認為內城守之職，該由何人擔任？」

項少龍對這猛將武瞻甚有好感，也很想聽聽他的提議。春申君等無不露出戒備神色，可見內城守之位對兩派鬥爭極有關鍵性的影響。反是李園神態從容，還嘴角含笑。

武瞻肅容道：「現在壽春正值多事之秋，宮禁之地亦不能免，末將認為不宜大變，由練大人陞上一級，而禁衛長之位，則由副禁衛長獨貴補上，太后以為是否可行？」

李嫣嫣在春申君等人反對前，早一步道：「武將軍提議，甚合哀家之意，就此決定，其他人不得異議。」

接著又道：「萬將軍受驚了，請留貴步，退朝！」

李嫣嫣在後廷單獨接見萬瑞光，侍衛、婢女給她趕了出去後，絕美的太后露出罕有的笑容，向坐在下首的萬瑞光道：「萬將軍應比現在出名得多才是合理哩！」

項少龍心中一懍，故作不解道：「太后何出此言？」

李嫣嫣橫他一眼，道：「剛才要刺殺你的全是禁衛裡出類拔萃之輩，人人均可以一擋十，但蓄意偷襲下仍給萬將軍斬殺七人，而先生卻不損分毫，教我想起一個人來。」

項少龍整條脊骨涼浸浸的，問道：「太后想起哪個人呢？」

李嫣嫣岔開話題道：「今早與將軍見面後，我便去看秀兒夫人刺繡，她心神恍惚，接連出錯，還刺傷指頭。我問起下人，方知將軍離宮時曾與秀兒碰過面，還由她安排馬車送將軍離開。當時我仍沒有想到甚麼，但見到將軍後來在滇王府和宮內的表現，想法自是不同了。」

項少龍暗叫不妙，知她對自己動了疑心。

李嫣嫣秀眸亮起來，狠狠盯著他道：「天下間，能令秀兒一見便失魂落魄的男人只有一個，萬將軍能否告訴我那人是誰呢？」

項少龍知道身份已被識破，郭秀兒乃李嫣嫣的閨中密友，定不時向她說及關於自己的事，所以李嫣嫣發覺到她神態有異，自己又出奇地行為詭秘，身手厲害，終給這秀外慧中的美女猜出自己是項少龍來。

自己這趟偽裝可說處處碰壁，一塌糊塗，幸好田單尚未知道自己來了。而李嫣嫣遣開其他人後，才逼自己表露身份，事情該還有轉圜的餘地。

歎了一口氣後，回復平日的從容瀟灑，淡淡道：「她有沒有告訴你『蜜糖』的故事呢？」

李嫣嫣微一點頭，玉臉轉寒道：「項少龍！你好大膽，今次是否奉秦人之命，來蠱惑我大楚眾多諸侯國？」

項少龍苦笑道：「我項少龍怎會是這等卑鄙小人，亦不屑做這種事。要嘛！就在沙場上見個真章。今趟我來是要殺死田單。現在既給太后揭穿身份，只好返回秦國，唯一要求只是希望能領滇國的孤兒寡婦安然離開。」

李嫣嫣寒聲道：「走得這麼容易嗎？」

項少龍含笑看著她，先飽餐一頓秀色，才平靜地道：「要殺要剮，悉隨尊便，但若在下被殺，再加上春申君派人行刺徐先一事，即使有呂不韋也難阻止秦人大軍壓境之禍。」

李嫣嫣勃然大怒，道：「這實在欺人太甚，你當我大楚真是怕了你們秦國嗎？秦國正值東郡民變，自顧不暇，還敢來凌逼我大楚？」

此番話外硬內軟，明眼人都知她心怯。這也難怪，現在誰不是談秦色變。

項少龍微笑道：「秦國現在是自顧不暇，但東郡民變算甚麼一回事，兵到亂平，藥到病除。反是大楚因滇國之事，諸侯思變，人心向亂，秦國現在或者仍沒有滅楚之力，但只要逼得太后再次遷都，後果不言可知。」

兩人目光不讓地對視頃刻，李嫣嫣冷冷道：「剛才你說春申君派人襲擊徐先的使節團，究竟是甚麼一回事？」

項少龍心中暗喜，知道事情有了轉機，沉聲道：「這實是田單和呂不韋要傾覆楚國的一個天大陰謀，春申君以為殺徐先可討好呂不韋，豈知卻是掉進陷阱去。」

遂把事情始末說出來，特別強調呂不韋和田單狼狽為奸，先慫恿李園，見其不為所動，故捨李園而取春申君一事說出來。順便把在秦嶺遇上莊夫人，後來又給成祈假扮船伕意圖謀害的過程都詳細說了。

李嫣嫣那對美目不住睜大，玉容忽明忽暗，顯是非常震驚。

最後項少龍道：「太后現在該知道我對大楚沒有半點不軌之心吧！」

李嫣嫣苦惱地道：「春申君為何如此糊塗，竟冒大不韙去襲殺秦人來弔唁的使節團？我必須阻止此事。」

項少龍道：「可以阻止的話，我早阻止了，徐先乃秦國軍方的核心人物，若有不測，而呂不韋又透露出是春申君所為，那唯一能平息秦國軍方怒火的方法，是獻上春申君的人頭。屆時我或可設

首。」

法為大楚開脫。」

李嫣嫣愕然道：「我怎可以這樣做？唉！我雖身為太后，仍沒有能力這樣輕易的把春申君斬首。」

項少龍知她已經心動，低聲道：「只要太后不反對就成，我會和太國舅爺設法的。」

李嫣嫣一呆道：「太國舅知你是項少龍嗎？」

項少龍點了點頭。

李嫣嫣顯是很清楚兩人間的往事，沉聲道：「他不是和你有奪愛之恨嗎？」

項少龍聳肩道：「李兄現在只能在楚國陷於內亂、秦軍來犯與殺死我之間作一選擇，李兄終是愛家愛國之士，自是選擇與我合作。」

李嫣嫣沉思頃刻後，露出倦容，嬌柔不勝地道：「萬將軍請退下，待我好好想一想。」

她的軟弱神態，看得項少龍怦然心動，忙壓下歪念，退了出去。

剛步出殿門，給李園請去宮內他的別院說話。

項少龍把李嫣嫣識穿他的事說出來，李園喜道：「此事甚妙，若有小妹站在我們這一方，我們將勝算大增。」

項少龍故意試探他的誠意，道：「太后似乎對李兄和春申君的態度均非常特別，究竟內中是否另有別情？」

李園呆了一呆，深深歎一口氣，露出痛苦的神色，道：「項兄雖一向是李某人的強仇大敵，但無論我或是田單，心中都非常佩服項兄，甚至以有你這樣一個對手為榮，假若此話由別人來問，我只會搪塞了事，但現在卻不想騙你，更相信項兄會為我李家守密。」

項少龍心中一沉，知道所料不差，李嫣嫣果然涉及有乖倫常的事。

李園默然半晌，才緩緩道：「嫣嫣十四歲之時，已長得非常美麗，爹娘和我這做兄長的，視她如珠似寶，卻沒想到不但外人垂涎她美色，族內亦有抱著狼子野心的人。」

項少龍大感愕然，看來自己猜錯李園和李嫣嫣的關係，亂倫者是另有其人，但為何李嫣嫣對李園的態度如此奇怪。

李園道：「詳細的情況我不想再提，事情發生在嫣嫣十六歲那一年，這人面獸心的人就是李權，李令亦有份參與，李族中當時以李權的勢力最大，我們敢怒而不敢言，爹娘更因此含恨而逝，嫣嫣則整個人變了，完全不肯接觸男人，終日躲在家裡，只肯見我一個人，有種異乎尋常的依戀。」

項少龍大奇道：「若是如此，她理應恨不得殺了李權才對，為何仍對他如此寵信？」

李園痛心地道：「因為她也恨我！」

項少龍愕然望著他。

李園一掌拍在几面上，眼中射出仇恨的火焰，咬牙切齒地道：「就由那刻開始，我決定不擇手段也要殺死李權和李令。到嫣嫣二十歲時，李權這禽獸不如的人竟公然三番四次來向我要人，我給他逼得沒法，想出一計，就是把嫣嫣送與春申君，如若懷孕，再由春申君送給大王，項兄該明白我的意思吧！只有這樣，李權才不敢碰嫣嫣，而我則既可取得春申君的寵信，也有可能變成國舅爺。」

項少龍呆望李園，想不到其中過程如此複雜，真是家家有本難唸的經。同時可看出諸國之中，不但以楚人家族勢力最雄厚，也以他們最淫亂。

李園道：「我費了十天工夫，痛陳利害，終於說服嫣嫣，而她肯答應的原因，主要是為了楚國，因為若大王無子，他死後會立生大亂。但她卻有個條件，是這孩子的父親必須是我，她只肯為我生孩子。」

項少龍失聲道：「甚麼？」

李園一對俊目紅起來，神態消沉，緩緩道：「我佯作答應她，到行事時換入一個體型與我相近的家將，可惜百密一疏，事後給她發現，她大怒下竟以護身匕首把這人殺掉。翌日一言不發隨我到春申君府去，自此再不與我說話，到她成為太后，才對我好了一點。她故意寵信李權，是為了要傷害我，到現在我方完全明白她不平衡的心理，所以當我知道她對你另眼相看時，會這麼歡喜，是希望她可以回復正常。」

項少龍這才明白過來，為何李園和李權兩人會同族操戈，而李權又能如此恃寵生驕的樣子，其中竟有這種畸異和變態的關係。

深吸一口氣後，道：「李權現在和太后，嘿！還有沒有……」

李園搖頭道：「絕對沒有，嫣嫣自那事後對男人深惡痛絕，只肯和我一個人說話，而後來她卻迷得春申君和大王神魂顛倒，連我都大惑不解，不知她為何能忍受他們。」

項少龍道：「她是為了你，因為只有這樣，你才不會被李權害死。」

李園渾身劇震，一把抓著項少龍的手，喘息道：「真是這樣嗎？」

項少龍道：「真的是這樣。她肯為此放任的去伺候兩個男人，是為了報仇。但她卻知你現在仍不是春申君和李權的對手，所以故意親李權而冷落你，只看她許你住在王宮內，便隱有保護你的心意。」

李園道：「那她為何不向我解說清楚？」

項少龍道：「因為她的確仍恨你，那日我在屏風後偷看你們，已發現了這微妙的情況。」

李園把事情說出來後，舒服多了，點頭道：「項兄之言大有道理，現在項兄該明白我要合作的誠意，只要能殺死春申君、李權和李令，其他一切均不再放在我心上。」

現在連項少龍都很想殺李權和李令這兩個禽獸不如的人。問道：「目前壽春究竟是誰在掌握兵權？」

李園回復平靜，道：「壽春的軍隊主要分外城軍、內城軍和外防軍。原本內城軍和外防軍都操縱在春申君和李權手上，但屈士明已死，內城軍由練安廷負責，獨貴則陞為禁衛長，兩個都是我的人，所以內城軍已牢牢掌握在我手上。想不到武瞻這麼幫忙我。」

項少龍道：「武瞻原是哪一方面的人？」

李園道：「武瞻只對王儲和嫣嫣忠心。若非有他撐著大局，舍妹早落在春申君和李權的控制下，連我都護她不了。內城軍人數在一萬左右，我會把屈士明的餘黨全部撤換，只有保住舍妹和王儲，我才有和他們周旋的本錢。」

頓了頓續道：「外城軍達三萬人，負責壽春城防和附近四個附城的防務。外防軍的統帥就是忘恩負義的傢伙斗介，當年我大力推舉他擔當此一要職，豈知我由邯鄲回來，他卻投向春申君和李權。外防軍負責水陸兩方面的防務和修築長城，人數達五萬之眾，實力最雄厚，否則我早把李權幹掉。」

項少龍道：「春申君和李權的私人實力呢？」

李園道：「李權毫不足懼，但春申君三個兒子黃戰、黃虎和黃霸均是悍勇無敵的猛將，加上五千家將，在壽春沒有人的勢力比他更大，我手下只有二千家將，比起來差遠了。」

項少龍道：「現在黃虎領三千人去刺殺徐先，實力大減，所以要動手就應在這幾天，否則若讓黃虎回來，春申君定會立即對付我們。」

李園歎道：「我也想到這點，但夜郎王和李令一到，整個形勢立即不同，他們來了近二千人，其中高手如雲，若非滇王府有禁衛把守，而春申君對舍妹現在又非常顧忌，李令早率人攻入滇王府去。項兄亦要小心一些。」

項少龍大感頭痛，問道：「有沒有辦法把武瞻爭取過來？」

李園道：「先不說那是近乎沒有可能的事。若武瞻真的站在我們的一方，將由暗爭轉作明鬥，於我們有害無利，所以最佳方法，是把春申君、李權、李令、斗介等以雷霆萬鈞的手段，一股腦兒殺個乾淨，再由舍妹出面收拾殘局，只恨現在我們仍沒有足夠的力量這麼做。」

項少龍拍拍他肩頭，道：「先發制人，後發制於人，李兄有沒有方法弄一幅夜郎王府的形勢圖給我，如若可行，今晚我就去把李令殺掉，以免夜長夢多。」

李園拍胸道：「這個容易，項兄先返滇王府，我稍後再來找你。」

兩人步出廂門時，剛巧碰到郭秀兒，三人同時一愕。

李園尚不知郭秀兒識穿項少龍的身份，笑道：「秀兒快來拜會萬瑞光將軍，他乃滇王妃之弟。」

郭秀兒不敢望向項少龍，低頭盈盈施禮。

項少龍百感交集，客氣兩句後，由李園派人送回滇王府去。

一路上項少龍心中仍不時閃動郭秀兒俏秀的玉容，想不到只是邯鄲數次接觸，她對自己仍念念不忘。

到壽春後，事情的發展完全出乎他意料之外，自己的本意只是刺殺田單，再離開壽春到滇國去，完成匡助莊夫人復國的承諾。

豈知先後給郭秀兒、李園和李嫣嫣識破身份，深深捲進楚都壽春的權力鬥爭裡去。

他真心真意要幫助李園，其中一個原因是為了郭秀兒。因為若李園坍下臺來，郭秀兒的命運將會非常悽慘。

另一方面是激於義憤，李權和李令這兩個禽獸不如的人，實在太可惡了。

至於春申君，撇開滇國的事不說，只就他派人去對付徐先一事，已是不可原諒。

問題是即使加上李園的人，他們仍沒有收拾春申君和李權的力量。唯一的方法是逼李嫣嫣站到他們這邊來，只有殺死李令，向她展示實力，才可望使她改變主意。

他怎都不相信李嫣嫣不想報那改變了她性格和一生的恥辱與仇恨，否則她不會處處維護李園和莊家。

想到這裡，已抵達滇王府。

項少龍猛下決心，定下在今晚到夜郎王府刺殺李令，否則可能永遠沒有機會。

第三十九章　身世淒涼

剛踏入府門，荊善迎上來道：「滕爺來了！」

項少龍大喜過望，衝進內堂，滕翼正和紀、趙二女在說話。滕翼跳了起來，真情流露，與他緊擁在一起。

坐下後，紀嫣然笑道：「原來我們與滕二哥失諸交臂，丹泉和烏達只兩天馬程便遇上滕二哥了。」

滕翼道：「我們先後七次衝擊旦楚的軍隊，都給他擋著，這人的智謀、兵法均不可小覷，現在蒲布和徐夷亂負責把他們拖著。我怕三弟不夠人用，帶了三百人來，他們都扮作由魏境來的商販，分批入城，是我們精兵團最好的人手。」

項少龍大喜道：「我本來正為刺殺李令的事頭痛，現在好了，二哥先挑選數十人出來扮作滇王的舊部，到來尋找他們的主公，負起保衛滇王府的責任。」

滕翼忙召來荊善及剛到的烏達和丹泉去負責安排。

項少龍遂向滕翼解釋當前形勢，當滕翼知道大仇家李園竟成為戰友，眼都睜大了，到項少龍說出給李嫣嫣識破身份，趙致駭得伏往紀嫣然背上去。

這時李園來了，三人進入靜室商議。

李園見來了援軍，又素知烏家精兵團的厲害，三百人足可抵數千軍力，自是精神大振，充滿信心。

攤開圖卷商議時，春申君派人送來請柬，請莊夫人、莊保義和萬瑞光三人到春申君府晚宴。

三人均眉頭大皺。

李園遣人回府，看看自己有沒有在被邀請之列，再接下來道：「宴無好宴，這事該怎樣應付？」

項少龍道：「我可肯定李兄亦是被邀請者之一。因為經過今天的刺殺失敗後，春申君已失去耐性，尤其李兄因屈士明之去而勢力暴漲，所以他決定一舉把我們兩人除去。」

滕翼笑道：「那就不如將計就計，順手在今晚把春申君幹掉。」

李園見他說得輕鬆，苦笑道：「但我們總不能帶數百人去赴宴，若不去的話，又似乎不大妥當，直至現在，表面上我和春申君的關係仍是非常良好的。」

項少龍道：「這個宴會我們是非去不可，這樣才使他們想不到我們竟會偷襲夜郎王府，李兄手下裡，有多少可稱得上是真正高手的人呢？至少也該是言復、東閭子那種級數。」

李園道：「該可挑十至十二人出來。」

項少龍道：「那就成了。由我手下再多撥十二個人給你，我們各帶二十四人。另外李兄再命手下在府內嚴陣以待，若見有訊號火箭發出，立即殺往春申君府去，索性和他們一決生死。」

滕翼道：「要防李令會派人來偷襲滇王府呢！」

項少龍道：「正怕他不來哩！這裡由……嘿！由嫣然負責指揮大局，由於錯估我們的實力，保證來犯者活著來卻回不了去。」

滕翼道：「李令的小命交給我負責。照我看四十八個人實力仍是單薄了點，最好再多上十來人，負責在外看管車馬，有起事來時，立即裡應外合，那會穩妥多呢！」

接著一拍褲管，笑道：「我裡面暗藏的『摺弩』，將會是決定勝敗的好幫手。」

項少龍喜出望外，原來滕翼帶來剛研製成功的摺疊弩弓，令他們在這次刺殺行動更是如虎添翼。

這時樓無心來報，李園果然收到今晚春申君府宴的請柬。

三人商量行事的細節，李園問清楚「摺弩」的性能用法後，和滕翼聯袂去了。

項少龍則去找莊夫人。

到了莊夫人居住的北院，莊孔迎上來道：「清秀夫人來了，正在廳內與夫人敘舊。」

話猶未已，環珮聲響。

兩名小婢開路下，莊夫人和另一麗人並肩步出廳來。

由於戴上面紗，他看不到清秀夫人的樣貌，但只瞧其纖穠合度的身材、裊裊動人的步姿，可知她是不可多得的美女。

斗介倒是豔福不淺，不知他會否因戀上成素寧的小妾致失去美人的事而後悔？

項少龍忙和莊孔退往一旁施禮。

莊夫人道：「夫人！這就是舍弟萬瑞光。」

清秀夫人透過輕紗的目光瞥項少龍一眼，施禮道：「萬將軍你好！」

再沒有另一句話，蓮步不停的由莊夫人送出府外。

項少龍見對方對自己毫不在意，並不介懷。因為沒有男人可妄求所有女人都會看上自己的。

莊夫人回來後，拉他進內堂去，還掩上門，神色凝重道：「清秀夫人來警告我，春申君、李權、斗介、成素寧、李令和夜郎王結成一黨，準備除去我們和李園，要我們立即逃走。」

項少龍皺眉道：「她不是和斗介分開了嗎？怎會知道這件事？」

莊夫人道：「她的姪女是黃戰的妻子，黃戰此人最是口疏，在家中大罵你和李園，洩出秘密。」

項少龍伸手摟著花容慘淡的莊夫人，笑道：「就算他們不動手，我也會逼他們出手的。」

接著扼要的說清楚現在敵我的形勢。

莊夫人吁出一口氣，道：「原來你們早已知道，那今晚我和保義應否去赴宴呢？」

項少龍道：「當然不該去，到時我隨便找個藉口向春申君說好了。我看他早預計你們不會去的。」

莊夫人擔心地道：「人數上我們是否太吃虧呢？」

項少龍道：「人數的比例確大大吃虧，實力上卻絕對是另一回事，我的人精通飛簷走壁之能，當夜郎王府起火時，保證春申君等手足無措，那時我們將有可乘之機。我決定在今晚與春申君攤牌，若能一併殺死田單，就最理想。」

莊夫人縱體入懷道：「少龍！我真的很感激你。但甚麼是『攤牌』呢？」

項少龍解釋後道：「怕就怕春申君今晚的目標只是你母子兩人，那我們就很難主動發難。皆因出師無名，那時惟有將就點，只把李令和夜郎王宰掉就算了。」

莊夫人「噗哧」嬌笑道：「你倒說得輕鬆容易，李令和夜郎王身邊不乏高手，切勿輕敵啊！」

項少龍見她一對水汪汪的眸子亮閃閃的，非常誘人。湊過去輕吻她一口，道：「甚麼高手我沒見過？最厲害的是攻其無備，他們的注意力必集中到李園的家將處，怎想得到我另有奇兵，知己不知彼，乃兵家大忌，夫人放心好了。」

莊夫人道：「有項少龍為我母子擔當，還有甚麼不放心的？人家只是關心你吧！」

項少龍見她楚楚動人，忍不住痛吻一番，才去預備一切，誰都想不到這麼快就要和敵人正面交鋒。

精兵團的隊員來了七十二人，都是攀牆過樹的秘密潛入滇王府。

紀嫣然知獲委重任，大為興奮，指揮若定，先把莊夫人等婦孺集中起來，再在府內各戰略位置佈防，連樹梢都不放過。

趙致成了她的當然跟班兼勤務兵。

這時樓無心奉李園之命而來，向項少龍報告形勢，道：「現在全城都是春申君和李權的眼線，嚴密監察相府和滇王府的動靜，防止有人逃走，反是夜郎王府非常平靜，閉戶不出，看不到有甚麼特別的舉動。」

項少龍道：「閉戶不出，便是不同尋常，也叫欲蓋彌彰，他們今晚必會來襲滇王府，只有通過外人的手，春申君等才可在太后前推卸責任。」

樓無心道：「據我們佈在春申君處的眼線說，今晚不會有甚麼特別的行動，但黃戰卻誇下海口，說要在宴會時逼你比武，又說會痛下殺手，我們全體兄弟都等著看好戲哩！」

又沉聲道：「春申君府以黃戰劍術最高，若能把他幹掉，對春申君會是很沉重的打擊。」

項少龍淡淡道：「只要把他打成殘廢或重傷已足夠。」

樓無心捧腹笑道：「為項爺辦事，確是不同……」

還要說下去時，荊善來報，太后召項少龍入宮。

項少龍心中大喜，知道李嫣嫣終於意動。

宮娥奉上香茗退下，臉容深藏輕紗內的李嫣嫣默然無語，使得坐在她下首右席的項少龍，只好自喝悶茶。

這是後宮一座幽靜院落的廳堂，關上院門後，院內庭園杳無人跡，天地間似就剩下他們兩個人。想起李嫣嫣剛成年時所遭遇到的恥辱和不幸，現在又要為畸戀著的親兄和楚國的大局與敵人虛與委蛇，不由對她生出憐惜之心。

她雖貴為太后，卻一點不快樂。只要想想她要逼自己去曲意逢迎春申君和考烈王兩個老醜的男人，便知她的辛酸和痛苦。

現在一切已成過去，卻又受到權臣掣肘，事事都抬出先王遺命來壓制她這弱質女流，強迫她去做違心的事。

想到這裡不由歎息一聲。

李嫣嫣冷冷道：「先生為何歎氣？」

項少龍聽出她語氣裡有戒備之意，知她由於過往的遭遇，特別敏感，絕不可把她當作一般人應付，低聲道：「我平時很少靜心去聽某種東西，但剛才我的注意力卻集中到院內風拂葉動的聲音去，發覺其音千變萬化，悅耳若天籟，只是我平時疏忽了。於是幡然而悟，很多美好的事物一直存在於身旁，只不過因我們忘情在其他東西上，方失諸交臂，錯過了去。」

李嫣嫣軀輕顫，沒有說話，由於面紗的遮蓋，項少龍看不到她的神情反應。

好一會兒後，李嫣嫣低聲道：「太國舅是我同父異母的兄長，爹就只得我們兩個，由小到大他都很維護我，我……我還記得十四歲那年，在一個本族的宴會裡，有『李族小霸王』之稱的李令夥同其他人在園內調戲我，大哥與他們打起來，一個人抵著他們十多人，雖被打得遍體鱗傷，仍誓死相抗，最後驚動大人，始解了圍。事後我服侍他七天七夜，他才醒轉過來。」

項少龍可以想像到其中的悲苦，欷歔不已，也想到她們的「兄妹之情」，不是沒由來的。而李嫣嫣後來的慘禍，說不定就是由那時種下來的。

李嫣嫣夢囈般道：「在李族內，一向沒有人看得起我爹，累得我們兄妹常受人欺負，幸好大哥從不氣餒，每天太陽出來前苦練劍術和騎射，又廣閱群書。在我心中，沒有人比他的劍術更高明，比他更博學多才的了。」

項少龍知道她因為立下非常重要的決定，所以提起往事，好加強對自己決定的信心。現在她雖似是以他為傾吐的對象，事實上只是說給自己聽的。

李嫣嫣徐徐吐出一口氣，吹得輕紗飄開少許，柔聲道：「知否哀家為何向你說及這些事呢？」

項少龍柔聲道：「因為太后信任在下，知道我項少龍不會是那種拿這些事去作話柄的卑鄙小人。」

李嫣嫣緩緩道：「只是部分原因，當大哥由邯鄲鬧得灰頭土臉的回來後，我由郭秀兒口中知道原來他竟是敗在董馬癡之手，當我問清楚情況，又派人調查真正的董馬癡，才知道大哥給你愚弄，到今次大哥由咸陽回來才證實了這猜測，還告訴秀兒。那時我就在想項少龍究竟是怎樣的一個人呢？為何能以區區數百人，把大哥、田單這等厲害人物玩弄於股掌之上，還敗得不明不白。以呂不韋那種權傾秦廷的人物，仍奈何不了你？今天終於知道了。」

項少龍苦笑道：「在下只不過是有點運道吧！」

李嫣嫣低垂螓首，輕輕道：「你坐到哀家身旁好嗎？」

項少龍愣了好半晌，來到她右側旁三尺許處坐下。

李嫣嫣低頭解下面紗，再仰起絕美的俏臉，原來已滿頰熱淚。

項少龍心神激盪，失聲道：「太后！」

李嫣嫣閉上眼睛，淚水不受控制的流下來，語氣卻出奇的平靜，一字一字地道：「項少龍！替哀家把李權、李令和春申君全部殺掉，他們都是禽獸不如的東西。」

項少龍心痛地道：「少龍謹遵太后懿旨！」

李嫣嫣緩緩張開秀目，那種梨花帶雨、楚楚可憐的美態，看得項少龍忘掉上下男女之防，伸出衣袖，溫柔地為她拭去吹彈得破的粉臉上猶掛著的淚珠。

李嫣嫣視如不見，一動不動的任他施為。

項少龍收回衣袖，沉聲道：「太后放心，我定會保著太國舅爺，不使他受到傷害。」心中不由升起荒謬絕倫的感覺，當日在邯鄲，李園可說是他最想殺的人之一，哪想得到現在竟全心全意去與他並肩作戰。

李嫣嫣秀眸射出柔和的神色，凝注在他臉上，以靜若止水的聲音道：「武瞻剛有報告來，說斗介私自調動外防軍，把一支直屬的軍隊由淮水上游移近壽春城十里，又命一組由二十艘戰船組成的艦隊開到壽春城旁，擺明是威脅我不得輕舉妄動。故我除苦忍外別無他法，若非有武瞻在撐持大局，我和大哥早完蛋了，而大哥還似是不知我的苦衷。」

項少龍微笑道：「攻城軍隊的人數，必須在守城的人數兩倍以上才有點威脅，假若要攻的是自己王城，又出師無名，只會累得軍隊四分五裂，斗介似強實弱，太后不用介懷。」

李嫣嫣白他一眼，微嗔道：「你倒說得輕鬆，只恨我們城內亦是不穩，現在外城軍都集中到外圍的防守去，禁衛軍又調回來守護宮禁，若春申君等發難對付你們，教哀家如何是好？」

項少龍哈哈笑了起來，透露出強大無倫的信心，再從容道：「兵貴精而不貴多，要擔心的該是李權和李令等人才對。」

李嫣嫣狠狠盯著他道：「項少龍！你是否另有人潛進壽春來呢？」

項少龍微笑道：「太后請恕我賣個關子，明天天明時，李令該已魂兮去矣，便當是先為太后討回點公道。」

李嫣嫣嬌軀劇顫，厲聲道：「是否大哥把我的事向你說了，否則你怎會說這種話？」

項少龍想不到她敏感至此，訝然道：「太后剛才不是說過李令欺負你們兄妹嗎？還打得你大哥昏迷了七日七夜。」

李嫣嫣的胸脯不住急促起伏，淚花又在眼內滾轉，直勾勾看著項少龍的眼空空洞洞的，忽地「嘩」一聲哭出來，撲入項少龍懷內。

項少龍輕撫著她強烈抽搐的香肩和背脊，感覺襟頭的濕潤不住擴大，心中淒然，知道她多年來苦苦壓抑的情緒終沖破了堤防，不可收拾地爆發出來。

他沒有出言安慰，只是像哄嬰孩般愛撫她，其中當然沒有半點色情的成份。

這時他的心湖被高尚的情操和憐惜的摯意填滿，只願能予這一向被偽裝出來的堅強外殼掩飾著的弱質女子一點慰藉和同情。

好半晌後，李嫣嫣收止哭聲，在他幫助下坐直嬌軀，任他拭掉淚水，垂頭輕輕道：「今晚哀家等待你的好消息。」

項少龍一言不發站起來，悄悄離開，整個襟頭全被她的珠淚濕透了。

《尋秦記》卷五終

黃易 叢書系列

覆雨翻雲

黃易

◈修訂珍藏版

〈全十二卷〉

生於洞庭，死於洞庭。
黑道人才輩出，西有尊信門，北有乾羅山城，
中有洞庭湖怒蛟幫，三分天下。
怒蛟幫首席高手「覆雨劍」浪翻雲，傷亡妻之逝，壯志沉埋。
兼之新舊兩代派系爭權傾軋，引狼入室，大軍壓境，
浪翻雲單憑手中覆雨劍敗走乾羅，和於赤尊信，
躍登「黑榜」榜首，成為退隱二十年的無敵宗主「魔師」龐斑
一統天下的最大障礙。

五胡亂華之際，在淮水和泗水之間，

有一大片縱橫數百里，布滿廢墟的無人地帶，

南方漢人稱之為「邊荒」，北方胡人視之

為「甌脫」，而位於此區核心處的邊荒集，

卻是當世最興旺也是最危險的地方。

她既不屬於任何政權，更是無法無天，

是為有本領和運氣的人而設的，傳說正是

由那裡開始。

尋秦記〈五〉

修訂版

作　　者：黃易

編　　輯：陳元貞

特約編輯：周澄秋（台灣）

發行出版：黃易出版社有限公司

通訊處 香港大嶼山

梅窩郵政信箱3號

電話 (852) 2984 2302

印　　刷：SYNERGY PRINTING LIMITED

出版日期：2017年8月

定　　價：HK$72.00

PRINTED IN HONG KONG

ISBN 978-962-491-348-4